SEELENFEINDIN

Sabine Trinkaus lebt in Alfter bei Bonn. Sie schreibt seit 2011 Kriminalromane und Kurzgeschichten. Zuletzt erschien im Emons Verlag ihr Roman »Schnapspralinen«. »Seelenfeindin« ist ihr fünfter Roman und ihr erster Thriller.

SABINE TRINKAUS

SEELEN FEINDIN

THRILLER

emons:

Bibliografische Information der Deutschen Nationalbibliothek
Die Deutsche Nationalbibliothek verzeichnet diese Publikation in der Deutschen Nationalbibliografie; detaillierte bibliografische Daten sind im Internet über http://dnb.d-nb.de abrufbar.

FSC www.fsc.org
MIX
Papier aus verantwortungsvollen Quellen
FSC® C019821

2. Auflage 2017

Umschlagmotiv: MARTINA RIGOLI/Arcangel Images
Umschlaggestaltung: Nina Schäfer
Gestaltung Innenteil: César Satz & Grafik GmbH, Köln
Lektorat: Dr. Marion Heister
Druck und Bindung: Druckerei C.H. Beck, Nördlingen
Printed in Germany 2017
ISBN 978-3-7408-0083-3
Thriller
Originalausgabe

Für Marlene und Lars – und den Kakadu

1

Ein Traum, hat Regine gesagt. Es ist erst wenige Stunden her. Da saßen sie auf der Terrasse in der Sonne. Tranken ein Glas Sekt, schauten den Hunden zu, die auf dem Rasen spielten. Pitt, Regines ungelenker Labrador. Und Foxi, schneeweiße Zwergpudeldame, winzig und quirlig.

»Dein Garten ist wirklich ein Traum«, hat Regine gesagt, das Glas gehoben und Konstanze zugeprostet.

Foxi ist ein alberner Name für einen Hund. Aber es war ihr Name, als Konstanze sie im Tierheim entdeckt hat. Ein alberner Name für einen albernen Hund, denn Foxi ist ganz und gar nicht das, was Konstanze eigentlich suchte. Sie wollte einen richtigen Hund, einen großen, der bellt, die Zähne fletscht und knurrt. Der wenigstens so tut, als sei er bereit, jeden zu zerfleischen, der sich ungebeten nähert. Und dann stand sie da, vor diesem Käfig, sah das zitternde kleine Bündel, das sie mit feuchten Augen ansah.

Eine unvernünftige Entscheidung. Aber sie konnte nicht anders.

Sie hat es trotzdem nicht bereut. Nicht bis heute, nicht bis zu diesem Moment, in dem sich die Tragweite der Fehlentscheidung so unerbittlich zeigt.

Jetzt ist es fast dunkel, Dämmerlicht im Garten, und Regine ist schon lange weg. Konstanze ist auf dem Weg ins Bett, hat eben alle Lichter im Wohnzimmer ausgemacht, als sie es durchs Fenster sieht. Das, was nicht sein kann, nicht sein darf, aber ist. Er ist da, da draußen.

Er steht im Garten, auf dem Rasen mit Foxi, die er mit der linken Hand hält. Foxi wedelt mit dem Schwanz, versucht, sein Gesicht abzulecken. Auch ein Alptraum ist ein Traum, nur falsch, furchtbar falsch. Konstanze möchte aufwachen, aber sie schläft nicht. Ihre Augen sind weit offen, starren die Hand an, die andere Hand mit dem Messer. Ein Anblick, der ihr Angst macht, die Augen zur Flucht zwingt, hinüber zu den Pfingstrosen, deren berstende Blütenknospen im Dämmerlicht dunkelrot schimmern wie große Tropfen Blut, weiter zum Flieder, üppig auch die Akelei. Er ist da, er ist real, er steht da, mit Foxi, er hält sie fest, sein Blick sucht den von Konstanze, fixiert sie, er zwingt sie, hinzusehen. Zu ihm, zu Foxi, dann auf die Hand, diese Hand mit dem Messer, die er nun langsam hebt.

Sie zuckt zusammen, als die Außenbeleuchtung angeht. Es geschieht automatisch, ein Bewegungsmelder, der den Garten in gleißendes Licht taucht, die Schatten der Dämmerung vertreibt. So wollte sie es, sie wollte Licht im Garten, das jeden Eindringling beleuchtet. Sie konnte nicht ahnen, dass das Licht sie irgendwann verraten, dass ein Zeitpunkt kommen würde, in dem sie alles gäbe für undurchdringliche Dunkelheit.

Es kann nicht sein. Das würde er nicht wagen. Er kommt nicht in den Garten, niemand kommt in den Garten, dafür hat sie gesorgt. Nutzloses Gedankenexperiment, denn er ist da, hebt langsam die Hand mit dem Messer, während die andere Foxi fester packt, fest genug, dass auch der dumme, arglose Hund merkt, dass etwas nicht stimmt. Zappelt und wegwill, zurück auf den Boden, aber sein Griff ist fest, seine Hand ist stark.

Dann geht es ganz schnell, eine Bewegung, beiläufig fast, ein sauberer Schnitt quer über die kleine Kehle. Nicht einmal Zeit für einen Laut der Angst oder des Schmerzes.

Der Schnitt ist tief, da ist viel Blut, das aus der klaffenden Wunde läuft, über seine Hand, seinen Unterarm. Er trägt ein T-Shirt, der Arm nackt, glatt, sehnig, ein starker Arm, den sie einmal gemocht hat, geliebt, so wie die Hände, die den kleinen, schlaffen Körper halten.

Er blickt hoch, schaut Konstanze an und lächelt. Kein Grinsen, keine Häme, einfach ein zufriedenes, entspanntes Lächeln, als habe er eben eine gute Flasche Wein entkorkt.

Konstanze steht da und kann sich nicht rühren. Die Zeit strömt um sie herum wie eiskaltes Wasser.

Jetzt geht er in die Hocke. Legt den toten Hundekörper ins Gras. Ganz sacht, als würde er ein Kind betten.

Er legt Foxi auf den Rücken. Streicht sanft über das Fell, bevor er das Messer in den weichen, schutzlosen Hundebauch senkt, die zarte Haut.

Konstanze fühlt die eigene Haut, fühlt, wie winzige Haarwurzeln sich sträuben, sich aufrichten, lächerlicher Flaum, der Stachel sein will, um den Traum, den Alptraum abzuwehren. Panisch rasen die Gedanken, während sie zusieht, wie er schneidet. Seine Bewegung ist routiniert. Er weiß, was er tut, das kann man sehen, auch wenn man es nicht sehen will.

Konstanze sieht ihn, sieht gleichzeitig ihr Spiegelbild in der großen Fensterscheibe, die sie vom Garten trennt, sie ist hier drin, er ist da draußen, und da treffen sie sich, sein Bild und das ihre, überlappend in der gläsernen Zwischenwelt. Sie will nicht sehen, was er da tut. Aber sie kann nicht wegsehen, sie kann sich nicht rühren, sie kann nicht schreien, sie kann nur zusehen, wie er das Messer beiseitelegt, die Hand senkt in den Körper, den toten kleinen Hundekörper. Wie er sie wieder herauszieht, etwas hält, etwas ans Licht holt, was nicht ans Licht soll, nicht jetzt, jetzt nie mehr.

Es dauert einige Sekunden, bis Konstanze begreift.

Ihr Magen krampft, sauer schießt es in ihre Kehle.

Er entreißt dem kleinen, schlaffen Hundekörper glitschige Bündel. Konstanze kann die Augen nicht abwenden. Drei Mal greift er zu, legt etwas im Gras ab.

Beim vierten Mal hält er inne, schaut sie an. Er streckt die Hand aus, zeigt es ihr, klein, winzig, es scheint zu zucken, es lebt noch, aber nicht mehr lange, und sein Lächeln verschwindet.

Er starrt sie an, bewegt die Lippen.

Sie kann ihn nicht hören, da ist die Scheibe.

Aber sie muss ihn nicht hören. Sie weiß, was er sagt, sie liest es von seinen Lippen, sie hat zu oft gesehen, wie diese Lippen diese Worte formen.

Ich werde dich bestrafen, sagt er. Ich werde dich töten.

Er legt das letzte Bündel ins Gras. Steht auf, wischt sich die Hände an der Hose ab. Noch ein Blick durch die Scheibe, dann dreht er sich um. Schlendert über den Rasen, langsam, gelassen, entspannt, verschwindet um die Ecke des Hauses in Richtung des Tors, das doch abgeschlossen ist, sein muss.

Dann ist sie allein mit der Zeit, dem Garten, dem Alptraum, mit dem, was da auf dem Rasen liegt, der blutbesudelte, geschlachtete und beraubte Körper, der eben noch Foxi war, ein blöder Name für einen winzigen Hund, Foxi.

Ich werde dich bestrafen. Ich werde dich töten.

Endlich kommt erlösende Dunkelheit.

2

Patientin: Konstanze Friedrichs, geb. 18.12.1976
Stationäre Aufnahme: 24.05.2016, 09:00 Uhr
Erstgespräch (Dr. Nadja Schönberg), 24.05.2016, 15:30 Uhr
Bei Aufnahme bewusstseinsklare, allseits orientierte Patientin. Leichte Herabgestimmtheit im Rahmen des normalen Affekts. Sprache, äußere Erscheinung, Psychomotorik ohne Auffälligkeiten.

Ich beobachtete Konstanze Friedrichs genau, während sie erzählte. Lauschte auf Unebenheiten in der modulierten Stimme. Auf das Stocken, das Zögern, das sich dann einstellt, wenn der Mensch sich zwingt, das Grauen zu benennen. Dinge in Worte zu fassen, die das Bewusstsein lieber verdrängen würde.

Sie machte ihre Sache gut. Sie saß aufrecht im Sessel, hier in diesem Raum, in dem nichts daran erinnerte, dass man sich in einem Krankenhaus befand.

Zwei gemütliche Sessel, ein Sofa, Bücherregale. Dezente, beruhigende Sand- und Erdtöne, ein dicker Läufer auf dem Stäbchenparkett, der allzu laute Schritte dämpfte. An der Wand die Uhr, die geräuschlos Minuten zählte, ein kleiner Beistelltisch mit Wasserflasche und Gläsern, daneben die Box mit den Papiertaschentüchern, die signalisierte, dass Weinen eine Option war. Ein Raum, der einhüllte und beschützte, wenn man es zuließ.

Die meisten Patienten zeigen im therapeutischen Erstgespräch deutliche Anzeichen der Unruhe. Konstanze Friedrichs wirkte vergleichsweise beherrscht. Das Grauen zeigte sich nicht in der Stimme, sondern in den Augen. In dem Blick, der durch den Raum wanderte, herumirrte, noch immer überfordert mit den Bildern der Erinnerung.

Am Anfang war sie zornig gewesen. »Hören Sie auf, mich wie eine Irre zu behandeln!« Ihr Ton war kampflustig, die Augen fest auf mich gerichtet. Mit Wut konnte sie besser umgehen als mit Angst.

Genau wie ich, denn ihre Wut war folgerichtig und logisch. Trotzdem musste ich ihr die Fragen stellen, die sie ärgerten. Fragen nach dem Datum, dem Wochentag. Danach, ob sie wusste, wo sie sich befand. Und warum. Ich fragte nach ihrem Beruf, nach ihrem Geburtstag. Fragen, die absurd und belanglos wirkten. Die trotzdem nötig waren, denn nicht jeder, der hier saß, kannte die Antworten.

Ihrer Wut konnte ich professionell begegnen, mit gelassener, nüchterner Hilfsbereitschaft. Ich erinnerte sie daran, dass sie auf eigenen Wunsch hier war. Weil sie ein Problem hatte, weil sie Hilfe benötigte.

Sie reagierte rational und richtig. Entschuldigte sich für ihren Ton. »Ich brauche ein bisschen, um mich daran zu gewöhnen«, sagte sie. »Ich war noch nie irre.«

Ich ging nicht auf ihre Bemerkung ein, kommentierte weder die Wortwahl noch den Versuch, die Sache ins Lächerliche zu rücken. Dafür war später Zeit genug. Wenn ihr Zynismus in dieser Situation half, dann war das in Ordnung. Ich machte lediglich eine weitere Notiz.

Dann führte ich sie weiter. Bis zu dem Abend. Bis sie erzählte. Ohne Stocken, ohne Zögern. Weitschweifig an manchen Stellen, alles in allem aber flüssig und ruhig, sah man von den Augen ab.

Als sie wieder zu sich gekommen war, dort, im Wohnzimmer, war sie in Panik gewesen. Sie hatte sich außerstande gesehen, das Haus zu verlassen, in den Garten zu gehen. Sie hatte ihre Freundin Regine Geiger angerufen. Obwohl es spät in der Nacht war, war die ans Telefon gegangen, war sofort gekommen. Regine war hinaus in den Garten gegangen. Aber da war nichts gewesen. Kein Blut, kein Kadaver, keine Spur dessen, was Konstanze Friedrichs gesehen zu haben glaubte.

Darauf folgte das, was Regine Geiger medizinisch unpräzise und doch nicht ganz falsch als Nervenzusammenbruch bezeichnete. Ein psychischer Ausnahmezustand, eine akute Belastungsreaktion. Eine Verfassung, der mit Trost und Zuspruch nicht beizukommen war. Regine Geiger hatte umsichtig und vernünftig reagiert und sie ins

Krankenhaus gebracht. Nach einer Nacht pharmazeutisch induzierten Schlafes – Diazepam, zwei mal zehn mg – und einem Tag mit den angezeigten physischen Untersuchungen, die sämtlich ohne Befund blieben, hatte ihr der dortige Psychiater nach einem längeren Gespräch geraten, einen Spezialisten zu konsultieren. Mich.

Jetzt schwieg sie.

»Haben Sie so etwas früher schon erlebt?«, fragte ich, um das Schweigen zu brechen.

»Erlebt?« Kurz schien die Wut wieder aufzuflackern. »Wenn ich das richtig sehe, habe ich doch nichts erlebt. Darum bin ich hier, oder? Es war nicht real!«

»Formal und inhaltlich logisches Denken. Nachvollziehbarer Affekt«, notierte ich.

Sie verschränkte die Arme und lehnte sich zurück. Sprach weiter, bevor ich etwas sagen konnte. »Es tut mir leid. Ich fühle mich … ich bin überfordert.«

Sie strich sich mit einer ungeduldigen Geste ein paar Strähnen aus dem Gesicht. Der dunkle, akkurat geschnittene Pagenkopf glänzte frisch gewaschen. Ihre Kleidung war flecken- und knitterfrei. Sie hatte sogar Make-up aufgelegt, dezent, aber sichtbar. Auch in einem psychischen Krisenzustand legte Konstanze Friedrichs offensichtlich Wert auf eine gepflegte Erscheinung.

Sie holte tief Luft. »Es ist nicht passiert.« Ihre Stimme klang ruhig, ein wenig unsicher. »Nichts von all den Dingen ist passiert. Ich versuche, das zu verstehen. Zu begreifen. Aber ich kann nicht. Ich weiß, dass Sie mir helfen wollen. Aber ich bin durcheinander. Das macht mich wütend.«

»Das verstehe ich. Aber wir kümmern uns um das Problem.« Es war wichtig, dass sie sich entspannte. Das Gefühl entwickelte, dass das, was mit ihr geschah, nicht jenseits aller Kontrolle war. Der Begriff Problem assoziierte eine Lösung.

»Sie ist weg«, sagte sie nun, die Stimme auf einmal brüchig. »Foxi. Sie ist nicht mehr da. Das heißt nicht, dass sie tot ist. Sie kann weggelaufen sein. Sich verirrt haben. Wenn er … wenn das, was ich gesehen habe, wirklich geschehen wäre, dann wäre da ja … Foxi, ich meine, die … Welpen, das, was von ihr übrig … Ich habe Angst. Ich hatte noch nie in meinem Leben so furchtbare Angst.«

»Erzählen Sie mir davon. Was genau macht Ihnen Angst?«

Sie schüttelte langsam den Kopf. Suchte Blickkontakt. »Er«, sagte sie. »Dieser Mann macht mir Angst. Er verfolgt mich. Er bedroht mich. Er will mich töten. Und das wird er tun. Ich weiß genau, dass das so ist. Obwohl ein Teil von mir begreift, dass ich mich möglicherweise täusche. Dass etwas nicht stimmt mit meinem Gehirn, mit meiner Wahrnehmung. Was in der Folge bedeutet, dass ich die Wahl habe: Angst vor ihm oder Angst vor mir selbst. Pest oder Cholera.« Sie versuchte sich an einem Lächeln. Scheiterte kläglich.

»Sie sprechen von Klaus Wolfert, richtig? Von Ihrem Ex-Partner. Warum tut er das? Wann genau hat das angefangen?«

Sie schüttelte wieder den Kopf, diesmal schnell, hektisch fast. »Ich kann nicht …«, murmelte sie. »Ich kann das jetzt nicht. Ich möchte mich hinlegen.«

Ich warf einen schnellen Blick auf die Uhr an der Wand. Wir hatten noch Zeit. Ich wollte weitermachen.

»Nicht jetzt«, sagte sie, als habe sie meine Gedanken gelesen. »Bitte, ich … ich habe Kopfschmerzen. Alles geht durcheinander.« Sie hob beide Hände und bedeckte ihr Gesicht. Sie stöhnte leise. »Ich halte das nicht aus. Ich kann nicht mehr!«

Sie senkte die Hände wieder. Sah mich an.

»Ich bin verrückt«, sagte sie. Es klang, als probiere sie die Worte an wie einen Schuh oder ein Kleidungsstück. »Ich bin krank. Dafür gibt es Tabletten. Das ist nicht gut, aber man kann etwas dagegen tun. Bitte! Sie müssen mir helfen. Bitte überzeugen Sie mich davon, dass ich verrückt bin.«

3

Eine Viertelstunde. Das war die Zeit, die ich nach einem Patientengespräch mindestens brauchte. Eine Viertelstunde in meinem Arbeitszimmer am Schreibtisch, in der ich Notizen und Gedanken sortierte und ergänzte. Das, was ich gehört und gesehen hatte, in die innere und äußere Ablage verstaute.

Es gehörte zu meinem Job, die inneren Dämonen meiner Patienten in meinen Kopf zu lassen. Sie kennenzulernen, zu betrachten, sie zu analysieren und gleichzeitig sorgfältig von dem zu trennen, was zu mir gehörte. Ich kam ihnen nah. Patienten und Dämonen. Ich wusste, dass mich das zu einer guten Psychiaterin machte. Ich wusste auch, dass das nicht ungefährlich war. Auch darum war sie wichtig, diese Viertelstunde. Und darum beharrte ich darauf, obwohl das Telefon geklingelt hatte, kaum dass ich am Schreibtisch saß.

»Sie möchten zum Chef kommen!« Das Ausrufezeichen am Ende des Satzes war nicht zu überhören. Frau Krautkremer verschwendete selten Mühe darauf, den Befehlscharakter ihrer Anordnungen zu kaschieren. Umgehend! Das sagte sie nicht, aber ich hörte es auch so.

Ich schluckte sinnlose Widerworte herunter. Antwortete mit lächelnder Stimme. Nahm mir trotzdem die Zeit, die ich brauchte. Heute noch mehr als sonst. Denn ob es mir gefiel oder nicht – dieser Fall war alles andere als Routine.

Das hatte damit zu tun, dass Konstanze Friedrichs keine gewöhnliche Patientin war. Eine Tatsache, die mir natürlich bewusst war. Ich sah trotzdem kein Problem darin, sie zu behandeln wie alle anderen. Obwohl ich mich nicht daran erinnern konnte, je ein vergleichbares psychiatrisches Erstgespräch geführt zu haben. Stationär aufgenommene Patienten zeigten in der Regel eine zwar nicht unbedingt klare, aber doch deutliche Symptomatik. Meine Aufgabe bestand darin, ihnen zu helfen, die inneren Abwehrmechanismen zu überwinden, um zu einer Krankheitseinsicht zu gelangen. Es war noch nie vorgekommen, dass mich ein Patient darum gebeten hatte, ihn zu überzeugen, dass etwas mit ihm nicht stimmte.

Der Fall versprach interessant zu werden.

Ein Gedanke, der dieses andere, das wenig professionelle Gefühl noch fütterte. Eines, das ich nur vorsichtig zuließ. Diese leise Euphorie. Endlich! Meine Chance!

Sie hatte nach mir gefragt. Konstanze Friedrichs hatte im Aufnahmegespräch den Wunsch geäußert, von mir behandelt zu werden. Das kam nicht alle Tage vor, war auch angesichts der allgemeinen Umstände überraschend. Passte allerdings ausgezeichnet, denn es war Zeit für diesen Schritt. Ich war wieder da, wo ich sein wollte.

Ich hatte ein gutes halbes Jahr in der Ambulanz der Klinik gearbeitet. Viel Routine, Stabilität, mein Weg zurück in den Klinikalltag. Eine Phase, in der ich mich darauf vorbereitet hatte, wieder die zu werden, die ich einmal gewesen war. Eine gute, erfahrene Therapeutin mit glänzender Promotion, mit Forschungstätigkeiten im In- und Ausland, einer beeindruckenden Veröffentlichungsliste. Eine Ärztin, die sich einen Ruf als erstklassige Diagnostikerin erarbeitet hatte. Die gut war in dem, was sie tat.

Ich hatte eine Krise durchlebt. Aber das änderte nichts an diesen Tatsachen. Ich hatte mir die Zeit genommen, die es gebraucht hatte, um das, was geschehen war, zu verarbeiten. Ich hatte das geschafft.

Ich musste niemandem etwas beweisen. Weder mir selbst noch anderen.

Es fühlte sich nur so an.

Ich sehe dich. Ich sehe dich schon lange, obwohl ich getan habe, als würde ich dich nicht bemerken.

Das gehört zum Spiel. Das ist es, was du willst. Gesehen werden. Von allen. Von mir.

So wie jetzt. Ich sehe dich. Wie du trinkst, immer wieder das Sektglas an deinen schönen Mund führst, es gierig leerst. Ich mag deinen Mund.

Ich mag diese Gier.

Ich mag, dass du immer häufiger zu mir hinüberschaust.

Du siehst mich länger an als sonst.

Du willst gesehen werden, auch von mir, gerade von mir, und du denkst, dass ich nicht bemerke, wie oft du mich ansiehst.

Du schlägst die Augen nieder, sobald ich deinen Blick erwidere. Du fühlst dich dann ertappt, schaust schnell auf deine Füße, schaust zu jemand anderem. Manchmal huscht ein Hauch Röte über dein Gesicht, oh, wie gut dir falsche Verlegenheit steht. Wie verlockend deine Furcht vor mir ist, noch verlockender das, was ich in der Sekunde lese, bevor du wegsiehst. In deinen Augen, die glänzen vor Verlangen. Verheißung.

Du denkst, du kannst nicht haben, was du dir heimlich so wünschst. Aber du irrst dich.

Ich freue mich auf den Moment, in dem du das begreifst.

Vielleicht heute. Vielleicht gleich. Vielleicht auf dieser Feier, ein nichtiger, unwichtiger Anlass, und doch deine Gelegenheit, zu gierig und zu schnell zu trinken. Ein kleiner Abend, der vielleicht der Beginn von etwas Großem ist. Zeit für den nächsten Zug im Spiel.

Ich sehe dir zu, wie du trinkst, betrunken wirst. Es bekommt dir. Du wirst lebhafter, größer, groß und wunderbar.

Ich komme näher, ich sehe dich, ich höre dich sprechen, höre dich lachen. Kurz ist es, als könnte ich dich riechen. Wie gern will ich dich riechen. Ich will dich trinken, wie du diesen Sekt trinkst, will dich in mich hineinschütten, gierig, ich will dich schmecken. Ich will sehen, wie du deine Flügel ausbreitest und fliegst.

Wir werden zusammen fliegen.

Du bist betrunken, deine Augen sind jetzt zu langsam, können nicht ausweichen, wollen nicht, sie bleiben da, bleiben bei mir, und aus meinem Blick und deinem Blick wird unser Blick, verschlungen, lange. Jetzt lachst du wieder, ein Lachen, das deine Unsicherheit verrät. Du hast noch immer Angst. Du glaubst nicht, was du siehst. Du bist nervös, fürchtest, mich nicht richtig zu verstehen. Hättest am liebsten Worte, die noch deutlicher sind als diese Blicke.

Aber die bekommst du nicht. Die brauchst du nicht.

Du verstehst mich völlig richtig.

Ich sehe dich an, ich sehe makellose Schönheit. Ich will dich besitzen, dich ganz und gar haben. Alles, was du bist. Alles, was du sein wirst. Das, was ich sehe, wenn ich dich anschaue – so viele Möglichkeiten, Freiheit, ein Universum, in dem wir an Orte gehen, an denen du nie zuvor gewesen bist. An Orte, die du nie wieder verlassen willst.

Dorthin, wo nichts zählt außer dem, was ist.

Du und ich. Begehren, Leidenschaft, Erweckung, Erfüllung.

Du bist so schön. Du bist vollkommen.

Du weißt es noch nicht. Aber ich werde es dir zeigen.

Ich sehe dich an.

Ich lächle. Es ist Zeit.

4

Ich schlenderte durch die Flure der alten Villa, in der die Klinikverwaltung und die Therapieräume untergebracht waren. Von hier oben im zweiten Stock hatte man eine wunderschöne Aussicht auf den Park. Ein kleines, künstlich angelegtes Wäldchen, das wie eine Insel in der ansonsten so flachen und gradlinigen Landschaft der Marsch aufragte. Zwischen den Bäumen lagen dezent verstreut die modernen Neubauten, in denen sich die Zimmer der Patienten befanden. Die Sonne strahlte vom Himmel, die Blätter der Bäume bewegten sich in der leichten Brise, die hier immer zu wehen schien. Ich sah Patienten allein oder in Grüppchen über die sauber geharkten Kieswege schlendern, einige saßen auf den Bänken im Schatten und lasen. Ein schönes und friedliches Bild. Eines, dem ich misstraut hatte, als ich es zum ersten Mal sah. Gedruckt im Werbeprospekt der Klinik, den Eggers mir damals in die Hand gedrückt hatte. Ich hatte es für unmöglich gehalten, dass die Realität einer psychiatrischen Klinik mit diesem Hochglanzfoto kompatibel war. Ich hatte mich eines Besseren belehren lassen.

Verglichen mit den Orten, an denen ich vorher gearbeitet hatte, wirkte die Welt der Elbmarsch-Klinik sonderbar heil und still. Die Patienten kamen aus der gehobenen Bildungs- und Einkommensschicht. Lehrerinnen, Manager, erfolgreiche Selbstständige. Sie litten an Burn-out, an Depressionen. Zuweilen Angststörungen, ein paar Zwangsneurosen. Unglückliche, verzweifelte Menschen, aber in dieser Klinik fehlte die Hoffnungslosigkeit, die die verströmten, die zu früh verloren gingen, vor ihren Problemen in Alkohol und Drogen flüchteten und es nie geschafft hatten, in der Gesellschaft Fuß zu fassen. Laufkundschaft hatten wir sie in Hamburg genannt, Menschen in tiefen Krisen, die man aufnahm, leidlich wiederherstellte und entließ, wissend, dass es eine Frage der Zeit war, bis sie zurückkehrten.

Menschen, die nie einen Fuß in die Elbmarsch-Klinik setzen würden. Den Ort, an dem man sich Zeit nahm. Zeit, die natürlich Geld kostete, aber das war nicht mein Problem. Es war nicht an mir, das Gesundheitssystem zu reformieren. Meine Aufgabe war es, in diesem System zu funktionieren, Menschen zu helfen, da, wo ich es konnte. Es gab keinen Grund, günstige Voraussetzungen zu vermeiden, nur weil sie nicht jedem gleichermaßen zur Verfügung standen.

Das Gebäude war zauberhaft. Ein Jugendstilbau, Zeugnis einer Zeit, in der den Menschen die Schönheit ihrer Umgebung noch Geld und Aufwand wert gewesen war. Es war auch diese Schönheit, die diesen Ort so elementar von der Realität des Großklinikums in Hamburg unterschied, einem seelenlosen Zweckbau, in dem jeder Blick aus dem Fenster daran erinnerte, dass die Welt kein schöner Ort war.

Frau Krautkremer begrüßte mich mit verkniffenem Lächeln. Ich nahm das nicht persönlich. Ich hatte sie nie anders lächeln sehen. Vermutlich war es eine ihrer Schlüsselqualifikationen als Assistentin des Geschäftsführers.

»Er wartet!« Es klang, als verkünde sie großes Unheil.

Dr. Johannes Kreusnik saß hinter seinem etwas zu bombastischen Schreibtisch und rührte in seinem Kaffee. Er bot mir Platz an, schwieg, während der Löffel in seiner Tasse ein nervtötendes Klirrgeräusch erzeugte. Johannes beherrschte die kleinen Gesten des Unwillens gut.

Ich ließ ihm die Freude, duldete stumm, bis er endlich den Löffel auf die Untertasse legte.

»Und?«

Sein Schreibtischstuhl war um eine Winzigkeit höher als der Besuchersessel, auf dem ich saß. Ein wenig subtiles Signal, das aber seine Wirkung nicht verfehlte.

»Ich kann noch nicht viel sagen.« Ich lehnte mich zurück, schlug die Beine übereinander.

»Nadja, bitte!«

»Akuter Angstzustand bei Einlieferung ins Krankenhaus. Deutliche Verbesserung des Zustands nach Gabe von Diazepam. Die Patientin klagt nicht über körperliche Beschwerden, sieht man von Müdigkeit und Erschöpfung ab. Laut Eigenangabe keine Einnahme von Tabletten oder anderen Substanzen, am besagten Tag mäßiger Alkoholkonsum. Drogentest negativ. Klinische Untersuchungen ohne Befund.« Ich listete auf, was er längst wusste. Eine Kopie der Akte lag vor ihm auf dem Tisch. Ich stahl seine und meine Zeit. »Sie ist körperlich kerngesund.«

Er nickte ungeduldig.

»Sie ist ansprechbar, zeitlich, örtlich und situativ voll orientiert. Keine Einschränkungen in der kognitiven Leistung, keine offensichtlichen Affektstörungen. Sie zeigt Krankheitseinsicht, gute Compliance. Sobald sie sich ein bisschen ausgeruht hat, beginne ich mit intensiver Gesprächstherapie. Aber es ist zu früh für eine Diagnose. Ich bin Psychiaterin, kein Magier.«

»Man muss nicht zaubern können, um einen Verfolgungswahn zu erkennen.« Er klang ungeduldig. Fast gereizt.

»Es ist zu früh«, wiederholte ich. Versuchte, das leise Gefühl der Unruhe zu bekämpfen. Und den Ärger. Nicht über den Kollegen aus dem Krankenhaus, der diese Verdachtsdiagnose formuliert hatte. Er hatte die Bruchstücke, die er in dem Gespräch mit Regine Geiger, der Freundin, und der Patientin selbst zu fassen bekam, so zusammengefügt, dass ein ausreichend klares Bild entstand. Er hatte vollkommen korrekt die Notwendigkeit der fachärztlichen psychiatrischen Behandlung begründet. So, wie es seine Aufgabe war. Aber das reichte nicht.

Und Johannes wusste das so gut wie ich.

»Bitte«, sagte er nun. »Es ist kein guter Zeitpunkt für Empfindlichkeiten.« Er nahm die Brille ab, massierte kurz die Nasenwurzel. Warf mir einen Blick zu, der mich daran erinnerte, dass er der ärztliche Direktor dieser Klinik war. Mein Vorgesetzter. Eine Situation, die mir nicht immer behagte, mit der ich mich allerdings abgefunden hatte. Wir hatten zusammen studiert. Johannes hatte immer zu denen gehört, die ihre Karriere gradlinig planten. Er war seinen

Weg gegangen, einen Weg ohne Stolpersteine und Fußangeln. War da angekommen, wo er sein wollte. Er leitete diese Klinik, er machte seine Sache gut. Soweit ich das beurteilen konnte.

Trotzdem gefiel mir sein Ton nicht.

»Siehst du eine Möglichkeit, sie ambulant zu behandeln?«, fragte er nun.

»Wie bitte?« Ich starrte ihn ungläubig an. »Du hast gerade von einer paranoiden Persönlichkeitsstörung geredet. Sie ist verängstigt, möglicherweise traumatisiert. An ambulante Therapie ist derzeit nicht mal zu denken.«

»Das habe ich befürchtet.« Es klang irgendwie, als sei das meine Schuld. Er räusperte sich. »Ich denke, ich rufe eine Teambesprechung ein«, sagte er. »Wir müssen darüber beraten, wie wir ihren speziellen Bedürfnissen hier gerecht werden.«

Spezielle Bedürfnisse? Das klang, als sei sie ein Monster. Eine Abnormität, die man unter Verschluss halten oder besser noch schnell loswerden musste. Das störte mich allerdings weniger als das, was der andere Teil seiner Aussage implizierte.

»Es ist mein Fall«, sagte ich.

Er schwieg. Studierte seine gepflegten Fingernägel. Er hatte schöne Hände. Er war überhaupt ein gut aussehender Mann. Erste Falten bekamen seiner eher jungenhaften Erscheinung gut. Er war schlank, ein bisschen sehnig, hatte den Körper eines enthusiastischen Freizeitsportlers. Kleidete sich lässig, aber gewählt. Johannes Kreusnik wusste, was ihm stand.

Um sein Schweigen besser zu ertragen, griff ich nach der Kaffeekanne auf dem Schreibtisch. Füllte die Tasse, die für mich bereitstand. Der Kaffee war lauwarm und bitter. Gerechte Strafe für meine Verspätung, logische Konsequenz meiner Insubordination. Ich schluckte ihn tapfer herunter.

»Die Situation ist hochsensibel«, sagte er endlich.

»Das ist mir klar«, sagte ich.

Er stand auf, ging zum Fenster. Er sah hinaus, wandte mir den Rücken zu.

»Bist du der Sache gewachsen?«

Ich zuckte zusammen, verhinderte im letzten Moment, dass lauwarmer Kaffee aus der Tasse über meine Hose schwappte. Die Frage war überflüssig. Schlimmer noch, sie war kontraproduktiv. Beleidigend fast.

»Selbstverständlich.« Ich schaffte es, einigermaßen ruhig zu klingen. »Und das weißt du so gut wie ich. Wir haben darüber gesprochen, Johannes. Wir waren uns einig. Ich bin so weit.« Und das wusste er genau.

»Ich zweifle nicht an deiner Kompetenz, Nadja. Aber die Situation ist ... ungewöhnlich. Sie hat gesagt, dass sie über dich gelesen hat. Darum will sie von dir behandelt werden. Versteh mich nicht falsch, aber das ist ...«

Ich war froh, dass er den Satz nicht beendete. Es war erstaunlich, ja, aber es gab keinen Grund, so zu tun, als sei es unbegreiflich. Noch vor einem Jahr hätte sich niemand über eine solche Aussage gewundert. Und egal, was gewesen war, ich war gut. Eine hervorragende Psychiaterin. Nichts von dem, was geschehen war, änderte etwas daran.

Johannes wandte sich mir wieder zu, strich die Haare hinters Ohr. Volles dunkles Haar, ein reizvoller Kontrast zu den blauen Augen.

»Ich will einfach nicht, dass du dir zu früh zu viel zumutest.«

Ich erwiderte seinen Blick. »Ich versichere dir, dass ich der Situation gewachsen bin. Es geht mir gut. Ich bin so weit.«

Er nickte langsam, kratzte sich am Hals. »Das sagt Eggers auch.«

»Eggers? Du hast mit Eggers gesprochen?« Erneut flackerte das Fünkchen Zorn auf. Erneut verriet sein Blick mir, dass es ratsam war, ihn zu verbergen. Mich darauf zu konzentrieren, dass es darauf nicht ankam.

»Die Situation ist sensibel«, wiederholte Johannes. »Für die Klinik, für mich, für dich, für uns alle. Ganz sicher für die Patientin. Ich dachte, es schadet nicht, mich mit ihm kurzzuschließen.«

Es klang, als sei es wirklich keine große Sache, hinter meinem Rücken mit meinem Supervisor und Therapeuten über mich zu reden.

»Wir kriegen das schon hin«, sagte er nun, kehrte zum Schreibtisch zurück. Zu viel Betonung auf dem »wir«.

»Ich konzentriere mich auf den Fall«, stellte ich klar. »Auf sie. Sie ist eine Patientin wie alle anderen. So einfach ist das.«

Drei Aussagen, zwei Lügen. Ebenso glatt wie nötig. Sie war nicht wie alle anderen. Und es würde alles andere als einfach werden. Aber das war es selten in meinem Beruf. Ich griff erneut nach meiner Tasse. Trank den Rest der mittlerweile kalten, gallebitteren Brühe. Schluckte mit ihr das leise Gefühl des Unbehagens herunter. Ich hatte, was ich wollte. Alles andere spielte keine Rolle.

Johannes kramte in den Papieren auf seinem Schreibtisch herum. Notierte etwas auf einem Zettel, den er mir über den Tisch reichte. »Das ist die Nummer ihres Agenten«, sagte er. »Sie hat ihn informiert, er hat mich angerufen. Es gibt ein paar Dinge, die er besprechen möchte. Ruf ihn bitte an, am besten sofort. Er ist ziemlich nervös.«

Ich nahm den Zettel, faltete ihn zusammen und steckte ihn in meine Hosentasche. Fing seinen Blick auf.

»Ich rufe ihn an, sobald ich Gelegenheit dazu habe. Ich muss so ein Gespräch vorbereiten.« Ich bemühte mich, jede Schärfe aus meinem Ton zu halten. Stattdessen sah ich demonstrativ auf meine Armbanduhr. »Ich mache mich am besten gleich an die Arbeit«, sagte ich. »Ich habe noch eine Menge zu erledigen.«

Johannes schenkte mir erneut ein Lächeln. Ein anderes Lächeln diesmal.

»Mach nicht zu lange«, sagte er. »Wir sehen uns später.«

5

Die Abendsonne senkte sich langsam in Richtung der Deichkrone und ließ den Weißwein in meinem Glas golden schimmern. Ich sah hinüber zu den Beeten, die den kleinen Wassergraben säumten, der mein Grundstück vom Deichgelände trennte. Blühende Stauden, die meine Vormieter gepflanzt hatten. Sie hatten offenbar gewusst, was sie taten, denn seit dem Frühjahr blühte es in abgestimmter Farb- und Reihenfolge.

Ich saß mit meinem Laptop auf der kleinen Terrasse, umringt von Kübeln, aus denen grün und üppig Kräuter wucherten. Mein Beitrag zum Garten. Ich hatte sie im Frühjahr gekauft, kurz nach meinem Einzug, als ich noch entschlossen gewesen war, mir allabendlich eine gesunde und ausgewogene Mahlzeit zuzubereiten. Mit frischen Kräutern aus dem eigenen Garten und Gemüse, das die umliegenden Bauern auf ihren Höfen verkauften. Ich hatte allerdings festgestellt, dass eine Menge Disziplin dazugehörte, für sich allein zu kochen, wenn man müde nach Hause kam. Außerdem machte es weniger Spaß, als ich gehofft hatte.

Trotzdem freute ich mich an diesen Kräutern, der Tatsache, dass das, was ich als kleines Grün in einen Topf gepflanzt hatte, zu solcher Üppigkeit gedieh. Minze, Oregano, Petersilie und Zitronenmelisse. Robuste, anspruchslose Pflanzen, die mir die kleine Mühe des regelmäßigen Wässerns dankten. An warmen Abenden verströmten sie einen leisen aromatischen Duft, der mir half, mich zu Hause zu fühlen, hier, in dem kleinen, reetgedeckten Haus, das sich hinter den Deich kauerte.

Ich war nicht weggelaufen. Manchmal musste ich mir das noch in Erinnerung rufen. Ich war nicht weggelaufen, ich hatte nur neue Rahmenbedingungen geschaffen. Nach allem, was in Hamburg geschehen war, war mir klar geworden, dass es Zeit für Veränderung war. Letztlich war die Sache selbst nur ein Auslöser gewesen, der

Punkt, an dem ich begriff, dass sich etwas ändern musste. Es war richtig gewesen, hierher zu ziehen. An einen Ort, an dem ich das fand, was ich brauchte und wollte.

Ein schönes Haus, ein schöner Garten. Ein schöner Ort zum Leben, weit weg von Enge, Lärm und Hektik. Die Großstadt selbst war ein Faktor gewesen. Dazu meine Chefin mit ihrer Stutenbissigkeit, die Kollegen, die mehr Energie in den Kampf um freie Wochenenden und Urlaubszeiten zu stecken schienen als in die Behandlung der Patienten. Das ständige Ringen um ewig knappe Ressourcen, zu wenig Zeit, zu wenig Geld. Und Thomas, der jetzt Tom war, viel zu weit weg und doch zu nah. Tausend kleine Baustellen. Jede für sich gut zu bewältigen, aber in der Summe erzeugten sie ein sich ständig kumulierendes Gefühl von Druck und Frustration. Irgendwann war es gewesen, als stünde ich in einem reißenden Fluss, bräuchte all meine Kraft, um mich auf den Beinen zu halten. Bis es nicht mehr ging. Bis ich fast ertrunken wäre.

Laute Stimmen aus dem Nachbargarten ließen mich wieder vom Bildschirm aufblicken. Über den schmalen Acker, der die Grundstücke voneinander trennte, für genau die richtige Distanz sorgte, sah ich drei weizenblonde Köpfe, die über die Wiese rasten, zum großen Trampolin, das mit einem Netz gesichert war. Dirk, mein Nachbar, kam aus dem Haus. Er sah zu mir herüber, hob die Hand und winkte. Ich winkte zurück, sah ihm zu, wie er ebenfalls aufs Trampolin kletterte und so tat, als wolle er seine vor Entzücken kreischenden Kinder einzeln einfangen.

Ich lächelte. Familienidylle auf dem Land. Dirks Frau verbrachte ihre Tage im Büro in Hamburg, machte Karriere, während er sich um die Kinder kümmerte. Er war Freiberufler, Journalist und arbeitete jetzt an einem Buchprojekt, wenn er nicht gerade in Elternmission unterwegs war. Ich mochte Dirk. Ein netter Nachbar, so einer, der mit selbst gekochter Marmelade oder Obst aus dem eigenen Garten vor der Tür stand. Oder einfach mit der Post – so wie eben, als er geklingelt hatte, kurz nachdem ich nach Hause gekommen war. Mit einem wattierten Umschlag, der nun auf dem Wohnzimmertisch lag.

»Aus Amerika«, hatte er gesagt. »Kalifornien.«

Interessiert. Dirk tendierte zur Neugier. Ich hatte genickt, mich höflich bedankt, war nicht darauf eingegangen. Es gab Dinge, die auch den besten Nachbarn nichts angingen. Und Momente, in denen ich keine Lust hatte, zu plaudern.

Ich hatte den Umschlag noch nicht geöffnet. Ich würde das später tun, morgen vielleicht, oder gleich, wenn ich hier fertig war. Ich hatte zu tun.

Darum hatte ich Dirk auch nicht hereingebeten. Obwohl ich wusste, dass ihm das gefallen hätte. Ihm lag an unserem Kontakt. Und er hatte mehr als einmal deutlich gemacht, dass er sich gern mit mir unterhielt, sich nach erwachsener Gesellschaft sehnte. Ich verstand das. Und gute Nachbarschaft war mir wichtig, vor allem an einem Ort wie diesem. Wichtiger als damals in Hamburg. Trotzdem hatte ich es bisher nie geschafft, ihn einfach mal zum Kaffee einzuladen. Oder bei ihm zu klingeln, spontan, zwischendurch. Einmal mehr nahm ich mir vor, das nachzuholen. Bald. An meinem nächsten freien Tag zum Beispiel.

Ein Hupen von der Nachbareinfahrt unterbrach die wilde Jagd auf dem Trampolin. Die Kinder rannten über den Rasen nach vorn, um ihre Mutter zu begrüßen. Ich lehnte mich zurück, griff nach meinem Glas, trank noch einen Schluck Wein. Gab mich kurz dem guten Gefühl hin, am richtigen Ort zu sein. Hier draußen, an einem warmen Frühsommerabend. Ein bisschen heile Welt, bevor ich mich erneut auf den Bildschirm konzentrierte, auf die Treffer, die meine Recherche ergeben hatte.

Eine Menge Treffer. Konstanze Friedrichs war präsent.

Ich hatte ein paar Eckdaten notiert. Abitur in Berlin, danach Studium der Germanistik, Sozialwissenschaften und Politologie. Schon während des Studiums hatte sie als Journalistin gearbeitet. Sie hatte erfolgreich verschiedene Fernsehformate durchlaufen, diverse Preise gewonnen, sich einen Namen gemacht. Seit einem Jahr moderierte sie wöchentlich eine politische Talkshow zur besten Sendezeit, die ihren Namen trug. Konstanze Friedrichs war eine, die es geschafft hatte. Profiliert, erfolgreich, prominent. Eine, die man bewunderte. Und beneidete.

Darum hatte Johannes natürlich recht. Die Situation war sensibel. Eine Konstanze Friedrichs war gut beraten, die Art Problem, das sie in die Elbmarsch-Klinik führte, nicht öffentlich zu machen in einer Welt, in der psychische Probleme noch immer als Schwäche gesehen wurden, als persönliches Versagen.

Ich vergrößerte eines der Porträts auf dem Bildschirm. Studierte das perfekt geschminkte, professionell lächelnde Gesicht. Sie war eine schöne Frau. Klare, fast strenge Gesichtszüge, die an eine römische Büste erinnerten. Der akkurate Pagenschnitt der dunklen Haare verstärkte diesen Eindruck noch. Ich fragte mich, wie es sich anfühlen mochte, ein öffentlich verfügbares Gesicht zu haben. Eines, das wildfremden Menschen vertraut war. Tausend Augen, die es ansahen, es bewunderten oder nach Makeln suchten.

Etliche Bilder zeigten sie an der Seite eines Mannes. Er schien sich angesichts der Kamera unbehaglich zu fühlen, wirkte auf sympathische Weise verlegen. Ein schönes Paar waren sie gewesen. Ein perfektes Paar, wenn man den Homestorys glaubte, Bilder in der geschmackvollen Wohnung, ein Traumpaar, das gemeinsam kochte, in trauter Eintracht auf dem teuren Sofa saß. Kein Klatsch, kein Tratsch, keine Gerüchte. Ein sauber inszeniertes und fleckenfreies Privatleben.

Die Sonne stand nun dicht über der Deichkrone, warmes, freundliches Abendlicht, das mich trotzdem blendete. Ich rückte Stuhl und Laptop in eine günstigere Position. Bemerkte ein Blitzen zwischen den Kräuterkübeln. Da lag etwas. Ich stand auf. Ging hinüber, bückte mich, angelte danach. Meine Hände fassten weiches Kunstfell, dann starrte ich auf etwas, das mir kurz den Atem nahm.

Ein Bär, ein Teddybär. Eine Spieluhr – am Rücken die Schnur mit der Plastikperle, das wusste ich, und bevor ich mich wehren konnte waren da Töne, Brahms' Wiegenlied. *Guten Abend, gute Nacht, mit Rosen bedacht …*

Der Raptus knurrte leise in meinem Kopf.

Raptus melancholicus. Worte, ein Begriff, der das zusammenfasste, was schiefgegangen war. Das, was mich verfolgte seit damals. Eggers hatte mich ermutigt, dem Monster, das aus der Erinnerung geboren worden war, einen Namen zu geben, ein Gesicht. Um das Gefühl zu visualisieren. Ein Monster mit spitzen Giftzähnen, grünen Reptilienaugen. Etwas, das stinkend fauchte, versuchte, seine scharfen Klauen in mein Bewusstsein zu schlagen. Es half, etwas vor Augen zu haben. Wenn man es ansah, konnte man sich wehren. Es beherrschen. So wie jetzt.

Ich legte eine Hand auf meinen Bauch. Atmete hin zu der Stelle, an der die Angst und der Schmerz wohnten. Noch immer. Vielleicht für immer. Aber ich konnte auch sie beherrschen. Genau wie das Monster.

Ich schloss die Augen. Sah den Raptus an. In seinen Augen spiegelte sich Marlies. Ihre Hände, die etwas umklammerten. Diesen Bären, so einen Bären, eine Spieluhr. Ihre Finger, die die Schnur zogen, wieder und wieder, *guten Abend, gute Nacht*, in enervierender Dauerschleife.

Ich schaffte es, das Bild anzusehen, mich dabei auf das zu konzentrieren, was wichtig war. Was geschehen war, war geschehen, es ließ sich nicht ändern. Ich musste damit leben. Und das konnte ich. Ich hatte Fehler gemacht. Menschen machten Fehler. Aber mich traf keine Schuld.

Es wirkte. Das Bild verschwamm, der Raptus zog sich zurück.

Ich öffnete die Augen wieder. Sah auf den Bären, sah kalte Glasaugen, die in der Abendsonne glitzerten. Nicht hämisch. Nur künstlich und billig. Eine Spieluhr, ein Spielzeug. Nebenan wohnten drei Kinder. Ein billiger Bär, Massenware aus China. Vermutlich hatten Dirks Kinder in meinem Garten Verstecken gespielt oder Fangen oder was immer Kinder spielten heutzutage. Hatten dabei diesen Bären verloren.

Alles in bester Ordnung. Kein Problem.

Es gab diese Momente. Es würde sie wohl immer geben. Das, was geschehen war, war ein Teil von mir, es war meine Geschichte. Ich konnte damit umgehen. Damit leben. Ich konnte mit dem Raptus fertigwerden.

Ich sah hinüber zum Nachbargrundstück, das nun still und verlassen dalag. Stellte mir vor, wie alle beim Abendessen saßen. Lachten, sich unterhielten. Ich überlegte, ob eines der Kinder den Bären vielleicht vermissen würde, später, beim Schlafengehen. Möglicherweise würde es Tränen geben. Sollte ich kurz rübergehen, klingeln? Ich entschied mich dagegen. Ich wollte nicht stören.

Ich legte den Bären an den Rand des Tisches. Das harmlose Spielzeug. Ich trank einen großen Schluck Wein und wandte meine Aufmerksamkeit wieder dem Bildschirm zu.

Die meisten Beiträge, die ich im Netz fand, befassten sich nicht mit Privatem, sondern mit dem, was Konstanze Friedrichs tat, wofür sie stand. Hier und da wurde sie scharf angegriffen, sogar persönlich angefeindet. Arrogant, selbstherrlich, karrierebesessen – Vorwürfe, die nach giftigem Neid rochen, wenig substanziell erschienen.

Aber es gab auch viel Zustimmung. Eine kluge, schlagfertige Moderatorin, die es verstand, Diskussionen fair und sachlich zu leiten. Die trotzdem mit ihrer Meinung nicht hinterm Berg hielt, die richtigen Fragen stellte, provokant, zuweilen entlarvend. Konstanze Friedrichs war beliebt bei Presse und beim Publikum.

Ich griff nach der Akte, die ich mit nach Hause genommen hatte. Studierte noch einmal meine Gesprächsnotizen und kämpfte gegen das Gefühl der Ratlosigkeit an, als es an der Haustür klingelte. Ich fuhr hoch, sah auf die Uhr. Tatsächlich schon kurz vor acht. Wie immer war er überpünktlich.

Ich klappte Akte und Laptop zu. Griff nach dem Bären, trug alles ins Haus. Eigentlich war mir nicht nach Gesellschaft. Lieber hätte ich noch eine Weile hier gesessen und nachgedacht.

Stattdessen ging ich zur Tür, setzte ein Lächeln auf, bevor ich öffnete. Er küsste mich, kaum dass die Haustür ins Schloss gefallen war. Mein Körper reagierte mit dem Enthusiasmus, den mein Geist verweigerte. Ich ließ es zu, folgte der mittlerweile routinierten Choreografie, die ohne viele Worte ins Schlafzimmer führte.

Eine halbe Stunde später lagen wir nebeneinander im Bett. Ich hatte eine frische Flasche Weißwein aus dem Kühlschrank geholt, das Fenster geöffnet und den Ventilator eingeschaltet, um unsere erhitzten, zufriedenen Körper zu kühlen.

Wir tranken. Ich genoss die träge postkoitale Stimmung, die angenehme Schwere meines Körpers. Der Sex tat mir gut. Trotzdem war es an der Zeit, die Sache zu beenden.

Man schlief nicht mit Kollegen. Auf keinen Fall schlief man mit seinem Chef. Das war eine sinnvolle Grundregel. Die sicher nicht nur von mir gebrochen wurde. Ich war nicht die Einzige, die viel arbeitete und außerhalb der Klinik kaum jemanden kennenlernte. In Hamburg hatte ich noch so etwas wie einen privaten Bekanntenkreis gehabt. Alte Freunde aus dem Studium, Überbleibsel aus der Zeit, in der das Leben sich nicht allein um Arbeit drehte. Seit dem Umzug hatte ich kaum Kontakt zu Menschen, die nicht unmittelbar mit der Arbeit und der Klinik zusammenhingen. Und es sah nicht so aus, als würde sich das in absehbarer Zeit ändern.

Ich streckte mich, angelte nach der Flasche Wein und schenkte uns nach.

»Ich muss noch fahren«, sagte Johannes, trank trotzdem.

Ich sah ihm zu. Sein Profil im Gegenlicht, die Haare zerwühlt. Sein gepflegter gebräunter Körper. Ich sah ihn gern an.

Er küsste meine nackte Schulter, meinen Hals, verschüttete dabei ein bisschen Wein. Dann ließ er sich zurücksinken. Er sah zufrieden aus.

Ich schlief gern mit Johannes. Er war ein guter Liebhaber. Er war außerdem charmant, intelligent, zuweilen witzig. Und er war verheiratet.

Wir hatten darüber gesprochen. Er hatte darüber gesprochen, am Ende dieser Phase, in der wir uns ins Zeug gelegt hatten. Wir waren zusammen essen gegangen, hatten in alten Zeiten geschwelgt, dabei absichtlich zu viel getrunken. Wir hatten einen Berg Reisig angehäuft, hockten darauf und spielten mit Streichhölzern. Bis zu dem Abend, an dem alle Weichen gestellt waren, nicht der geringste

Zweifel bestand, dass wir beide bereit und entschlossen waren, das Falsche zu tun.

An diesem Abend hatte er den nötigen, ordentlich vorbereiteten Vortrag gehalten. Verklemmt, ein bisschen spießig die Wortwahl, trotzdem oder gerade deshalb so anrührend. Fast tapfer hatte er erklärt, dass er seine Frau liebe, seine Kinder nie verlassen würde, weil seine Familie ihm wichtig sei. Dass das mit uns nichts damit zu tun habe, sondern etwas anderes sei.

Ich hatte ihn länger reden lassen als nötig, nicht mehr dazu gesagt, als ich musste, und mich heimlich gefreut, dass Ehrlichkeit in dieser Situation weder sinnvoll noch erwünscht war. Es hätte nichts geändert, hätte ich ihm gesagt, dass seine Ehe letztlich der Grund war, dass ich überhaupt Interesse an ihm hatte. Ich war weit davon entfernt, mich wirklich auf jemanden einzulassen. Thomas, der jetzt Tom war, nahm noch zu viel Raum ein. Es war undenkbar, mit jemandem ins Bett zu gehen, bei dem die Gefahr bestand, dass ich mich verliebte, dass mehr daraus wurde. Und darum war Johannes perfekt. Ein angenehmer Mann, der zur Verfügung stand für das, was ich mir wünschte. Der nicht mehr wollte als ich. Eine Affäre, befriedigend für alle Beteiligten.

Niemand war in Gefahr.

Ich war nicht sein erster und ganz bestimmt nicht sein letzter Fehltritt. Ob seine Frau im Bilde war, wusste ich nicht. Wie zwei erwachsene Menschen ihre Beziehung regelten, ging mich nichts an.

»Ich dachte eigentlich, dass du heute eine Flasche Sekt aufmachst«, sagte er jetzt und lächelte.

Ich sah ihn irritiert an. Hoffte, dass ich ihn falsch verstanden hatte. Aber das hatte ich nicht.

»Ich weiß doch, wie wichtig dir die Sache ist.« Sein Lächeln wurde breiter. »Ich weiß, wie sehr du darauf gewartet hast. Und jetzt ausgerechnet jemand wie die Friedrichs!«

Ich löste meinen Körper aus der Berührung, setzte mich auf. Das war ein klarer Regelverstoß. Die Klinik hatte im Schlafzimmer nichts verloren.

Er missdeutete meine Geste. »Bist du sauer? Wegen vorhin? Es tut mir leid, Nadja. Ich war nervös. Ich bin nervös. Ich wollte wirklich nicht … das hatte nichts mit dir zu tun. Die Sache ist furchtbar heikel. Dieser Agent hat mir die Hölle heißgemacht. Wenn die Presse davon Wind kriegt, ist sie erledigt. Ich muss tausend Sachen bedenken, ich muss mich absichern, in alle Richtungen planen. Das stresst mich. Aber ich weiß, dass sie bei dir in guten Händen ist. Das weiß ich wirklich!«

Seine Fingerspitzen streichelten die Außenseite meines Oberschenkels. »Du bist gut«, sagte er. »Du bist verdammt gut. Du wirst das großartig machen.«

Ich sah, wie sich sein Mund bewegte, spürte seine Finger auf meiner Haut. Wollte keines von beidem. Sei still, flehte ich stumm, halt den Mund! Ich wollte hören, was er da sagte. Aber nicht hier und jetzt. Nicht so.

»Es wird böses Blut geben.« Er nahm mein Unbehagen nicht einmal zur Kenntnis. »Es gibt ein paar Kollegen, die sich alle Finger nach so einem Fall lecken. Die Münster wird schäumen, der Korn vermutlich auch. Aber das ist egal. Sie hat sich klar ausgedrückt. Und abgesehen davon bist du fachlich weit überlegen. Das weiß ich. Der Vorstand übrigens auch …« Seine Hand wanderte über das Knie zur Schenkelinnenseite. »Wir haben neulich über die Ausschreibung für die Nachfolge des leitenden Oberarztes gesprochen. Man will dich langfristig halten. Man ist beeindruckt von deinem bisherigen Lebenslauf. Du hast jetzt schon mehr zu bieten als andere, die doppelt so alt sind. Allein die Veröffentlichungen in den letzten Jahren. Das ist kein Posten, den man sich ersitzt, egal, was manche so meinen. Das ist natürlich nicht offiziell, aber ich denke, du solltest eine Flasche Champagner besorgen.«

Ich hätte gern gebrüllt. Ihn geschüttelt. Damit er aufhörte, das zu sagen. Es klang, als wolle er sich selbst versichern, dass all das nichts damit zu tun hatte, dass ich gerade nackt mit ihm im Bett lag.

»Was ist?« Endlich nahm er meine Irritation zur Kenntnis. »Freust du dich nicht?«

Für eine Sekunde hasste ich ihn für diese Frage. Für die Ignoranz, die Unfähigkeit, zu begreifen, dass er es ruiniert hatte. Aber es war zu spät, es war nicht mehr zu ändern.

Ich stürzte den Rest Wein hinunter. »Natürlich freue ich mich. Das ist toll.« Es klang mechanisch.

Er schien das nicht zu bemerken. Konzentrierte sich auf seine Hand, die langsam höher wanderte. Ich schloss die Augen.

Es war Zeit, die Sache zu beenden, dachte ich. Es war allerhöchste Zeit.

6

Patientin: Konstanze Friedrichs, geb. 18.12.1976
Stationäre Aufnahme: 24.05.2016, 09:00 Uhr
Therapiegespräch (Dr. Nadja Schönberg), 25.05.2016, 10:30 Uhr
Patientin allseits orientiert, wirkt ausgeruht und konzentriert, leichte Herabgestimmtheit im Rahmen des normalen Affekts, Sprache, äußere Erscheinung, Psychomotorik ohne Auffälligkeiten. Sprechverhalten ohne Auffälligkeiten.

Es duftet nach Kaffee. Sonnenstrahlen stehlen sich durchs Fenster, tauchen die Küche in optimistisches Licht. Brötchen, Aufschnitt, Marmelade, Eier auf dem Tisch, dazu frisches Obst und Orangensaft. Eine Vase mit einer einzelnen Rose. Er achtet auf solche Details.

»Guten Morgen, meine Schöne!« Er küsst sie auf die Wange. So wie an jedem Morgen. Jeden Morgen steht er früh auf, bereitet das gemeinsame Frühstück vor. Bevor sie ihn kannte, hat sie nie gefrühstückt. Ein Becher Kaffee, während sie sich fertig machte, das hat ihr genügt.

»Gut geschlafen?« Er schenkt ihr Kaffee ein, reicht den Brötchenkorb über den Tisch.

»Wunderbar, danke.« Sie lächelt die Lüge routiniert weg. Sie hat bis halb drei wach gelegen, ist dann ins Bad geschlichen und hat etwas genommen. Das hat er hoffentlich nicht mitbekommen.

Er hat es mitbekommen. Das verrät sein Blick. Er mustert sie, missbilligend, denkt sie, ein fremder Gedanke. Genauso fremd wie die Geste, er hat die rechte Hand gehoben, zupft an seinem linken Ohrläppchen herum. Er wirkt nervös. Unzufrieden. Anders als sonst am Morgen.

»Du siehst beschissen aus«, sagt er jetzt.

Sie zuckt zusammen. Starrt ihn an. So etwas hat er noch nie gesagt.

So etwas sagt er nicht, ganz bestimmt nicht in so einem Ton. Weder liebevoll noch neckend. Eher hämisch.

Er lässt sein Ohr los, lächelt. Ganz normal, als sei nichts.

Sie hat sich verhört, denkt sie. Er hat einen Scherz gemacht, weiter nichts. Sie ist gestresst. Sie schläft nicht gut. Sie geht auf die vierzig zu, in ihrem Alter hinterlässt das Spuren. Er hat das nicht so gemeint.

»Reichst du mir die Butter, Schatz?«

Ganz normal, auch der Ton, liebevoll, freundlich. Sie ist wirklich viel zu empfindlich, völlig überreizt. Sie schmiert Marmelade auf ihr Brötchen, trinkt einen Schluck Saft, hört ihm zu, wie er plaudert. Genau wie immer beim Frühstück. Er spricht von seinem Lehrling, dem Sorgenkind. Er benutzt diesen Begriff, und er meint es auch so. Der Junge ist erst achtzehn, sagt er, ein Kind im Grunde, er braucht eine zweite Chance, auch eine dritte, schwierige Familienverhältnisse, keine Entschuldigung für ständiges Zuspätkommen und Schlamperei. Aber das kriegt er schon hin, sagt Klaus, er wird sich den Jungen noch mal väterlich zur Brust nehmen. Auch das sagt er wirklich, er neigt zu diesen altbackenen Formulierungen, die Konstanze eigentlich mag, genau wie diesen offenbar unverbrüchlichen Optimismus, diese Gewissheit, dass am Ende alles gut wird.

Er wechselt das Thema, richtet Grüße aus von einer Köchin, die schwanger ist. Sie hat ihn gefragt, ob er Pate sein will für das Kind. Konstanzes Unbehagen wächst, als er wieder die Hand zum Ohrläppchen hebt. Sie kann den Finger nicht darauflegen, aber da ist ein Gefühl von Unwucht. Sein Ton ist zu drängend, leichte Unebenheiten, die sie nicht fassen kann.

»Nimm noch ein Brötchen.« Er reicht ihr den Korb. »Du musst anständig essen, sonst fällst du mir vom Fleisch.« Sein Ton ist scherzhaft. Aber sie weiß, dass das kein Witz ist. Ihm ist aufgefallen, dass sie wieder abgenommen hat.

Sie greift gehorsam nach einem Croissant. Schaut ihn an, während sie den süßen, buttrigen Blätterteig kaut, der in ihrem Mund größer statt kleiner zu werden scheint. Sie betrachtet seine lockigen Haare, die sich oben auf dem Kopf lichten. Ein Bauchansatz, deutlich sichtbar unter dem verwaschenen T-Shirt. Er sollte auf seine Figur achten. Zum Friseur gehen, sich etwas Anständiges zum Anziehen kaufen. Aber das wird er nicht. Er isst furchtbar gern und trinkt Wein, er hasst Sport ebenso wie Friseurbesuche und Einkaufsbummel. Es ist ihm nicht gleichgültig, wie er aussieht, aber lange nicht wichtig genug, um sich dafür zu quälen. Er hat eine Schwäche für Schwächen, sagt er gern. Dafür liebt Konstanze ihn. Vor Klaus muss man nichts verstecken. Fast nichts.

Sie trinkt ihren Kaffee aus. Er hebt die Kanne, sieht, dass sie leer ist.

»Magst du noch einen?« Er schaut sie an. Klingt wieder ganz normal. Klingt richtig.

Sie schaut auf ihre Uhr. »Gern«, sagt sie, obwohl sie eigentlich keine Zeit mehr hat. Gleichzeitig das Gefühl, dass sie jetzt nicht gehen darf, nicht so. Erst muss sie dieses latente Gefühl von Falschheit loswerden.

Es ist nichts. Es liegt an ihr. Es sind die Nerven. Sie steht unter Druck. Sie hat gewusst, worauf sie sich einlässt. Wenn es um so eine Stelle geht, um so einen Sendeplatz, wird mit harten Bandagen gekämpft. Man kriegt nichts mehr geschenkt. Sie kann das aushalten. Aber es ist nicht leicht, darum ist es kein Wunder, dass sie schlecht schläft, wenig Appetit hat. Aber sie muss essen und schlafen, darum nimmt sie manchmal etwas, das ihr hilft. Heimlich, denn Klaus mag das nicht.

Er ist aufgestanden, steht am Küchentresen. Er nimmt die Cafetière, sie hört, wie er sie reinigt, Wasser in den Wasserkocher füllt. Sie riecht das frische Kaffeepulver, das er in die Kanne löffelt. Dann tritt er hinter sie, legt ihr beide Hände auf die Schultern.

»Wann kommst du nach Hause?«

»Spät«, murmelt sie. »Nicht vor halb neun.«

Seine Hände graben sich in ihre Schultern. Fest. »Scheiße«, sagt er.

»Es tut mir leid«, sagt sie, obwohl es sich überflüssig anfühlt, leere Worte.

»Ach ja?« Sein Griff wird ein bisschen fester. Zu fest.

»Natürlich, ich … es geht nicht anders. Es tut mir wirklich leid«, wiederholt sie. »Klaus, du tust mir weh.«

Er lässt sie los, lacht. Hässlich.

»Spar dir das«, sagt er. »Gar nichts tut dir leid. Ich bin dir doch völlig egal, wenn es um deine beschissene kleine Karriere geht.«

Sie schluckt, merkt, dass ihre Augen zu brennen beginnen. Falsch, denkt sie wieder, das hier läuft falsch. Das ist nicht Klaus, so redet er nicht. Wo kommt diese Wut her, warum diese Aggression, jetzt, ausgerechnet jetzt, wo sie das überhaupt nicht gebrauchen kann?

Sie darf jetzt nicht heulen, sonst muss sie ihr Make-up erneuern, und dafür hat sie keine Zeit mehr. Ein Gedanke, der von ganz allein kommt. Den sie hasst, weil er bestätigt, was Klaus ihr vorwirft. Es gibt weiß Gott wichtigere Gründe, nicht zu heulen, als ein bisschen Wimperntusche.

»Es sind nur noch zwei Wochen«, sagt sie. Sie muss etwas sagen. Das hier muss aufhören. »Dann machen wir Urlaub. Bitte, Klaus, ich weiß, dass es gerade nicht leicht ist für uns, aber es ist wichtig für mich, wirklich wichtig.«

Er setzt sich wieder auf seinen Platz. Schenkt ihr Kaffee nach. »Du bildest dir wirklich ein, dass du eine Chance hast, oder?«

Wieder zuckt sie zusammen. Hält seinem Blick stand. »Was soll das? Was meinst du?«

»Himmel, Konstanze. Hör auf, dir etwas vorzumachen. Schau mal in den Spiegel. Du bist alt. Du bist fertig. Die werden dir diesen Job auf keinen Fall geben. Du bist fast vierzig.« Er sieht sie an. Sein Gesichtsausdruck verändert sich, wird sanfter, fast nachsichtig, wieder die Hand am Ohr, während er weiterspricht. »Entschuldige. Das hätte ich nicht sagen sollen. Ich verstehe ja, dass du dir noch etwas beweisen willst. Weil du dir Sorgen machst«, sagt er. Sein Blick ist jetzt weich, warm, genau wie die Stimme. »Ich kenne dich doch, ich kenne dich besser, als du dich selbst kennst. Ich weiß, dass du Angst hast. Aber es macht mich wahnsinnig, zu sehen, wie du dich für diesen Unsinn quälst. Es ist doch ohnehin bald vorbei. Und wenn der Stress weg ist, der idiotische Job, dann wird es wunderbar, das weiß ich. Du wirst eine großartige Mutter sein, Konstanze.«

Klirrend fällt die Kaffeetasse aus ihrer Hand. Ein brauner, nasser Fleck breitet sich auf der Tischdecke aus. Sie springt auf.

»Klaus, was …?« Jetzt weint sie doch. »Bitte, Klaus, was soll das, was redest du da?«

»Ach du liebe Zeit!« In Sekunden hat er den Lappen von der Spüle geholt, tupft an der Lache herum. »Alles in Ordnung? Hast du dich verbrannt?«

Sie steht da, versucht sich zu beruhigen.

»Konstanze, was ist los?«

Sie schüttelt den Kopf, immer wieder. Er lässt den Lappen auf den Tisch fallen.

»Konstanze, bitte …« Er streckt die Arme aus und kommt näher. Sie weicht zurück. Der Kaffee duftet, sie riecht das Basilikum, das in dem blauen Übertopf vor dem Fenster steht. Sie stürmt aus der Küche, ins Bad. Schließt die Tür ab und übergibt sich, lange und sauer. Sie wischt sich den Mund ab, lässt kaltes Wasser über ihre Handgelenke laufen.

Er steht vor der Tür. »Schatz, geht es wieder?«

Sie schafft es, zu antworten, neutrale, nichtssagende Worte, alles okay. Sie starrt das Gesicht im Spiegel an. Ein paar geübte Handgriffe, dann ist das Make-up wieder in Ordnung. Sie sieht ihr Gesicht, sieht alles, was er gesehen hat. Alter und Müdigkeit. Vergebliche Hoffnung. Sie schaut an sich hinunter. Keine Flecken oder Spritzer vom Kaffee, Rock und Bluse makellos. Das ist gut.

Sie atmet durch. Strafft die Schultern.

Sie muss los. Sie muss weg hier, muss zur Arbeit, um halb neun ist Redaktionskonferenz. Sie darf nicht zu spät kommen, da sind Leute, die nur darauf warten, dass sie zu spät kommt.

Sie krallt sich an den Gedanken.

Er wartet vor der Tür im Flur. »Konstanze«, sagt er ernst.

»Ich muss los«, murmelt sie, »ich muss wirklich los.«

Es war offensichtlich, dass Konstanze Friedrichs über die Frage, die sie bei der letzten Sitzung nicht hatte beantworten wollen, nachgedacht hatte. Wann hat das angefangen?

Sie hatte sich kurz gesammelt, dann zu reden begonnen. Auffällig war diese Distanz. Sie sprach von sich, als ginge es um eine andere Person. Um jemanden, der ihr nah war, den sie sehr gut kannte. Sie tat, was sie konnte, um die Erinnerung nicht zu nah an sich heranzulassen.

»An diesem Morgen«, sagte sie nun. »Da hatte ich zum ersten Mal Angst vor ihm.«

»Warum? Was genau hat Ihnen Angst gemacht?«

Sie zögerte. »Alles. Er war … gemein. Es klingt vielleicht albern, aber allein diese Aussage, dass ich nicht gut aussehe … Ich weiß, wie sich das anhört. Aber ich bin eitel. Äußerlichkeiten sind wichtig in meinem Job. Und das wusste er. Ihm war völlig klar, wie sehr mich das, was er da gesagt hat, verunsichert.« Sie schien zu schlucken. »Es war fremd. So ein Verhalten. *Er* war fremd, anders. Sein Ton, seine Augen, alles … allein diese Sache mit dem Ohrläppchen, das hat er vorher noch nie getan.« Sie machte eine Bewegung mit der Hand, als wolle sie den Gedanken wegwischen. Biss sich kurz auf die Unterlippe, bevor sie fortfuhr: »Ich hätte es verstanden. Sein Verhalten, meine ich. Seine Vorwürfe waren berechtigt. Ich war damals wirklich auf mich selbst fixiert. Auf den Job, auf diese Stelle. Ich hatte keine Kapazitäten für ihn, für unsere Beziehung. Es war schwierig. Aber wir hatten darüber gesprochen. Vorher. Was es bedeutet, wenn ich mich auf diesen Posten bewerbe. Er hat gesagt, dass er versteht, wie wichtig mir die Sache ist. Dass wir das hinkriegen, dass er damit leben kann. Dass es sich lohnen wird. Trotzdem hätte ich verstanden, dass ihm einfach der Kragen platzt. Dass er die Sache unterschätzt hat, damit doch nicht klarkommt. Ich hätte verstanden, wenn er einfach um sich geschlagen hätte. Um sich Luft zu machen. Das hätte man klären können. Aber dann … diese Sache mit dem Kind … es war so bizarr.«

»Sie wussten nicht, dass er sich Kinder wünscht?«

»Doch, natürlich. Darum geht es ja. Das war ein Problem, am Anfang. Bevor wir uns entschlossen haben, wirklich zusammenzuleben. Ich wollte nie Kinder. Mutterschaft passt nicht in mein Leben. Es war für mich keine Option, nicht zu diesem Zeitpunkt und nicht zu einem späteren. Das habe ich ihm gesagt. Weil ich musste. Weil es wichtig war, ein Thema, das keine Kompromisse erlaubt. Ich hatte Angst, dass er mich verlässt, dass er damit nicht leben kann. Aber er … er war wundervoll. Er hat gesagt, dass er mich will, so, wie ich bin, weil er mit mir leben will. Das reicht ihm, hat er gesagt. Und damit war das Thema erledigt. Er hat nie mehr ein Wort darüber verloren. Bis zu diesem Morgen.«

»Vielleicht haben Sie sich weniger klar ausgedrückt, als Sie denken. Vielleicht hat er Sie missverstanden, hat gedacht, dass es doch eine Frage des Zeitpunkts ist und keine grundsätzliche Entscheidung.«

»Unsinn!« Sie klang verärgert. »Ich bin durchaus in der Lage, mich klar zu artikulieren. Das habe ich weiß Gott gelernt. Und das, was er sagte … ich meine, das war kein Aufgreifen des Themas. Das klang, als hätten wir eine gemeinsame Entscheidung getroffen.«

Ich machte mir eine Notiz.

»Was schreiben Sie da auf?«

»Stört es Sie, wenn ich mir Notizen mache?«

»Nein. Ja. Ja, natürlich stört es mich.«

»Wir können ein Tonband mitlaufen lassen. Wenn Ihnen das lieber ist.«

»Nein!« Sie klang ehrlich entsetzt. Schüttelte dann den Kopf. »Es ist schon in Ordnung«, sagte sie. »Ich muss Ihnen vertrauen, nicht wahr?«

»Sie müssen gar nichts«, sagte ich. »Aber es wäre hilfreich, wenn Sie das könnten.«

Sie sah mich an. »Das kann ich«, sagte sie. »Darum wollte ich ja … Ich weiß, dass Sie verstehen, was ich durchmache. Sie kennen das Gefühl.«

»Was meinen Sie?«

»Ach, kommen Sie. Haben Sie sich nicht gefragt, warum ich Sie wollte als behandelnde Ärztin?«

Ich zögerte. Es war kein guter Moment, diese Frage zu klären, das Thema zu wechseln.

»Ich weiß, was passiert ist«, sagte sie. »Ich habe die Sache verfolgt.«

Die Sache. Ihre schwammige Wortwahl verstärkte mein Unbehagen.

»Schauen Sie nicht so. Ich bin Journalistin«, sagte sie. »Es gehört zu meinem Job, mich zu informieren. Die Geschichte war präsent genug. Wir hätten vielleicht sogar etwas dazu gemacht, Kunstfehler, Misstrauen in die Ärzteschaft, das geht immer. Aber ich habe auch gesehen, was man Ihnen angetan hat. Und so niedrig das klingen mag – das hilft mir, es hilft mir, Ihnen vertrauen zu können. Sie kennen das Gefühl. Wenn da jemand ist, ein einzelner Mensch, der alles daransetzt, das zu vernichten, was man ist. Dem man ausgeliefert ist. Und man weiß nicht, ob man gewinnen kann. Verstehen Sie mich nicht falsch, ich bin keine gute Samariterin. Aber ich weiß, was Sie sind. Was Sie waren. Eine großartige Ärztin. Und die brauche ich. Wenn Sie mir helfen, das hier durchzustehen, dann haben wir beide gewonnen. Dann werde ich dafür sorgen, dass die Welt erfährt, was Sie können. Das verspreche ich Ihnen.«

»Frau Friedrichs, das … das schmeichelt mir sehr, aber es geht hier nicht um mich.« Ich musste zurück zum Thema. Obwohl das, was sie sagte, mir guttat. Sich allerdings zu persönlich anfühlte, zu distanzlos. Ich musste das beenden.

»Natürlich nicht.« Sie seufzte leise. Lächelte dann. »Ich wollte nur, dass Sie das wissen.«

»Wie ging es weiter?«, fragte ich. »Nach diesem Tag, meine ich, diesem Frühstück. Was haben Sie getan?«

Sie senkte die Augen. Verschränkte die Hände ineinander. »Nichts.« Sie blickte wieder auf, sah mich an. »Ich weiß, das war ein Fehler. Aber als ich nach Hause kam, war alles so normal. Er hatte gekocht, eine Flasche Wein aufgemacht. Er war wie immer. Liebevoll, gelassen, entspannt. Und ich … ich war so müde. So erschöpft. Ich habe mir eingeredet, dass ich da etwas in den falschen Hals gekriegt habe. Dass es möglicherweise ein kleiner Aussetzer war, dass ich überempfindlich bin, Dinge falsch verstanden habe. Ein Teil von mir wusste, dass es ein Fehler war, die Sache einfach zu verdrängen. Aber es war so einfach. Alles war gut. Er war Klaus, der perfekte Partner. Der Mann, der mich liebt, Verständnis hat, der mir den Rücken stärkt, alles für mich tut. Er hat das Thema nicht mehr erwähnt. Und dann habe ich die Stelle tatsächlich bekommen. Und er schien so … er schien wirklich glücklich zu sein. Hat mir gesagt, wie stolz er auf mich ist, dass ich es verdient habe. Wir sind in den Urlaub gefahren. Es war alles in bester Ordnung.« Ihre Stimme zitterte. Sie wirkte erschöpft.

»Was haben Sie genommen? In dieser Nacht, Sie sagten, Sie hätten etwas genommen, weil Sie nicht schlafen konnten.«

»Irgendeine Schlaftablette.« Sie wich meinem Blick aus.

»Stilnox? Lendormin? Noctamid? Verschreibungspflichtig?«

Sie hob kurz die Schultern. »Das weiß ich nicht mehr.«

Ich konnte mich an eine ihrer Sendungen erinnern. Es war um Pharmazeutika gegangen, um unterschätzte Suchtgefahren, Nebenwirkungen, um den leichtfertigen Umgang der Deutschen mit Medikamenten. Schlaf- und Schmerzmittel waren ein großes Thema gewesen. Mir war aufgefallen, wie gut Konstanze Friedrichs informiert war. Über Wirkstoffe, Risiken, Nebenwirkungen. Sie war keine Frau, die irgendetwas schluckte, ohne den Beipackzettel zu lesen. Ganz sicher nicht, wenn sie nach der Einnahme an ihrer eigenen Wahrnehmung zweifelte. Sie log.

Das war natürlich keine Überraschung. So gut wie alle Patienten logen, wenn es um Medikamente, Drogen und Alkohol ging. Sie belogen sich selbst, folgerichtig auch mich.

»War es vielleicht Zolpidem?«

»Kein Zolpidem!« Schnell, bestimmt. Sie lief in die Falle. Merkte es sofort. Sie sah mich nervös an. »Ich weiß nicht genau, was es war. Wirklich nicht«, sagte sie. Ihr Ton machte klar, dass sie die Verteidigungsstellung nicht ohne Widerstand aufgeben würde.

»Ich frage einfach bei Ihrem Hausarzt nach.«

»Ich hatte keinen Hausarzt.«

Keine Überraschung. Ich machte mir wieder eine Notiz.

»Nein«, sagte sie. »Sie verstehen das falsch. Ich … ich war nicht beim Arzt. Ich hatte die Tabletten von Sören. Sören Mack. Er ist mein Agent. Außerdem Geschäftsführer meiner Produktionsfirma. Ihm ist aufgefallen, wie müde ich aussah. Er hat mir die Dinger gegeben. Hat gesagt, dass sie ihm helfen bei Stress. Es war einfach irgendein Schlafmittel.«

»Wie viele haben Sie genommen? Wie oft?«

»Einmal die Woche. Zweimal vielleicht, wenn es mir wirklich schlecht ging. Immer nur eine.«

»Und heute? Nehmen Sie noch ab und zu etwas? Zum Schlafen? Oder sonst?«

»Ab und zu ein Aspirin. Sonst nichts, wirklich!« Sie strich sich die Haare hinters Ohr.

Sie sah gut aus an diesem Morgen. Sie trug Jeans und einen weiten roten Pullover, der teuer aussah und gut zu ihren Haaren passte. Trotz der Schatten unter ihren Augen glich sie der Frau, die die Bilder im Internet gezeigt hatten. Ihre Schönheit war echt, nicht das Produkt eines guten Stylisten. Wenn sie regelmäßig Drogen und Pillen konsumierte, dann sah man es ihr jedenfalls nicht an.

»Ich belüge Sie nicht«, sagte sie leise.

Ich schwieg. Als Therapeutin wusste ich natürlich, was ich von solchen Aussagen zu halten hatte. Und doch stellte ich zu meiner eigenen Überraschung fest, dass ich ihr glauben wollte. Wieder ein Gedanke, der sich zu persönlich anfühlte. Der trotzdem da war. Ich mochte diese Frau.

Sie griff nach dem Wasserglas und trank einen Schluck.

»Ich würde mich gern einmal mit Herrn Wolfert unterhalten«, sagte ich. »Wäre Ihnen das recht?«

Ich war auf eine starke Reaktion vorbereitet gewesen. Erschrak trotzdem, als sie abrupt aufsprang, dabei Karaffe und Gläser vom Tisch fegte.

»Nein!« Ihre Augen waren schreckgeweitet. »Auf keinen Fall!« Sie schnappte nach Luft. »Warum glauben Sie mir nicht? Warum glaubt mir keiner? Dieser Mann ist ein Psychopath. Gewissenlos. Skrupellos. Und ein Meister der Täuschung. Er macht der Welt etwas vor. Er würde auch Ihnen etwas vormachen. Und er ist gefährlich. Er schreckt vor nichts zurück. Sie müssen sich von ihm fernhalten!«

Ich war ebenfalls aufgestanden, näherte mich ihr langsam.

Sie duldete meine Hand auf ihrer Schulter. Schien sich ein wenig zu beruhigen.

»Es tut mir leid …«, murmelte sie. »Ich … was habe ich da nur angerichtet?« Sie deutete in einer hilflosen Geste auf die Scherben und die Wasserpfütze auf dem Parkett.

»Das ist nicht schlimm«, sagte ich. »Es ist nur Wasser. Ich kümmere mich später darum. Setzen Sie sich wieder. Es gibt keinen Grund, sich aufzuregen.«

»Keinen Grund, sich aufzuregen?« Sie gab einen Laut von sich, der wohl als Lachen gemeint war, wand ihre Schulter aus meiner Berührung. Sie ließ sich zurück in den Sessel fallen, als wäre sie körperlich erschöpft, legte den Kopf in den Nacken und schloss die Augen. »Entschuldigung«, sagte sie. »Entschuldigen Sie, aber das ist doch wohl ein Witz.« Sie öffnete die Augen wieder. »Ich weiß, warum ich hier sitze. Ich weiß, was los ist. Ich bin Journalistin. Es geht um Fakten. Da sind die äußeren Fakten, Ihre Fakten. Und mir ist sehr wohl bewusst, dass die nicht zu meinen Fakten passen. Den inneren Fakten, diesem Gefühl, nein, der Gewissheit. Ich weiß nicht, wie er es macht. Letztlich weiß ich nicht einmal genau, warum er es tut. Aber ich weiß, dass er Sie belügen würde. Sie manipulieren. Das kann er, das kann er perfekt. Ich habe ihn geliebt. Bis es herausbrach. Das … Dunkle. Da ist etwas Böses in ihm. Sie müssen sich von ihm fernhalten, versprechen Sie mir das! Gott«, stöhnte sie gequält, »Gott, was in aller Welt passiert nur mit mir? Warum geschieht das alles?«

Sie hob eine Hand, presste sie auf den Mund. Sie atmete hektisch, und kurz befürchtete ich eine Panikattacke. Stattdessen fing sie an zu weinen. Leise, unterdrückte Schluchzer, zu unvermittelt, um mich nicht zu beunruhigen. Ich reichte ihr ein Taschentuch und gab ihr etwas Zeit.

»Entschuldigung«, sagte sie wieder, nachdem sie sich gefangen hatte. »Ich versuche es, ich versuche es wirklich. Aber es geht nicht. Alles verhakt sich. Ich kann nichts dagegen tun. Gegen das Gefühl. Ich sitze hier in der Irrenanstalt …« Sie hob eine Hand, um mich daran zu hindern, sie zu unterbrechen. »Ich weiß, der Begriff missfällt Ihnen. Aber ich brauche das. So bin ich. Ich muss die Dinge klar benennen. Ich sitze hier, weil ich möglicherweise verrückt bin. Sie wollen mich jetzt in dieser Sekunde auffordern, solche Aussagen zu vermeiden. Indifferente Begriffe, die dazu dienen, mich selbst abzuwerten. Die gefährlich sind, weil sie nie wieder ganz verschwinden. Krebs. Aids. Psychose. Paranoia. Es gibt Worte, mit denen man vorsichtig sein muss. Wenn sie erst einmal ausgesprochen sind, dann kleben sie an einem. Ich weiß das. Ich weiß das alles. Aber es ändert nichts. Sie würden möglicherweise ›krank‹ vorschlagen. Ein kleines, harmloses Wort. Aber es funktioniert nicht. Ich habe das versucht. Es ist falsch. Wenn man krank ist, dann nimmt man ein Aspirin, man trinkt heißen Tee und schläft viel. ›Krank‹ ist ein Magen-Darm-Infekt …« Sie hielt inne, unterbrach den Augenkontakt. Sie lächelte. »Wobei das vielleicht gar kein schlechtes Bild wäre. Eine Art Brechdurchfall im Gehirn. Keine schöne Vorstellung, aber besser als nichts.« Sie straffte die Schultern und wurde wieder ernst. »Ich will das hier richtig machen«, sagte sie. »Wirklich.«

»Das ist keine Prüfung«, sagte ich. »Sie können nichts falsch machen.«

»Es ist eine Prüfung«, widersprach sie. »Vielleicht die härteste meines Lebens. Und das ist ein Trümmerhaufen. Mein Job hängt am seidenen Faden. Dabei ist er das Einzige, das mir bleibt. Ich bin am Ende. Ich habe Angst. Es ist anstrengend. Unglaublich anstrengend. Und ich komme nicht weiter. Ich weiß, dass Sie mir helfen wollen. Und ich bin froh darüber. Ich mag Sie.« Sie zögerte. »Sie sind wie ich«, sagte sie. »Das klingt vielleicht albern, aber ich fühle das. Sie verstehen, was ich bin. Wer ich bin. Oder?«

Ich lächelte unverbindlich. »Es ist hilfreich, wenn Sie mir vertrauen«, wich ich aus.

»Das tue ich.« Sie klang fast eifrig. »Sie machen das hier gut, da bin ich sicher. Es ist nicht Ihre Schuld, dass ich auf der Stelle trete.«

»Sie müssen Geduld haben«, sagte ich. »Wir stehen noch ganz am Anfang. Es braucht seine Zeit.«

»Zeit«, murmelte sie. »Ich wünschte, ich hätte Zeit. Aber es ist egal. Es hilft ja nichts. Ich muss mit dem arbeiten, was ich habe.« Wieder sah sie mich an. »Ich bin vielleicht irre, aber nicht blöd. Ich brauche Sie. Ich brauche dringend jemanden, der auf meiner Seite ist.«

»Ich bin auf Ihrer Seite«, sagte ich. »Sie können sich auf mich verlassen.«

7

Ich saß an meinem Schreibtisch, versuchte, die Informationen, die ich hatte, zu sortieren. Ich ignorierte das Klingeln des Telefons und die ungelesenen E-Mails, konzentrierte mich auf das, was ich sah, sehen konnte.

Es reichte nicht.

Alles, was ich nach diesem zweiten Gespräch mit Sicherheit sagen konnte, war, dass Konstanze Friedrichs nicht an einer wahnhaften Störung litt. Ihre kognitiven Prozesse waren völlig klar. Keine abgeflachten Affekte. Und obwohl ihre gefühlte Wahrheit, die Angst vor Wolfert als bedrohlichem Verfolger, tief verwurzelt war, war sie dennoch alles andere als unkorrigierbar. Abgesehen von den Erinnerungen und der irrationalen Angst, die sie quälten, wirkte Konstanze Friedrichs geistig völlig gesund.

Ich starrte auf meine Notizen. »Mgl. substanzinduzierte Störung«, stand da.

Sie entsprach nicht dem Bild der klassischen Süchtigen. Alle Drogentests waren negativ gewesen. Aber das sagte nichts darüber aus, was sie damals möglicherweise genommen hatte oder vor einer Woche.

Ich brauchte Zeit. Zeit, um genau hinzusehen. Um zu begreifen, was geschehen war. Zeit, um Informationen zu sammeln, zu sortieren.

Zeit, die Konstanze Friedrichs nicht hatte.

Seufzend wandte ich mich dem Computer zu. Klickte mich durch die Liste der Mails. Termine für Meetings und Sitzungen, der Speiseplan der Cafeteria für die nächste Woche. Ich löschte den größten Teil, kontrollierte dann den Spamfilter, dessen Inhalt ich normalerweise ungelesen löschte.

Aber nicht in diesem Fall. Nicht, als ich den Absender las.

»Marlies@easymail.com«.

Was zum Henker hatte das zu bedeuten?

Meine Hand zitterte, als ich die Mail anklickte.

Zufall, versuchte ich zu denken. Zufall, ein häufiger Name. Der Raptus lachte hämisch. Es hat nichts zu bedeuten, dachte ich, während ich klickte, während sich vor meinen Augen etwas aufbaute, das mir bewies, dass ich mich irrte.

Ein Bild. Ich sah in mein eigenes Gesicht.

Nur das Bild. Aber das war genug, um die furchtbare Schlagzeile, die danebengestanden hatte, in meinem Kopf brüllen zu lassen. »Todes-Ärztin – heute sagt sie endlich aus«. Große Buchstaben, passend zu dem, was man sah. Strähnige Haare, bleiche, teigige Haut. Die Arme erhoben beim vergeblichen Versuch, mein verzerrtes Gesicht vor den Fotografen zu verstecken.

Der Gedanke, dass Tausende Menschen dieses Bild angesehen hatten, tat noch immer weh. Genau wie die bruchstückhafte Erinnerung an diese Situation, in der irgendein Journalist es geschossen hatte, am Tag meiner Aussage, vor dem Gerichtsgebäude. Kein guter Tag, obwohl ich meine Sache gut gemacht hatte. Ich erinnerte mich an das Taxi, aus dem ich mit meiner Anwältin gestiegen war. An die Meute, die meinen Namen rief, Blitze, die zuckten, als wäre ich ein Filmstar. Aber ich war kein Filmstar. Ich war die Angeklagte. Die Todes-Ärztin.

Mir wurde übel.

Ich starrte auf den Absender. Jeder konnte so eine E-Mail-Adresse einrichten. Vermutlich gab es Wege, herauszufinden, wer diese Mail geschickt hatte. Wenn man es wollte. Wenn man sich an jemanden wandte, der sich mit so etwas auskannte.

Aber das war nicht nötig. Denn es gab nur einen einzigen Menschen, der ein Interesse daran hatte, diese Erinnerung zu wecken. Einen, der noch nicht fertig war mit mir. Und der vermutlich nie mit mir fertig sein würde. Weil er mich hasste. Andreas Lendemann.

Ich hatte gelernt, damit zu leben. Mit Eggers' Hilfe war ich an einen Punkt gekommen, an dem ich verstand, warum Lendemann diesen Prozess angestrengt und mich öffentlich diffamiert hatte.

Die Todes-Ärztin. Presse und Internet – von überall waren die Angriffe, Beleidigungen und Unterstellungen über mich hereingebrochen. Dinge, gegen die ich mich nicht wehren konnte, die ich aber aushalten musste. Ich hatte verstanden, dass Lendemann nicht anders konnte. Er brauchte jemanden, auf den er das eigene Gefühl von Schuld und Versagen projizieren konnte. Verständnis war der Schlüssel. Und das, was ich dieser Angst entgegensetzen konnte, die aus dem Wissen entstand, dass es irgendwo da draußen jemanden gab, der mich hasste. Tief und unversöhnlich. Jemanden, der tat, was er konnte, um mir zu schaden.

Ich hatte seit Monaten nichts mehr von Lendemann gehört. Heimlich hatte ich gehofft, dass er letztlich doch einen Weg gefunden hatte, mit der Sache abzuschließen. Offenbar hatte ich mich getäuscht. Aber warum fing er ausgerechnet jetzt wieder an? Und woher wusste er überhaupt, wie er mich erreichen konnte?

Ich atmete tief und ruhig. Konzentrierte mich auf den Gedanken, dass die Bedrohung nicht real war. Eine Mail. Ein Foto. Ein Knopfdruck. Keine Gefahr. Ich atmete das Flüstern des Raptus weg – *es wird nie aufhören, Schuld hat keine Halbwertzeit*. Keine Schuld, brüllte ich ihm stumm entgegen.

Man hatte mich freigesprochen. Die Sache war zu Ende.

Ich stand auf, ging zum Fenster. Ich öffnete es, sog mehr frische Luft in meine Lungen. Es lag an mir. Ich allein entschied, welche Macht dieser Mann über mich hatte. Über mein Leben.

Dieser Mann und Marlies. Der Moment des Scheiterns, mit dem ich umgehen musste und konnte.

Marlies war ein schwieriger Fall gewesen, von Anfang an. Eingeliefert worden war sie mit einer Drogenpsychose. Nach einer kurzen Phase mit psychotischen Schüben, in denen sie wirr und zusammenhanglos vor sich hin flüsterte, war sie in eine tiefe Depression geglitten, die sie vollständig absorbierte, fast katatonisch machte. Dass sie schwanger war, hatte die Sache nicht leichter gemacht.

Sitzung um Sitzung hatte sie mir gegenübergesessen, mit diesem furchtbaren Bären, wieder und wieder die Schnur gezogen, das Lied abgespielt. Sie hatte mich kaum angesehen. Eine anstrengende Patientin, die jede Kommunikation verweigerte. Eine, die viel forderte. Nicht fähig, den Versuch zu unternehmen, sich gegen das, was sie quälte, zu wehren.

Ganz anders als Konstanze, die ihren Problemen ins Auge sah. Die kämpfte, die Dinge beim Namen nannte. Auch die vermeintliche Bedrohung.

Klaus Wolfert.

Ich schloss das Fenster, ging zurück zum Schreibtisch. Kehrte auch mental zurück zu dem, um das es ging. Hier und jetzt. Mein Fall. Konstanze Friedrichs.

Klaus Wolfert.

Ich unterstrich gedankenverloren den Namen auf dem Papier. Natürlich hatte ich nicht wirklich damit gerechnet, dass sie ohne Weiteres ihr Einverständnis zu einem Gespräch geben würde. Obwohl es sinnvoll gewesen wäre. Mir geholfen hätte. Klaus Wolfert war eindeutig eine Schlüsselfigur. Er war dabei gewesen, als etwas seinen Anfang genommen hatte. Er war der, der möglicherweise die Lücken, die Konstanze absichtlich oder unabsichtlich ließ, füllen konnte.

Aber meine Patientin hatte sich klar ausgedrückt. Ihre Argumente waren falsch, letztlich Ausdruck der Erkrankung. Das änderte allerdings nichts. Ich hatte ihre Wünsche zu respektieren.

Ein Klopfen an der Tür riss mich aus meinem Gedankengang. Bevor ich auch nur den Kopf heben konnte, hatte sich die Tür schon geöffnet.

»Nadja! Da haben wir aber Glück!« Johannes nickte mir kurz zu, wandte sich dann an den Mann, der hinter ihm hereingekommen war. »Herr Mack, darf ich vorstellen? Dr. Nadja Schönberg. Eine unserer besten Fachkräfte!« Er lächelte stolz, wandte sich dann an mich. »Das ist Herr Mack, der Agent und Geschäftspartner von Frau Friedrichs.«

Ich erhob mich, begrüßte Mack höflich. Seine Hand umschloss meine fast vollständig, der Druck war zu fest. Die Art Händedruck, die Überlegenheitsgefühle verriet. Sein Anzug sah teuer aus und saß perfekt.

»Schön, Sie kennenzulernen.«

Sonorer Bariton, der sich nicht bemühte, die Floskel glaubhaft klingen zu lassen. Seine Augen hinter der modischen Hornbrille scannten mein Arbeitszimmer. Auf einmal sah ich die Papierstapel, die sich am Rand des Schreibtischs drängten, die schmutzigen Kaffeetassen auf dem Tisch in der Sitzecke, die ich längst in die Teeküche hatte tragen wollen. Ich sah einen chaotischen Raum, widerstand dem Impuls, mich zu entschuldigen. Ich ärgerte mich, dass ich ihn überhaupt verspürte. Das hier war mein Bereich. Und ich hatte niemanden erwartet, geschweige denn eingeladen.

»Nehmen Sie doch Platz, bitte.« Ich trug die leeren Tassen zum Schreibtisch. »Möchten Sie vielleicht ein Glas Wasser? Einen Kaffee?«

»Herr Mack hat nicht viel Zeit«, erklärte Johannes beflissen. »Er ist auf dem Sprung zu einem wichtigen Termin.«

Mack ignorierte Johannes genau wie mein Angebot und die Aufforderung, sich zu setzen.

»Wie geht es Konstanze?« Der hilflose Tonfall kratzte an seiner Aura der Souveränität. Er hob die Hand und schob den Steg seiner Brille nach oben.

Ich lächelte ein beruhigendes Therapeutinnenlächeln. »Es geht ihr so weit gut. Möchten Sie sie sehen? Sie freut sich sicher über Besuch.«

»Nein, ich … ich habe wirklich nicht viel Zeit.«

Ich nahm zur Kenntnis, dass er offenbar zu denen gehörte, denen dieser Ort Unbehagen einflößte. Das hier war nicht die Art Klinik, in der sich Nachbarn und Bekannte die Klinke in die Hand gaben, um Weintrauben und Zeitschriften vorbeizubringen. Immerhin ließ Mack sich nun auf einen der Stühle herab. Es schien ihn Überwindung zu kosten. Er räusperte sich.

»Ich brauche Ihre Einschätzung«, sagte er. Räusperte sich erneut.

»Wir stehen noch am Anfang.« Ich stellte eine Flasche Wasser und Gläser auf den Tisch, setzte mich ihm gegenüber. »Abgesehen davon bin ich natürlich an die Schweigepflicht gebunden. Sie müssen das mit Frau Friedrichs selbst besprechen.«

»Sie begreifen nicht ganz, um was es geht, fürchte ich.« Sein Blick wurde vorwurfsvoll. Abermals schob er seine Brille nach oben. »Sie hat Ende September einen Interviewtermin mit dem Außenminister. Es hat ewig gedauert, die Sache fix zu kriegen, der Sender verlässt sich auf sie. Ab Oktober wird außerdem wieder produziert. Ich muss wissen, ob ich auf sie zählen kann.«

»Herr Mack, meine Priorität gilt nicht vorrangig der Wiederherstellung ihrer Arbeitsfähigkeit«, sagte ich. »Ich bin Ärztin. Meine Aufgabe ist es, die Ursache ihrer Probleme zu finden und sie dann gemeinsam mit Frau Friedrichs zu lösen.«

»Täuschen Sie sich nicht in Konstanze!« Er machte keinen Versuch, seinen Ärger zu verbergen. »Sie ist ein Profi. Ihre Karriere ist ihr wichtig.« Es klang, als sei das etwas außerordentlich Bemerkenswertes. »Es geht um viel. Es ist kein guter Zeitpunkt. Wenn sie nicht rechtzeitig wieder auf dem Damm ist, dann ...« Er beendete den Satz nicht, ließ dessen drohenden Nachhall kurz wirken. »Verdammt, ich muss irgendwie dafür sorgen, dass das hier nicht aus dem Ruder läuft.«

Eine interessante Sichtweise angesichts der Tatsache, dass es dafür wohl ein bisschen zu spät war. Ich verkniff mir eine entsprechende Bemerkung, wäre auch nicht dazu gekommen, denn er sprach weiter.

»Heute ist doch viel machbar. Medikamentös, meine ich.« Er sah mich auffordernd an.

»Frau Friedrichs ist in allerbesten Händen«, mischte sich Johannes ein. »Frau Dr. Schönberg wird sich ausschließlich auf sie konzentrieren. Wir tun alles, was wir können.« Sein eifriger Ton zerrte an meinen Nerven. Ich gab die Hoffnung, dass er gehen würde, mich mit diesem Mann, dem die Wichtigkeit aus allen Poren strömte, allein lassen würde, auf. Ich versuchte, meine Antipathie zu zügeln.

»Wie lange kennen Sie Frau Friedrichs schon?«

»Ewig«, sagte er. »Fast zehn Jahre«. Er warf einen demonstrativen Blick auf seine Armbanduhr.

»Wie würden Sie sie beschreiben? Was ist sie für ein Mensch?«

Er verschränkte die Arme vor der Brust. »Sie ist eine hochintelligente, charismatische Frau«, sagte er. »Eine herausragende Journalistin, eine brillante Moderatorin.«

Ich war kurz in Versuchung, ihn darauf hinzuweisen, dass ich Konstanze nicht buchen wollte. Nur behandeln. Ich riss mich zusammen. »Ist Ihnen in letzter Zeit eine Veränderung an ihr aufgefallen? In der Stimmung, im Verhalten? In ihren Äußerungen?«

»Wollen Sie mich verschaukeln?« Er lehnte sich zurück, legte die Stirn in geordnete Falten. »Sie ist durchgeknallt. Darum ist sie schließlich hier, oder?«

»Wann ist Ihnen zum ersten Mal aufgefallen, dass etwas nicht stimmt?«

Er nahm die Brille ab. »Keine Ahnung. Unsere Beziehung ist eher ... professionell. Ich vertrete sie, mache ihre Termine. Wir leiten gemeinsam eine Produktionsfirma. Sie ist natürlich viel unterwegs. Wir telefonieren regelmäßig. Aber da geht es in der Regel nicht um private Befindlichkeiten.« Er schlug die Beine übereinander, setzte die Brille wieder auf.

»Herr Mack, jede Information, jedes Detail kann helfen.«

»Was wollen Sie denn hören?« Er schüttelte ungeduldig den Kopf. »Ich weiß doch auch nicht, was da schiefgelaufen ist. Wo sie doch so begeistert war am Anfang von diesem Typ. Klaus hier und da, Klaus oben und unten ...«

»Sie hatten also den Eindruck, dass die Beziehung mit Herrn Wolfert sehr eng war. Enger als normal?«

Er schnaubte. »Ich bin dreimal geschieden, mich dürfen Sie weiß Gott nicht nach normalen Beziehungen fragen.« Abermals nahm er die Brille ab, wedelte ungeduldig damit herum. »Ich sag es jetzt einfach mal, wie es ist. Der Mann war ein Segen. Konstanze ist in diesem Alter. In dieser Phase, in der es nicht ganz leicht ist, die Sympathiewerte hochzuhalten. Eben weil sie so brillant ist. Ein bisschen zu klug, ein bisschen zu zielstrebig. Da fahren die Leute bei jungen Frauen drauf ab. Aber in einem gewissen Alter braucht es eine menschliche Ebene. Sonst kippt das Bild. Alt und karrieregeil – das ist ein Killer. Und dieser Wolfert war perfekt. Gut aussehender Typ, aber nicht zu schön. Erfolgreich, auch finanziell, aber in einem völlig anderen Bereich. Medientauglich, fotogen, immer mit dieser charmanten Verlegenheit. Der perfekte Mann an ihrer Seite. Der ihr Abendessen kocht und auch mal die Blusen bügelt. Genau das, worauf Frauen ab dreißig abfahren. Natürlich ist der Beziehungskram immer ein Risiko in ihrem Geschäft. Wenn die Sache vor die Wand fährt, kann es schnell hässlich werden. Aber dessen war sie sich natürlich bewusst.«

Ich brauchte einen Moment, um meine Fassungslosigkeit zu überwinden. Zu begreifen, dass das, was er sagte, wirklich sein Ernst war.

»Natürlich habe ich heimlich befürchtet, dass es schiefgeht«, fuhr er fort. »Ich meine – der Typ war Koch. Der war doch Konstanze hinten und vorn nicht gewachsen. Gar nicht davon zu reden, dass es für keinen Mann leicht ist, es auf Dauer an der Seite einer solchen Frau auszuhalten.«

»Wie meinen Sie das jetzt?«

»Ach, kommen Sie! Konstanze ist ein Star, sie verdient einen Haufen Geld. Steht überall im Mittelpunkt, man reißt sich um eine Friedrichs. Machen wir uns nichts vor. Das verkraftet kein männliches Ego auf Dauer. Zumal es auch nicht so ist, dass sie sich die Butter vom Brot nehmen lässt. Understatement ist nicht Konstanzes Ding, das kann ich Ihnen versichern.«

Ich fing Johannes' Blick auf, mahnend, ein bisschen panisch. Unterdrückte brav jeden Kommentar.

Mack hustete. Er nahm die Brille wieder ab und legte sie auf den Tisch. »Darf ich?« Er zog eine Schachtel Zigaretten aus der Tasche.

Ich schüttelte den Kopf. »Das hier ist ein Krankenhaus.«

Er seufzte demonstrativ, stopfte die Schachtel zurück in die Tasche und sah wieder auf die Uhr.

»Als es dann passiert ist, hat sie sich ja zunächst auch klug verhalten. Hat das erst mal unter dem Teppich gehalten. Ich habe gehofft, dass es dann fein nach Plan läuft. Irgendwann ein Exklusiv-Interview, Gala, Bunte, so in die Richtung. Großes Bedauern, dass man gescheitert ist, Freunde bleiben, sich gegenseitig mit ordentlich Butter und Honig beschmieren. Es hat nicht sollen sein, keine dreckige Wäsche, keine Schuldzuweisungen. Ich dachte, Konstanze hat es im Griff. Sie war angegriffen, klar, aber sie hat ihren Job gemacht wie immer. Zumal bei einer Friedrichs achtzig Prozent noch immer mehr sind als bei anderen hundertzwanzig. Sie war ein bisschen zurückhaltend bei Red-Carpet-Kram. Was natürlich klug war, so hat sie die falschen Fragen vermieden. Dass da was gewaltig schiefläuft, habe ich erst begriffen, als sie mit diesem dämlichen Umzug kam. Was will eine wie Konstanze hier in dieser Einöde? Nichts für ungut, aber …« Abermals schnaubte er. »Dazu das Getue. Niemand darf ihre Adresse haben, niemand die Telefonnummer. Es war lächerlich. Irrational. Es ist ja nicht so, als wären das Sachen, die wir einfach mal so über den Tresen reichen. Und dann hat sie mir irgendwann am Telefon gesagt, dass er hinter ihr her ist. Sie verfolgt. Ich habe ihr natürlich gesagt, dass sie zur Polizei gehen muss. Aber sie wollte nicht. Hatte Angst vor der Presse – klar. Angeblich hat er ihr gedroht, hat gesagt, er erzählt den Schmierfinken genau das, was die hören wollen. Es gibt viele, die einen Haufen Mist schreiben, egal, wie gelogen es sein mag. Da bleibt immer was hängen. Das wusste ich so gut wie sie. Darum habe ich sie nicht gedrängt. Zumal sie mir auch ein bisschen hysterisch vorkam. Allerdings wäre ich im Traum nicht darauf gekommen, dass sie sich den ganzen Scheiß nur einbildet.«

Johannes griff nach der Wasserflasche, schenkte ein und schob ihm ein Glas hin. Er griff danach, ohne zu danken, trank einen Schluck.

»Was wissen Sie über diese Ermittlungen? Ich meine – es gab ja Tatbestände. Anrufe, Briefe, Blumenlieferungen, SMS. Warum sind die Ermittlungen eingestellt worden? Das verstehe ich nicht.«

»Ich auch nicht. Sie hat mir den Schrieb von der Staatsanwaltschaft gezeigt. Da stand, dass man die Sachlage überprüft habe. Dass aus polizeilicher Sicht kein Handlungsbedarf bestehe. Das war's.«

»Wie hat sie darauf reagiert?«

Er zuckte die Schultern. »Sie war natürlich nicht glücklich. Wirkte aber gefasst. Sie hat angedeutet, dass sie sich schon so was gedacht hat. Ich habe natürlich nicht kapiert, was sie damit sagen wollte. Wir haben uns nicht allzu häufig gesehen in dieser Zeit. Ich hatte viel um die Ohren. Wir haben telefoniert, ab und zu, und sie hat die Sache nicht mehr erwähnt. Ich bin davon ausgegangen, dass es sich erledigt hat.«

»Hat sie je mit Drogen zu tun gehabt?«, fragte ich. »Medikamente? Nimmt sie Tabletten, rezeptpflichtige Mittel oder möglicherweise irgendetwas anderes?«

Mack fixierte mich. »Was ist denn das für eine Frage?«

»Eine wichtige«, sagte ich. »Eine, die ich nicht ohne Grund stelle.«

»Ist Ihnen klar, wie dünn das Eis ist, auf dem Sie sich da bewegen? Wenn so etwas an die Presse durchsickert …«

Ich unterdrückte ein Seufzen. »Es ist ganz sicher nicht meine Absicht, auch nur ein Wort, das in diesem Raum gesprochen wird, an die Presse weiterzugeben. Es geht darum, ihr zu helfen. Ich möchte einfach wissen, ob Sie Kenntnis davon haben, ob sie etwas genommen hat, gelegentlich oder regelmäßig …«

Er lachte. »Mein liebes Mädchen, wir leben nicht mehr in den Achtzigern. Da war es noch üblich, mit einem kleinen Näschen oder einer bunten Pille nachzuhelfen. Aber die Zeiten sind vorbei. Heute dröhnen die sich höchstens mit Matcha-Shake zu und saufen grüne Smoothies. Ist schon eine Katastrophe, wenn man sich öffentlich mit einer Zigarette erwischen lässt. Und eine wie Konstanze versaut sich die Karriere nicht mit so einem Scheiß. Das hat sie auch nicht nötig.«

Es war erstaunlich, wie glatt und glaubhaft diese Lüge über seine Lippen kam. Ich gab die Hoffnung auf. Dieser Mann würde mir nicht helfen. Ich verschwendete meine Zeit.

»Ich hasse es, mich zu wiederholen«, sagte er jetzt. »Aber ich muss sicher sein, dass Sie das begreifen. Genau solche Andeutungen können sie ratzfatz erledigen. Psychiatrie nach Drogen – ein feuchter Traum für die Blättchenschmierer. Das würde ihr das Genick brechen.«

»Wie Frau Dr. Schönberg schon sagte – nichts von dem, was hier geschieht und besprochen wird, dringt nach außen«, mischte sich Johannes wieder ein.

Mack tat, als habe er ihn gar nicht gehört.

»Halten Sie mich auf dem Laufenden«, befahl er. »Ich muss wirklich schnellstmöglich wissen, wann ich wieder mit ihr rechnen kann. Und jetzt muss ich wirklich los, wie schon gesagt, ein wichtiger Termin.« Er stand auf, ohne eine Antwort abzuwarten. »Bitte grüßen Sie Konstanze von mir. Ich melde mich.« Er wandte sich an Johannes, der ebenfalls aufgestanden war. »Wir bleiben in Kontakt!« Wieder klang es wie ein Befehl.

»War das wirklich nötig?«, fragte Johannes, kaum dass die Tür hinter ihm ins Schloss gefallen war.

»Was?« Ich sah ihn irritiert an.

»Dieser gereizte Unterton. Der Mann hat dir doch nichts getan.«

»Ich war nicht …«, setzte ich an. Besann mich eines Besseren. »Hast du ihm zugehört? Er klang, als wäre sie ein Rennpferd. Und wir sollen sie flottspritzen. Es ist ihm völlig egal, wie es dieser Frau geht. Ihn interessiert nur, wann sie wieder goldene Eier legen kann.«

»Du musst lernen, ein bisschen sensibler zu sein.«

Ich griff nach meinen Unterlagen und blätterte demonstrativ darin. Wenn er sich auch noch aufführen wollte wie ein Arschloch, dann sollte er das bitte woanders tun. Ich merkte, dass ich Kopfschmerzen bekam. Ich hatte keine Lust, zu streiten.

»Es ist sein Job, sich dafür zu interessieren, wann sie wieder arbeiten kann. Und es ist schließlich tatsächlich auch in ihrem Interesse«, fuhr er unbeirrt fort.

Er hatte recht. Natürlich hatte er recht. Aber das war nicht meine Baustelle. Das durfte nicht meine Baustelle sein. Ich war Ärztin.

»Du hast mich überfallen«, ging ich daher lieber zum Gegenangriff über. »Ich habe dir gesagt, dass ich mich vorbereiten muss auf dieses Gespräch. Davon abgesehen wäre es sinnvoll gewesen, die Patientin mit einzubeziehen.«

»Lass uns bitte auf dem Teppich bleiben hier.« Er atmete durch. »Es ist eine spezielle Situation, ob es dir gefällt oder nicht. Es ist ganz sicher auch in Frau Friedrichs' Interesse, dass sie die Klinik baldmöglichst verlassen kann. Im optimalen Fall auch wieder arbeiten.«

»Du willst sie loswerden«, sagte ich.

»Darum geht es nicht! Bitte mach es nicht komplizierter, als es ohnehin ist. Wie spricht sie auf die Neuroleptika an?«

»Ich gebe ihr keine.«

»Was?«

»Johannes, ich habe noch keine Ahnung, wo das Problem liegt.« Meine Kopfschmerzen wurden schlimmer.

»Herrgott …«

»Sie ist meine Patientin«, sagte ich. »Ich trage die Verantwortung. Ich werde ihr nicht einfach blind ein paar Medikamente verschreiben. Ganz sicher nicht, bevor ich weiß, ob es da eine Drogengeschichte gibt. Es hilft nicht, wenn du mich unter Druck setzt.«

»Das ist nicht meine Absicht. Wirklich nicht. Es ist nur …« Er sah mich an. Falsch, ein ganz falscher Blick. »Geht es dir gut, Nadja?«

»Ich habe einfach nur Kopfschmerzen«, sagte ich. »Johannes, alles gut, wirklich. Es ist alles in Ordnung.«

Er nickte zögernd. »Fein«, sagte er. »Aber ich bin da. Wenn du reden willst, meine ich, ich bin für dich da. Das weißt du, oder?«

Ich zwang mich zu einem Lächeln. Er meinte es gut. Er meinte es vermutlich auch ehrlich. Aber er vermischte schon wieder Dinge und Ebenen. Er war nicht mein Freund. Er war mein Chef. Es war mein Fall. Und ich war nicht bereit, jeden Schritt, den ich unternahm, mit ihm zu diskutieren. Ich brauchte keine Sonderbetreuung.

Ein leises Ping kündigte das Eintreffen einer weiteren Mail an. Froh um die Ablenkung wandte ich mich dem Bildschirm zu. Starrte dann auf den Absender. Und konnte zum zweiten Mal an diesem Tag nicht glauben, was ich da sah.

»Dann überlass ich dich mal wieder der Arbeit …«, hörte ich Johannes endlich sagen.

Ich murmelte eine Abschiedsfloskel. Nahm nur am Rande zur Kenntnis, dass er den Raum verließ.

Ich öffnete die Mail. Las. Einmal. Dann noch einmal.

Meine Hand bewegte den Cursor in Richtung der Antwort-Funktion. Im letzten Moment hielt ich inne. Weil mir klar wurde, dass ich gar nicht wirklich wusste, wie ich diese Nachricht beantworten wollte.

Du bist schön. Du bist so schön.

Du liegst da, nackt und makellos, du siehst mich an. Ich versinke in deinen Augen, die Pupillen riesig, schwarze Löcher, in die ich stürzen will, mich verlieren, versinken.

Du lachst. Du streckst die Hand aus. Du willst mehr.

Du willst immer mehr. Ich liebe deine Gier.

Ich bin süchtig nach der Gier, ich giere nach dir, ich will dich haben, ganz und gar, ich will den Rausch, du bist mein Rausch, wir beide, wir fliegen. Ich will dich besitzen, immer wieder, dich fühlen, dich trinken. Das Beben schmecken, wenn du köstlich auf meiner Zunge zergehst.

Erfüllung. Zwei Körper, füreinander gemacht, gemeinsam ein Universum, in dem alles möglich ist, alles vollkommen und frei. Wir fliegen immer höher, ich kriege nicht genug von dir, und du lachst, streckst die Hand aus, du willst mehr, so wie ich, immer mehr. Köstliche Gier, die uns eint und treibt.

Ich liebe deine Haut, so weich, wie sie zittert unter meiner Berührung. Sich nach meinen Händen, meiner Zunge sehnt. Erforschen, erkunden, innen und außen, alles, was du bist, alles, was du fühlst, all die Schönheit, wieder und wieder. Hände, die Neues finden, immer mehr.

Du und ich, danach, davor, verschlungen, Blicke, Körper, du und ich, du streckst die Hand aus, du willst mehr. Du lachst. Es ist noch besser, so ungleich viel besser, als ich es mir vorgestellt habe.

Du bist wie ich.

Ich sehe dich. Jetzt und morgen, nächstes Jahr, ich sehe dich in Zukunft, deiner Zukunft, unserer Zukunft. Ich sehe, was du bist und was du sein kannst. Ich sehe, was du sein wirst. Ich werde dich erschaffen, dich groß machen, größer, als du es dir vorstellen kannst. Du hast es verdient.

Ich liebe dich, sagst du, und es sind die schönsten Worte, die ich je gehört habe, und ich lache, und du lachst. Dann streckst du die Hand aus. Du willst mehr.

Du bist wie ich.

Ich liebe dich.

Ich hatte eine Weile in meinem Arbeitszimmer herumgeräumt, meine Hände beschäftigt, mich daran gehindert, bestimmte Nachrichten noch einmal anzuschauen, auf andere vorschnell zu antworten. Irgendwann knurrte mein Magen, zeigte so an, dass es Zeit für eine Mittagspause war. Ich verließ die Klinik und stieg in mein Auto. Ich brauchte ein bisschen Abstand.

Zu Hause in der Küche öffnete ich den Kühlschrank. Während ich pflichtschuldig nach einem Becher Joghurt griff, sah ich aus dem Fenster. Über die Weite der Marsch wölbte sich ein blauer Himmel, über den der Wind kleine weiße Wolkenschafe jagte. Ein Trecker zog knatternd auf dem Feld jenseits der Straße seine Runden. Ein unaufgeregtes Bild, wohltuend, beruhigend, eines, das mir guttat.

Ich löffelte im Stehen, lust- und appetitlos. Starrte dabei auf die Spieluhr, die ich auf den Küchentisch gelegt hatte. Ein Spielzeug. Ein harmloses Spielzeug, ein Zufall, der nichts mit dieser Mail von Lendemann zu tun hatte. Ich durfte nicht vergessen, Dirk das Ding bei der nächsten Gelegenheit zu geben. Vielleicht suchten sie da drüben verzweifelt danach. Ich nahm den Bären, brachte ihn in den Flur, wo ich ihn auf die Kommode legte. Damit ich ihn sah, wenn Dirk das nächste Mal klingelte. Dann ging ich ins Wohnzimmer und griff nach dem Umschlag aus Kalifornien.

Ich freute mich. Ich freute mich immer, von Thomas zu hören, auch wenn er jetzt Tom war. Er war noch immer ein guter Freund, der beste, den ich hatte. Es war ein guter Moment, sich daran zu erinnern.

Eine DVD fiel mir entgegen, die Hülle schreiend pink. Ein Post-it mit einem Smiley. Ich schob die silberne Scheibe in den Player und setzte mich aufs Sofa.

David Bowies Stimme füllte den Raum. »Ground control to Major Tom …« Auf dem Bildschirm rollten die beeindruckenden Wogen des Pazifik unter einem strahlend blauen Himmel an den Strand. »Take your protein pills and put your helmet on«, sang Bowie, während die Kamera auf Tom schwenkte, der strahlend ein Surfbrett hielt. Ich lächelte.

Sein Lieblingslied. Und seine fixe Idee. Kurz nach unserer Ankunft hatte er beschlossen, dass man nicht in Kalifornien leben konnte, ohne zu surfen. Ausgerechnet Thomas, der nie besonders sportlich gewesen war. Fast dreißig zu dem Zeitpunkt und damit im Vergleich zu denen, die dort über die Wellen glitten, schon ein älterer Herr. Ich erinnerte mich an das Gefühl, im warmen Sand zu sitzen und mich auszuschütten vor Lachen, während ich ihm bei seinen ersten, ungelenken Versuchen zusah. Sand und Sonne, Wind vom Meer. Ich erinnerte mich daran, dass ich glücklich gewesen war. Wie gut es sich angefühlt hatte, ihn bei mir zu haben.

Für mich war das Forschungsstipendium eine große Sache gewesen. Ein Angebot, das ich unmöglich ausschlagen konnte. Und nicht ausschlagen wollte. Im Unterschied zu Thomas war ich immer ehrgeizig gewesen.

Natürlich war der Gedanke, so lange von ihm getrennt zu sein, nicht schön. Aber es ließ sich nicht ändern, hatte ich gedacht, bis er mich eines Besseren belehrt hatte. Ohne Zögern hatte er die Rücklagen aus seinem kleinen Erbe investiert. Weil er mich liebte. Weil er bei mir sein wollte. Mehr Gründe brauchte er nicht. Thomas machte es sich leicht. Und anderen auch.

Sonne, Strand, der Geruch des Meeres. Thomas, der mit dem

Surfbrett kämpfte. An diesem Tag, an dem wir nicht ahnten, dass wir uns bereits im letzten Akt unserer Beziehung befanden.

»Lach nur, Ungläubige«, hatte er gesagt, als er trotz Neoprenanzug vor Kälte schlotternd aus dem Wasser gekommen war. »Du wirst es erleben. Irgendwo in mir schlummert ein Surfgott!«

»This is Major Tom to ground control, I'm stepping through the door …« Thomas-Tom auf dem Bildschirm war mittlerweile im Wasser, lag auf dem Brett und paddelte auf die Welle zu. »Planet Earth is blue and there's nothing I can do …«

Jetzt stand er, richtete das Brett aus, nahm die Welle. Er surfte. Souverän. Er sah trainiert und fit aus. Die Fast-Food-Kilos, über die er in seinen Mails klagte, waren nicht zu sehen. Nur grünes Wasser, hohe Wellen, weiße Gischt und Thomas, der wie Tom aussah. Der recht behalten hatte. Ein Surfgott. »Tell my wife I love her very much, she knows.«

Für eine Sekunde vermisste ich ihn so sehr, dass es körperlich schmerzte. Vor meinem inneren Auge erschien ein anderes Bild, eine Totale, die mich zwang, auch die andere Person wahrzunehmen, die da am Strand war. Die die Kamera führte, geschickt zoomte, sich auf Perspektive und Blickwinkel verstand. Chrissy arbeitete in der Filmbranche, wie so viele in Los Angeles. Chrissy verstand es, den Zauber des Moments einzufangen, Tom beim Surfen ins richtige Licht zu rücken.

Heftig und schneidend, eine Sekunde, vielleicht zwei. Länger dauerte es nicht mehr. Es gab sie immer seltener. Diese Sekunden, in denen ich mich daran erinnern musste, dass ich ihn nicht verloren hatte. Er war noch da. Weit weg und trotzdem nah, anders, als ich es gern gehabt hätte. Aber es gab eben Dinge, die sich nicht ändern ließen. Entscheidungen, die schmerzten, die trotzdem richtig waren. Ich dachte an die Zeit, in der es mir schlecht gegangen war. Daran, was er für mich getan hatte, wie nah er mir gewesen war. Ich hätte es vermutlich auch ohne ihn geschafft. Aber das musste ich nicht, und dafür war ich dankbar.

Ich schaltete den Fernseher aus. Griff nach dem Laptop, öffnete mein Mailprogramm. »Fucking brilliant amazing wonderful, praise the Surfgott!«, tippte ich, drückte auf Senden.

Ich sah auf die Uhr. Zog dann mein Handy aus der Handtasche und wählte die Nummer von Regine Geiger.

Warum tust du das? Warum?

Warum willst du alles kaputtmachen?

Da stehst du vor mir. Nicht groß und schön, sondern winzig, schwach und erbärmlich. Ich hasse es, wenn du heulst.

Ich hasse es, wenn du nicht begreifst. Das, was ich dir erkläre. Wieder und wieder. Aber du hörst nicht zu. Du versuchst, mich zu manipulieren. Obwohl du es besser wissen müsstest. Was bildest du dir ein?

Wir haben alles. Wir fliegen. Sind grenzenlos und ewig. Wir brauchen das Zeug nicht mal wirklich. Aber es macht es dir leichter, die albernen Hemmungen zu überwinden. Ich weiß, dass du Angst hast. Du gibst es nicht zu, das macht mich stolz. Du überwindest die Angst. Für uns. Für unsere Liebe. Du bist groß, weil du mir vertraust. Du tust alles für mich, sagst du, und ich gebe dir dafür alles, das weißt du.

Wir. Zusammen. Großartig. Grenzenlos.

Der Rausch, der niemals schal wird.

Trotzdem heulst du jetzt. Dumm, dumm, dumm. Du sagst, du willst mehr. Aber es ist die falsche Gier, du willst das Falsche. Dein Mehr ist ein Weniger, es ist eng, eingeschnürt, es ist unser nicht würdig. Grenzen, die wir nicht brauchen. Du machst alles kaputt. Ich weiß das. Ich habe es erlebt.

Du willst mich ganz, sagst du, obwohl du alles hast, alles, was du brauchst. Du machst mich wütend.

Du kannst ohne mich nicht leben, sagst du.

Das stimmt. Und eben darum musst du dich an die Regeln halten. Ich gebe dir alles. Ich mache dich groß. Und es ist unerträglich, wenn du so erbärmlich bist. So viel Dummheit und Ignoranz, ich ertrage das nicht. Nicht dein Heulen. Nicht die Worte, dieses alberne

Ultimatum, das dich doch so viel mehr kosten würde als mich. Du weißt genau, dass du es ohne mich nicht aushältst. Das wissen wir beide.

Ich bin wütend, so wütend, dass ich dich am liebsten schütteln würde, schlagen, ich möchte dir wehtun, damit du begreifst, damit du zu dir kommst, begreifst, wie falsch das hier ist.

Ich liebe dich. Und darum würde ich dich lieber vernichten, als zuzulassen, dass du alles zerstörst.

Ich möchte dich schlagen. Ich möchte dich küssen.

Ich küsse dich.

Weide mich kurz an deiner Gegenwehr. Halbherzig und schwächlich. Aber ich halte dich, ich halte dich fest, ich bin stark, ich bin stärker als du, stark genug für uns beide. Ich halte dich fest und küsse dich weiter, immer weiter, bis dein lächerlicher Widerstand schwindet. Bis deine Zunge tut, was ich will, was sie will, bis dein Körper reagiert, bis wir richtig sind, wieder perfekt, bis deine Hände sich erinnern, was sie tun wollen, tun sollen, bis alles an dir drängt und bettelt.

Dann stoße ich dich weg. Dann schaue ich dich an.

Tu das nie wieder, sage ich. Mach nicht alles kaputt.

Ich liebe dich, sagst du. Verzeih mir.

8

Regine Geiger schlug vor, sich in einem der Cafés am historischen Markplatz in der Stadt zu treffen. Mir war das recht, es lag auf dem Weg in die Klinik, und das Wetter lud zum Kaffeetrinken in der Sonne ein.

Während wir auf meinen Milchkaffee und ihren Früchtetee warteten, nestelte sie unentwegt an den Knöpfen ihrer ausgewaschenen dunkelgrünen Strickjacke herum. Darunter trug sie eine blaue Bluse. Die Kombination hätte sich gebissen, hätte die Waschmaschine den Farben nicht längst alle Kraft genommen.

Sie wich meinen Blicken aus. Legte eine Nervosität an den Tag, die mich ansteckte, mir aber gleichzeitig das Gefühl gab, dass der eher unorthodoxe Rahmen dieses Gesprächs richtig war. Normalerweise hätte ich auch für dieses Treffen Konstanzes Einverständnis einholen müssen. Sie einbeziehen in die Unterhaltung, die möglicherweise Aufschluss über den Beginn und den Verlauf ihrer Erkrankung geben konnte. Mein Instinkt sagte mir allerdings, dass Regine Geiger unter solchen Bedingungen nicht viel sagen würde. Darum schien es mir vertretbar, davon auszugehen, dass Konstanze nichts dagegen hatte, wenn ich mit ihrer besten Freundin eine Tasse Kaffee trank.

Die Kellnerin brachte die Getränke. Regine griff nach dem Faden, an dem der Teebeutel hing. Bewegte ihn konzentriert hin und her, sodass rote Schlieren das Wasser durchzogen.

»Wir kennen uns noch nicht so lange«, sagte sie endlich. »Wir sind Nachbarn. Also, fast Nachbarn, ich wohne auch draußen im Kimming. Aber das ist ja recht weitläufig, wir haben uns eigentlich nur wegen der Hunde getroffen. Mit den Hunden, meine ich, man trifft sich oft, wenn man einen ähnlichen Tagesrhythmus hat. Und Foxi war ein so süßes Ding, mein Pitt war total vernarrt in sie …« Sie betrachtete das Glas mit dem Tee, ließ den Faden des Beutels dann über den Rand sinken. »Wir sind ins Gespräch gekommen«, sagte sie, es klang fast trotzig. »Sind immer mal ein Stück zusammen gegangen, am Deich. Wir haben uns meistens über die Hunde unterhalten, am Anfang. Einfach geplaudert.«

Ich stellte die Tasse ab. »Sie haben sich also angefreundet«, unternahm ich den Versuch, ihre Ausführungen zu straffen.

Sie lächelte verlegen. Als hätte ich ihr ein Kompliment gemacht. »Ja, das kann man vermutlich so sagen. Also, es war eigentlich der Garten. Ihr Garten. Sie hat ihn anlegen lassen, sie hat sehr geschwärmt. Und sie wollte sich selbst darum kümmern. Aber … ich weiß nicht, sie kannte sich nicht aus. Sie hat sich beklagt, dass die Rosen, die sie gepflanzt hat, eingegangen sind, und … ich weiß nicht, also, das liegt ja meistens am Pflanzloch, die meisten Leute machen es zu klein, und außerdem hat sie mit Kunstdünger statt Hornspan gearbeitet, da muss man höllisch aufpassen, sonst verbrennen die Wurzeln … Es ist eigentlich ja nicht meine Art, Leuten ungebeten Ratschläge zu geben oder mich aufzudrängen, aber … wissen Sie, ich wusste ja gar nicht, wer sie ist. Ich habe keinen Fernseher. Ich meine, ich habe natürlich von ihr gehört, ich lese Zeitung, aber ich habe sie nicht erkannt oder so. Hätte ich gewusst …«

Sie errötete tatsächlich. Offenbar erwartete sie Tadel. Oder hoffte darauf, dass ich ihr versicherte, dass alles in bester Ordnung war. Ich zähmte meine Ungeduld. Erinnerte mich daran, dass ich nicht Regine Geigers Therapeutin war. Obwohl sie weiß Gott den Eindruck machte, als könne sie eine gebrauchen.

»Ach, ich weiß nicht, für mich war sie einfach Konstanze. Die mich gefragt hat, ob ich mal vorbeikomme, auf eine Tasse Kaffee, und mir den Garten anschaue.« Abermals ein Lächeln, diesmal fast stolz. »Und es war sehr nett. Ich meine, wir haben uns so gut verstanden, auf Anhieb. Und ich konnte ihr schon helfen, wissen Sie. Ich bin ja eigentlich Apothekerin, also kein Profi, aber ich kenne mich ganz gut aus, Garten ist meine Leidenschaft.«

Der Begriff Leidenschaft mutete fremd an in dem hastigen, leicht monotonen Duktus dieser unscheinbaren Person. »Jedenfalls, keine

Ahnung, wir sind uns ziemlich schnell nahegekommen. Sehr nahe. Also … freundschaftlich, meine ich, nicht dass Sie denken …« Sie errötete und begann wieder an den Knöpfen zu fummeln. Ich unterdrückte den spontanen Drang, zu lachen. Die Vorstellung, dass eine Frau wie Konstanze mit dieser Regine auf eine Art verbunden war, die nichts mit unschuldiger Gärtnerinnenfreundschaft zu tun hatte, schien reichlich abwegig.

Ich hätte eine Tablette nehmen sollen. In meinem Kopf geisterte noch immer ein dumpfer Schmerz mit Mack, Bowies Major Tom und diesen E-Mails durcheinander. Es fiel mir schwer, mich auf Regine zu konzentrieren, ihren fahrigen Belanglosigkeiten zu folgen. Obwohl es nach der Begegnung mit Mack wohltuend war, jemandem gegenüberzusitzen, dem ganz offensichtlich wirklich etwas an meiner Patientin lag. Es war mir ein Rätsel, was die beiden verband. Aber das ging mich ja auch nichts an.

»Hat sie viele Freunde? Außer Ihnen, meine ich?«

»Nein!« Die Antwort kam ein bisschen zu schnell und zu bestimmt. »Nein, ich meine … sie kennt viele Leute, natürlich, Kollegen und so, aber sie hat gesagt, dass das alles sehr oberflächlich ist. Sie ist mehr der Typ für tiefe und stabile Bindungen, hat sie gesagt.« Sie hob die Hand, sortierte ein paar Haarsträhnen und wagte dabei zum ersten Mal Augenkontakt.

»Was ist mit ihrer Familie?«

Regine griff nach dem Löffel, fischte den Teebeutel aus der mittlerweile dunkelroten Flüssigkeit. Sie wickelte den Faden um Löffel und Beutel, zog ihn fest. Rote Tropfen fielen in das Glas. »Ihr Vater ist schon lange tot. Und die Mutter ist irgendwo in einem Heim. Sie ist dement, sie braucht Pflege. Ich glaube, sie haben kein allzu enges Verhältnis. Aber Konstanze kümmert sich, sie kümmert sich durchaus um ihre Mutter.« Sie klang auf einmal bestimmt, sah mich an, als hätte ich etwas Gegenteiliges behauptet.

So ging das nicht. Ihre Unsicherheit stand wie ein Berg zwischen mir und dem, was ich wissen wollte.

Ich rief mir in Erinnerung, in welcher Lage sich Regine befand.

Sie saß hier und sprach mit einer Fremden über ihre beste Freundin – hinter deren Rücken. Sie tat das, weil sie meine Legitimation als behandelnde Ärztin akzeptierte. Und vertraute mir Dinge an, weil sie Konstanze helfen wollte. Im Unterschied zu Mack beschäftigte sie ganz sicher die Frage, ob sie etwas falsch gemacht hatte. Ob sie das, was geschehen war, möglicherweise hätte verhindern können. Sie wollte helfen. Aber ich wollte Dinge hören, die zu erzählen sich eigentlich verbat. Geheimnisse, Ausfälle, private Katastrophen, all das, was eine gute Freundin unter normalen Umständen für sich behalten würde. Weil diese Dinge ein gefühlt falsches, unschönes Licht auf sie warfen.

»Wirkte sie manchmal bedrückt und traurig in letzter Zeit? Oder besonders gut gelaunt und aktiv?«

Regine hob den Kopf. Zum ersten Mal sah sie mich direkt an. »Sie hatte natürlich Angst!« Sie befreite den Teebeutel aus der Fesselung, legte ihn auf die Untertasse. »Sie hat immer wieder gesagt, dass sie sich nicht unterkriegen lässt von ihm. Und sie ist ja durchaus eine sehr starke Persönlichkeit. Aber man hat gemerkt, dass es sie zermürbt hat. Das, was er getan hat.« Sie ließ die Schultern wieder sinken, als sei sie erschöpft von so viel Worten, griff nach dem vollen Teeglas und schob es beiseite. Dann begann sie ihre Fingergelenke zu massieren. Hektische, fast brutale Bewegungen.

»Sie sprechen von ihrem Ex-Partner, ja? Von Klaus Wolfert. Was genau hat er denn getan?«

Sie starrte einen Moment auf ihre Hände, löste sie dann voneinander und strich die mausbraunen Haare glatt.

»Das hat sie doch sicher erzählt«, murmelte sie. »Darüber spricht sie doch mit Ihnen.«

»Es würde mir helfen, auch Ihre Sicht der Dinge zu hören.«

Sie überlegte kurz, nickte dann. Eifrig und ernsthaft. Ein braves Mädchen. »Er hat angerufen. Immer wieder. Er hat nichts gesagt, am Anfang, nur geatmet. Dann hat er sie bedroht. Hat ihr gesagt dass er sie umbringen will. Er hat diese Briefe geschickt. Bilder auf ihr Handy. Ekelhafte Bilder, immer wieder. Ja, und Blumen. Lilien.

Sie hasst Lilien, das weiß er. Erst sind sie geliefert worden. Aber dann ... dann standen sie auf einmal im Wohnzimmer. Da war es zu viel, da ist sie zur Polizei gegangen. Weil er ja drin war, in ihrem Haus, das war natürlich ... sie hat die Schlösser austauschen lassen. Sie hatte Angst. Darum auch die Polizei, aber es hat ja trotzdem nicht aufgehört. Bis dann ... bis zu diesem Abend. Bis Foxi ... ich meine, im Garten ...« Sie schlug eine Hand vor den Mund, als wolle sie sich selbst daran hindern, es auszusprechen. Ließ sie dann wieder sinken und warf mir einen hilflosen Blick zu. »Wie kann das sein? Ich verstehe nicht, wie er das gemacht hat. Da war kein Hund, da war nichts, nicht einmal Blut. Ich habe doch genau nachgesehen.«

»Sie denken aber, dass er das alles wirklich getan hat?«

Sie sah mich erstaunt an. »Ja, natürlich. Wer sonst?«

»Frau Geiger, haben Sie diese Dinge gesehen? Ich weiß, die Frage kommt Ihnen möglicherweise komisch vor, aber waren Sie je dabei, wenn er angerufen hat? Hat Frau Friedrichs Ihnen die Bilder gezeigt, die er geschickt hat?«

Ihre Augen sanken wieder gen Tischplatte. »Die Anrufe, die kamen ja nachts. Da war ich nicht da, natürlich nicht. Die Briefe habe ich gesehen. Nicht alle. Und die Bilder, ja, sie hat mir mal eins gezeigt. Aber nur einmal. Weil ich ... ich konnte das nicht gut ... ich meine, mir ist ja ganz schlecht geworden davon. Furchtbar, ganz furchtbar, widerlich, es war kein Wunder, dass sie Alpträume hatte.«

»Was genau waren das für Bilder?«

Sie presste kurz die Lippen aufeinander. »Föten«, sagte sie dann.

»Bitte?«

»Tote Föten. Diese Bilder, die sie in Amerika verwenden, die Abtreibungsgegner. Grauenhaft, wirklich, ganz ekelhaft.« Sie hob eine Hand, massierte sich die Stirn. »Ich will nicht daran denken. Mir wird noch immer schlecht, wenn ich daran denke.«

Mein Handy begann zu klingeln. Ich warf einen Blick aufs Display. Johannes. Ich drückte das Gespräch weg.

»Frau Geiger, das ist wirklich wichtig. Sie haben also diese Briefe und Bilder mit eigenen Augen gesehen?«

»Ein paar, ja. Sie hat sie mir gezeigt.« Sie schien sich zu straffen. Sie sah mich wieder an. »Der Polizei auch. Es hat aber nichts genutzt. Sie haben sie trotzdem im Stich gelassen. Keiner wollte ihr helfen!« Ihr Ton wurde anklagend. Ein bisschen weinerlich.

»*Ich* will ihr helfen.« Ich schenkte ihr ein tröstendes Lächeln. »Deshalb unterhalte ich mich mit Ihnen. Das Erlebnis, das sie letztlich so aus dem Gleichgewicht gebracht hat …«

Regine hob die Hände, und für eine Sekunde sah es aus, als würde sie sich gleich die Ohren zuhalten. Das hier war offensichtlich quälend für sie.

»Es war nicht real«, sagte ich trotzdem.

»Ja, das … ich meine, an diesem Abend … es war ein Nervenzusammenbruch. Sie war erschöpft nach alldem. Es gibt eine Erklärung, da bin ich sicher. Vielleicht ein Alptraum. Das war doch alles zu viel für sie.«

»Nimmt sie Medikamente? Zum Schlafen? Gegen die Angst?«

Die Geiger schüttelte den Kopf. »Nicht, soweit ich weiß.«

»Wie sieht es mit Alkohol aus?«

»Wir haben ab und zu mal ein Glas Wein getrunken. Einen Sekt. Aber in Maßen, ich meine, wir haben nie … wir haben uns nicht betrunken oder so.« Ein Hauch rechtschaffene Empörung schlich sich in ihre Stimme. Sie war wieder auf sicherem Grund.

Ich nickte, beruhigend, wie ich hoffte. »Ich versuche nur, mir ein Bild zu machen. Damit es ihr bald wieder gut geht.«

Mein Handy begann erneut zu klingeln. Abermals drückte ich den Knopf, der es zum Verstummen brachte.

Regines Augen schimmerten verräterisch. »Kann ich sie besuchen?« Sie klang wie eine Erstklässlerin, die darum bat, auf die Toilette zu dürfen.

»Selbstverständlich«, sagte ich. »Sie können jederzeit zu ihr.« Ich überwand mich, streckte eine Hand aus und legte sie auf ihre, die mittlerweile wieder mit ihrem Gegenstück einen verkrampften Knoten bildete. Sie zuckte bei der Berührung kurz zurück, entspannte sich dann aber. »Sie wird sich sicher freuen, wenn Sie vorbeikommen«, sagte ich.

Sie lächelte. Dankbar. »Das ist gut«, murmelte sie.

»Machen Sie sich keine Sorgen«, sagte ich. »Wir tun alles, damit es ihr bald wieder gut geht.«

9

Patientin: Konstanze Friedrichs, geb. 18.12.1976
Stationäre Aufnahme: 24.05.2016, 09:00 Uhr
Therapiegespräch (Dr. Nadja Schönberg), 26.05.2016, 09:30 Uhr
Patientin allseits orientiert, äußere Erscheinung und Psychomotorik ohne Auffälligkeiten, leichte Herabgestimmtheit, Patientin wirkt angespannt, aber zugewandt und konzentriert.

Der Dampf füllt das Bad, legt milchige Tropfenschleier auf Spiegel und Armaturen. Ein Duft von Melisse und Kampfer dringt durch die Nase in die Lunge, dringt in den Körper, der im warmen Wasser schwebt. Konstanzes Kopf ist auf die richtige Weise leer. Alles, was sie jetzt noch tun muss, ist schlafen. Lange und ruhig schlafen. Und das wird sie. Trotz der Nervosität. Sie hat das im Griff. Es gehört dazu.

Morgen wird sie die Kanzlerin interviewen. Live, viel mehr Spannung als in den Gesprächen, die aufgezeichnet und bearbeitet werden. Sie mag das, fürchtet es aber auch, denn Unberechenbarkeiten und mögliche Katastrophen lauern wie Klapperschlangen hinter verdorrten Sträuchern. Es kann viel schiefgehen, darum ist diese Nervosität normal. Sie gehört dazu, diese anstrengende und gleichzeitig belebende Mischung aus Angst und dem unbedingten Willen, die Herausforderung zu meistern.

Konstanze setzt sich auf, greift nach der Dusche. Sie dreht das warme Wasser auf, spült sich die Kur aus den Haaren. Es geht ihr gut, alles ist in bester Ordnung. Und auch Klaus geht es gut. Alles ist in Ordnung. In bester Ordnung.

Sie steigt aus der Wanne, trocknet sich ab. Sie hüllt sich in den weichen, warmen Bademantel, samtiges, fließendes Rot. Sie kämmt die nassen Haare, cremt das Gesicht ein und putzt ihre Zähne. Dann geht sie ins Schlafzimmer.

Auf dem Nachttisch steht eine brennende Kerze. Daneben ein Strauß Lilien. Konstanze kann Lilien nicht ausstehen. Das weiß er, eigentlich. Aber er hat es wohl vergessen. Sie versucht, den intensiven Duft und den leisen Ekel, den er auslöst, zu ignorieren. Es ist eine liebevolle Geste, er hat es gut gemeint. Sie lächelt, lässt sich aufs Bett sinken. Sie hört seine Schritte im Flur. Er betritt den Raum, in der Hand einen dampfenden Becher. Er setzt sich neben sie aufs Bett und küsst sie auf die Stirn.

»Trink das.« Er reicht ihr den Becher. Sie schnuppert, riecht Kräuter. Sie lächelt und bedankt sich. Sie trinkt. Kleine Schlucke, der Tee ist heiß. Er schmeckt nicht.

»Was ist das?«, fragt sie.

»Frauenmantel, Johanniskraut und Zinnkraut.« Er lächelt. »Ich habe ein bisschen Honig reingetan. Ich weiß, es schmeckt nicht wirklich, aber es ist enorm gesund – Zinnkraut wirkt stabilisierend, Johanniskraut bringt Licht, und Frauenmantel gibt dem Becken Halt.«

»Dem Becken?« Sie lacht. »Na, dann kann ja nichts schiefgehen.« Sie trinkt noch einen Schluck, aus Höflichkeit, es schmeckt tatsächlich widerwärtig. Sie stellt den Becher weg.

Er sieht sie an. »Soll ich dich massieren?«

»Oh, das wäre wunderbar!« Sie zieht den Bademantel aus und legt sich auf den Bauch. Sie liebt es, von ihm massiert zu werden. Sie fühlt das Öl auf der Haut, dann seine warmen Hände, die genau den richtigen Druck erzeugen. Sie schließt die Augen. Kein Grund zu Nervosität, denkt sie wieder, ich schaffe das. Ihre Muskeln entspannen sich.

»Gut so?«

»Perfekt.« Sie seufzt wohlig, genießt die Berührung. Sie ist kurz davor, einzuschlafen.

»Ich bin so froh, dass dir nicht übel ist«, hört sie ihn sagen.

Es dauert einen Moment, bis die Bemerkung in ihr Bewusstsein sickert. Sie lacht leise. »Klaus, ich bin nervös, aber so nervös nun auch wieder nicht. Ich bin ja keine zwanzig mehr.«

»Das hat damit doch nichts zu tun«, sagt er. »Warum bist du eigentlich so heiß? Du bist viel zu heiß.«

Konstanze ist wieder hellwach. Doch nicht jetzt, denkt sie, sie ist viel zu nervös für Sex, das weiß er. Aber er klingt auch nicht, als ginge es darum. Was die Sache nicht besser macht.

»Du hast das Wasser viel zu heiß gemacht«, sagt er.

»Nein, es war gut. Genau richtig.« Sie spricht zu schnell, sie hofft, dass die Worte die innere Alarmglocke übertönen, die leise zu schrillen beginnt.

»Verdammt«, sagt er. Der Druck seiner Hände wird stärker. »Konstanze, warum tust du das ständig?«

»Was?« Sie wendet den Kopf, sieht ihn an.

»Du trinkst den Tee nicht. Du badest zu heiß. Das ist nicht gut!«

Die Glocke wird lauter, Alarm. Nicht jetzt, fleht sie still, bitte nicht jetzt.

»Ich habe nachgedacht«, sagt er. »Ich weiß nicht, wie es dir geht, aber ich fände es besser, wenn wir es nicht wissen. Mir ist es sowieso egal. Ich dachte immer, dass ich lieber ein Mädchen hätte, aber jetzt merke ich, dass das gar nicht stimmt. Was meinst du? Willst du es wissen? Oder sollen wir uns zusammen überraschen lassen?«

Sie dreht sich auf den Rücken, setzt sich auf. Sie greift nach ihrem Bademantel, hält ihn vor die nackte Brust.

»Was?«

Er lächelt. Fast verlegen. Er hebt eine Hand, greift nach seinem Ohrläppchen. »Ich weiß, es ist viel zu früh. Aber es ist eben ... ich freue mich einfach so. Ich kann an nichts anderes denken. Ich sehe dich an, und es macht mich so glücklich. Es ist wirklich so, wie sie sagen – Frauen werden schöner. Du bist schöner denn je. Deine Haut, deine Augen, es ist, als würdest du von innen strahlen.«

»Klaus ...« Ihre Stimme bricht. Sie weiß nicht, was sie sagen soll. Leere im Kopf, leere Hilflosigkeit, keine Worte, aber sie muss, sie muss etwas sagen. Der Duft der Lilien steigt ihr in die Nase, mischt sich mit dem sonderbar muffigen Teegeruch. »Wovon redest du, Klaus?« Ihre Stimme klingt heiser.

»Ach, meine Schöne!« Er streckt die Arme aus, nimmt ihr Gesicht in seine Hände. Sie will nicht, sie zuckt zurück, aber er hält sie fest, zieht sie näher. Er küsst sie wieder, aufs Kinn, auf den Hals, dann auf die Nase, auf die Stirn, sehr sanft. »Ich weiß, dass man es nicht zu früh beschreien soll. Aber es wird schon gut gehen. Und hier zu Hause, wenigstens hier muss ich doch nicht so tun, als wäre nichts. Wenigstens hier kann ich doch platzen vor Glück, weil die schönste Frau der Welt mir das schönste Kind der Welt schenken wird. Ich liebe dich, Konstanze, ich liebe dich so sehr.«

»Klaus, ich … was redest du denn da? Ich bin nicht schwanger!«

Seine Miene verfinstert sich. Abrupt lässt er sie los, scheint sich zu versteifen. Hebt die Hand und greift wieder nach dem Ohrläppchen, reibt, zieht, zerrt, fast brutal sieht es aus.

»Bitte«, sagt er. »Bitte, Konstanze!« Sein Gesicht verzieht sich, als versuche er zu lächeln. Aber es gelingt nicht. »Warum tust du das? Warum willst du alles kaputtmachen? Du trinkst den Tee nicht. Du badest zu heiß. Du gefährdest das Leben unseres Kindes, ist dir das nicht klar, du dummes Dreckstück?« Er schreit jetzt. »Und dann sagst du solche Dinge. Manchmal kommt es mir vor, als würdest du mich mit Absicht wütend machen. Du weißt, dass es nicht gut ist, wenn ich wütend bin.«

Er lässt sein Ohrläppchen los. Greift nach der Vase mit den Lilien. Fasst sie mit beiden Händen, hebt sie, schleudert sie mit Wucht an die Wand. Ein paar Sekunden sitzt er ganz still, starrt auf den nassen Fleck. Dann schluchzt er auf.

»Oh Gott, entschuldige!« Er springt auf, kniet sich vors Bett. Er greift nach Konstanzes Hand. »Entschuldige, meine Schöne, das hätte ich nicht tun dürfen.« Er umklammert ihre Hände, es schmerzt. »Verzeihst du mir? Bitte, kannst du mir verzeihen?«

Konstanze hat das Gefühl, keine Luft mehr zu bekommen. »Klaus …« Kaum mehr als ein Krächzen. Ihre Kehle ist wie zugeschnürt. »Klaus, bitte, sei vernünftig. Erklär mir … bitte, wie kommst du darauf, dass ich …«

Er springt auf, fällt ihr ins Wort. »Nein!«, sagt er. »Nein, tu das nicht! Du hast doch gesehen, was passiert. Denk an unser Kind. Ich habe davon gelesen. Es ist noch winzig klein, aber es bekommt gerade das mit. Negative Emotionen. Das ist nicht gut für unser Kind. Wenn du so redest. Wenn ich so wütend bin. Das musst du begreifen.«

Er atmet hektisch. Wirkt kurz unschlüssig.

»Es ist besser, wenn ich gehe«, sagt er. »Ich weiß, was das hier ist. Man kann das alles nachlesen. Schwangere Frauen ... das sind Hormone, ich weiß, du kannst nichts dafür. Aber du musst dich zusammennehmen. Ich liebe dich. Ich liebe dich unendlich, aber ich bin auch nur ein Mensch. Du machst mich wütend, du machst mich so wütend mit diesem Verhalten. Ich habe Angst, dass etwas geschieht, wenn ich so wütend bin. Darum ist es besser, wenn ich jetzt gehe. Dann hast du Zeit, dich zu beruhigen. Entspann dich. Schlaf jetzt, ruh dich aus. Ich gehe ein bisschen weg.« Er geht zur Tür. Er löscht das Licht. »Ich komme bald wieder«, sagt er. »Ruh dich aus.«

Er verlässt den Raum, schließt die Tür hinter sich.

Konstanze sitzt im Dunkeln. Starr vor etwas, das Angst ist und Unglaube und Verzweiflung. Sie sitzt da und hört, wie die Haustür ins Schloss fällt. Fühlt kurz eine Erleichterung, die alle anderen Gefühle übertönt.

Sie hatte angefangen zu reden, kaum dass sie im Sessel saß. Die Worte strömten, als sei es ein körperliches Bedürfnis, sie loszuwerden, der Redefluss nur unterbrochen von häufigen Griffen nach dem Wasserglas. Sortiert und vorbereitet. Eine Frau, die sich aufs Reden verstand. Erst gegen Ende ihrer Erzählung schlich sich ein leichtes Zittern in ihre Stimme, sie unterbrach sich mehrfach, um sich die Nase zu putzen.

»Ich habe die ganze Nacht kein Auge zugetan. Ich war so ... geschockt, so hilflos. Ich habe versucht zu begreifen, was passiert. Ich habe geheult, ich habe gegrübelt. Ich kann mir das nicht eingebildet haben. Das ist unmöglich. Da war doch die Vase, die kaputte Vase, Lilien, Scherben. Es war ...« Sie zögerte. »Es war Wahnsinn«, sagte sie dann leise. Sie holte Luft, atmete ein paarmal konzentriert und ruhig, dann fuhr sie fort: »Als ich in den Sender kam, habe ich mich gefühlt wie ein Gespenst. Ich war heiser, ich sah furchtbar aus, ich war so müde, so durcheinander, ich war am Ende.«

»Das war im letzten Frühjahr?«, erkundigte ich mich.

Sie nickte.

Ich machte eine Notiz. Das konnte nicht stimmen. Es war unmöglich. Ich erinnerte mich an das Interview. Ich hatte es gesehen. Ich und ein paar Millionen andere Zuschauer. Konstanze Friedrichs war brillant gewesen. Ausgezeichnet vorbereitet, gelassen, schlagfertig. Ein informatives und gleichzeitig kurzweiliges Gespräch. Ein Highlight in der Karriere von Konstanze Friedrichs.

»Wie haben Sie das geschafft?« Ich wusste, dass die Frage nicht zielführend war. Aber ich musste sie stellen.

Sie erwiderte meinen Blick, fragend erst, dann schien sie zu begreifen. Sie richtete sich im Sessel auf, streckte den Rücken. Sie verschob die Hüfte ein Stück nach hinten, saß nun kerzengerade. Sie drehte sich leicht ins Halbprofil. Dann setzte sie ein Lächeln auf, wie angeknipst, trotzdem warm, strahlend, überzeugend.

»Ich bin ein Profi«, sagte sie. Auch ihre Stimme hatte sich verändert. Sie klang ruhig und bestimmt, ein angenehmes Timbre. »Das ist mein Job.«

Es war beeindruckend. Die winzigen Verschiebungen in Gestik, Mimik, Körperhaltung und Stimme führten zu einem verblüffenden Effekt. Mir gegenüber saß eine Frau, die alles unter Kontrolle hatte, absolut Herrin der Lage war. Es war unheimlich.

»Jetzt schauen Sie mich nicht so an.« Offenbar gelang es mir nur schlecht, mein Erstaunen zu verstecken. »Das gehört dazu. Das lernt man in meinem Beruf. Ich kann es Ihnen beibringen, wenn Sie wollen. Es ist nicht schwer. Und hilfreich.«

»Lassen Sie uns lieber über diesen Tag sprechen«, unterbrach ich sie. Nahm erstaunt zur Kenntnis, wie automatisch sie mit der Verschiebung in der Haltung auch die Rollen im Gespräch zu verschieben drohte.

Sie nickte langsam. Schien zu überlegen. »Ich gebe gern zu, dass ich an meine Grenzen gestoßen bin. Zum ersten Mal in meinem Leben war ich nicht sicher, ob ich es schaffe. Aber ich hatte keine Wahl. Sie wissen doch, wie das ist. Sie müssen doch auch Ihre persönlichen Befindlichkeiten zurückstellen in Ihrem Job.«

Es schien ihr ein Bedürfnis zu sein, mich als Vergleichswert in das Gespräch zu ziehen. Ich ignorierte die Bemerkung, wartete, bis sie weitersprach.

»Die Sache war wichtig. Für den Sender und für mich. Hätte ich das Interview abgesagt, ich wäre erledigt gewesen.« Während sie das sagte, glitt sie langsam aus ihrer Pose. Sank wieder in sich zusammen, erfüllte eine andere Art von Erwartung. Erschreckend überzeugend.

»Das war das erste Mal, dass ich mir gewünscht habe ...« Sie stockte. »Ich habe mir von Herzen gewünscht, dass ich verrückt bin. Dass ich Halluzinationen habe. Ich habe gehofft, dass ich nach Hause komme und er wartet. Mit einer Flasche Champagner, einem schönen Abendessen, dass wir feiern, dass wir etwas trinken und ich vergessen kann, was nicht wirklich passiert ist.«

»Aber so war es nicht?«

Sie schüttelte den Kopf. Biss sich auf die Unterlippe. »Er war nicht da«, sagte sie. »Er war weg, da war nur die kaputte Vase. Ich war ... ich stand völlig neben mir. Ich habe mich krankgemeldet. Ich war nicht ich selbst. Ich habe mich verkrochen, unentwegt versucht, eine Erklärung zu finden. Zu begreifen, dass der Mann, den ich liebe, den Verstand verliert. Ich habe jede Sekunde seziert, alles, was er in den letzten Wochen gesagt und getan hat. Nach diesem Frühstück. Aber ich habe nichts gefunden. Er war völlig normal, hat kein Wort verloren über ... dieses Thema. Ein Teil von mir hat auf ihn gewartet. Ein anderer Teil hatte entsetzliche Angst davor, dass er zurückkommt. Ich habe versucht, ihn anzurufen. Vergeblich.« Sie zögerte. »Ich habe sogar einen verdammten Schwangerschaftstest gemacht. Können Sie sich das vorstellen? Ich war so verunsichert. Ich dachte ... Ich weiß nicht, was ich dachte. Es war das erste Mal in meinem Leben, dass ich wirklich an meinem Verstand gezweifelt habe.«

»Er war negativ? Der Test, meine ich?«

»Natürlich«, brauste sie auf. »Hören Sie mir eigentlich zu?«

»Ich höre Ihnen zu. Aber ich muss manche Fragen stellen. Auch solche, die Ihnen überflüssig erscheinen.«

»Er war negativ. Selbstverständlich war er negativ. Ich habe verhütet. Ich wollte keine Kinder.«

»Da waren Sie immer sicher?«

»Ja! Warum glauben Sie mir das nicht?«

Ihr Ton war schneidend, sie gab sich keine Mühe, ihren Unwillen zu verstecken.

»Ich glaube Ihnen. Aber es ist nicht ungewöhnlich, dass sich diese Einstellung im Lauf eines Lebens ändert. Wenn sich Rahmenbedingungen verschieben, wenn sich die Lebenssituation verändert. Das ist nicht ungewöhnlich.«

Sie lachte leise. »Bitte, Frau Dr. Schönberg. Sparen wir uns das. Ich kenne Sie noch nicht lange, ganz sicher kenne ich Sie nicht gut, aber ich weiß, dass Sie intelligent genug sind, um dieses Konstrukt zu durchschauen. Diesen perfiden Druck, ständig wird Frauen ins Ohr geflüstert, dass es eine biologische Bestimmung gibt. Natürlich steht es uns frei, uns der Fortpflanzungspflicht zu verweigern. Aber wir werden schon sehen, was wir davon haben, wenn wir uns derart unnatürlich verhalten. Irgendwann werden wir alt sein, verbittert und ganz allein. Und dann werden wir verzweifeln, weil es zu spät ist. Sie sind noch jung. Sie sind kompetent, ehrgeizig, Sie wissen, was Sie erreichen können. Ich bin mir sicher, dass Sie genau wissen, was passiert, wenn Sie in diese Falle rennen. Und ich hoffe für Sie, dass Sie das nicht tun.«

In einem normalen Gespräch hätte ich diese Aussagen möglicherweise als Einstieg in eine interessante Diskussion gesehen. Ich dachte an Dirk, meinen Nachbarn. Daran, wie zufrieden und glücklich er manchmal wirkte. Wie er sich trotzdem aufrieb in dem, was ich als kleinteiligen Alltag wahrnahm, in dem eigene Wünsche und Ziele keine große Rolle spielten. Ich dachte an seine Frau, die vorbildlich emanzipierte Karrierefrau, die früh um sechs das Haus verließ, selten vor acht nach Hause kam. Daran, wie müde sie aussah, wie erschöpft, wenn man sie am Wochenende mit den Kindern traf.

Aber das hier war kein normales Gespräch, sondern eine Therapiesituation. Eine, die ich retten musste, bevor sie mir vollständig entglitt.

»Das ist hier nicht das Thema. Ich bin hier nicht das Thema.«

Abermals lachte sie. »Natürlich nicht. Verzeihung, Frau Doktor. Ich versuche nur, uns kostbare Zeit zu sparen. Indem ich festhalte, dass Frauen wie wir ... Entschuldigung, ich korrigiere, Frauen wie ich andere Lebensinhalte und Ziele haben als Vermehrung und Brutaufzucht.«

Ihr Ton missfiel mir fast so sehr wie ihr erneuter Versuch, mich als Bezugsgröße in dieses Therapiegespräch zu ziehen. Sie hatte die Patientenrolle verlassen, sie referierte. Ich musste das so schnell wie möglich korrigieren.

»Wann ist er zurückgekommen?«, fragte ich also.

Sie schwieg kurz, sah mich an. Ich meinte, einen Hauch Enttäuschung in ihren Augen zu sehen.

»Vier Tage«, sagte sie. »Nach vier Tagen.«

»Und wie war es? Wie war er?«

»Bizarr. Unheimlich. Er hat getan, als wäre nichts vorgefallen. Er war auf Dienstreise, hat er behauptet, auf Sylt, da hat er eine Niederlassung. Er hat getan, als sei das geplant gewesen, abgesprochen. Ich habe erst viel später begriffen, was das bedeutet.«

»Was meinen Sie?«

»Er hat es geplant. Genau wie beim ersten Mal, bei diesem Frühstück. Er hat sich Situationen ausgesucht, in denen ich schwach war, verwundbar. Das waren keine Aussetzer. Das überkam ihn nicht einfach. Er hatte das unter Kontrolle. Er ist planvoll und methodisch vorgegangen.«

»Warum?«, fragte ich. »Was genau wollte er denn erreichen?«

»Das liegt doch auf der Hand!« Ihre Stimme wurde schrill. »Es geht nicht wirklich um diesen kranken Kinderwunsch. Den hätte er sich doch erfüllen können. Dazu brauchte er mich nicht. Er hätte mich hassen können, mich verlassen. Sich eine Frau suchen, die ganz wild darauf ist, mit ihm eine nette kleine Familie zu gründen. Aber das wollte er nicht. Es ging ihm von Anfang an darum, mich zu brechen. Zu zerstören, was mich ausmacht. Meine Persönlichkeit. Er wollte mich reduzieren auf diese Rolle, die er für mich vorgesehen hat. Darum hört er nicht auf. Darum lässt er mich einfach nicht in Ruhe. Er will mich dafür bestrafen, dass ich sein Spiel nicht mitgespielt habe. Und er wird nicht aufhören, bis …« Sie brach ab.

Bestrafen und Strafe. Immer wieder. Ich machte eine weitere Notiz.

Sie atmete durch, gewann ihre Fassung zurück. »Ich weiß, wie das klingt. Unbegreiflich. Wir haben uns zufällig kennengelernt. Auf einer Party im Sender. Seine Firma hat das Catering gemacht. Und er war … er war unglaublich. Charmant, nett, geistreich. Ich bin wirklich keine, die sich mal eben so anquatschen lässt, zum Essen einladen. Aber er hat diese Art … er spürt, was sein Gegenüber gerade will und braucht. Ich habe mich noch nie so verstanden gefühlt. Ich hatte vorher Beziehungen. Funktionierende Beziehungen, aus denen möglicherweise mehr hätte werden können. Aber es hat nie so ganz gereicht. Und das war in Ordnung. Ich war nicht auf der Suche. Vielmehr an einem Punkt in meinem Leben, an dem ich dachte, dass ich allein besser funktioniere. Ich hatte meine Arbeit. Und das war mir eigentlich genug.«

»Schwache Kontaktfähigkeit«, notierte ich, setzte ein Fragezeichen dahinter. »Auffällige Persönlichkeitsstruktur«? Die Interpretation kam mir bemüht vor. Wäre sie nicht meine Patientin gewesen, sondern einfach eine Frau, mit der ich mich auf irgendeiner Party unterhielt, hätte ich sie bestimmt nicht als abnorme Persönlichkeit wahrgenommen.

»Ich habe ihn geliebt.« Sie klang jetzt anders. Sie sah an mir vorbei, zum Fenster. Trauer in der Stimme, sie schien den Tränen nahe zu sein. »Ich habe vorher nicht gewusst, dass es das gibt. Dieses Gefühl, so intensiv, zentral und groß. Das Wissen, dass es einen zerstören wird, wenn man es verliert. Es gibt diesen Menschen, der alles verändert. Der einen ganz macht, heil. Es klingt pathetisch, das weiß ich. Aber so ist es. Man kann sich nicht dagegen wehren. Man weiß, dass man nie mehr so sein wird wie vorher. Selbst wenn es scheitert. Vor allem dann, wenn es scheitert. Haben Sie das schon einmal erlebt?«

Sie wirkte fast entrückt. Wie ein Springteufel tauchte Thomas-Tom in meinem Kopf auf. Surfte zu den Klängen von Bowie. Ich drängte ihn weg, weit nach hinten. Nickte dann. Ich wusste genau, was sie meinte.

Ich wartete. Sah sie an, diese Frau, die so traurig war, dabei sonderbar entspannt. Die nun lächelte, als sei sie tief in einer schönen Erinnerung versunken.

»Haben Sie den Vorfall angesprochen? Damals, als er zurückkam?«, unterbrach ich das Schweigen, als es zu lange dauerte.

»Natürlich.«

»Und?«

»Er hat den Spieß umgedreht. Er hat geleugnet, dass so etwas passiert ist. Er hat gesagt, dass ich nervös war an dem Abend. Dass ich eingeschlafen bin, unruhig war. Er hat gesagt, dass ich wohl einen Alptraum hatte. Als könne ich einen Traum nicht von der Realität unterscheiden! Er hat gesagt, er sei sehr früh aufgebrochen am nächsten Morgen. Habe mich nicht geweckt, weil wir das so ausgemacht hatten. Und obwohl ich wusste … obwohl ich sicher war … Verdammt, seine Geschichte ergab trotzdem so viel mehr Sinn als meine.« Sie streckte die Hand aus, zog sich ein Taschentuch aus der Box auf dem Tisch und schnäuzte sich. »Ich habe versucht, es zu glauben. Ich war tatsächlich damals bereit, meine Wahrnehmung in Frage zu stellen. Er hatte mich genau da, wo er mich haben wollte. Genau wie jetzt. Ich zweifle an meinem Verstand. Ich habe das Gefühl, mir selbst nicht mehr trauen zu können.«

»Warum sind Sie nicht zu einem Arzt gegangen? Damals?«

»Zu einem Psychiater meinen Sie? Um ihm zu sagen, dass ich möglicherweise geistig nicht mehr zurechnungsfähig bin? Das war unmöglich. Oder würden Sie einer Frau ein Prime-Time-Format überlassen, an deren psychischer Stabilität Sie zweifeln? Ich habe mir eingeredet, dass es die Nerven sind, der Druck. Eine Phase, etwas, das ich in den Griff bekomme. Daran habe ich mich geklammert, solange es ging. Und außerdem …« Sie begann, das Taschentuch, das sie noch immer in der Hand hielt, zu einem kleinen Ball zu kneten. Schwieg.

»Außerdem was?«

Sie hob den Blick und sah mir in die Augen. »Ich habe es doch gewusst. Er hat Zweifel gesät, ja. Ich war durcheinander und unsicher. Aber ein Teil von mir hat mit Sicherheit gewusst, dass sich alles genau so abgespielt hat.«

»Unkorrigierbarkeit«, notierte ich, wieder mit Fragezeichen, wissend, dass das so nicht stimmte.

»Glauben Sie mir?« Ihre Stimme klang heiser. Sie schien blasser, wirkte verstörter als am Anfang der Sitzung. Das zerknüllte Taschentuch lag in ihrem Schoß, ihre Finger umklammerten nun den Anhänger der langen Kette, die sie trug, ein runder grüner Stein, farblich passend zum Pullover. Sie drehte ihn nervös hin und her.

»Es ist nicht wichtig, was ich glaube«, sagte ich. »Wichtig ist, wie Sie es empfinden. Und dass wir darüber sprechen.«

»Es war real«, flüsterte sie. Sie schien mich gar nicht gehört zu haben. »Ich habe mir das nicht eingebildet. Nicht das, was geschehen ist, als wir noch zusammen waren. Und nicht das, was danach kam. Ich habe der Polizei alles gezeigt. Ich habe ihnen alles erzählt. Die Anrufe, die Bilder … ich … man kann doch nichts zeigen, was man sich nur einbildet, das ergibt doch keinen Sinn!«

Sie schien mit den Tränen zu kämpfen.

»Haben Sie die Bilder noch? Die Briefe?«

Sie schüttelte den Kopf. »Als die Polizei … als sie gesagt haben, dass die Sache für sie erledigt ist, konnte ich es nicht ertragen, das Zeug in der Nähe zu haben. Ich habe die Briefe verbrannt. Das

Handy in die Elbe geschmissen. Ich dachte, es hilft, ich habe geglaubt …« Ihre Stimme brach.

Es war zu viel, dachte ich, es reichte für heute.

»Er spielt mit mir«, sagte sie leise. »Wie eine Katze mit ihrer Beute. Er schlägt zu, dann lässt er mich leben. Er lässt mich einfach existieren, so lange, bis er den Spaß daran verliert, mich zu quälen. Dann wird er es zu Ende bringen. Ich habe keine Chance. Ich kann nicht gewinnen.«

Zum ersten Mal klang und wirkte sie richtig. Ihre Stimme, ihr Tonfall, die Anspannung war deutlich sichtbar. Eine verstörte Frau, erdrückt von Ängsten. Erstmals entsprach sie dem Bild der typischen Patientin.

Ich verstand nicht, warum mich das traurig machte. Vielleicht hatte es mit dem leisen Knurren des Raptus zu tun, das ich in meinem Kopf zu hören glaubte.

10

Es war keine gute Nacht. Kurze, unruhige Schlafphasen wechselten mit halb wachem Grübeln, ein Zustand, der es schwer machte, das Gefühl der latenten Bedrohung rational unter Kontrolle zu halten und mich selbst davon zu überzeugen, dass diese Mail und die alberne Spieluhr nichts miteinander zu tun hatten.

Andreas Lendemann war nicht gefährlich. Nicht auf diese Art.

Er hatte mir von Anfang an die Schuld an dem gegeben, was geschehen war. Und ich hatte es ihm leicht gemacht, mich zu hassen.

Schon als er das erste Mal vor mir saß, zwei Tage nachdem man Marlies in psychotischem Zustand in die Klinik eingeliefert hatte. Irgendwer hatte einen Krankenwagen gerufen in jener Nacht, irgendeine unbekannte Person, die angegeben hatte, dass Marlies in ihrer Wohnung war, Hilfe brauchte. Jemand, der da gewesen war, als es passierte. Nicht Lendemann, er war nicht in der Stadt gewesen. Er hatte angeblich keine Erklärung für das Geschehene gehabt. Nichts von Marlies' Drogenkonsum gewusst, von Pilzen oder Kakteen, so wie in diesem Fall, Mescalin, man hatte Reste in der Wohnung gefunden. Reste dessen, was Marlies psychisch über eine Klippe gestoßen hatte. Die Tests hatten ergeben, dass sie außerdem über einen längeren Zeitraum Kokain konsumiert hatte. Möglicherweise noch andere Dinge, Substanzen, die man nicht nachweisen konnte, weil man nicht wusste, wonach man suchte.

Ich hatte Lendemann misstraut. Es fiel mir schwer, zu glauben, dass er tatsächlich nichts vom Drogenkonsum der Frau, mit der er zusammenlebte, mitbekommen hatte. Außerdem hatte Marlies Hämatome gehabt. Prellungen, Kratzer, vergleichsweise harmlose Verletzungen, die aber dafürsprachen, dass sie körperlich zwar nicht schwer, aber sichtbar misshandelt worden war.

Winzige Wunden, von denen Lendemann angeblich auch nichts bemerkt und gewusst hatte.

Natürlich hatte ich ihm misstraut. Er wäre nicht der erste Mann gewesen, der ein Problem mit Aggressionskontrolle hatte. Der sich dankbar aus der Affäre zog, wenn eine kleine Drogengeschichte außer Kontrolle geriet.

Ich hatte mir nicht viel Mühe gegeben, freundlich zu ihm zu sein. Meine Sorge galt nicht diesem Mann, sondern Marlies. Meiner Patientin.

Natürlich hatte das unser Verhältnis belastet. Wir waren distanziert miteinander umgegangen. Die ganze Zeit, bis zu diesem Tag, dem furchtbaren Tag, als er in meinem Büro saß. Er weinte. Genau wie ich. An diesem Tag hatten wir wirklich miteinander geredet. Und ich hatte Dinge gesagt, die ich nie hätte sagen dürfen. Weil ich nicht Herrin der Lage war, meine Emotionen nicht unter Kontrolle hatte. Weil uns in diesem Moment scheinbar etwas verband, weil ich ihm nahe war in diesem Schmerz. Ich hatte die Situation völlig falsch eingeschätzt. Und erst als er all das gegen mich verwendete, war mir klar geworden, was für einen furchtbaren Fehler ich damit begangen hatte.

Ich dachte an unsere letzte Begegnung. Es war direkt nach meinem Freispruch gewesen. Ich war auf die Toilette geflohen, hatte mich übergeben. Ich hätte erleichtert sein müssen, aber ich hatte mich wie betäubt gefühlt.

Er hatte vor der Tür auf mich gewartet und mich mit einem Blick angesehen, der so voll Ekel und Abscheu war, dass ich ihn kaum aushielt. »Das hier ist nicht zu Ende«, hatte er gesagt. »Du kommst nicht davon, du wirst bezahlen.« Dann hatte er sich umgedreht und war gegangen. Er hatte mich zurückgelassen mit einem Gefühl existenzieller Bedrohung, das sich weniger aus seinen Worten nährte als aus diesem nackten Hass, den er ausstrahlte. Ein Hass, wie ich ihm noch nie zuvor begegnet war.

Wochenlang hatte ich keinen Schritt tun können, ohne ständig ängstliche Blicke über meine Schulter zu werfen. Ich war nicht mehr ans Telefon gegangen, hatte jedes Mal Angst, wenn jemand an meiner Tür klingelte. Immer wieder hatte ich mir eingebildet, ihn zu sehen. Obwohl er nie da gewesen war. Dieser Mann beabsichtigte nicht, mich direkt zu konfrontieren oder gar körperlich anzugreifen. Lendemann bediente sich anderer Waffen. Er säte den Hass, verbreitete ihn in einschlägigen Internetforen. Dort ging er auf, wuchs und blühte. Verleumdungen, Halbwahrheiten, eine völlig verdrehte Version der Realität. Eine Situation, die sich vollständig meiner Kontrolle entzog. Mit Eggers' Hilfe hatte ich gelernt, das auszuhalten. Damit umzugehen. Und darauf zu hoffen, dass sich die Sache irgendwann totlaufen würde.

Genau das war geschehen.

Trotzdem war die Angst nie ganz verschwunden. Diese irrationale Gewissheit, dass er in der Nähe war. Mich nicht aus den Augen ließ. Ich kämpfte dagegen an. Klammerte mich an die Hoffnung, dass auch Lendemann irgendwann einen Weg finden würde, mit der Vergangenheit abzuschließen. Obwohl ein Teil von mir wusste, dass diese Hoffnung trog.

Eine Mail. Ein Foto. Eine aggressive Geste. Aber eine, die nicht mehr forderte als einen Knopfdruck auf der Tastatur. Ich durfte diesem Mann keine Macht über mich zugestehen. Ein Gedanke, der in der Theorie einleuchtend und einfach klang. Sich in der Praxis ganz anders anfühlte.

Es dämmerte bereits. An Schlaf war nicht mehr wirklich zu denken. Ich stand auf, kochte mir eine Kanne Kaffee. Folgte dem zeternden Lockruf der Vögel im morgendlichen Garten und setzte mich mit Konstanzes Akte nach draußen.

Ich blätterte und las und versuchte, die nächste innere Stimme zum Schweigen zu bringen. Eine hartnäckige Stimme, die flüsterte, dass hier etwas nicht stimmte.

Dass Konstanze Friedrichs nicht krank war.

Mir war klar, dass ich diesem Gefühl weder trauen konnte noch durfte. Die Umstände sprachen für sich. Konstanze hatte ein Problem. Darum war sie in der Klinik, darum bat sie um Hilfe. Fakt war, dass es keinen toten Hund gegeben hatte. Fakt war außerdem, dass die Polizei die Ermittlungen gegen Wolfert ganz sicher nicht ohne Grund oder gar leichtfertig eingestellt hatte. Immerhin war sie eine Prominente. Keine, bei der man Stalking auf die leichte Schulter nahm.

Ich las zum hundertsten Mal die Liste der Dinge, die Konstanze Wolfert unterstellte. Nächtliche Anrufe, schweres Atmen, dann die Sätze: *Ich werde dich bestrafen. Ich werde dich töten.* Anlieferung von Lilien, dann ein Strauß in ihrem Wohnzimmer. Dazu die Bilddateien, die er angeblich an ihr Handy geschickt hatte. Tote Föten. *Wie sie die Abtreibungsgegner in Amerika verwenden*, hatte Regine Geiger gesagt. Ich hatte gegoogelt. Musste der Geiger recht geben. Es war widerwärtig. Roh und brutal.

Die Szene mit dem Hund fiel aus dem Muster. Ein vermeintlich persönliches Erscheinen des Aggressors. Eine grausame, erschreckende und ekelerregende Tat vor ihren Augen. Das war eine neue Dimension der Bedrohung. Gleichzeitig der erste Vorfall, der real nicht nachzuweisen war. Kein toter Hund, kein Blut, kein Hinweis darauf, dass die Szene sich wirklich abgespielt hatte. Der Hund war verschwunden, ja, aber dafür gab es eine Menge anderer Erklärungen.

Natürlich hätte es Möglichkeiten gegeben, alle Spuren zu beseitigen. Aber selbst wenn jemand ein böses Spiel mit ihr spielte, sie auf sadistische Art quälte und sich an ihrer Angst ergötzte, ergab dieses Verhalten keinen Sinn.

Allerdings handelte jemand, der so etwas tat, auch nicht zwangsläufig sinnhaft auf die Art, die sich anderen erschloss. Mochte es noch so unwahrscheinlich sein, noch war ich nicht bereit, die Möglichkeit kategorisch auszuschließen.

Interessant war, dass Konstanze gar nicht auf die Idee zu kommen schien, dass jemand anderes als Wolfert hinter der Sache stecken könnte. Ich fragte mich, warum das so war.

Fragen, mehr Fragen als Antworten.

Fragen, die außerhalb meines Zuständigkeitsbereichs lagen. All das ging mich im Grunde nichts an. Ich war Therapeutin, keine Ermittlerin. Aber manchmal war dieser Übergang fließend. Ich brauchte Antworten.

Ich beschloss, noch einmal mit der Geiger zu reden. Mehr Details zu erfragen. Mich an die Polizei zu wenden.

All das würde mir vielleicht helfen, Zugang zu meiner Patientin zu finden. Echten Zugang, um an den Punkt zu gelangen, an dem das, was sie zu erleben glaubte, seinen Ursprung hatte. Dazu gehörte, sie endgültig aus ihrer Rolle zu lösen. Solange sie die Gespräche unbewusst zu moderieren und zu lenken versuchte, kamen wir nicht wirklich weiter. Ich würde das hinkriegen, keine Frage, aber es kostete Zeit. Zeit, die sie nicht hatte. Ihre Karriere war kein Faktor, der meine Arbeit beeinflussen durfte, zumal ebendieser Druck und Leute wie Mack möglicherweise alles andere als gesund für sie waren. Trotzdem war mir natürlich die existenzielle Notwendigkeit, die die Arbeit für sie hatte, bewusst.

Ich musste einfach tun, was ich konnte. So wie immer. So wie bei jedem Patienten. Geduldig und hartnäckig sein. Alles tun, um diesen magischen wunden Punkt zu finden, von dem aus es möglich war, ihr zu helfen.

In meinem Kopf gaben sich Versagensangst und Ungeduld die Klinke in die Hand. Ich kannte diese Stimmung. Den mentalen Zustand, in dem es nicht schwer war, Gründe zu finden für etwas, das man tun wollte, obwohl man es nicht tun sollte. Der flüsternden Stimme im Hinterkopf zu glauben, die sagte, dass es manchmal sinnvoll war, Grenzen zu ignorieren. Impulsen nachzugeben.

Ich holte meinen Laptop, öffnete das Mailprogramm. Löschte kurz entschlossen die Mail mit dem Bild von Lendemann. Öffnete stattdessen die andere Nachricht, die mich irritierte, las sie noch einmal. Diese Mail, die tiefe Unsicherheit verriet, gleichzeitig Not. Wenige Zeilen, denen man anmerkte, wie oft sie umformuliert, neu geschrieben, dann wieder gelöscht und verändert worden waren. Der Hilferuf eines Mannes, der eine Schlüsselrolle spielte. Der nah dran gewesen war, als die Sache erstmals akut wurde.

Die Sache. Ungelenkes gedankliches Umschiffen meiner diagnostischen Unfähigkeit.

»Ach, hier bist du.«

Ich hatte Dirk nicht kommen hören. Er war offenbar ums Haus gegangen. Stand da, in meinem Garten, strahlend, mit einer von Alufolie abgedeckten Springform in den Händen.

»Herrlicher Morgen, was?«

Ich zwang mich zu einem Lächeln. Ich hatte ihn nicht klingeln hören. Hatte er überhaupt geklingelt?

»Ich dachte, du hast vielleicht Verwendung für das hier.« Er stellte die Backform auf den Tisch. »Wir hatten gestern Basar im Kindergarten, Chaos bei der Absprache, und ich stand mit zwei Kuchen zu viel da. Antje ist das ganze Wochenende weg, wir kriegen das nicht gegessen. Und es wäre schade drum – immerhin meine Spezial-Käse-Sahne.« Er grinste.

»Danke.« Ich lächelte verkrampft weiter. Ich fühlte mich gestört. Ich mochte es nicht, dass er einfach in meinem Garten auftauchte. Ein Gedanke, der sich überreizt anfühlte, überempfindlich. Es war ja nicht so, als stünde er unangekündigt in meinem Schlafzimmer.

»Das ist nett von dir«, sagte ich, um das Schweigen, das sich unangenehm ausbreitete, zu beenden. Dabei mochte ich keinen Kuchen. Aber darum ging es ja nicht.

Er setzte sich ungefragt. Zog etwas aus der Jackentasche, stellte es auf den Tisch.

»Babyfon.« Er deutete meinen fragenden Blick richtig. »Die böse Brut sitzt vor der Glotze. Pädagogisch untragbar, ich weiß, aber sie halten mich seit halb sechs auf Trab, jetzt brauch ich mal ein halbes Stündchen.« Seine Augen hefteten sich unverblümt auf die Thermoskanne, die auf dem Tisch stand. »Hast du Spätdienst?«

»Ich habe frei heute.«

»Und dann schläfst du nicht aus? Ey, wenn ich du wäre … ich kann mich nicht mal mehr daran erinnern, wie das ist, wenn man einfach liegen bleiben kann. Und du musst ja auch ganz schön ran, oder, in dem Job? Ich habe das gerade recherchiert, für meinen Roman, da geht es in einem Strang eventuell um Psychiatrie. Spannend, finde ich, aber ich stell mir das echt aufreibend vor.« Er sah mich an. »Wenn du mal Zeit hast, dann wäre es total super, wenn du mir ein paar Fragen dazu beantworten könntest. Recherche ist ja immer schön und gut, aber wenn man jemanden vom Fach hat, ist das Gold wert.«

Ich unterdrückte ein Seufzen. Das Letzte, das Allerletzte, wonach mir gerade der Sinn stand, war es, mit meinem Möchtegern-Schriftsteller-Nachbarn über meinen Job zu plaudern.

Er sah wieder zur Thermoskanne. Schielte dann nach der Akte, die aufgeschlagen auf dem Tisch lag.

»Du arbeitest?«

Ich schlug die Akte eilig zu. »Ja. Ich habe viel zu tun«, murmelte ich. Sehr viel zu tun, dachte ich, darum hätte ich vermutlich auch nicht aufgemacht, wenn du geklingelt hättest. Hast du geklingelt? Auf einmal schien mir diese Frage sehr wichtig.

»Ach, ihr Karrierefrauen«, sagte er. »Antje ist auch so. Ich verstehe ja, dass der Job ihr wichtig ist. Aber sie übertreibt es wirklich. Wenn sie abends nach Hause kommt, ist sie durch. Sie kann überhaupt nicht abschalten. Ich kann mich nicht daran erinnern, wann wir uns das letzte Mal wirklich unterhalten haben. Über etwas, das nichts mit ihrem Job, mit praktischer Lebensführung oder den Kindern zu tun hat.« Er lachte, es klang nervös. »Sag mal, hast du vielleicht noch einen Kaffee übrig?«

Nein, wollte ich sagen. Kein Kaffee, keine Zeit, kein Interesse, und bitte hör sofort auf, etwas von mir zu wollen und von deinen ehelichen Sorgen zu erzählen.

Ich setzte eine bedauernde Miene auf. »Tut mir leid. Ich würde ja noch einen kochen, aber ich muss gleich los.«

»Ich dachte, du hast frei?«

Ich atmete durch. »Ich muss nicht in die Klinik«, sagte ich. »Aber ich habe eine Menge zu erledigen.«

Ich klang ein bisschen gereizt. Ich war gereizt, verdammt. Leider war Dirk entweder nicht willens oder nicht in der Lage, die Signale zu deuten. Er lehnte sich im Stuhl zurück, deutete auf meinen Rasen.

»Der muss mal wieder gemäht werden«, sagte er.

Ich klappte demonstrativ meinen Laptop zu, legte die Akte darauf.

»Hatte ich vor«, log ich. »Mach ich nachher, wenn ich es schaffe.«

»Lass mal. Ich mähe heute sowieso, dann mach ich das hier schnell mit.«

»Das ist nicht nötig. Wirklich nicht, ich … ich mach das schon.« Ich hatte keinerlei Absicht, meinen Rasen zu mähen. Der Gedanke, dass Dirk mir diese offenbar so wichtige Aufgabe abnahm, behagte mir allerdings noch viel weniger.

»Quatsch, ist doch kein Ding. Der Rasenmäher ist lauter als die Fratzen, das ist der Vorteil. Zum Dank trinkst du heute Abend einfach ein schönes Glas Wein mit mir, dann haben alle was davon. Mein Weib ist mal wieder aushäusig und konferiert mit wichtigen und interessanten Menschen. Lässt mich einsam und allein zurück mit einer hervorragenden Flasche Rotwein. Es wäre bestimmt gesünder, wenn ich mich nicht allein um die kümmere. Ich könnte rüberkommen, wenn die Brut schläft, ich bring das Babyfon einfach mit.« Er warf mir einen Blick zu. Einen, der mir gar nicht gefiel. Gott, ich wurde wirklich paranoid.

»Gern«, log ich. »Im Prinzip gern, aber … ich weiß nicht genau, wann ich nach Hause komme. Wie gesagt, ich habe echt viel zu erledigen heute.«

»Klar«, sagte er. »Natürlich. Wenn du keine Lust hast, wenn es dir zu viel ist, meine ich – kein Problem.« Immerhin schien er meine abweisenden Signale endlich zur Kenntnis zu nehmen. Er klang ein wenig verschnupft.

»Ich schau einfach, ob ich es schaffe.« Kaum hatte ich es gesagt, ärgerte ich mich über mich selbst. Obwohl es sozial notwendig schien, so etwas zu sagen. Zu dem netten, etwas gelangweilten Nachbarn, der Kuchen brachte, den Rasen mähte, der nichts dafür forderte außer ein bisschen Freundlichkeit, der mir einfach ein Glas Wein anbot. Warum führte ich mich eigentlich so auf?

»Entschuldige«, sagte ich. »Ich bin nur … es ist alles grad ein bisschen stressig. Ich melde mich, okay? Ich ruf an.«

Er wirkte leidlich versöhnt.

»Gut«, sagte er. Er erhob sich, deutete auf meine Kräuter, die ein wenig trostlos aussahen. »Ich gieß dann auch gleich.«

»Wirklich, das musst du nicht, ich … ich mach das schon.«

»Klar!« Er grinste. »Ich finde allein raus. Und wir sehen uns dann heute Abend – hoffentlich. Ich würde mich echt freuen.« Wieder so ein Blick. »Ach, dann würde ich die Kuchenform auch gern wieder mitnehmen. Leider führe ich grad ein Leben, in dem ich sie ständig brauche.«

Ich stand ebenfalls auf, griff nach Akte und Laptop. »Klar«, sagte ich. »Ja, ich … bis dann.«

Ich wartete, bis er hinter der Hausecke verschwunden war. Ging dann ins Haus. Erst als ich die Terrassentür hinter mir geschlossen hatte, realisierte ich, in was für eine blöde Situation ich mich gebracht hatte. Dirk würde mit Sicherheit bemerken, wenn ich jetzt nicht das Haus verließ. Was natürlich egal war, ich war ihm keine Rechenschaft hinsichtlich meiner Freizeitgestaltung schuldig. Andererseits hatte ich mich genau in die Lage gebracht, die es mir noch ein bisschen leichter machte, das zu tun, was ich möglicherweise besser lassen sollte. Weil es im besten Fall ethisch fragwürdig war. Im schlimmsten inakzeptabel. Die Gewissheit, dass es im Sinne meiner Patientin war, änderte nichts daran. Und mit Sicherheit würde es unser Verhältnis schwer belasten, das Vertrauen möglicherweise zerstören, wenn sie je davon erfuhr.

Aber das würde sie ja nicht. Ich griff nach meiner Jacke und dem Autoschlüssel.

Wahnsinnig. Ich werde wahnsinnig.

Ein Rauschen in meinen Ohren. So laut, dass ich dich kaum hören kann.

Es tut mir leid, sagst du.

Blitzende, röhrende Gedanken. Bilder. Von dir und ihm, seine Hände, die dich berühren, das, was mir gehört. Ich halte das nicht aus.

Ich kann nicht mehr, sagst du, es macht mich kaputt. Vielleicht ist es ein Zeichen, sagst du, es ist ein Zeichen. Du machst die Regeln nicht mehr, sagst du, das jetzt ist wichtiger.

Du widerst mich an. Deine Dummheit macht mich krank.

Ich sage es laut. Ich schreie. Ich kann dich kaum ansehen. Weil da die Bilder sind. Von ihm und dir, Hände, Körper, nicht zu ertragen.

Ich mache die Regeln. Weil ich die Regeln verstehe. Weil ich verstehe, was du dir selbst antust. Um mich zu bestrafen. Du ruinierst alles. Das, was du bist, das, was du sein kannst, das, was du sein willst. Um mich zu bestrafen.

Diese Dummheit. Das ist das Schlimmste.

Hau ab, sage ich. Verpiss dich!

Nein, sagst du, nein, bitte. Nicht so, bitte, lass uns reden, lass mich erklären.

Halt den Mund, sage ich. Jetzt sehe ich dich doch an. Deine Augen, in denen jetzt Angst ist, weil du begreifst, was geschieht. Weil du merkst, dass du zu weit gegangen bist.

Verschwinde, sage ich, geh mir aus den Augen.

Nein, sagst du. Nein, bitte. Ich kann nicht. Ich liebe dich, sagst du. Ich brauche dich doch. Ich wollte dir nicht wehtun. Es hat nichts bedeutet, sagst du.

Natürlich hat es nichts bedeutet, möchte ich schreien. Natürlich nicht, aber darum geht es nicht. Es geht um die Konsequenzen. Um das, was alles zerstört. Dich und mich. Alles.

Ich hasse dich, sage ich.

Nein, sagst du, sag das nicht. Es tut mir leid, es tut mir schrecklich leid, bitte, verlass mich nicht.

Du kommst näher, streckst deine Arme aus. Willst mich berühren. Ich zucke zurück. Schlage nach dir, wische sie weg, die hässlichen Arme, dreckig, beschmutzt.

Jetzt heulst du wieder. Fällst auf die Knie. Deine Arme umschlingen mich, meine Mitte, du klammerst dich fest, schluchzt.

Bitte, sagst du, bitte. Verzeih mir. Ich brauche dich. Ich liebe dich. Ich tue alles, alles für dich.

Verlogene Schlampe.

Ich fühle deinen Atem, heiß auf meiner Haut, stoßartig schluchzend, erbärmlich, du klammerst dich fest, geh nicht, sagst du, verlass mich nicht. Vergib mir, sagst du.

Aber wie soll das möglich sein?

Gib mir eine Chance, sagst du. Gib uns eine Chance.

Ich schaue hinunter auf dich. Ich sehe, was du bist. Ich sehe, was du hättest sein können. Und was du sein wirst. Und was du nie mehr sein kannst.

Ich bin voller Ekel. Und voller Verlangen.

Meine Hand fährt in dein Haar. Weich, seidig, du hast so wunderschönes Haar. Meine Hand greift zu, ballt sich zur Faust, packt zu, zieht kräftig, zieht deinen Kopf in den Nacken, sodass du mich anschauen musst, aufschauen zu mir. Ich sehe deinen Schmerz und dein Verlangen.

Bitte, sagst du. Bitte!

Ich bin voller Mitleid. Ich bin voller Liebe.

Ich liebe dich, sagst du.

Deine Augen, die den anderen Wahnsinn wecken.

Ich hasse dich. Die Dummheit. Die Schwäche. Ich hasse, was du dir angetan hast.

Bitte, sagst du wieder. Bitte.

Es muss weg, sage ich. Es muss verschwinden.

Dein Blick verändert sich. Wird starr, ängstlich.

Nein, sagst du. Das kann ich nicht.

Ich zerre deinen Kopf weiter nach hinten. Hole mit der anderen Hand aus. Ein Schlag, einer nur. Um das Erbärmliche wegzufegen. Um dich zur Vernunft zu bringen.

Du schreist auf. Ich lasse dich los. Du presst dein Gesicht an meinen Unterleib, dein Körper zittert, du krallst dich an mich, als würdest du ertrinken.

Du hast die Wahl, sage ich. Deine Entscheidung.

Du wimmerst.

Du hast die Wahl, wiederhole ich.

Spüre, wie dein Widerstand verschwindet. Alles, sagst du, alles, was du willst, aber verlass mich nicht.

Ich will nicht. Ich will dir nicht glauben. Ich will dich nicht lieben. Ich will dich nicht brauchen.

Aber ich glaube. Ich liebe. Ich brauche. Dich.
Alles, sagst du, alles, was du willst. Verzeih mir.
Ich will dir nicht verzeihen.
Aber manchmal habe sogar ich keine Wahl.

Knorrige Bäume, die sich seit Jahrzehnten gegen Wind und Wetter stemmten, säumten die schmale Landstraße. Eine knappe Dreiviertelstunde Weg über Land, laut Navigationssystem. Und ein bemerkenswerter Zufall, dass es auch Wolfert aus Hamburg ausgerechnet in diese Ecke verschlagen hatte.

Ich passierte alte, reetgedeckte Backsteinhöfe. Weite Felder, darüber ein endloser Himmel. Immer wieder entspannte mich dieses Gefühl von Weite. Half mir, das Richtige zu denken. Ich würde Klaus Wolfert treffen. Einen Mann, der aller Wahrscheinlichkeit nach völlig normal war. Jemand, der irgendwann in Konstanzes Leben aufgetaucht war. Der die Einsamkeit, die sie sich vorher nie eingestanden hatte, vertrieben hatte, eine Lücke geschlossen hatte, die dann, nachdem die Beziehung gescheitert war, zur Wunde wurde. Offen klaffend, zu groß, zu schmerzlich, um weiter ignoriert zu werden. Weil Konstanzes Seele zerbrechlicher war, als sie gestattete. Ich erinnerte mich an ihre Verlorenheit, als sie über Liebe gesprochen hatte. *Ein Mensch, der einen ganz macht. Heil.* Wenn sie so empfunden hatte, dann war es kein Wunder, dass ein Teil ihrer Psyche alles tat, um nicht mit dieser Beziehung abzuschließen. Wolfert als Verfolger und Aggressor war immerhin ein Wolfert, der präsent war, der ihre Nähe suchte.

Gedankenmodelle, die nur theoretisch funktionierten, denn nach wie vor fehlte mir bei ihr jeder Hinweis auf wahnhaftes Empfinden. Trotzdem ein Gedanke, der es wert war, gedacht zu werden.

Unbestreitbar war, dass Wolfert Teil des Problems war. Möglicherweise der Auslöser. Aber keinesfalls die Ursache. Ganz sicher nicht der Schuldige. Es war kein Verbrechen, jemanden unglücklich zu machen.

Fakt war außerdem, dass ihm offenbar noch etwas an ihr lag. Dass er sich sorgte um seine Ex-Partnerin, mir diese Mail geschrieben, um ein Treffen gebeten hatte. Nicht ich hatte die Initiative ergriffen, sondern er.

Natürlich konnte ich die Möglichkeit nicht ausschließen, dass er tatsächlich von Konstanze besessen war. Von einem kranken Kinderwunsch, dem sie sich verweigert hatte. Getrieben von Hass und dem Bedürfnis, sie dafür zu bestrafen. Nicht wahrscheinlich. Aber auch nicht unmöglich. Auch in diesem Falle würde mir ein Gespräch sicher weiterhelfen. Denn diese Gefühle würde er nicht vor mir verstecken können, da war ich sicher. Es war in Konstanzes Sinne, dass ich tat, was ich tat.

Ich drehte das Autoradio lauter, um die Zweifel an diesem Gedanken zu übertönen. Lenkte mich mit der Überlegung ab, wie ich am elegantesten um die abendliche Pseudo-Verabredung mit Dirk herumkommen konnte. Ich hatte andere Pläne. Sie hatten mit einer DVD zu tun, die ich noch einmal ansehen würde. Mit Wein, den ich dabei allein trinken würde. Möglicherweise nicht die beste Idee. Aber das, was ich tun wollte. Ein Abend, gewidmet der Illusion, dass alles leichter wäre, besser, mit Thomas an meiner Seite. Es war auf ungesunde Art wohltuend, sich in den vertrauten Schmerz fallen zu lassen wie in ein giftig stinkendes Federbett. Weil der Gestank leichter zu ertragen war, weniger anstrengend als die Realität, die an mir zerrte.

Gerade noch rechtzeitig nahm ich die leise Computerstimme des Navigationssystems unter der zu lauten Musik wahr, bremste zu scharf, blinkte, bog ab in die schmale Abzweigung, das letzte Stück vor meinem Ziel. Links und rechts verunziert von mächtigen Windrädern, die träge die Rotoren im Wind drehten. Satte Weiden, Pferde, Schafe, Kühe. Ich kurbelte mein Fenster nach unten. Es roch nach Sommer.

Das Dorf war winzig. Liebevoll renovierte alte Häuser an der Hauptstraße, an den geduckten Fassaden Stock- und Kletterrosen. Im Zentrum stand eine alte Dorfkirche, umgeben von einem kleinen Park. Das Navigationssystem leitete mich zum Dorfrand, vorbei am

Sportplatz, auf dem kleine Jungs in Trikots herumrannten. Eltern standen am Spielfeldrand, teilten Kaffee aus Thermoskannen.

Sein Haus lag am Rand des Neubauviertels. Eines von vielen frei stehenden Einfamilienhäusern, sicher nicht billig, aber unspektakulär. Dürre kleine Baumstämme und winzige Büsche zierten den frisch angelegten Vorgarten. Es würde noch ein paar Jahre dauern, bis aus Neu Schön wurde.

Eine blonde Frau öffnete die Tür. Milchweiße Haut, große blaue Augen. Sie war attraktiv, aber auf völlig andere Weise als Konstanze. Schmal, zerbrechlich, fast zu zart für das, was sich deutlich unter der weiten Bluse wölbte. Ich verbarg meine Überraschung. Stellte mich vor und erklärte mein Anliegen. Während ich sprach, legte sie eine Hand auf den Bauch, als wolle sie das Ungeborene vor mir beschützen. Ihr höfliches Lächeln gefror.

Ich hätte mich anmelden sollen. Es war unhöflich und rücksichtslos, Menschen einfach so zu überfallen. Aber ein Anruf hätte bedeutet, dass ich hinterfragte, was ich hier tat. Das hatte ich aus gutem Grund vermieden, und darum musste ich jetzt damit leben, hier zu stehen, während sie mich bat zu warten und die Tür vor meiner Nase zuklappte. Ich hörte sie drinnen rufen, Schritte und leises Gemurmel. Dann öffnete sich die Tür erneut.

Er ähnelte nur entfernt den Bildern, die ich im Internet gesehen hatte. Er war größer, kompakter, als ich mir vorgestellt hatte. Ein offenes Lächeln, freundliche Fältchen um die Augen. Einer zum Anlehnen, dachte ich. Obwohl die kleine Blonde nichts dergleichen tat. Die Spannung zwischen den beiden war deutlich zu spüren. Führte dazu, dass ich mich noch unbehaglicher fühlte. Ich schielte nach den Händen, fand den Ring, den ich erwartet hatte. Er hatte sich offenbar schnell getröstet. Nägel mit Köpfen gemacht. Wenngleich das junge Glück im trauten Heim in diesem Augenblick ein wenig getrübt wirkte.

Er legte einen Arm um ihre Schulter, küsste sie flüchtig auf die Wange. »Es dauert nicht lange, Schatz.« Dann wandte er sich an mich. »Ist es in Ordnung, wenn wir ein Stück gehen?«

Ohne eine Antwort abzuwarten, marschierte er los. Ich folgte ihm.

Erst als wir eine gewisse Distanz zwischen uns und sein Haus gebracht hatten, brach er das Schweigen.

»Sie müssen entschuldigen, normalerweise ist Heike nicht so ungastlich. Aber das alles ist nicht leicht für sie. Es ist … sie war dagegen, dass ich Sie kontaktiere. Ich habe es trotzdem getan, hinter ihrem Rücken. Sie ist stinksauer auf mich.«

»Es tut mir leid«, erwiderte ich pflichtschuldig. »Ich hätte anrufen sollen. Aber ich war zufällig in der Gegend, da dachte ich, ich versuche mein Glück.« Die Formulierung machte meine Lüge noch lächerlicher.

Wir passierten weitere karge Gärten. Frisch gepflasterte Einfahrten vor Häusern, die einander glichen. Bunte Holzbänke vor den Türen, darunter winzige Gummistiefel, Blumenkübel und Sandkisten, Dreiräder und Roller. Viel Zukunft, viel heile Welt.

»Schön hier«, sagte ich, obwohl ich es nicht meinte.

»Ein bisschen zu abgelegen für meinen Geschmack. Aber Heike ist hier aufgewachsen, ihre Eltern haben einen Hof. Sie ist mit dem halben Dorf verwandt. Familientier. Sie kann nur hier leben, sagt sie, schon wegen ihrer Pferde. Und mir gefällt es eigentlich auch. Ich gewöhne mich ans Dorfleben. Und ich komme ja auch oft genug raus, schon wegen des Jobs.« Er deutete auf einen Pfad, der zwischen den Häusern auf die Felder führte. »Ich bin froh, dass Sie gekommen sind. Es ist gut, dass Konstanze sich endlich helfen lässt«, setzte er an, unterbrach sich dann kurz. »Ach, verdammt, was für ein Quatsch. Ich bin nicht froh, ich bin überhaupt nicht froh. Und ich muss etwas tun, etwas gegen diese verdammte Angst.«

»Angst? Angst vor was?«

Er blieb stehen, sah mich erstaunt an. »Vor ihr«, sagte er. »Vor Konstanze. Vor dem, was mit ihr geschieht.«

»Erzählen Sie mir davon.«

11

Es duftet nach Kaffee. Sonnenstrahlen stehlen sich durchs Fenster, tauchen die Küche in optimistisches Licht.

Klaus hat den Tisch gedeckt – Brötchen, Aufschnitt, Marmelade, Eier, dazu frisches Obst, Orangensaft. Sie braucht Vitamine. Ein alberner Gedanke, kläglicher Versuch, die Illusion zu füttern, dass es etwas gibt, was er tun kann.

»Guten Morgen, meine Schöne.« Er küsst sie auf die Wange. So wie an jedem Morgen. Tut, als würde er nicht bemerken, dass sie zurückzuckt.

»Gut geschlafen?« Er schenkt ihr Kaffee ein. Sie greift nach der Tasse, trinkt gierig, obwohl der Kaffee viel zu heiß ist. »Wunderbar, danke«, sagt sie dann, der Ton triefend sarkastisch.

Sie sieht schlecht aus, das Gesicht fahl, dunkle Ringe unter den Augen. Sie ist trotzdem schön, eine wunderschöne Frau. Eine, der man ansieht, dass es ihr nicht gut geht. Ihre Bewegungen sind hektisch, wütend, denkt er, sie ist schon wieder wütend. Vermutlich seine Schuld. Er hätte nicht fragen sollen. Er weiß, dass sie nicht gut geschlafen hat. Dass sie gestern Abend zu viel getrunken hat, sich dann neben ihm im Bett gewälzt hat. Es ist noch nicht lange her, da hätte er sie in so einer Situation in den Arm genommen und gehalten. Es ist noch nicht lange her, da hätte das geholfen.

Irgendwann gegen drei ist sie aufgestanden, ins Bad gegangen. Sie hat vermutlich etwas genommen, sie hat bestimmt etwas genommen, irgendeine Pille, noch eine Pille. Das tut sie oft in letzter Zeit. Zu oft. Danach hat sie geschlafen wie ein Stein. Er hat sie eben kaum wach bekommen.

»Du siehst nicht gut aus«, sagt er.

Er merkt sofort, dass das die völlig falsche Formulierung war. In ihrem Blick lodert die Wut jetzt offen.

»Müde, meine ich, du siehst müde aus«, versucht er, den Schaden zu begrenzen. »Reichst du mir die Butter, bitte?« Er bemüht sich um einen normalen Ton, liebevoll, freundlich. Sie ist empfindlich, gereizt, sie fährt bei jeder Kleinigkeit aus der Haut.

Sie schmiert Marmelade auf ihr Brötchen. Sie isst, immerhin, das ist gut. Sie trinkt gierig von dem Saft.

Er erträgt das Schweigen nicht. Tut, was er tut in solchen Situationen. Normalität schaffen, über Belangloses, Alltägliches plaudern. Ungefährliche Themen. Er erzählt von seinem Lehrling, der Scherereien macht. Sie wirkt abwesend, scheint nicht wirklich zuzuhören. Es ist egal, es spielt keine Rolle, er hingegen spielt seine Rolle, redet weiter, erzählt von der Köchin, die schwanger ist, die sie grüßen lässt. Die ihn gefragt hat, ob er Pate für das Kind sein will.

Sie schweigt. Schaut ihn mit diesem Blick an, den er zu fürchten gelernt hat. Etwas wie Verachtung liegt darin, eine kaum verhohlene Abneigung. Und noch etwas anderes, diese Wut, die er nicht greifen kann. Die ständig unter der Oberfläche zu lodern scheint, darauf wartet, ein Ventil zu finden, sich bis dahin hinter feindseligem Schweigen verbirgt, dem er verzweifelt sein Geplauder entgegenstemmt. Er sieht sie an, lächelt unsicher.

»Nimm noch ein Brötchen«, sagt er. »Du musst anständig essen, sonst fällst du mir vom Fleisch.«

Sie schnaubt leise, greift aber nach einem Croissant und beginnt, es demonstrativ über ihrem Teller zu zerpflücken. »Gibt es noch Kaffee?«

Er steht auf. Froh, etwas zu tun zu haben. Er fragt sich, was passiert ist, wie das passieren konnte. Es ist noch nicht lange her, dass sie so unglaublich glücklich waren. Miteinander geredet haben. Und wenn sie schwiegen, dann angenehm und einvernehmlich. Wann hat sich das geändert? Und warum? Er versteht die Welt nicht mehr. Nie hat sich dieser Satz so wahr angefühlt wie im Moment.

Sie steht unter Druck, das ist ihm klar. Sie arbeitet wie besessen, um diese Stelle zu kriegen. Es ist wichtig für sie. Er versteht das. Aber er spürt auch, dass da mehr ist. Etwas, das zwischen ihnen steht wie eine Mauer. Er denkt an die Abende, an denen sie spät nach Hause kommt, immer später. Nächte, in denen sie nicht nach Hause kommt. Sie sagt nicht, wo sie war. Tut, als sei all das mit Arbeit zu erklären. Aber er weiß, dass das nicht stimmt. Da ist etwas anderes. Jemand anderes. Ein Gedanke, den er eilig wegschiebt. Es ist naheliegend, gleichzeitig aber so fern, absurd, er liebt sie doch, er vertraut ihr, er kann ihr vertrauen, will ihr vertrauen, er will sie nicht verlieren. Etwas gerät außer Kontrolle, er muss das aufhalten, er muss etwas tun, denkt er, während er mit der Cafetière hantiert, sie reinigt und Wasser in den Wasserkocher füllt, Kaffee in die Kanne löffelt. Er atmet tief durch, tritt dann hinter ihren Stuhl. Er legt ihr die Hände auf die Schultern. Sie duldet die Berührung, versteift sich aber merklich.

»Konstanze«, sagt er leise. »Konstanze, so geht das nicht weiter. Ich möchte, dass wir miteinander reden. Du musst ... wir müssen ...«

»Ich muss zur Arbeit.« Gereizt. »Das ist alles, was ich muss. Ich habe keine Zeit für deinen Scheiß jetzt.«

»Ich weiß«, sagt er, hasst sich für den defensiven Ton. »Nicht jetzt, aber ... heute Abend. Wann kommst du nach Hause? Wir können ein Glas Wein trinken, ganz in Ruhe.« Er schenkt ihr Kaffee ein.

»Ach, Scheiße, Klaus!« Sie spuckt die Worte aus, bitter, fast angewidert. »Spät. Ich komme spät heute Abend. Ich habe zu tun, ich habe viel zu tun – für den Fall, dass du das vergessen hast.«

»Wie könnte ich das wohl vergessen?« Er wird zornig. Er hat das nicht verdient, verdammt, er versucht doch, es ihr recht zu machen, alles richtig zu machen, er tut, was er kann, aber er ist auch nur ein Mensch, er hat ein Recht auf Gefühle, auf Respekt. »Ich weiß, dass das alles wichtig für dich ist«, sagt er. Bemüht sich, versöhnlich zu klingen. Er will nicht streiten. Das bringt nichts. »Ich mache mir einfach Sorgen. Du bist fast vierzig, Konstanze. Und du machst dich kaputt. Es gibt doch mehr als Arbeit, als Karriere. Ich verstehe, dass du Angst hast, aber du musst doch nichts mehr beweisen.« Er klingt kläglich, fast weinerlich.

Sie starrt ihn an. »Was soll das? Was zum Henker willst du damit sagen?«

Dünnes Eis, das macht ihr Ton klar. Aber er kann trotzdem nicht zurück. »Du fixierst dich völlig auf diese Stelle. Ich weiß, dass dir das wichtig ist. Ich möchte nur, dass du weißt, dass es auch noch andere Dinge gibt. Selbst wenn die Sache schiefgeht, meine ich, es gibt so viele Dinge, die du tun kannst, die wir tun können …«

Ihr Kopf ruckt nach oben. Jetzt ist offener Hass in ihren Augen.

»Arschloch«, sagt sie, hebt die Tasse und schleudert sie mit Wucht auf den Tisch. Ein brauner, nasser Fleck breitet sich auf der Tischdecke aus. Sie springt auf. »Glaubst du, das hilft? Wenn du mir sagst, dass ich zu alt bin, fertig? Wenn du jetzt wieder anfängst mit deinem kleinbürgerlichen Vater-Mutter-Kind-Ding?«

»Nein, ich … das habe ich doch nicht gemeint. Wirklich, Konstanze, ich …« In Sekunden hat er den Lappen von der Spüle geholt und tupft an der Lache herum. »Alles in Ordnung? Hast du dich verbrannt?«

Sie steht da. Bebt vor Zorn. Vor Hass? Er legt den Lappen auf den Tisch. Sie schüttelt den Kopf. Immer wieder. Fast manisch.

»Konstanze. Schatz, bitte, entschuldige, ich wollte nicht …« Er streckt die Arme aus und macht einen Schritt auf sie zu.

»Fick dich!« Wie ein Schlag treffen ihn die Worte. »Ich bin nicht eine von deinen kleinen Küchenhilfen, Klaus. Sag mir nicht, was ich zu tun habe.«

Er steht da, die Arme halb in der Luft. Ich bin nicht dein Feind, möchte er schreien. Warum behandelst du mich so?

Sie weicht zurück. Gibt einen erstickten Laut von sich, dreht sich um und rennt ins Bad. Er folgt ihr. Steht vor der Tür. Er hört, wie sie sich übergibt. Er steht da, wartet, er steht da, fühlt sich allein, fühlt sich wie ein Versager.

Die Badezimmertür geht auf. Sie tritt in den Flur. Sie schaut ihn nicht an.

»Ich muss los.« Sie klingt kalt. Geschäftsmäßig. »Warte nicht auf mich, es wird ganz sicher spät heute Abend.«

Dass er exakt dasselbe Szenario wählte wie Konstanze, um den greifbaren Beginn der sich anbahnenden Katastrophe zu bezeichnen, irritierte mich. Und da war noch etwas, etwas, das ich allerdings nicht recht greifen konnte.

Wir saßen auf einer Bank am Ufer eines kleinen, von Trauerweiden umgebenen Tümpels. Er war zielstrebig über die Felder bis hierher marschiert, man spürte, dass dieser Ort ihm etwas bedeutete, eine Art Zuflucht zu sein schien.

Er wirkte erschöpft.

»Ich war feige«, sagte er nun. »Ich wusste, dass es mehr als Stress war. Etwas hatte sich verändert, etwas Fundamentales. Aber ich habe mich an den Gedanken geklammert, dass es wieder besser wird. Gute Zeiten, schlechte Zeiten. Wir waren so perfekt am Anfang. So glücklich. Ich wollte einfach glauben, dass es wieder so wird. Dass ein so großes Gefühl nicht verschwindet, nicht so. Ich wusste nicht, was ich sonst tun sollte. Entschuldigen Sie bitte.«

»Was soll ich entschuldigen?«

Er lachte leise. »Ich bitte Sie! Ich hocke hier und jammere. Versuche, Sie dazu zu bringen, mir zu sagen, dass ich mir nichts vorzuwerfen habe. Der arme Klaus hat es ja versucht, er hat alles richtig gemacht. Das ist kindisch. Ich war überfordert, ja. Ich habe versagt. Und irgendwann habe ich sie im Stich gelassen. Obwohl es ihr nicht gut ging. *Weil* es ihr nicht gut ging. Das kann mir keiner abnehmen. Ich muss damit leben. Es ist erbärmlich, um Absolution zu betteln.«

»Eher menschlich«, sagte ich. »Aber das wissen Sie selbst, oder?«

Er lächelte. »Ich weiß eine Menge. Aber Wissen und Fühlen sind zwei Paar Schuhe.«

Ich unterdrückte den Impuls, ihm zu sagen, dass er vermutlich ohnehin nicht viel hätte ändern können. Menschen ohne Krankheitseinsicht zu einer Behandlung zu zwingen war ein hoffnungsloses Unterfangen. Ein Teil von mir wollte ihm die Last, die er offenbar mit sich herumschleppte, abnehmen. Aber zum einen hatte er recht – so einfach funktionierte das nicht. Zum anderen war ich nicht hier, um diesen Mann zu trösten.

»Ich wollte es einfach nicht wahrhaben«, sagte er. »Ich habe mich schlicht geweigert zu akzeptieren, dass das mehr als eine kleine Krise war. Dass ich sie verliere.«

»Gab es einen anderen?«, fragte ich. »Hatte sie tatsächlich eine Affäre?«

»Ich weiß es nicht. Ja. Ja, ich gehe davon aus. Aber ich habe nie mit ihr darüber gesprochen. Ich hatte Angst. Es klingt erbärmlich, aber ich hatte wirklich Angst vor ihr. Und davor, sie zu verlieren.« Er zog eine Packung Zigaretten aus der Tasche. Hielt sie mir hin. Ich winkte ab. Sah zu, wie er sich eine ansteckte. Das Feuerzeug in seinen Händen zitterte ein wenig. »Es ist schwer zu erklären. Wenn ich heute darüber nachdenke, kann ich kaum glauben, wie naiv ich war. Wie viel Energie ich in die Hoffnung gepumpt habe, dass es von selbst wieder gut wird. Ich habe die Augen und die Ohren zugemacht, einfach geduldet. Hätte ich geahnt, was noch auf mich zukommt, ich hätte ...« Er nahm einen tiefen Zug, stieß den Rauch aus.

»Was auf Sie zukommt? Was meinen Sie?«

Er wich meinem Blick aus. »Es klingt so verdammt melodramatisch. Aber diese Frau hat mich fast vernichtet. Ich habe nie zuvor jemanden so geliebt wie Konstanze. Und sie hat mir das Herz aus dem Leib gerissen, hat darauf herumgetrampelt, bis fast nichts mehr übrig war von mir.«

Das klang tatsächlich reichlich melodramatisch. Ich schwieg.

»Ich wusste, dass sie diese Seite hat. Eine gnadenlose und harte Seite. Sie konnte unglaublich zornig werden, wenn etwas nicht so lief, wie sie wollte. Vor allem beruflich. Sie hat Schwäche gehasst. Verachtet. Manchmal, wenn sie und Mack zusammensaßen, über Mitarbeiter gesprochen haben, ist mir angst und bange geworden. Aber ich dachte, dass das nichts mit mir und uns beiden zu tun hat. Als ich begriffen habe, dass das ein Irrtum war, war es zu spät. Ein Teil von mir versteht, dass sie krank ist. Begreifen kann ich das allerdings bis heute nicht. Ich bin halt nur ein einfacher Koch.«

Meine aufkeimende Sympathie kühlte um einige Grad ab. Ich hasste es, wenn Menschen sich auf so plumpe Art kleinmachten. Als seien Köche von Natur aus simple Gemüter, zu einfach gestrickt, um Dinge zu begreifen, die über Zwiebelschneiden hinausgehen.

Ich dachte an Mack. *Der Mann ist Koch, er ist einer Frau wie Konstanze doch vorn und hinten nicht gewachsen.* Ärgerte mich, dass Wolfert selbst solche Typen auch noch fütterte.

Abgesehen davon stapelte er tief. Er war alles andere als ein einfacher Koch. Ich hatte recherchiert. Klaus Wolfert war Inhaber eines der renommiertesten Catering-Unternehmen des Landes. Neben dem Hauptsitz in Hamburg unterhielt er Niederlassungen überall dort, wo der sogenannte Jetset sich tummelte. Menschen, die bereit waren, ein Vermögen dafür zu zahlen, dass das Büfett auf ihrer Party spektakulär genug war, um in der Regenbogenpresse erwähnt zu werden.

Aber ich war nicht hier, um mit ihm über sein Selbst- und Weltbild zu diskutieren. Ich brauchte Informationen. Ein sachliches Gespräch.

»Ich habe sie im Stich gelassen«, murmelte er nun. »Ich konnte nicht anders, ich konnte nicht mehr, aber das ändert nichts.«

»Psychische Erkrankungen sind eine große Belastung für das nahe Umfeld des Erkrankten«, erklärte ich ausweichend. »Es ist völlig normal, dass Sie mit Schuldgefühlen zu kämpfen haben. Aber Sie sollten sich damit befassen. Von allein verschwindet so etwas nicht.«

Er zog an seiner Zigarette und schwieg.

»Sie hat Tabletten genommen, sagten Sie? Was genau waren das für Tabletten?«

Er lachte unfroh. »Fragen Sie mich etwas Leichteres. Sie hat sich geweigert, mit mir darüber zu reden. Sie ist eine Meisterin, wenn es darum geht, Themen auszuweichen. Irgendwann war mir allerdings klar, dass sie das Zeug nicht von einem Arzt hatte.«

»Waren es nur Tabletten? Oder hat sie noch andere Drogen konsumiert. Hat sie viel getrunken?«

Wieder ließ er das freudlose Lachen hören. »Mehr, als gesund war, auf jeden Fall. Allerdings kontrolliert. Am Abend zu Hause, aber nie irgendwo in der Öffentlichkeit. Ich hatte nicht das Gefühl, dass sie Alkoholikerin ist oder so. Und sonst … Ich kann dazu nicht viel sagen. Ich war Mister Naiv, wie gesagt. Ich glaube, sie hat auch andere Sachen genommen. Aber ich kann dazu im Grunde nichts sagen.«

»Hat das erst in dieser Zeit angefangen? Als sie unter Druck stand, Stress hatte?«

»Ich glaube, ja. Aber ich bin alles andere als sicher. Ich weiß nicht, ob ich es bemerkt hätte. Sie war ja verdammt gut darin, Dinge vor mir zu verstecken.«

Er räusperte sich. »Frau Dr. Schönberg – ich weiß, dass ich in der Geschichte eine ziemlich unrühmliche Rolle spiele. Ich habe mir etwas vorgemacht. Damit muss ich leben. Aber ich muss auch den Tatsachen ins Auge sehen. Ich kenne Konstanze. Ich weiß, wie sie sein kann. Unglaublich einnehmend, charismatisch, wunderbar. Sie manipuliert Menschen. Versteckt diese Seite, diese andere Seite – die Konstanze, die nicht erträgt, wenn Dinge nicht so laufen, wie sie will. Die nicht aufgibt, bevor sie hat, was sie will. Koste es, was es wolle. Und vor dieser Konstanze habe ich Angst.«

Wieder überkam mich dieses Gefühl von Déjà-vu. *Dieser Mann ist ein Psychopath. Ein Meister der Täuschung. Er macht der Welt etwas vor. Er ist gefährlich.*

Offenbar war es Wolfert ein genauso großes Bedürfnis wie Konstanze, den jeweils anderen in seiner Glaubwürdigkeit zu unterminieren.

»Es klingt herzlos und brutal, aber ich kann und will mit dieser Frau nichts mehr zu tun haben. Ich bin an einem Punkt, an dem mein Leben endlich wieder gut ist. Es ging mir schlecht, als … als es zu Ende war. Ich habe mich auf die Arbeit gestürzt. Ich hatte ein irres Bedürfnis, aufzuräumen. Dinge in Ordnung zu bringen. Sehr subtil, ich weiß. Aber nötig. Es war an der Zeit, die Dinge, die ich hatte schleifen lassen, wieder in den Griff zu bekommen. Da war diese Unternehmensberatung, ein Termin, den ich Monate vorher gemacht hatte, dann immer wieder verschoben, weil ich keinen Kopf dafür hatte. Endlich war ich in der richtigen Stimmung, mir von einem naseweisen Schnösel für viel Geld erklären zu lassen, was ich alles falsch mache. Aber sie haben keinen Schnösel geschickt, sondern die Chefin persönlich. Heike.« Er hielt inne, lächelte. »Ich wollte das nicht, wirklich. Ich bin keiner, der gern allein ist, aber der Zeitpunkt war denkbar ungünstig. Trotzdem hat sie mich umgehauen. Obwohl sie wirklich alles besser wusste. Ich fürchte, ich habe eine Schwäche für kluge, erfolgreiche Frauen.«

Abermals lächelte er und sah mir dabei in die Augen. Für eine Sekunde fragte ich mich, ob er mit mir flirtete. Ich war allerdings zu abgelenkt, um das zu überprüfen, ganz befasst mit meinem sonstigen Mangel an Urteilsfähigkeit. Ich dachte an die zarte Schönheit im Neubau. Ein Frauchen, hatte ich gedacht, eine, die alles ist, was Konstanze nicht sein konnte und wollte. Attraktive, brave Gattin, die das Haus hübsch dekoriert, sich um den Garten kümmert. Die ihre Pferde striegelt, mit ihrer Mutter Kaffee trinkt. Eine zukünftige Elternsprecherin, engagiert und aktiv, eine, die gut gelaunt und glücklich ihre Samstage am Fußballplatz verbringt und Trikots wäscht.

Es hatte mit diesem spießigen Viertel zu tun, mit ihrem Auftreten. Aus Gründen, die ich lieber nicht hinterfragte, ging offenbar auch ein Teil meines Bewusstseins davon aus, dass schwangere Frauen grundsätzlich danach strebten, anspruchslose Hausmütterchen zu sein. Eine arrogante und oberflächliche Einschätzung. Ich schämte mich.

»Das mit uns, das alles hier«, hörte ich ihn sagen, »das war so nicht geplant. Es war ein Schock, als sie schwanger wurde, nach allem, was passiert ist.«

»Aber Sie wollten doch Kinder?«

Er zündete sich eine neue Zigarette an. »Doch, eigentlich schon …« Er wirkte auf einmal nervös. »Hat sie … spricht sie darüber? Konstanze?«

»Herr Wolfert, diese Frage kann ich Ihnen nicht beantworten. Ich bin ihre behandelnde Ärztin.«

»Natürlich, ich … entschuldigen Sie. Es ist nur …« Er holte tief Luft. »Sie war keine geborene Mutter, das war mir von Anfang an klar. Konstanze hatte andere Prioritäten. Anfangs hat sie noch vom richtigen Zeitpunkt geredet. Aber ich habe heimlich gewusst, dass es den vermutlich nicht geben wird. Eine wie Konstanze ist nie am Ziel. Und es gab so viel, was ihr wichtiger war als ein Kind. Ich hatte mich damit abgefunden. Es war nicht … es war nicht so schlimm. Und letztlich, jetzt, ich meine … vermutlich ist es ein Glück, dass sie nicht …« Er gab ein ersticktes Geräusch von sich.

»Herr Wolfert?« Ich sah ihn an. Er weinte. Verdammt, er saß da und heulte.

»Entschuldigen Sie, ich … es … es tut mir leid, ich kann nicht …« Er schluchzte auf.

Ich zog eine Packung Taschentücher aus meiner Handtasche, reichte ihm eines.

Er schnäuzte sich. Sah mich an. »Gott«, sagte er wieder. »Gott, ist das peinlich.«

»Das ist es nicht.« Ich war nicht sicher, ob ich das so meinte. Ich fühlte mich unbehaglich. »Was meinen Sie? Was wollten Sie sagen? Letztlich?«

»Nichts. Ich wollte sagen, dass es gut ist, dass wir keine Kinder haben. Das macht es leichter, mit der Sache abzuschließen. Endgültig. Das muss ich, sagt Heike. Und sie hat natürlich recht. Ich will das hier. Neu anfangen. Ich will dieses verdammte Spießerleben im Neubauviertel. Sandkasten und Sonntagsbraten. Oma, die Kuchen backt. Es fühlt sich richtig an. Ich dachte, jetzt wird wirklich alles gut. Aber dann … dann hat sie angefangen, Konstanze.«

»Mit was? Wovon sprechen Sie, Herr Wolfert?« Ich bemühte mich, die wachsende Ungeduld aus meiner Stimme zu halten.

Seine Schultern sackten noch ein Stück weiter nach unten. »Ich hätte damit rechnen müssen. Als ich gegangen bin, hat sie mir eine Riesenszene gemacht. Getobt. Eine Konstanze Friedrichs verlässt man nicht, hat sie gesagt. Und geschworen, dass ich das bereuen werde. Es hat mir Angst gemacht, ich habe das ernst genommen. Wie gesagt – ich kenne sie. Aber dann war so lange Ruhe, dass ich dachte, dass es wirklich vorbei ist. Vergangenheit. Bis dann auf einmal die Polizei vor meiner Tür stand. Ein Streifenwagen vor meinem Haus, zwei Uniformierte auf meinem Sofa. Es war grauenhaft. Das hier ist ein Dorf, die Nachbarn ... es war so unangenehm. Und all diese Dinge, die sie gesagt haben. Dass ich Konstanze bedrohe, verfolge. Ich habe Heikes Gesicht gesehen. Eine Sekunde nur. Aber da war Zweifel. Ich werfe ihr das nicht vor, ich kann es fast verstehen, aber dieser Moment, die Ahnung, dass Konstanze es schafft, in ihr Zweifel zu säen, war grauenhaft.« Er rieb sich kurz die Schläfen. »Sie haben mich mehrfach verhört. Ich musste Alibis vorweisen, die Heike bestätigen musste. Ich musste wildfremde Menschen davon überzeugen, dass Konstanzes Vorwürfe haltlos sind. Können Sie sich vorstellen, wie sich das anfühlt? Ich bin panisch geworden. Ich wollte weg, wollte irgendwohin, wo sie uns nicht finden kann. Heike hat sich geweigert. Sie hat klargemacht, dass sie nicht bereit ist, ihr Leben damit zu verbringen, sich vor einer Irren zu verstecken. Ihre Worte. Sie sagt, wir stehen das durch, zusammen. Sie ist eine Kämpferin. Sie ist nicht bereit aufzugeben, tut, als könne sie das alles leicht aushalten. Sogar diesen Telefonterror.«

»Telefonterror?«

»Konstanze hat Heike angerufen. Nachdem der Spuk mit der Polizei vorbei war. Nachts meistens. Sie droht ihr. Sie soll sich fernhalten von mir, sonst wird sie das bereuen. In diese Richtung. Das setzt Heike zu, natürlich, auch wenn sie so tut, als wäre es nicht so.« Er schien sich zu sammeln. »Sie sagt, dass das leeres Gerede ist, billige Drohungen. Den Gedanken, dass es dabei nicht bleibt, lässt sie einfach nicht zu. Aber ich weiß, dass das möglicherweise ein Irrtum ist. Ich will ihr aber auch keine Angst machen, sie ist schwanger, ich ... darum wollte ich mit Ihnen sprechen. Bitte sagen Sie mir, dass wir in Sicherheit sind. Konstanze ist in der Klinik. Bitte sagen Sie mir, dass sie dortbleibt. Bis sie ... bis es ihr besser geht. Bis sie nicht mehr gefährlich ist.«

»Herr Wolfert, ich ...« Ich versuchte, meine Gedanken zu sortieren. Das, was ich gerade gehört hatte, irgendwie einzupassen in mein Bild und so zu reagieren, als wäre ich der Situation gewachsen. »Es ist nicht so einfach. Und wie schon gesagt, ich bin an meine Schweigepflicht gebunden. Aber …« Ich zögerte. »Aus meiner persönlichen Sicht besteht kein Anlass zur Sorge.« Ich klang sicherer, als ich mich fühlte. Wenn das, was Wolfert erzählte, den Tatsachen entsprach, dann war ich weit davon entfernt, Konstanzes Problem im vollen Umfang zu begreifen.

Er sah mich an. Enttäuscht. Fast vorwurfsvoll. »Ich habe es befürchtet«, murmelte er.

»Was?« Es klang barscher, als ich beabsichtigt hatte.

Er machte eine wegwerfende Handbewegung, wirkte resigniert. »Ich dachte, Sie als Psychiaterin …« Er hob den Kopf, sah mich wieder an. »Entschuldigung, das hier … es war ein Fehler, nehme ich an. Heike hat recht. Das bringt nichts.«

Sein Handy begann zu klingeln. Er entschuldigte sich erneut und nahm das Gespräch an.

»Ich bin gleich da«, sagte er. »Nein, natürlich schaffen wir das pünktlich. Bis gleich.« Er sah mich an. »Ich muss leider los, ich … mein Schwiegervater hat Geburtstag, wir sind zum Mittagessen eingeladen. Ich wusste ja nicht, dass Sie kommen, ich habe Heike versprochen …«

»Natürlich«, sagte ich. »Kein Problem.«

Der Rückweg durch die Felder verlief schweigend. Kein gutes Schweigen. Er schien es auf einmal sehr eilig zu haben und marschierte stumm neben mir her. Erst als wir an meinem Auto waren, wandte er sich mir wieder zu.

»Ich habe sie geliebt«, sagte er leise. »Ich habe diese Frau geliebt. Ich hätte alles für sie getan. Ich begreife nicht, was mit ihr geschehen ist. Ich versuche mir zu sagen, dass sie nichts dafür kann. Aber es gelingt mir nicht. Ich weiß, dass sie mir nie verzeihen wird, dass ich glücklich bin, ohne sie. Sie wird alles tun, um das hier zu zerstören.« Er sah mich an. »Ich wollte nicht … es tut mir leid. Was ich eben gesagt habe. Es war ein Fehler, Sie zu kontaktieren. Mein

Fehler. Ich weiß nicht genau, was ich mir davon versprochen habe. Es ist trotzdem sehr nett, dass Sie gekommen sind. Dass ich Sie mit meinem Seelenmüll belästigen durfte.« Er versuchte sich an einem Grinsen.

»Sie haben mich nicht belästigt. Es ist in Ordnung, über das zu reden, was einen belastet.« Auch wenn man nicht hört, was man hören will, ergänzte ich im Geiste. Fühlte mich auf frustrierende Weise ungenügend.

»Vermutlich sollte ich mir einen eigenen Seelenklempner suchen.« Diesmal gelang sein Grinsen etwas überzeugender.

»Das sollten Sie.« Ich ignorierte die angestrengte Ironie. »Ich bin sicher, dass Ihnen das helfen würde.«

Er sah auf die Uhr. »Ich muss wirklich ...«

»Natürlich«, sagte ich und kramte meinen Autoschlüssel aus der Tasche.

»Ich wünsche Ihnen alles Gute«, sagte er. »Viel Erfolg, meine ich, ich hoffe wirklich, dass Sie ihr helfen können. Ich weiß, Sie können nicht ... ich meine, vielleicht wäre es möglich ... wenn es ihr besser geht ... ach, vergessen Sie es.«

Ich kramte in meiner Tasche und zog meine Karte heraus, die ich ihm reichte. »Rufen Sie mich an«, sagte ich. »Wenn Sie das Gefühl haben, reden zu müssen. Vielleicht überlegen Sie sich die Sache mit dem Therapeuten. Ich kann Ihnen gern einen Kollegen hier in der Nähe empfehlen. Denken Sie darüber nach.«

Ich stieg ins Auto, drehte den Zündschlüssel. Im Rückspiegel sah ich ihn auf der Straße stehen und mir nachsehen.

Und erst da fiel mir auf, was mich im Lauf des Gesprächs immer wieder irritiert hatte. Was vor meinen Augen gewesen war, aber offensichtlich zu nah, um es zu bemerken. Er tat es jetzt, er hatte es im Lauf der Unterhaltung immer wieder getan.

Seine Hand. Seine rechte Hand, die sein linkes Ohrläppchen knetete.

12

Alles, hast du gesagt, alles, was du willst, aber verlass mich nicht.

Ich tue alles für dich, hast du gesagt. Aber du hast gelogen. Du hast es nicht getan.

Wann genau wolltest du mir das sagen? Heute? In ein paar Wochen? Dann, wenn es zu spät ist, längst zu spät? Hast du dir eingebildet, dass ich nichts merke?

Ich konnte nicht, sagst du, ich konnte einfach nicht. Lüge. Ich weiß, dass du kannst, du kannst alles, was du willst. Du willst nicht.

Geh nicht, sagst du, verlass mich nicht. Ich sollte gehen, sollte dich verlassen. Du hast es verdient.

Ich will dich küssen.

Aber ich küsse dich nicht. Zu groß ist der Ekel, zu mächtig der Zorn.

Es ist nicht zu spät, sagst du, ich werde es tun, ich verspreche es, ich schwöre, morgen, sagst du, gleich morgen.

Ich will dir glauben. Ich will dich küssen. Ich will, dass das hier weitergeht. Ich will, dass du mich nie wieder so enttäuschst. Ich will, dass du stark bist, für uns. Ich will dir glauben, aber wie kann ich das?

Beweis es, sage ich. Deute auf den Tisch. Da liegt, was ich mitgebracht habe.

Nimm, sage ich, für dich, für mich, für uns, zeig mir, dass du es ernst meinst.

Du zögerst. Es tut mir weh, das zu sehen.

Ich gehe, sage ich. Ich habe genug von dir.

Dann greifst du zu, du stopfst es in dich hinein, zu viel, zu schnell, verzweifelt, entschlossen, die alte Gier. Auf einmal bist du die, die du sein sollst, bereit, mit mir zu gehen, alles zu tun. Ich sehe, wie deine Schwäche sich auflöst, deine Augen werden glasig und groß, dein Geist weit und wunderschön. Ich liebe dich, sagst du, und ich fühle es, fühle alles. Ich will dich küssen. Ich will dich haben. Für immer.

Du streckst die Arme aus nach mir. Bitte, sagst du, die Stimme schon verschwommen, für immer. Lass mich nicht allein, sagst du, ich werde dich nie mehr enttäuschen. Bleib, sagst du.

Ich sehe, wie alles verschwimmt, Augen, Gesicht, Gesten. Das ist falsch. Gefährlich.

Ein Gefühl, das ich lange nicht mehr hatte. Angst.

Ich muss weg. Ich muss sofort hier weg.

Aber ich komme zurück. Ich komme zurück zu dir, das verspreche ich.

Ich stand am Fenster meines Arbeitszimmers und sah hinaus in den Park. Konstanze hatte Besuch. Ich hatte Regine Geiger erst auf den zweiten Blick erkannt. Die Frau, die dort unten neben Konstanze durch den Park ging, lebhaft gestikulierte und lachte, hatte wenig gemein mit dem verschüchterten Wesen, das ich am Tag zuvor gesprochen hatte. Auch Konstanze machte einen lebendigen, fast ausgelassenen Eindruck.

Freundinnen, glücklich, einander zu sehen. Frauen, die sich viel zu erzählen hatten.

Das war gut. Natürlich war es sehr gut, meine Patientin so gelöst zu sehen. Aber der Anblick machte mich nicht froh. In meinem Kopf war Klaus Wolfert noch zu präsent.

Ein Fehler. Da immerhin waren wir uns einig. Mir war selbst nicht mehr ganz klar, was genau ich mir von dem Gespräch versprochen hatte. Alles, was ich real davon hatte, war ein wachsendes Gefühl des Unbehagens. Und dazu hätte es nicht einmal dieses fast hysterische Erschrecken gebraucht, als ich im Rückspiegel wieder diese Geste gesehen hatte. Wolfert hatte immer wieder nach seinem Ohrläppchen gegriffen im Verlauf des Gesprächs. Aber das bedeutete nichts. Es hatte gute Gründe, dass es mir nicht einmal aufgefallen war. Es war ein nervöser Tick, etwas, das Konstanze umdeutete, zu einem Alarmsignal erklärte.

Meine Reaktion zeigte, wie dünn das Eis war, auf dem ich mich bewegte. Ein Teil von mir suchte zu verzweifelt nach Erklärungen, nach etwas, das ich greifen konnte. Obwohl ich wusste, dass es so einfach nicht war.

Ich hatte ihn sympathisch gefunden. Und das, was er erzählte, rührte mich auf einer Ebene an, die mehr mit mir als mit der Sache zu tun hatte. Seine Traurigkeit, sein Schmerz, der sich echt anfühlte. Die Sehnsucht nach einem versöhnlichen Ende. Zwei Menschen, die sich offenbar aufrichtig geliebt hatten. Um wieder glücklich werden zu können, mussten die beiden lernen, mit dem Ungeklärten, dem Unbegreiflichen zu leben. Sowohl Konstanze als auch Wolfert mussten mit der Vergangenheit abschließen, um eine Zukunft gestalten zu können.

Eine Situation, die mir unangenehm vertraut war.

Fakten. Was zählte, waren Fakten. Wenn Wolfert die Wahrheit sagte, dann hatte es vermutlich wirklich ein Drogenproblem gegeben. Medikamentenmissbrauch, möglicherweise also doch eine drogeninduzierte Psychose. Etwas, das Konstanze nicht einmal im Ansatz einzuräumen bereit war. Und solange sie sich nicht öffnete, konnte ich mit diesem Wissen wenig anfangen. Fakt war nämlich auch, dass alle Drogentests negativ gewesen waren.

Auch die Affäre, die Wolfert vermutete, passte nicht in das Bild, das sie mir zeigte. Wenn es wirklich einen anderen Mann gegeben hatte, warum verschwieg sie das? Warum belog sie mich?

Ein falscher Gedanke, der nicht hierhergehörte.

Ich sah sie wieder lachen. Offenbar hatte Regine einen Witz gemacht. Das unzulässige Gefühl persönlicher Enttäuschung verstärkte sich. Aber diese Frau war meine Patientin. Nicht meine Freundin. Sie war krank. Ihre innere Realität deckte sich nicht mit den äußeren Fakten. Das war ihr Problem, und meine Aufgabe war es, das gemeinsam mit ihr zu lösen.

Ich war diesem Fall gewachsen. Ich hatte mir immer viel auf meine diagnostischen Fähigkeiten eingebildet. Ich verfügte über einen guten Instinkt, ein Gefühl für Menschen. Aber natürlich machte ich mir nichts vor. Nur weil ich Psychiaterin war, konnte ich niemandem hinter die Stirn schauen. Wenn es gut lief, konnte ich die richtigen

Fragen stellen, die dazugehörigen Antworten korrekt analysieren. Ich war in der Lage, Gespräche so zu strukturieren, dass es für meine Patienten schwer war, bestimmten Wahrheiten auszuweichen. Ich konnte eine Richtung vorgeben. Zuhören, beobachten. Auf meine innere Stimme hören. Das hatte bislang immer funktioniert. Mit einer einzigen Ausnahme.

Wieder ein Gedanke, der nicht hierhergehörte. Bei Marlies hatten die Dinge völlig anders gelegen. Marlies war nicht die Patientin, an der ich mein Leben, meine Arbeit und meine Fähigkeiten messen durfte.

Es ging um Konstanze. Und sie stand ganz am Anfang. Es brauchte seine Zeit. Und dieses leise Gefühl der Frustration half niemandem weiter. Zumal es Wichtigeres gab.

Diese Anrufe etwa, von denen Wolfert erzählt hatte, die ein anderes Licht auf die Anzeige und die Beschuldigungen warfen. Wenn er die Wahrheit sagte, dann waren Konstanzes Handlungen zielgerichtet. Aggressiv.

Wenn er die Wahrheit sagte.

Ich hatte keinen Grund, an Wolferts Aufrichtigkeit zu zweifeln. Auch wenn sein neuer Lebensplan, das Dorfidyll mit rosigem Säugling und Sonntagsbraten, mir ein wenig naiv erschien, seine Begeisterung einen Hauch von Bemühtheit hatte. Fakt war, dass er keinen erkennbaren oder gar einleuchtenden Grund hatte, Konstanze etwas Böses zu wollen.

Fakten, dachte ich. *Diagignoskein.* Gründlich kennenlernen, entscheiden, beschließen. Das griechische Verb umfasste unterschiedliche Aspekte eines kognitiven Vorgangs, von Erkenntnis bis Beschluss. Was ich brauchte, waren Geduld und Hartnäckigkeit.

Unten im Park vollführte Konstanze eine fast ruckartige Kopfbewegung. So unvermittelt, dass sie mich aus meinem gedankenverlorenen Starren riss. Sie sah hinauf, direkt zu meinem Fenster, als habe sie meine Anwesenheit und die Gedanken gespürt. Sie war zu weit weg, als dass ich ihre Mimik hätte deuten können. Trotzdem fühlte ich mich ertappt, unbehaglich, trat einen Schritt vom Fenster weg, machte mich unsichtbar.

Von der Tür hörte ich ein Geräusch. Johannes, der offenbar mit dem Ellbogen die Klinke von außen betätigt hatte, betrat den Raum, in den Händen zwei dampfende Becher Kaffee.

»Sorry, konnte nicht klopfen«, sagte er und schloss die Tür mit dem Fuß. »Ich habe dich kommen sehen. Ich dachte, du möchtest vielleicht einen Kaffee. Was machst du hier? Du hast doch frei.«

»Ja, ich dachte nur …« Ich brach ab, weil meine Stimme gefährlich brüchig klang. Der Kaffee roch gut, tröstlich und dunkel, roch nach dem, was ich jetzt brauchte. Ich räusperte mich. »Ich wollte nur kurz nach ihr sehen. Ein paar Unterlagen durchgehen. Johannes, wir müssen noch einen Drogentest machen.«

Er reichte mir den Kaffee. Holte Luft. »Morphine, Opiate, Kokain, Methadon, Amphetamine …«, zählte er auf. Es klang wie ein Mantra. »Benzos und THC. Negativ im Krankenhaus. Negativ beim zweiten Test hier. Meinst du wirklich, sie wirft sich heimlich was ein? Unter unseren Augen?«

»Eigentlich nicht. Aber ich weiß, dass es eine Drogenproblematik gibt. Oder gegeben hat.«

Er musterte mich kurz, schien nachzudenken. »Du hast einen Verdacht«, korrigierte er dann. »Aber ein weiterer Test bringt dich nicht weiter, wenn er wieder negativ ist.« Er stand dicht neben mir. Ich roch das Desinfektionsmittel an seinen Händen, den Geruch nach Bügelstärke, den sein Kittel verströmte. Er kam offenbar gerade von seiner Visite.

Er pustete in seinen Becher, nippte vorsichtig. Ich sah ihm zu, schaute auf seine Hände, seinen Mund. Wollte ihn auf einmal küssen, mit ihm schlafen, jetzt sofort, genau hier, einfach so. Ein irritierender, irrationaler Impuls.

Er lächelte mich an. Aufmunternd. Tröstend?

Ich zwang mich, das Lächeln zu erwidern. Fühlte mich auf einmal schrecklich müde, fast matt. Ich wandte mich ab und begann angelegentlich in den Papierbergen auf dem Schreibtisch herumzuräumen.

Es war allerhöchste Zeit, nach Hause zu gehen. Ich musste mich ausruhen. Das Gefühl loswerden, das sich in meinem Magen ausbreitete. Eine kleine, schmutzige Lache von Versagensangst, in der ich zu zerfließen drohte.

Das war lächerlich. Die Dinge liefen nicht so rund, wie ich es gern gehabt hätte. Aber Jammern half mir ganz sicher nicht weiter. Was ich brauchte, war ein heißes Bad. Ein Glas Wein auf dem Sofa. Ein bisschen Entspannung.

»Nadja, sei nicht so ungnädig mit dir«, hörte ich Johannes sagen. »Es ist ein komplizierter Fall.«

Ich schluckte. Fühlte mich ertappt. War ich so leicht zu durchschauen?

Johannes kam näher, nahm mir den Becher aus der Hand und stellte ihn ab. Er legte die Hände auf meine Schultern und sah mich an.

»Was ist denn los? Ist etwas passiert?«

Er schlug genau den richtigen, ganz und gar falschen Tonfall an. Er zog mich an sich, mein Kopf lag an der Brust des Kittels. Desinfektionsmittel und Stärke. Seine Hände auf meinem Rücken, die Wärme seines Körpers. Fast übermächtig mein Drang, das fließen zu lassen, was so unheilvoll in mir waberte, so diffus und unsortiert. Ihm zu erzählen, wo ich gewesen war, was ich getan hatte.

Eilig löste ich mich aus der Umarmung.

Mein Magen gab ein Knurren von sich, peinlich laut.

»Wann hast du das letzte Mal was gegessen?«

Ich zuckte die Schultern.

»Ich muss noch schnell auf Station, aber dann mache ich Feierabend«, sagte er. »Wir könnten zu dir fahren, Pizza bestellen. Uns einen ruhigen Abend machen. Ich hätte Zeit.«

Vermutlich fühlte er sich verpflichtet, so etwas vorzuschlagen. Sich um mich zu kümmern. Weil ich es nicht schaffte, das zu verstecken, was ihn nichts anging. Aber das war nicht die Art Beziehung, die wir führten. Er war mein Chef. Wir gingen miteinander ins Bett. Wir kuschelten nicht auf dem Sofa und fütterten uns gegenseitig mit Pizza und positiven Emotionen.

Das wusste er, er wusste das so gut wie ich.

»Das ist leider schlecht heute«, sagte ich. »Ich habe noch eine Menge zu tun.«

»Nadja, bitte!«

»Was – Nadja, bitte?«

»Du bist gestresst, du bist frustriert. Weil du verdammt ungeduldig bist. Glaubst du wirklich, es hilft, wenn du dich verkriechst? Ein bisschen Gesellschaft und Ablenkung täten dir sicher gut.«

»Habe ich«, unterbrach ich ihn. »Gesellschaft, ich meine, ich bin verabredet.«

Er sah mich irritiert an. Verdammt, das hatte falsch geklungen.

»Mein Nachbar«, sagte ich, dankbar, dass mir das gerade einfiel. »Dirk und Antje von nebenan. Sie kommen auf ein Glas Wein rüber.« Ich machte es mit jedem Wort schlimmer. Was tat ich da nur? Eine vollkommen unsinnige Halbwahrheit erzählen, obwohl es dazu keinen Anlass gab? Ich war meinem verheirateten Liebhaber keine Rechenschaft darüber schuldig, mit wem ich mich traf.

Warum dankte ich ihm nicht einfach für sein Angebot? Erklärte ihm, dass er nicht der war, den ich brauchte, jetzt, in dieser Situation und Stimmung?

Ich beschloss, die Sache abzubrechen, bevor das Eis noch dünner wurde. Ging zum Schreibtisch und griff nach meiner Handtasche. »Tut mir leid«, sagte ich. »Ich muss wirklich los. Wir holen das nach, bestimmt. Mach dir keine Sorgen. Es geht mir gut, wirklich. Ich bin nur müde. Und spät dran. Wir sehen uns morgen.«

13

Ein schriller Ton riss mich aus unruhigem Schlaf.

Ich brauchte eine Weile, um mich zu orientieren. Ein geisterhafter Schein flackerte durch den ansonsten dunklen Raum.

Mein Wohnzimmer. Ich lag auf dem Sofa, bekleidet mit dem alten Bademantel. Auf dem Bildschirm, auf dem eben noch Thomas-Tom auf dem Surfbrett gestanden hatte, weißes Rauschen. Ich hatte Kopfschmerzen. Das hatte vermutlich mit dem halb vollen Glas Wein auf dem Tisch zu tun. Oder eher mit der Flasche daneben, die fast leer war. Ich hätte etwas essen sollen. Aber nach dem heißen Vollbad hatte ich mich so matt und schwer gefühlt, dass ich nicht einmal mehr die Energie aufgebracht hatte, mir eine Pizza in den Ofen zu schieben.

Wieder schrillte die Türklingel. Ich sah auf die Uhr. Es war nach elf. Als ich aufstand, wurde mir kurz schwindelig. Ich strich mir die Haare notdürftig glatt, zog den Bademantel ein bisschen enger und ging zur Tür.

»Gott sei Dank!« Dirk klang aufgeregt. »Ist alles in Ordnung?«

Ich starrte ihn an. Versuchte meine vom Wein trägen Gedanken zu aktivieren.

»Ja, alles bestens.« Verdammt, ich hätte ihn anrufen sollen. Hatte ihn anrufen wollen, theoretisch, aber ich hatte es nicht getan.

Sein Blick wanderte hinunter zu meinem Bademantel, einem sehr kurzen Bademantel, wie mir in diesem Augenblick bewusst wurde.

»Ich wollte nur ...« Er hob eine Hand und kratzte sich am Hinterkopf. »Ich wollte nicht stören. Hast du Besuch?« Seine Nasenflügel schienen sich ein wenig zu weiten. Er roch meine Fahne.

Meine Irritation wuchs. »Nein«, sagte ich und ärgerte mich über mich selbst. Als ginge ihn das etwas an. Was war das hier? Ein Kontrollbesuch?

»Du wolltest doch anrufen«, sagte er.

»Ich war ziemlich fertig«, sagte ich. »Ich bin wohl auf dem Sofa eingeschlafen.« Kurz angebunden. Trotzdem klang es wie eine Rechtfertigung.

»Sorry, ich …« Er räusperte sich. »Ich wollte einfach nachsehen, ob alles okay ist bei dir.« Er zog die Schultern ein Stück höher. Hob kurz die Hände. »Das ist mir jetzt … Scheiße, das ist unangenehm. Es war halt einfach kein Licht, den ganzen Abend. Und ich wusste ja, dass du da bist, ich meine, ich habe dich ja kommen sehen, vorhin, und dann … keine Ahnung. Ich hatte einfach irgendwie ein blödes Gefühl.«

Die kühle Nachtluft zog um meine nackten Beine, ließ mich frösteln. Oder war es der Gedanke, dieser unangenehme Gedanke, dass mein Nachbar seit meiner Rückkehr mein Haus nicht aus den Augen gelassen hatte?

»Na ja, und als dann dieser Typ …«, fuhr er fort. »Es kam mir einfach komisch vor, entschuldige.«

»Was für ein Typ?«, fragte ich. Auf einmal war mir eiskalt.

Er deutete neben meine Füße. Da lag etwas auf der Stufe vor der Tür. »Da«, sagte er. »Das hat er wohl vorbeigebracht. Du hast ihn sicher nicht klingeln hören.« Er bückte sich, hob das Päckchen auf und musterte es neugierig.

Ich riss ihm das Ding aus der Hand. Ein kleines Päckchen, eingeschlagen in braunes Packpapier. Mein Name stand darauf. Und ein Absender. Einer, der mich kurz nach Luft schnappen ließ.

»Was ist das?« Dirk kam ein bisschen näher.

Unwillkürlich wich ich zurück, umklammerte das Päckchen fester.

»Nichts«, sagte ich. »Dirk, alles in Ordnung, wirklich.« Nichts war in Ordnung, gar nichts, aber Dirk war ganz sicher der Letzte, mit dem ich das jetzt besprechen wollte.

»Entschuldigung«, murmelte er wieder. Offenbar hatte ich barscher geklungen als beabsichtigt. »Ich wollte dir wirklich nicht auf die Nerven gehen.«

Das Päckchen in meinen Händen schien schwerer zu werden.

Ich sah ihn an. Meinen Nachbarn, der gern ein Glas Wein mit mir getrunken hätte. Nachdem er meinen Rasen gemäht hatte. Weil er einsam war, zu wenig Sozialkontakte hatte. Es hätte mich einen Anruf gekostet. Ich hätte ihn vertrösten können. Ihm erklären, dass ich müde war. Und jetzt stand er da, tat das, was anständige Menschen tun in einer einsamen Gegend. Wenn sie jemanden sahen, der ums Haus der allein lebenden Nachbarin schlich. Die sich zum Dank aufführte wie ein Arschloch. Ich schämte mich.

»Das tust du nicht, nein, ich … danke, Dirk.« Ich hoffte, dass er das Zittern in meiner Stimme auf die Kälte zurückführte. »Das ist wirklich nett von dir.«

Ich konnte mich nicht gut konzentrieren. Mit diesem Päckchen in der Hand. Ich drehte mich um und legte es auf die Kommode. Mein Blick fiel auf die Spieluhr, die da noch immer lag. Dankbar für die Ablenkung griff ich danach.

»Ich muss dann auch wieder«, hörte ich Dirk sagen. »Die Kinder … und es ist ja wirklich schon spät …«

»Warte …« Ich hielt ihm den Bären entgegen. »Den habe ich gefunden, im Garten. Wahrscheinlich vermisst ihn bei euch schon jemand.«

Er sah das Stofftier irritiert an. »Der ist nicht von uns«, sagte er. »So einen haben wir nicht.«

»Nicht? Bist du sicher?«

»Ja, natürlich.« Eine leise Gereiztheit schlich sich in seinen Ton. »Gute Nacht dann …«

»Warte«, sagte ich wieder. »Es tut mir leid. Wirklich. Dass ich nicht angerufen habe. Ich bin einfach eingeschlafen.«

»Ja, klar. Kein Problem.«

»Wir holen das nach, okay?« Ich überlegte kurz. »Ich muss am Wochenende arbeiten. Aber Mittwoch habe ich frei. Wenn du Zeit hast, meine ich, wenn es dir passt an dem Abend …«

»Klar«, sagte er. »Wann immer es deine kostbare Zeit erlaubt.« Er bemühte sich, sarkastisch zu klingen. Wirkte trotzdem eher erfreut als verärgert. »Schlaf gut.« Er hob die Hand, drehte sich um und ging.

Ich schloss eilig die Haustür. Einen Moment stand ich da, starrte auf den Bären in meinen Händen. Ich drehte ihn langsam um und zog die Schnur. Bekam eine Gänsehaut, als ich sie losließ. Obwohl ich gewusst hatte, was ich hören würde. *Guten Abend, gute Nacht … mit Rosen bedacht …* Ich zwang mich, ruhig zu bleiben und das Ding nicht in die Ecke zu schleudern, sondern zurück auf die Kommode zu legen. Stattdessen nach dem Päckchen zu greifen und es ins Wohnzimmer zu tragen.

Ich machte Licht, schaltete den flackernden Fernseher aus. Ich musterte das braune Packpapier. Da stand mein Name – Dr. Nadja Schönberg – in ungelenken Druckbuchstaben. Schräg darüber das, was wohl der Absender sein sollte. Sein musste. Aber nicht sein konnte.

»Marlies Volkmann«, stand da.

Marlies. Aber Marlies war nicht der Absender, das wusste ich mit Sicherheit. Sie konnte mir kein Päckchen schicken.

Marlies war seit über einem Jahr tot.

14

Schwester Hilke war eine erfahrene Kraft. Eine kompakte Frau Mitte fünfzig, mit burschikoser Kurzhaarfrisur, Birkenstocksandalen und der Fähigkeit, ihrer Umgebung das Gefühl zu vermitteln, dass keinerlei Anlass zur Aufregung bestand.

Ebendarum war ihr Anruf alarmierend gewesen. Gelinde gesagt.

»Wenn Sie vielleicht kurz auf Station kommen könnten. Vielleicht so schnell wie möglich ...«, hatte sie gesagt. Ein Satz, den sie offensichtlich nicht leichtfertig geäußert hatte.

»Keine Sekunde!« Konstanze warf eine Handvoll Kleider, die sie aus dem Schrank in ihrem Zimmer gerissen hatte, in den Koffer, der offen auf ihrem Bett stand. Fuhr sich dann hektisch mit der Hand durchs Haar. »Ich bleibe keine Sekunde länger hier!«

Ich warf Schwester Hilke, die neben mir in der Tür von Konstanzes Zimmer stand, einen hilflosen Blick zu. Sie hob kurz Schultern und Augenbrauen.

»Was ist passiert?« Ich bemühte mich um einen ruhigen Tonfall. »Frau Friedrichs?«

Sie fuhr herum, funkelte mich an. »Ich habe Ihnen vertraut. Ich dachte wirklich, Sie sind auf meiner Seite!«

Mir stockte kurz der Atem. Das war nicht möglich. Sie konnte nicht wissen, wo ich gestern gewesen war. Nur Wolfert und ich wussten von dem Gespräch. Und natürlich seine Heike. Die allerdings keinen Grund hatte, ausgerechnet Konstanze davon in Kenntnis zu setzen. Das konnte nicht sein.

»Mir ist völlig klar, dass ich lästig bin. Ein hoffnungsloser Fall.« Sie stand wieder vor dem Schrank, klang, als sei sie den Tränen nah. »Aber ich habe trotzdem ein Recht auf Ehrlichkeit. Auf Respekt. Aber wenn das nicht möglich ist, dann gehe ich nach Hause. Ich kann auch da warten. Darauf, dass er mich umbringt. Oder darauf, dass ich es nicht mehr ertrage. Eine tote Irre mehr oder weniger – darauf kommt es ja vermutlich nicht an!« Sie fuhr fort, zornig Kleider von Bügeln zu reißen.

Ich schaffte es, die Fassung zu wahren. »Frau Friedrichs, bitte. Das ist … Sie sind weder lästig noch gar ein hoffnungsloser Fall.« Ich spielte auf Zeit, während ein Teil meines Gehirns verzweifelt nach einer Entschuldigung suchte. Einer Erklärung, die sie akzeptieren konnte. Die meinen Vertrauensbruch in ein harmloses Licht rückte.

Konstanze umklammerte das Kleiderbündel, presste es an ihre Brust und sah mich an. »Ich habe es Ihnen doch erklärt. Wie schwer es mir fällt, mich zu öffnen, Vertrauen zu fassen. Ich dachte, Sie verstehen das. Ich dachte, Sie und ich …« Sie schien erneut mit den Tränen zu kämpfen. »Ich habe wirklich gedacht, dass Sie mich verstehen. Weil wir uns ähnlich sind. Weil Sie begreifen, was ich bin. Ich dachte, ich kann Ihnen vertrauen.«

»Das können Sie!« Ich räusperte mich. »Möglicherweise gibt es therapeutische Entscheidungen, die Ihnen zunächst fragwürdig erscheinen, aber …«

»Fragwürdig?«, unterbrach sie mich. »Das nennen Sie fragwürdig? Dieser Typ, mit Verlaub, dieser aufgeblasene Wichtigtuer. Was genau bin ich hier eigentlich? Wird im Ärztezimmer gewürfelt, wer sich die irre Fernsehtante ans Revers heften darf?«

Kurz verlor ich den Faden. Hörte Schwester Hilke dicht neben meinem Ohr murmeln: »Konsil. Korn war hier …«

Mir wurde kurz schlecht vor Erleichterung. Dann allerdings heiß vor Zorn. Ich sah Hilke an. Abermals zuckte sie die Schultern. Erklärte wortlos, was sie vor der Patientin nicht aussprechen konnte. Dass sie natürlich davon ausgegangen war, dass ich Bescheid wusste. Ich riss mich zusammen. Schwester Hilke konnte nichts dafür. Gar nichts. Und jetzt gab es Wichtigeres als meine Wut.

»Das ist ein Missverständnis.« Meine Stimme klang heiser. Ich räusperte mich. »Frau Friedrichs, das ist … es tut mir leid, dass Sie das so aufgeregt hat. Aber natürlich bin und bleibe ich Ihre behandelnde Ärztin.«

Sie sah mich zweifelnd an. »So klang das aber nicht. Ich … ich verstehe das nicht.«

Im Unterschied zu ihr verstand ich es durchaus. »Ein Missverständnis«, wiederholte ich. »Ich hatte gestern frei. Der Kollege wollte nach Ihnen sehen, sich überzeugen, dass alles in Ordnung ist.« Ich verfluchte im Geiste Korn und Johannes. Konsil, zum Teufel. Niemand hatte um ein Konsil gebeten. Ganz sicher nicht von Korn. Er drang in mein Revier ein. Ungefragt und ungebeten. Und Johannes hatte es nicht einmal für nötig befunden, das zu erwähnen.

Konstanze schwieg einen Moment. »Ja, aber es klang … es klang so, als würde er quasi mitarbeiten an … an mir. Gott.«

»Das ist ein Missverständnis«, wiederholte ich widerwillig. »Dr. Korn ist ein sehr erfahrener Kollege. Es ist immer sinnvoll, verschiedene Sichtweisen zu berücksichtigen. Manchmal ergibt sich aus einem Gespräch mit einem anderen Arzt ein neuer Ansatz. Das ist ein ganz normales Vorgehen.«

»Ich möchte keinen neuen Ansatz«, unterbrach sie. »Und ich mag diesen Mann nicht. Wie er mich angesehen hat … als wäre ich ein seltenes Fossil aus der Tiefsee. Abgesehen davon riecht er wie ein Döner!«

Ein ersticktes Geräusch hinter meinem Rücken verriet, dass es Schwester Hilke angesichts dieser treffenden Beschreibung des Kollegen, der fest an die heilsame Wirkung von Knoblauch glaubte, offenbar schwerfiel, Haltung zu bewahren.

Konstanze setzte sich aufs Bett und legte das zerknüllte Kleiderbündel auf den Koffer. Sie strich sich die Haare aus dem Gesicht, wirkte unschlüssig. »Ich … es ist … es klang wirklich, als würde er meine Behandlung übernehmen.« Sie sah mich an. »Ich wollte nicht … ich wollte keine Szene machen. Aber es ist mein Ernst. Ich möchte von Ihnen behandelt werden, von niemandem sonst. Ich weiß, mir steht dieses Urteil nicht zu, aber … wenn es jemanden gibt, der mir helfen kann, dann sind Sie das. Ich fühle das. Ich vertraue Ihnen. Und ich bin darin nicht wirklich gut. Ich brauche Sie!«

Ich hätte ihr widersprechen müssen. Sie darauf hinweisen, dass sie jedem, der hier arbeitete, vertrauen konnte. Dass auch meine Kollegen kompetent genug waren, ihr zu helfen. Stattdessen nickte ich. Versuchte, das etwas zu selbstgefällige Gefühl zu ignorieren. »Ich bin hier, um Ihnen zu helfen«, sagte ich. »Und daran wird sich nichts ändern.«

»Dann packe ich wohl mal wieder aus.« Sie deutete auf den Koffer.

»Das würde mich freuen.« Ich lächelte. »Danach sollten Sie sich vielleicht ein bisschen ausruhen. Wenn Sie etwas brauchen, melden Sie sich einfach bei Hilke. Und wir sehen uns dann heute Nachmittag wie verabredet.«

Ich verließ mit Hilke das Zimmer und schloss die Tür hinter mir. Auf dem Flur atmete ich tief durch.

»Ich hätte es wissen müssen.« Hilke klang verstimmt.

»Was?«

»Dass Sie keine Ahnung hatten. Es tut mir leid, Frau Dr. Schönberg.«

Ich winkte ab. »Sie können nichts dafür. Es war nicht Ihre Schuld.«

»Geht es Ihnen gut?« Ihr Blick wanderte zu meiner Hand, die ich unwillkürlich auf meinen Bauch gelegt hatte, sanfter Druck, nur zur Erinnerung. »Ist alles in Ordnung?«

»Ja, alles bestens. Danke, Hilke.«

Sie erwiderte mein Lächeln. »Dann will ich Sie nicht länger aufhalten. Ich hoffe, Sie haben zu tun. Ich hoffe, Sie müssen schnell los, um jemandem die Meinung zu geigen. Sollte das so sein – grüßen Sie schön von mir …«

15

Patientin: Konstanze Friedrichs, geb. 18.12.1976
Stationäre Aufnahme: 24.05.2016, 09:00 Uhr
Therapiegespräch (Dr. Nadja Schönberg), 28.05.2016, 16:30 Uhr
Patientin nach vormittäglichem starken Erregungszustand deutlich ruhiger, angespannt, aber zugewandt und konzentriert – allseits orientiert, äußere Erscheinung, Psychomotorik ohne Auffälligkeiten.

Ein köstlicher Duft zieht durch den Flur, als sie aus dem Aufzug tritt. Er hat gekocht. Es könnte alles so richtig sein, so perfekt. Wenn man nach Hause kommt nach einem langen Tag. Dorthin, wo ein gutes Essen wartet, ein Glas Wein, ein entspannter Abend auf dem Sofa.

Sie schaut auf die Uhr. Nervös und ängstlich. Sie ist spät dran, zu spät. Er hat gekocht, er wartet, Gefahr, wispert etwas in ihr, obwohl sie das nicht will. Gefahr.

Sie wühlt in der Tasche nach dem Schlüssel. Seit er wieder da ist, geht sie wie auf rohen Eiern. Sie bemüht sich, ihn nicht zu verärgern. Nicht zu spät zu kommen etwa, aber manchmal geht es nicht anders. Heute ging es nicht anders. Es war einer dieser Tage. Anstrengend, aufreibend, ein guter Tag, eigentlich, keine Zeit zum Grübeln. Ein Tag, der alles von ihr und ihrem Team gefordert hat. Zwei hochkarätige Gäste für die nächste Sendung haben abgesagt. Ersatz muss her. Parallel spitzt sich die Flüchtlingskrise wieder einmal zu, darum kann es sein, dass sie das geplante Thema ohnehin kippen, auf die aktuellen Ereignisse reagieren müssen. Eine Menge Arbeit, zu wenig Zeit, alle in der Redaktion sind angespannt und arbeiten unter Hochdruck. Sie tun, was sie können. Sie können viel. Jeder Einzelne gibt sein Bestes, und darum funktioniert es. Darum kommen sie gemeinsam an diesen Punkt, an dem es tatsächlich geschafft ist, das, was unmöglich schien. Ein wichtiger Moment,

Stolz und Zufriedenheit, ein Gefühl von Gemeinschaft, das ein gutes Team ausmacht. Der CvD hat Sekt besorgt, sie haben sich im Konferenzraum getroffen, haben angestoßen, gelacht, zusammen Spannung abgebaut. Es ist wichtig für das Team. Reden, stolz sein auf das Geleistete, sich daran erinnern, worum es eigentlich geht.

Konstanze mag diese Stimmung. Sie mag ihr Team. Sie weiß, dass sie viel fordert und erwartet. Sie schätzt das Engagement und die Kompetenz jedes Einzelnen. Es ist ihr wichtig, das zu honorieren. Präsent zu sein, Teil des Teams, nicht eine, die darüberschwebt. Sekt zu trinken, zu reden, zu lachen. Sie hofft, dass niemand gemerkt hat, wie oft sie heimlich auf die Uhr geschielt hat.

Sie hat Kopfschmerzen vorgetäuscht, sich zu früh verabschiedet. Obwohl sie eigentlich gern geblieben wäre. Jetzt steht sie hier, und alles ist falsch. Die leise Furcht, die ängstliche Spannung. Sie steht vor ihrer eigenen Haustür und ist sich selbst fremd.

Seit er wieder da ist, verhält er sich völlig normal. Konstanze weiß, dass sie mit ihm reden müsste. Über das, was geschehen ist. Sie muss das klären. Aber sie bringt es nicht über sich. Stattdessen beäugt sie ihn, sucht nach Anzeichen, nach Warnzeichen in seinem Blick oder Ton, in seinem Verhalten. Noch nie hat sie sich so unsicher gefühlt, so inkompetent. *Krank*, denkt sie, *das ist alles krank*.

Sie schließt die Haustür auf. Geht in den Flur, hängt den Mantel an die Garderobe, zieht die Schuhe aus.

Er steht in der Küche am Herd. Er dreht sich um, als sie hereinkommt, strahlt sie an. »Da bist du ja endlich.« Er kommt auf sie zu, nimmt sie in den Arm und küsst sie. Alles normal. Alles in Ordnung.

»Das riecht aber köstlich«, sagt sie.

»Burgunderbraten«, sagt er. »Ein bisschen over the top für einen Montagabend, ich weiß. Wir hatten heute Mittag großes Büfett, jemand hat sich verkalkuliert. Da war jede Menge übrig. Und es wäre schade, wenn er verkommt.«

Alles gut, denkt sie. »Hier verkommt nichts«, sagt sie. »Ich habe Hunger wie ein Wolf.« Es wird so ein Abend. Ein normaler Abend. Ein schöner, guter Abend, einer, wie sie ihn braucht und will. »Ich habe es nicht mal geschafft, ein Brötchen zu essen heute Mittag. In der Redaktion war die Hölle los.«

Sie sieht sein Gesicht, begreift sofort, dass das falsch war. Er mustert sie. Streng.

»Du musst essen«, sagt er. »Du musst anständig essen, Konstanze.« Er tritt einen Schritt zurück. Rümpft die Nase. »Hast du getrunken?«

»Ein Glas Sekt«, sagt sie, obwohl sie das nicht sagen will, eigentlich, sondern etwas anderes, oder gar nichts, sie weiß es nicht genau. »Dieter hat Sekt ausgegeben«, plappert sie weiter. »Wie gesagt – es war ein verrückter Tag.«

»Ein Glas, ja? Dafür hast du eine ganz schöne Fahne.«

Es war ein Glas, nur ein Glas, aber darum geht es nicht. Sie darf so viel Sekt trinken, wie sie will. Sie kann drei Gläser trinken, fünf, sie ist eine erwachsene Frau, sie kann sich zuschütten mit Sekt und muss sich dafür nicht rechtfertigen. Das hier muss aufhören. Sie muss aufhören, dieses Spiel mitzuspielen.

»Klaus«, sagt sie. Bricht ab, fühlt sich müde, so müde, erschöpft bis auf die Knochen.

Überrascht nimmt sie zur Kenntnis, dass er auf einmal wieder lächelt. Abwinkt.

»Schon gut«, sagt er. »Ist schon gut. Lass uns nicht streiten. Ich habe eine Überraschung für dich.«

Er fasst sie am Arm, zieht sie aus der Küche, über den Flur, steht vor der Tür des Zimmers, das als Arbeitszimmer vorgesehen war.

Sie brauchen es nicht. Klaus arbeitet nie zu Hause, und Konstanze setzt sich lieber mit dem Laptop in die Küche. Das Zimmer ist zu einer besseren Rumpelkammer verkommen, ein Ort für Dinge, die sonst nirgends Platz finden. Konstanze kann sich nicht erinnern, wann sie es zum letzten Mal betreten hat.

Er legt die Hand auf die Klinke. Lächelt wieder, ein glückliches Lächeln, eines, das sie trotzdem frösteln lässt.

»Ta-da!«, sagt er, drückt die Klinke, öffnet die Tür mit Schwung. »Was sagst du?« Er deutet in den Raum.

Sie sagt nichts. Schon weil sie nicht kann, weil die Kehle zugeschnürt ist. Ihr wird eiskalt, am ganzen Körper.

Sie starrt auf die Tapete, bunte Bilder, eine Blumenwiese, Schafe, Vögel, Bienen, ein Regenbogen. Naiv und schön, eigentlich, genau wie das weiße Babykörbchen mit dem Spitzenhimmel. In der Ecke eine dazu passende Wickelkommode, ein kleiner Schrank an der Wand. Schön, es ist schön, ein perfektes Babyzimmer, warm und anheimelnd. Ihr ist übel.

»Gefällt es dir?«

Er klingt aufgeregt. Er steht jetzt neben der Korbwiege, greift hinein. Er holt einen Teddybären heraus, flauschig, niedlich. Er betrachtet ihn kurz, streichelt sanft das künstliche Fell. Dann zieht er an einer Schnur, hält ihn ihr entgegen. *Guten Abend, gute Nacht*, spielt die Spieluhr, *mit Rosen bedacht …*

Konstanze kriegt keine Luft.

Morgen früh, perlt es weiter, *wenn Gott will … wirst du wieder geweckt.*

Sie hat diese Zeile immer gruselig gefunden, schon als Kind. Aber darum geht es nicht, nicht jetzt, eine harmlose Liedzeile hat nichts mit dem Horror zu tun, den sie empfindet.

»Wenn es dir nicht gefällt, ist das kein Problem.« Er klingt noch immer aufgeregt, klingt glücklich und stolz, ein bisschen verlegen, er will gelobt werden. »Wir können alles umtauschen. Schau mal hier, die Bettwäsche zum Beispiel, da bin ich selbst nicht so ganz sicher. Ich finde das Muster sehr schön, es passt zum Wandbild, aber die Farben sind vielleicht ein bisschen grell für so ein Neugeborenes. Was meinst du?«

Sie macht einen Schritt in den Raum. Noch einen. Ihre Beine fühlen sich an, als seien sie aus Blei.

»Klaus«, sagt sie. »Klaus, ich …« Ihre Stimme versagt.

»Oh, verdammt!« Er lässt die Spieluhr sinken. »Oh, es gefällt dir nicht. Es tut mir leid, Liebling. Ich wollte dich überraschen. Ich dachte, ich kenne deinen Geschmack. Aber das macht nichts, wirklich nicht. Wir tauschen einfach alles um, das ist kein Problem. Ich habe den Katalog da. Wir essen jetzt, dann gucken wir zusammen. Kein Problem.«

»Klaus!«

Sie schreit jetzt. Klingt hysterisch, aber das kann sie nicht ändern. Sie ist hysterisch. All das hier ist hysterisch, es ist bizarr, es ist falsch, falsch, falsch.

»Ich bin nicht schwanger!«, schreit sie weiter. »Klaus, ich bin nicht schwanger!«

Er starrt auf die Spieluhr. Dann schleudert er sie mit Wucht auf den Boden. Er hebt den Fuß und tritt darauf.

Es wirkt irgendwie lächerlich, sonderbar geräuschlos, wenig Echo auf viel Aggression.

Er sieht sie an, kommt langsam näher.

»Konstanze«, sagt er. »Bitte! Nicht schon wieder. Du darfst nicht so reden. Es ist nicht leicht für dich, das weiß ich. Aber wir kriegen das hin. Du wirst eine tolle Mutter sein. Aber du musst aufhören, so zu reden. Du darfst dich nicht dagegen sperren, verstehst du?«

»Ich sperre mich nicht. Ich verstehe nicht, was hier passiert. Klaus, ich weiß nicht, was mit dir passiert. Aber ich weiß, dass ich nicht schwanger bin. Wir brauchen kein Kinderzimmer.«

Er steht jetzt dicht vor ihr. »Hör auf.« Er klingt, als habe er Schmerzen, mehr Wimmern als Sprechen. Seine Hand greift nach seinem Ohrläppchen, beginnt zu kneten. Er räuspert sich. »Konstanze, ich ... ich kann das so nicht. Ich weiß, ich muss für dich da sein, aber es tut so weh, wenn du dich so aufführst. Du musst dich zusammennehmen. Mir ist klar, dass deine Hormone verrücktspielen. Das ist ganz normal, vor allem am Anfang. Aber du darfst dich nicht so gehen lassen. Es geht doch nicht nur um dich. Es geht um unser Kind. Und auch um mich. Es ist nicht gut, wenn ich mich so aufrege. Das habe ich dir doch erklärt. Du darfst mich nicht so provozieren. Verstehst du das?«

Konstanze schluchzt auf. »Klaus, du brauchst Hilfe. Du musst ... wir müssen ... es gibt kein Kind, Klaus. Ich bin nicht ...«

Weiter kommt sie nicht. Sie sieht im Augenwinkel seinen Arm, der auf ihren Kopf zurast. Sie ist fast froh, als der Handrücken ihr Gesicht trifft, als sie den Schmerz fühlt, Blut im Mund schmeckt.

»Warum?«, schreit er. »Warum zwingst du mich, so etwas zu tun?« Er wendet sich ab, verlässt den Raum.

Konstanze steht da, starr, schockstarr, sie kann sich nicht bewegen. Sie hört Geschirr klappern. Er deckt den Tisch, er deckt tatsächlich den Tisch.

»Essen ist fertig«, ruft er dann. »Kommst du, Liebling?«

Sie steht da. Starr ihr Körper, aber etwas passiert. Etwas ist plötzlich klar, ganz klar.

»Komm doch, es wird kalt …« Seine Stimme ganz nah. Sie zuckt zusammen, fährt herum. Er steht im Flur. »Ich dachte, du bist so hungrig.« Wieder fummelt er an seinem Ohrläppchen. »Du musst doch essen, Schatz.« Er kommt näher, kommt auf sie zu.

Endlich kommt Leben in sie. Sie knallt die Tür zu, sieht erleichtert, dass ein Schlüssel steckt. Sie dreht ihn um, gerade rechtzeitig. Er drückt die Klinke.

»Was soll das? Was machst du denn?«

»Geh!« Sie kreischt. »Verschwinde aus meiner Wohnung! Geh weg!« Klar, ganz klar. Das ist wichtig. Ihr wird bewusst, dass sie sich selbst in diesem Zimmer eingesperrt hat. In diesem Alptraum. Schon darum muss er gehen, er muss verschwinden.

Er hämmert gegen die Tür. »Konstanze, mach keinen Unsinn! Bitte, ich … es tut mir leid. Ich hätte das nicht allein machen dürfen. Ich dachte nur … ich dachte, du freust dich. Aber wir können alles umtauschen, wir machen es genau so, wie du es willst.«

»Wenn du nicht gehst, rufe ich die Polizei!« Eine leere Drohung. Ihre Tasche mit dem Handy steht im Flur. »Du hast mich geschlagen, Klaus!« Sie muss es aussprechen, muss es laut sagen. Damit die Klarheit nicht verschwindet.

Sie hört ihn auf der anderen Seite der Tür aufschluchzen. »Ja, ich … es tut mir leid. Es tut mir so leid. Ich weiß nicht, was in mich gefahren ist, Liebling, ich … Gott, ich schäme mich so. Verzeih mir, bitte, vergib mir, ich …«

»Geh!«, schreit sie wieder. »Ich habe Angst vor dir, Klaus. Ich verstehe nicht, was hier passiert, aber ich mache diese Tür nicht auf.«

Sie hört ihn weinen.

Hilfe, denkt sie. Er braucht Hilfe. Und sie. Hilfe, denkt sie, aber sie kann nichts sagen. Sie kann nicht mehr, sie kann einfach gar nichts mehr.

Vor der Tür wird es still.

Sie hatte den Kopf gesenkt, rieb sich mit beiden Händen die Schläfen. »Ich habe die ganze Nacht in diesem Zimmer gesessen. Es war ein Alptraum. Wie eine Szene aus einem Horrorfilm, diese Wand, diese Wiege ...« Sie ließ die Hände sinken, hob den Kopf wieder. »Es war ... sonderbar. Ich habe mich geschämt. Ich habe mich schuldig gefühlt.«

Kein untypisches Gefühl für Frauen in dieser Situation, dachte ich, obwohl es nicht der Persönlichkeit entsprach, die Konstanze mir zeigte. Wieder das Gefühl, dass Dinge nicht sauber zusammenpassten. »Warum haben Sie sich geschämt?«, hakte ich nach.

»Ich konnte die Augen nicht mehr davor verschließen, was aus mir geworden war. Eine Frau, die sich voller Angst einschließt. Geschlagen. So eine, die die Kontrolle über ihr Leben verloren hat.«

Zu reflektiert, zu differenziert für ein wahnhaftes Erleben. Es war natürlich möglich, dass sie sich diese Empfindungen später in den Vorfall interpretiert hatte. Ich versuchte, nicht an die Spieluhr zu denken. Den Bären. *Guten Abend, gute Nacht.* Massenware, erinnerte ich mich, millionenfach produziert. Vermutlich fand sich so ein Ding in jedem Kinderzimmer des Landes. Ein Zufall. Weiter nichts.

»Im Rückblick bin ich ihm fast dankbar für diesen Schlag«, hörte ich sie sagen. »Körperliche Gewalt. Das war ein Weckruf. In dieser Nacht habe ich begriffen, dass das aufhören muss. Mich daran erinnert, wer ich war. Wer ich sein wollte. An das, was mich ausmacht. Als es hell wurde, habe ich mich aus dem Zimmer getraut. Er war weg. Ich habe die Angst weggeschoben. Den Schmerz ignoriert. Ich habe mich zusammengenommen und bin da rausgegangen. Entschlossen, zu funktionieren. Um die Kontrolle über mein Leben zurückzubekommen. Ich habe einen Entrümplungsdienst angerufen. Dreckweg.« Sie lächelte. »So hieß die Firma. Das hat mir gefallen. Es fühlte sich gut an, Dreckweg zu bestellen. Nachdem sie die Möbel abgeholt hatten, habe ich Klaus' Sachen zusammengepackt, in dieses Zimmer gestellt. Ich habe es abgeschlossen. Obwohl mir klar war, dass es so einfach nicht wird, hat es sich gut angefühlt.«

»Haben Sie mit jemandem darüber gesprochen?«

Sie zögerte. »Da ... da war niemand. Ich war darin nie gut. Kontakte wirklich zu pflegen, meine ich. Ich hatte immer Bekannte, gute Bekannte. In der Schule, im Studium. Menschen, die mir Rückhalt und Loyalität garantierten, im Gegenzug dasselbe erwarteten. Die Art emotionale und soziale Allianz, die man braucht. Aber dann ändern sich die Umstände, man entfernt sich voneinander. Es kommen andere ...« Sie versuchte sich an einem Grinsen, scheiterte kläglich. »Das klingt furchtbar, nicht wahr? Jetzt schreiben Sie bestimmt auf Ihren klugen Block, dass ich eine gefühlskalte und bindungsunfähige Frau bin.«

»Nein«, sagte ich. Ich dachte an meine Schulzeit, das Studium, an Partys, gemeinsame Tage und Nächte, zusammen lernen, trinken, feiern, reden. An gemeinsame Urlaube auf heruntergekommenen Campingplätzen, geteilte Joints, an Gefühle von verschworener Gemeinschaft und Nähe zu Menschen, die dann irgendwann einfach verschwunden waren, sich aufgelöst hatten in Beziehungen, Reihenhäusern, Ehen, Familien, in Jobs und Lebensentwürfen, die nichts mehr mit mir zu tun zu haben schienen. Bis die einst gefühlte Nähe nur noch eine blasse Erinnerung war. Ich dachte an das unangenehme Gefühl der Fremdheit, wenn man pflichtschuldig den Hörer in die Hand nahm, irgendwo anrief, weil jemand Geburtstag hatte. An mühsame Gespräche über die alten Zeiten, die in beidseitig leeren Versprechungen endeten, sich bald zu melden, sich mal wieder zu treffen.

Sie lachte leise. Fixierte mich auf eine Art, die es mir schwer machte, ihren Augen nicht auszuweichen.

»Das dachte ich mir«, sagte sie.

Ich runzelte unwillkürlich die Stirn.

»Sie sind wie ich«, sagte sie.

Etwas in ihrem Ton ließ mich frösteln. Etwas, um das ich mich jetzt nicht kümmern konnte, denn ich musste das Gespräch so schnell wie möglich zurück in die richtige Bahn lenken.

Ich holte Luft, kam aber nicht dazu, etwas zu sagen, denn sie fuhr fort: »Darum funktioniert das hier. Ich weiß, was Sie wollen. Und darum klappt es gut mit uns beiden. Haben Sie eigentlich schon einmal daran gedacht, etwas anderes zu machen? Beruflich, meine ich. Sie wollen doch sicher nicht in dieser Klinik in der Provinz versauern. Sie sind ziemlich medientauglich. Ich weiß nicht, was Sie hier verdienen, aber ich weiß, was wir für Experten so zahlen. Sogenannte Experten, die man ständig braucht, um den ganzen Irrsinn da draußen zu erklären. Das würden Sie gut hinkriegen, glaube ich …«

»Frau Friedrichs, ich bin Therapeutin …«

»Ja, das weiß ich. Aber das eine schließt das andere ja nicht aus …«

»*Ihre* Therapeutin, wollte ich sagen … Und Sie sind meine Patientin. Darauf sollten wir uns konzentrieren.«

»Natürlich. Ja. Es ist nur … Hören Sie, wir müssen nicht so tun, als gäbe es bestimmte Möglichkeiten nicht. Ich habe kein Problem damit, Teil Ihrer Erfolgsgeschichte zu sein. Wie schon gesagt – ich weiß, was man Ihnen angetan hat. Und wenn ich die Möglichkeit habe, der Welt zu zeigen, was Sie wirklich sind, dann ist das doch nicht verwerflich oder unethisch. Es ist folgerichtig. Und das haben Sie verdient.«

»Noch einmal: Es geht hier nicht um mich.«

Sie lachte leise. »Oh doch«, sagte sie. »Es geht auch um Sie. Machen wir uns nichts vor, letztlich geht es jedem Menschen doch in erster Linie um sich selbst. Ich meine das nicht abwertend, ganz im Gegenteil. Es ist normal und richtig. Es führt dazu, dass wir unsere Fähigkeiten optimal einsetzen. Aber meinetwegen – wenn es Ihnen so wichtig ist, dann können wir gern so tun, als wäre das anders.«

»Ich würde gern noch einmal auf die Tabletten zu sprechen kommen, die Sie damals genommen haben«, unterbrach ich sie. »Das Schlafmittel, das Sie erwähnten …«

Sie reagierte auf meinen fast unhöflichen Ton heftiger, als ich erwartet hatte. Saß auf einmal stocksteif, starrte mich an.

»Nein!«, sagte sie. »Verdammt, ich … das glaube ich jetzt nicht!«

»Was? Was meinen Sie?«

»Er hat Sie kontaktiert!« Es klang nicht wie eine Frage. »Sie haben mit Klaus gesprochen!«

»Nein!«

Die Lüge war schneller aus meinem Mund, als ich beabsichtigte. Bevor ich überlegen konnte, ob das klug war. Es spielte allerdings ohnehin keine Rolle. Sie schien mich gar nicht zu hören. Saß da, umklammerte die Lehne des Sessels.

»Genau das hat er gesagt. Meine Geschichte, hat er gesagt, warte, bis ich allen meine Geschichte erzähle. In der ich eine drogensüchtige, eiskalte Irre bin, der es nur um ihre Karriere geht. Und Sie … Bitte, Sie dürfen da nicht mitspielen. Ich wusste es, und er weiß es auch. Es funktioniert. So wollen mich die Menschen sehen. Das ist es, was er allen mühelos verkaufen kann.«

»Frau Friedrichs, das ist doch absurd. Weder will Sie jemand so sehen, noch tue ich das …«

»Ach nein?« Sie löste die Hände von den Sessellehnen. Starrte sie an, als wisse sie nicht genau, was sie damit anfangen sollte. Dann senkte sie sie in ihren Schoß. »Dann betrachten wir doch einfach mal die Situation. Ich sitze hier. Ich sitze hier und kämpfe. Sie glauben mir nicht. Die Polizei hat mir nicht geglaubt. Ich kann nicht gewinnen. Ich bin nicht verrückt. Er ist es. Er ist wahnsinnig, genau wie sein Plan. Aber er wird es schaffen. Weil ich keine Möglichkeit habe, mich zu wehren. Er wird mich bestrafen. Er wird mich vernichten. Ich kann mich hier für eine Weile verstecken. Aber es wird mir nichts nützen. Er wird es zu Ende bringen. Und ich bin machtlos. Genau wie Sie.«

Mein Gefühl der Beklemmung verstärkte sich. Das lag weniger an ihren Worten als vielmehr daran, dass sie vollkommen ruhig klang. Sachlich und gelassen. La belle indifférence, dachte ich, typisch bei dissoziativen Störungen. Dieser Mangel an Betroffenheit, eine trügerische Ruhe. Etwas lief schief, etwas, das ich aufhalten musste.

»Regine weiß es auch«, fuhr sie fort. »Regine ist die Einzige, die versteht, dass ich nicht verrückt bin. Sie ist der einzige Mensch, der mich nicht belügt.«

»Ich belüge Sie auch nicht.« Kaum waren die Worte aus meinem Mund, bereute ich sie. Das klang völlig falsch. So, als wolle ich mich rechtfertigen. Meinen guten Willen beweisen.

Unpassend gegenüber einer Patientin, ich war die Therapeutin, verdammt. Leider die, die gerade im Begriff war, den letzten Rest Kontrolle über das Gespräch zu verlieren. Und ich log.

»Ich habe Angst.« Sie sprach leise. Klang nicht mehr gänzlich ungerührt, aber noch immer erschreckend unbeteiligt. »Die einzigen Momente, in denen diese Angst verschwindet, sind die, in denen ich mich abfinde. In denen der Gedanke daran, dass ich sterben werde, fast tröstlich ist. Dann hat es ein Ende. Die Angst. Dieser Kampf, der sich immer sinnloser anfühlt. Dann habe ich endlich Ruhe.«

Ich suchte nach Worten. Spürte, wie sich das schlafende Monster in mir regte.

»Sie werden nicht sterben.« Ein kleiner, schwacher Knüppel, den ich vor der Raptushöhle schwenkte. »Sie werden nicht sterben!«, wiederholte ich, setzte den Knüppel in Brand, fuchtelte mit der Flamme vor den kalten Reptilienaugen, die sich geöffnet hatten und mich anstarrten. »Sie sind in Sicherheit.«

So unauffällig wie möglich legte ich eine Hand auf den Unterbauch, drückte sanft und konzentrierte mich auf meinen Atem. Alles war gut. Alles war in Ordnung. Ich hatte die Situation im Griff. »Sie sind in Sicherheit«, wiederholte ich.

Sie zog ein Taschentuch aus der Box auf dem Tisch und putzte sich die Nase. »Natürlich«, sagte sie dann. »Natürlich bin ich das.« Dann lächelte sie. Ihr Bildschirmlächeln.

16

Sie haben mich eingesperrt. Sie stellen Fragen. Lauter Fragen, immer mehr Fragen. Sie wollen Dinge wissen, die sie nicht begreifen würden. Dinge, die sie nichts angehen.

Ich hasse diese Frau. Sie hat so kalte Augen. Sie bohrt, ihre Worte bohren in mir herum, in meinem Gehirn, in meiner Seele. Es tut sehr weh, aber das stört sie nicht.

Ich hasse die Frau mit den kalten Augen.

Ich bin hier falsch. Ohne dich. Ohne dich kann ich nicht atmen, nicht sein. Ohne deine Liebe bin ich nichts.

Ich weiß, dass sie noch da ist. Die Liebe. Ich kann sie spüren. Ich will tun, was ich tun muss, ich will mein Versprechen halten. Aber sie lassen mich nicht. Sie haben mich für verrückt erklärt. Die Zeit läuft mir davon. Ich möchte ihnen erklären, was zu tun ist, was ich tun muss, ich muss ihnen ins Gesicht brüllen, dass ich es nicht behalten kann und will, es muss weg, sofort, ehe es zu spät ist.

Aber ich kann kein Wort sagen, wenn die kalten Augen mich ansehen.

Ich will weg, nur weg, zu dir. Ich muss dich sehen, muss spüren, dass unsere Liebe noch da ist, dass du noch da bist. Ich muss dich ansehen, muss deine Stimme hören, die sagt, dass alles in Ordnung ist, in Ordnung kommt, dass das, was wir sind, größer ist als der Rest.

Ich will es tun. Ich will tun, was ich versprochen habe. Es ist ein kleines Opfer, ein winziges Opfer, es ist kein Opfer, es ist nichts im Vergleich zu dem, was ich fast verloren hätte. Weil ich so dumm war. So dumm.

Verzeih mir. Bitte.

Warte auf mich. Ich weiß, dass du das tust. Ich weiß, dass du verstehst, was sie mir antun. Sie quälen mich.

Ich habe keine Worte für diese Frau. Die kalten Augen starren mich an. Sie kennt mich nicht. Sie versteht nicht, was ich bin, was ich sein kann, was ich sein will. Was ich brauche. Sie versteht nichts von dem, was du mir beigebracht hast.

Ich weiß, dass alles meine Schuld ist. Ich habe es falsch gemacht. Ich war schwach. Ich habe nicht begriffen, dass du das Beste bist, das Wichtigste, das Größte in meinem Leben. Ich war schwach, ich habe dir nicht vertraut. Es tut mir so leid. Aber ich weiß, dass du mir vergeben kannst. Dass du mir vergeben hast. Ich weiß, dass du da bist, auf mich wartest. Darum halte ich durch.

Sie fragt und fragt, immer wieder, nackte Gier in ihren Augen. Sie will Dinge hören. Dinge, die sie nichts angehen. Dinge, die sie nicht verstehen, falsch deuten würde.

Sie ist böse, diese Frau, gemein. Sie will all das nicht für mich, sondern für sich. Sie will hören, will urteilen. Sie will schlecht reden, das klein machen, hässlich und grausam, was groß ist, schön und wunderbar. Sie stellt ihre schrecklichen Fragen, giert nach schrecklichen Antworten. Wenn sie mir gegenübersitzt, mich mit kalten Augen und giftigen Worten löchert, ist mein Hals wie zugeschnürt. Ich bin starr, ich kann mich kaum bewegen.

Das Einzige, was hilft, ist, an dich zu denken. Ich denke an dich, immer, die ganze Zeit, jede Sekunde. Niemand versteht, was geschehen ist, zwischen uns, mit uns, niemand versteht, was gerade geschieht. Ich denke an dich, vergesse allen Schmerz, den im Kopf, im Herz, im Bauch. Schmerz, der nötig war, um mich an das zu erinnern, was zählt. Du. Du und ich. Ich und du. Wer so liebt wie wir, muss Schmerz aushalten können. Ein so großes Gefühl kann es ohne nicht geben.

Schuld. Reue. Vergebung. Hoffnung und Glück.

Ich will zu dir. Aber sie lassen mich nicht.

Ich hasse sie. Ich will der Frau mit den kalten Augen ins Gesicht schreien, dass ich keine Antworten geben werde. Dass mich das, was sie tut, unendlich quält. Sie muss mich gehen lassen. Aber das tut sie nicht. Ich hasse sie.

Ich liebe dich.

Ich klappte das unscheinbare Notizbuch mit dem schwarzen Pappeinband zu. Billig zu haben in jedem Schreibwarengeschäft. Unpersönlich von außen, innen die Seiten gefüllt mit hektischer Handschrift. Mit Worten, die wehtaten.

Mehr, als sie sollten. Mehr, als sie durften.

Ich ging ins Bad und sah in den Spiegel. *Die Frau mit den kalten Augen.* Ich versuchte, sie zu sehen. Die kalten Augen. Sah nur Verwirrung, Schmerz. Bedauern. Schuld?

Natürlich war mir klar, dass es mir nicht gelungen war, Nähe zu Marlies aufzubauen. Sie war weit weg gewesen, viel zu weit weg, um sie zu erreichen.

Mit der Zeit waren die Phasen der Erregung immer seltener geworden. Sie war in eine tiefe Depression gerutscht. Ich hatte gehofft, dass es sich um ein postremissives Erschöpfungssyndrom handelte. Die Phase, in der sie sich langsam aus der Psychose, in die die Drogen sie gestoßen hatten, löste. Ich hatte ihr irgendwann Antidepressiva verschrieben. Trotz der Schwangerschaft, wegen der Schwangerschaft, denn ihre lähmende Depression, in der man sie sogar zum Essen und Trinken zwingen musste, gefährdete auch das Leben ihres ungeborenen Kindes.

Mir war klar gewesen, dass es mit dieser Patientin nicht gut lief. Aber mir war nie der Gedanke gekommen, dass sie mich als Feindin betrachtete. Als Frau mit den kalten Augen.

Ich drehte den Wasserhahn auf, spritzte mir kaltes Wasser ins Gesicht. Mied danach den Blick in den Spiegel.

Versagt. Ich hatte versagt. Dass eine Patientin wie Marlies in der Zeit, aus der dieser Eintrag datierte, in der Lage gewesen war, derart komplexe Gedankengänge in Worte zu fassen und aufzuschreiben, hatte ich für unmöglich gehalten. Wie kam Lendemann an dieses Tagebuch? Und warum schickte er es mir ausgerechnet jetzt?

Und dann war da dieser Typ …, hörte ich Dirk sagen. Er war hier gewesen. Er war in meinem Garten gewesen. Das war neu. Es war beängstigend.

Was sollte ich tun? Zur Polizei gehen? Wegen einer Spieluhr im Garten? Eines Tagebuchs, das man mir vor die Tür gelegt hatte? Vermutlich war das kein Straftatbestand. Ganz sicher wollte ich Lendemann nicht die Genugtuung geben, die er sich von seinem Spiel versprach.

Er wollte mich verunsichern. Alte Wunden aufreißen. Es war schlimm genug, dass ihm das gelang. Schlimmer wäre nur gewesen, ihm das zu zeigen.

Ich überlegte, ob ich Eggers anrufen sollte. Verwarf auch diesen Gedanken. Wenn ich bei der kleinsten Erschütterung unter den Rockschoß meines Therapeuten floh, sprach das nicht für mich. Und das ärgerliche und alberne Konsil von Korn war eine klare Botschaft gewesen. Egal, was er sagte – Johannes' Vertrauen in mich war alles andere als unerschütterlich. *Wenn es jemanden gibt, der mir helfen kann, dann sind Sie das. Ich brauche Sie.*

Es ging nicht nur um mich, mein Leben, meine Zukunft. Es ging auch um Konstanze. Meine Patientin.

Ich konnte ihr helfen. Und das würde ich tun. Es lag in meiner Hand, wie viel Macht ich Lendemann einräumte.

Ich konnte das aushalten. Ich musste. Das war ich mir schuldig. Und Konstanze Friedrichs.

Ich ging zurück ins Wohnzimmer, holte mir auf dem Weg ein Glas Wein aus der Küche. Ich trank zu viel in letzter Zeit. Und dass mir gerade so klar war, dass ein Schluck Alkohol mir helfen würde, die Gedankenspiralen zu bremsen, ein bisschen zur Ruhe zu kommen, war kein gutes Zeichen.

Ich trank trotzdem, langsam, kleine Schlucke, und starrte dabei auf das Tagebuch.

Große Liebe, Sehnsucht – wen meinten diese Worte? Nicht Lendemann, ganz sicher nicht. Er war ihr Freund gewesen, ihr Lebensgefährte, wie er steif und etwas verklemmt gesagt hatte. Er hatte sie besucht, war täglich da gewesen. Anfangs hatte ich ihn nur unter Aufsicht zu ihr gelassen. Erst als klar war, dass sie auf ihn weder verängstigt noch eingeschüchtert reagierte, hatte ich ihnen ihre Privatsphäre gelassen. Marlies hatte allerdings auf ihn genauso reagiert wie auf mich und alle anderen. Gar nicht. Es schien daher unwahrscheinlich, dass er das Objekt ihrer Sehnsucht war.

Natürlich war es nicht zielführend, das, was eine psychotische Frau geschrieben hatte, logisch und sachlich ausdeuten zu wollen. Aber auch das spielte keine Rolle, erinnerte ich mich. Die Sache war vorbei. Geschichte.

Ich lehnte mich in den weichen Sofapolstern zurück. Mich traf keine Schuld. Ich hatte ihr die Medikamente verordnet, ohne die sie nicht imstande gewesen wäre zu tun, was sie getan hatte. Ein Fehler, möglicherweise. Aber es war um ihr Leben gegangen, und um das des Kindes.

Ich hatte sie an dem Abend, an dem sie das erste Mal von sich aus Kontakt gesucht und um ein Gespräch gebeten hatte, vertröstet. Ich war müde gewesen, erschöpft, seit mehr als zwölf Stunden im Dienst. Ich hatte die Kapazitäten nicht gehabt. Ich hatte nicht ahnen können, dass es am nächsten Tag zu spät war. Noch ein Fehler, mit Sicherheit, aber es ließ sich nicht mehr ändern. Menschen machten Fehler. Und es lag nicht immer in unserer Hand, Schreckliches zu verhindern.

Mit dem Terminus Raptus melancholicus wird eine meist als gefährlich eingestufte, weil potenziell oder faktisch zu Suizid führende Handlung verstanden, die aus einem Zustand hochgradiger, wenn nicht gar stuporöser psychomotorischer Hemmung heraus geschieht, daher unvorhersehbar und kaum vermeidbar imponiert.

Alle waren sich einig gewesen. Gutachter, Kollegen, Pflegepersonal. Und der Richter. Er hatte mich freigesprochen, die Gesellschaft hatte mich freigesprochen von jeder Schuld. Niemand warf mir etwas vor.

Niemand außer Andreas Lendemann. Und mir selbst.

Der Wein tat seine Wirkung. Ich konzentrierte mich auf das, was wichtig war. Das, was mich ausmachte. Ich war stark. Ich war kompetent. Eine gute Ärztin. Und das konnte mir niemand nehmen. Ganz sicher nicht Lendemann.

Das Klingeln des Telefons zerstörte den Moment der Zuversicht. Ich merkte, dass ich zu zittern begann.

Das hier ist nicht zu Ende. Er wusste, wo ich wohnte. Er kannte meine Mailadresse. Es war ein Kinderspiel, meine Telefonnummer herauszufinden, auch wenn sie nicht im Telefonbuch gelistet war. *Du kommst nicht davon.* Lendemann war nicht fertig mit mir. Egal, was ich mir vormachte – ich war nicht wirklich in Sicherheit.

Ich zwang mich, nach dem Hörer zu greifen.

Heike Wolfert nannte ihren Namen.

Sie hielt sich nicht mit Floskeln auf, sondern redete sofort weiter. Während sich meine Angst langsam in ungläubiges Interesse verwandelte, sagte sie, was sie zu sagen hatte. Wohlüberlegte Worte, flüssig, fast hastig, zu schnell, als dass ich sie hätte unterbrechen können.

»Ich habe Ihre Karte bei ihm gefunden«, sagte sie. »Das geht so nicht. Halten Sie sich fern von meinem Mann. Die Sache nimmt ihn furchtbar mit. Mehr, als er zugeben kann. Nicht nur diese Beschuldigungen, die infamen Unterstellungen von dieser Irren. Sondern alles, was davor passiert ist. Es reicht. Es ist genug.«

Ich nutzte die Sekunde, die sie brauchte, um Luft zu holen. »Frau Wolfert, ich …«

»Lassen Sie mich ausreden.« Barsch. Bestimmt. »Ich bin weder dumm noch naiv. Sie war seine große Liebe. Sie wird nie ganz verschwinden. Auf eine kranke, ungesunde Art hängt er noch an ihr. Ich weiß das. Aber ich habe mich trotzdem auf diese Beziehung eingelassen. Weil ich weiß, dass er mich liebt. Auf eine andere Art. Eine gesunde Art. Das genügt mir. Sonst wäre ich nicht hier. Sonst würde ich sein Kind nicht austragen. Unser Kind. Ich bin alt genug, um zu wissen, dass man manchmal Kompromisse eingehen muss. Ich liebe diesen Mann. Und er meint es ehrlich. Ich will dieses Leben, er will es auch. Wir werden glücklich sein. Eine Familie. Und mit der Zeit wird er aufhören, an sie zu denken. Sich schuldig zu fühlen. Aber das schafft er nicht, wenn Leute wie Sie die alte Geschichte ständig aufwühlen. Ich verstehe, dass diese Frau krank ist. Dass sie

Hilfe braucht. Aber Klaus hat genug getan. Genug gelitten. Lassen Sie meinen Mann in Ruhe. Bleiben Sie weg von ihm, von uns. Er muss das hinter sich lassen.«

Ich verstand ihre Sicht der Dinge. Natürlich war es nötig, dass Klaus Wolfert mit der Sache abschloss. Aber sie irrte sich in einem wichtigen Punkt. Er hatte keine Chance, das zu schaffen, indem er davonlief. Die Konfrontation mit der Erinnerung vermied. Er musste sich den Dämonen stellen. Über Schuldgefühle und Ängste reden, am besten mit einem Therapeuten. Ich war sicher, dass Heike Wolfert klug genug war, das zu verstehen. Trotzdem sparte ich mir die Worte. Schon aus dem einfachen Grund, dass das Gespräch beendet war. Ich lauschte eine Weile dem monotonen Tuten aus dem Hörer, dann legte ich auf.

17

»Nadja!« Ich schloss gerade mein Auto auf dem Parkplatz der Klinik ab, als ich Johannes' Stimme hörte. Ich fluchte heimlich.

»Guten Morgen.«

»Du bist sauer.« Das war keine Frage.

»Überrascht dich das?« Ich spielte mit dem Autoschlüssel in meiner Hand. »Sie war außer sich, Johannes. Sie wollte die Klinik verlassen. Sie fühlt sich hintergangen. Von mir. Sie hat gedacht, ich will sie loswerden. Das war eine Katastrophe.«

»Ja, ich meine, das tut mir leid. Das ist blöd gelaufen.« Seine Augen wanderten unruhig über den Parkplatz und mieden mein Gesicht.

»Nein, es ist nicht blöd gelaufen.« Ich öffnete meine Handtasche und warf den Schlüssel hinein. »Du hast Mist gebaut. Du und Korn mit diesem lächerlichen Konsil. Hinter meinem Rücken. Was es zum Gegenteil eines Konsils macht. Ihr habt meine Patientin verunsichert, ihr Vertrauen erschüttert. Wenn du mir die Sache nicht zutraust, dann sag es einfach. Aber meine Arbeit zu sabotieren ist nicht akzeptabel.«

»Komm, jetzt lass mal die Kirche im Dorf. Ich wollte nur … ich wollte mich vergewissern …«

»Dass ich es im Griff habe? Tut mir leid, diese Kirche passt nicht in mein Dorf.« Ich konzentrierte mich auf das gute Gefühl, Oberwasser zu haben.

»Darum geht es nicht«, sagte Johannes. »Wirklich nicht. Ich dachte nur … Korn wollte sich einfach ein Bild machen. Er ist ein erfahrener Kollege, ein guter Arzt. Es ist nichts Verwerfliches daran, Kompetenzen zu bündeln. Eine zweite Meinung, möglicherweise ein neuer Ansatz, man kann sich austauschen, man kann sich unterstützen.«

»Ich bin die behandelnde Ärztin. Wenn ich Unterstützung brauche, dann melde ich mich, vielen Dank. Und wenn jemand sich ein Bild machen möchte, dann soll er bitte vorher Rücksprache mit mir nehmen.«

»Du warst nicht da!«

Ich unterdrückte ein Seufzen. »Na dann.« Ich wandte mich ab, machte Anstalten, zu gehen.

»Nadja, bitte!« Er hielt mich am Arm fest. »Ich dachte, es kann nicht schaden. Ich habe nicht damit gerechnet, dass sie so heftig reagiert. Es tut mir leid.«

Ich atmete durch. Das war viel, es war viel Eingeständnis für einen wie Johannes.

»Es hat aber geschadet«, stellte ich trotzdem noch einmal richtig. »Es hat sehr geschadet.«

»Ich weiß. Hilke hat mir schon erzählt ... Eigentlich kannst du dir deine Vorwürfe sparen.« Er zögerte. »Aber ich habe mir die Akte angeschaut. Warum gibst du ihr noch immer keine Medikamente, Nadja?«

»Ich habe dir doch gesagt, dass ich sicher bin, dass sie eine Drogengeschichte hat. Es wäre unverantwortlich.«

Er musterte mich. »Was macht dich so sicher? Warum klammerst du dich so an diese Drogensache? Reg dich bitte nicht gleich wieder auf, aber ... es wundert mich einfach. Mich und die Kollegen.«

Ich atmete tief durch. Verarbeitete die Vorstellung, dass man offenbar in trauter Runde zusammensaß und über mich und mein Vorgehen diskutierte. Kein schöner Gedanke.

»Es ist mein Fall«, sagte ich. »Es ist meine Patientin. Du bist der Chef. Und wenn du mit meiner Vorgehensweise nicht einverstanden bist, wenn du glaubst, dass ich der Sache nicht gewachsen bin, dann musst du mir den Fall entziehen.« Ich klang ruhiger, als ich mich fühlte. Es war ein Risiko. Allerdings ein kalkuliertes. Ich hatte einen Trumpf im Ärmel. Konstanze wollte mich. Nur mich.

Wenn es jemanden gibt, der mir helfen kann, dann sind Sie das. Ich fühle das. Ich vertraue Ihnen. Ich brauche Sie.

Johannes schwieg. Lange genug, um mich nervös zu machen.

Lange genug, um mir einmal mehr darüber klar zu werden, dass ich unter keinen Umständen bereit war, diesen Fall abzugeben.

»Sei nicht albern«, sagte er dann endlich. »Aber …«

»Aber was?«

»Vergiss nicht, dass wir ein Team sind. Du warst schon zweimal nicht bei den Teambesprechungen. Das ist nicht gut. Es ist wichtig, sich auszutauschen. Darum geht es, Nadja. Niemand will dir irgendetwas wegnehmen.«

»Ich hatte zu tun.« Ich hasste diese Teambesprechungen. »Ich habe es nicht geschafft.«

»Beim nächsten Mal bist du dabei. Und da ist noch etwas …« Er räusperte sich und sah kurz hinüber zu den Bäumen am Rand des Parkplatzes.

»Was?«

»Achte auf deinen Abstand, Nadja.«

Ich schnaubte.

»Im Ernst. Sie hat sehr heftig auf Korn reagiert. Sie ist aggressiv geworden. Sie scheint vollkommen auf dich fixiert zu sein. Das werfe ich dir nicht vor, natürlich nicht, aber du musst das im Auge behalten. Pass einfach auf, okay?«

Ich wollte zu einer wütenden Erwiderung ansetzen. Bremste mich aber. Es reichte. Es bestand kein Anlass, noch mehr Fässer aufzumachen. Johannes bemühte sich. Er wollte mir nichts Böses. Es war nicht seine Schuld, dass es Dinge gab, die ich nicht mit ihm teilen konnte. Nicht mit ihm und auch nicht mit den Kollegen.

»Mach dir keine Sorgen«, sagte ich daher. »Ich habe alles im Griff, wirklich.«

Er lächelte und wirkte irgendwie erleichtert, so als habe er etwas hinter sich gebracht, was er nicht hatte tun wollen.

»Gut dann … ich muss rein.« Er sah über die Schulter, überzeugte sich, dass wir allein waren. »Und wegen heute Abend … ich meine … bleibt es dabei?«

Sonntag, verdammt. Er kam bei mir vorbei am Sonntagabend, warum auch immer, es war eher unwahrscheinlich, dass seine Frau einen fixen Termin hatte, Chor, Turnen, was immer sie tat, ich wusste es nicht. Ich wusste nur, dass ich so einen Termin hatte, einen bürgerlichen Termin am Sonntag, Ehebruch nach Stundenplan. Ein Konstrukt, das mir auf einmal unerträglich deprimierend und erbärmlich erschien. Das mir jede Lust raubte, ihn heute Abend zu sehen. Aber ich hatte keine Wahl. Ihm jetzt einen Korb zu geben hätte gewirkt wie eine beleidigte Retourkutsche.

»Natürlich«, sagte ich also.

»Schön«, sagte er. »Sehr schön. Ich freue mich.« Er drehte sich um und verschwand.

Ich sah ihm nach. Ich wollte mich gerade in Bewegung setzen, ihm folgen, als eine andere Stimme meinen Namen rief. Regine Geiger hetzte über den Parkplatz. Sie wirkte völlig aufgelöst.

»Gut, dass ich Sie treffe!« Sie schien den Tränen nahe. »Bitte, Frau Dr. Schönberg, Sie müssen mitkommen. Es ist … etwas ist passiert!«

Wir nahmen mein Auto, sie lotste mich durch die Stadt, hinaus zum Kimming. Beste Wohngegend, großzügige Grundstücke und Villen, manche auf künstlich aufgeschütteten Warften, um einen Blick über den Deich auf die Elbe zu erlauben. Konstanzes Haus wirkte vergleichsweise bescheiden. Hübsch und anheimelnd, wenn auch die hohe Backsteinmauer, die den hinteren Teil des Grundstücks vom Rest der Welt abtrennte, ein bisschen feindselig wirkte. Eine stabil wirkende Metalltür verstärkte den Eindruck noch. Eben die schloss Regine Geiger mit zitternden Fingern auf und führte mich in den Garten. Bellen und Winseln empfing uns. Ein mittelgroßer Hund zerrte verzweifelt an seiner Leine, schien fast rasend vor Freude, sie zu sehen.

»Pitt«, sagte sie. Ich brauchte einen Moment, um zu begreifen, dass sie mir gerade ihren Hund vorgestellt hatte.

»Ich habe ihn hiergelassen, er war so aufgeregt«, plapperte sie weiter. »Und ich wusste nicht, ob er mit in die Klinik … ich meine, ob ich ihn mit in Ihr Büro …« Sie beugte sich zu dem aufgeregten

Hund hinunter, kraulte ihn hinter den Ohren und sprach beruhigend auf ihn ein.

»Wo ist er?«, fragte ich.

»Sie«, korrigierte Regine, während sie die Leine, mit der Pitt an einer schweren Eisenbank angebunden war, löste. »Foxi ist eine Hündin.« Sie fummelte weiter an der Leine. »Augenblick.«

Ich sah mich um. Eine sattgrüne Rasenfläche, umringt von Beeten, aus denen Blüten und Düfte zu explodieren schienen. Meine botanischen Kenntnisse waren marginal, aber ich erkannte Rosen und etwas, das ich für Sonnenhut hielt. Aber auch ohne jede tiefere Kenntnis blieb mir nicht verborgen, dass hier nichts dem Zufall überlassen war. Eine perfekte Anlage, Blütenfarben und Blattformen aufeinander abgestimmt. Die zu hohe Mauer, die das Grundstück nach außen abschottete, war von rankendem Grün bedeckt und wirkte von hier drinnen eher behaglich. Ein Traum. Man mochte von Regine Geiger halten, was man wollte, aber auf ihre gärtnerischen Ratschläge konnte man sich offenbar verlassen. Bienen summten, ich hörte Vögel singen, von ferne das Brummen eines Rasenmähers. Friedlich und idyllisch.

Sah man von dem ab, was da vor der Terrasse auf der Wiese lag. Ich war Regine gefolgt und brauchte eine Sekunde, um zu begreifen, dass die Unruhe des Bildes von den Fliegen herrührte, die in einer dichten, widerwärtigen Wolke um den kleinen Kadaver schwirrten. Vorsichtig trat ich näher und bereute es sofort, denn mir stieg ein grauenhafter Gestank in die Nase. Ich unterdrückte ein Würgen.

»Haben Sie die Polizei angerufen?«

Regine Geiger sah mich entsetzt an. »Nein«, sagte sie. »Denken Sie, wir sollten …?«

»Frau Geiger, da liegt ein aufgeschlitzter Hund«, sagte ich. »Ich denke ganz bestimmt, dass wir das melden sollten. Unter den gegebenen Umständen.«

Pitt zerrte an der Leine und winselte. Offenbar verspürte er im Unterschied zu mir den Drang, sich die Sache noch näher anzusehen. Regine Geiger zog ihr Telefon heraus.

»Ich habe noch die Nummer von diesem … von dem Polizisten, der damals ermittelt hat. Meinen Sie wirklich …«

»Rufen Sie ihn an!«

Ich wollte weg. Weg von dem toten Hund, der meine Blicke auf sich zwang. Weg von dem widerlichen Gestank. Das weiße Fell war verdreckt, sah nass aus. Der offene Bauch klaffte aufdringlich, obszön auseinander. Ich versuchte, den neuerlichen Brechreiz wegzuatmen, trat einen Schritt zurück und sah Regine an, die das Handy ans Ohr presste.

»Es wäre gut, wenn Sie … nein …« Sie klang, als würde sie gleich anfangen zu weinen. »Ich weiß, ja, aber … es ist wirklich … bitte, hören Sie …«

Ich hielt es nicht mehr aus und nahm ihr das Handy aus der Hand.

»Dr. Schönberg hier!« Ich knallte jedes einzelne Wort durch die Leitung. »Kommen Sie bitte sofort vorbei. Es ist ein Notfall.« Dann legte ich auf.

Regine sah mich an, als habe sie eine Erscheinung gehabt. Ihre Hilflosigkeit half mir, mich selbst wieder unter Kontrolle zu bekommen. »Wir sollten vorn warten«, sagte ich. Hoffte, dass mein autoritäres Gehabe am Telefon nicht nach hinten losging.

Sie folgte mir vors Haus. Wir setzten uns auf die Bank, die neben der Haustür stand – ein Zwilling der Bank im Garten.

»Ich wollte gießen«, sagte Regine leise. »Den Rasen sprengen, es ist ja ziemlich trocken. Und dann habe ich sie gesehen. Foxi. Ich verstehe das nicht. Wie kann das sein? Da war nichts, in der Nacht, die ganze Zeit, da war doch nichts.« Sie schüttelte hektisch den Kopf. »Aber es ist ein Beweis, oder? Ein Beweis, dass Konstanze nicht … Ich bin völlig durcheinander. Sie haben das auch gesehen, oder, ich meine, ihr Bauch … es ist, wie Konstanze sagt, oder?«

Ich nickte abwesend. Versuchte zu verstehen, was das bedeutete. Irgendwer hatte sich offenbar die Mühe gemacht, den Kadaver dort abzulegen. Im hinteren Teil des Gartens, hinter einer hohen Mauer und einer abgeschlossenen Tür.

Kurz nachdem ich mich mit Wolfert getroffen hatte. Kurz nach dem Anruf seiner neuen Frau mitten in der Nacht.

Der Gedanke fühlte sich absurd an. Sowohl Wolfert als auch Heike wussten schließlich, dass Konstanze in der Klinik war. Warum hätten sie Konstanze auf diese Art terrorisieren wollen?

Ein Wagen fuhr vor. Ein Zivilfahrzeug, aus dem ein Mann stieg, der auf uns zukam. Allein. Das irritierte mich. Allerdings wusste ich nicht genau, was ich erwartet hatte.

»Frau Geiger.« Er klang nicht erfreut. Er streckte Regine die Hand entgegen und wandte sich dann an mich. »Und Sie müssen dann wohl die Frau Doktor sein, die mich einbestellt hat.« Sein Grinsen milderte den Unmut in seiner Stimme nicht. »Bether ist mein Name. Von der Polizei, dem Freund und Helfer. Immer im Dienst, auch Sonntag. Dann zeigen Sie mir doch mal das Corpus Delicti.«

Er hielt sich offenbar für wahnsinnig witzig.

»Muss ich …« Regine Geiger räusperte sich. »Ich meine … Pitt, das regt ihn so auf …«

»Warten Sie ruhig hier«, sagte ich.

Ich ging mit Bether nach hinten. Ich war froh, dass mich sein arrogantes Getue so ärgerte, dass ich den Ekel, der mich beim Anblick des toten Hundes wieder überkam, nur am Rande zur Kenntnis nahm. Vor diesem Mann wollte ich mir keine Blöße geben.

»Gute Güte, der Hund ist tot«, sagte er völlig ungerührt. »In was für einer Welt leben wir eigentlich?«

»Herr Bether, ich verstehe nicht, was genau Sie so furchtbar lustig zu finden scheinen.« Ich war kurz davor, die Beherrschung zu verlieren. »Frau Friedrichs ist überzeugt davon, dass sie bedroht wird. Sie hat mir erzählt, dass dieser Hund vor ihren Augen umgebracht wurde. Aufgeschlitzt! Sie sagt, jemand sei nachts in ihrem Garten gewesen, habe dem Tier vor ihren Augen Föten aus dem Leib geschnitten. Ein Erlebnis, das sie schwer traumatisiert hat. Eines, das sie selbst für nicht real gehalten hat. Aber jetzt liegt da ein toter Hund. *Der* tote Hund. Ich finde das tatsächlich überhaupt nicht witzig. Ich denke, Sie sollten sich die Sache ein bisschen genauer ansehen.«

»Ach, denken Sie das?« Er klang spöttisch. »Ja, wenn das so ist, dann rufe ich wohl mal das SEK. Hören Sie, gute Frau, da liegt ein Hund!«

»Sie wissen, dass es darum nicht geht! Hören Sie, ich habe keine Ahnung, warum diese Ermittlungen im Sande verlaufen sind. Aber das hier ist echt. Es ist real. Und ziemlich bedrohlich. Für normale Menschen, meine ich, nicht alle sind ja so ein harter Cop wie Sie.«

Er warf mir einen Blick zu, den ich nicht recht deuten konnte. »Sie sind Ärztin? Welches Fachgebiet, wenn ich fragen darf?«

»Das dürfen Sie nicht. Das tut überhaupt nichts zu Sache.« Erneut stieg mir ein Schwall des ekelhaften Gestanks in die Nase. Ich hörte das Brummen der Fliegen.

»Gut«, sagte er. »Geht mich nichts an, sicher. Ich denke, ich weiß es ohnehin. Und wenn ich mit dieser Annahme recht habe, ist das eine sehr gute Nachricht.«

»Was soll das heißen?«

»Nichts. Gar nichts. Ich erkläre Ihnen jetzt einfach mal, wie ich die Sache sehe. Da liegt ein Hund. Ein entzückendes Schoßhündchen. Haben Sie eine Ahnung, wie viele entzückende Schoßhündchen täglich weglaufen? Und dann passieren Ihnen da draußen furchtbare Dinge, und sie enden böse.«

»Mit aufgeschlitztem Bauch?« Es kostete mich Mühe, mich zu beherrschen.

»Die Welt ist ein garstig gefährlicher Ort. Überall Stacheldraht, scharfe Kanten, Ecken. Hunde können sich leicht verletzen.«

»Das war kein Stacheldraht! Und was für eine scharfe Kante schwebt Ihnen da vor? Das ist doch …«

»Riechen Sie das nicht? Schauen Sie doch mal hin. Das Viech lag im Wasser. Und zwar ein ganzes Weilchen. Vermutlich ist es ersoffen. Da gibt es verdammt viele Möglichkeiten, hier im näheren Umkreis.«

»Ach ja? Das klingt natürlich einleuchtend. Ein Hund ertrinkt und liegt dann im Wasser, bis ihm das zu langweilig ist. Dann läuft er tot nach Hause, kommt dabei unglücklich an einer scharfen Kante vorbei, schlitzt sich den Bauch auf und legt sich dann in den Garten? Das ist doch absurd!«

Er grinste wieder. »Das ist es, Frau Doktor, es ist wirklich absurd.« Er stieß die Luft aus. »Was genau erwarten Sie denn? Soll ich die Rechtsmedizin einschalten? Die Spurensicherung?«

Ich konnte es nicht fassen. »Ja, verdammt! In Anbetracht der Umstände ...«

»Eben«, unterbrach er mich. »In Anbetracht der Umstände.«

»Und was genau soll das jetzt heißen?«

»Nichts«, erwiderte er. »Mehr kann ich dazu nicht sagen. Mehr kann ich leider auch nicht tun. Und jetzt muss ich wieder los. Es gibt nämlich wirklich Dinge, um die ich mich kümmern muss.«

»Sie können doch nicht einfach ...«

»Ich kann«, unterbrach er mich wieder. »Ich kann und ich werde. Es war nett, Sie kennenzulernen, Frau Doktor. Vielleicht trifft man sich unter angenehmeren Umständen mal wieder.« Sein anzüglicher Ton gab mir fast den Rest.

»Das wird Konsequenzen haben«, zischte ich. »Ich werde mich beschweren.«

»Tun Sie das.« Er lächelte wieder. »Ich freue mich darauf.« Dann drehte er sich um und verschwand.

Ich blieb stehen, bis ich meine Fassungslosigkeit überwunden hatte. Bis der Geruch und das Gesumme der Fliegen unerträglich wurden.

Dann kehrte ich zurück zu Regine Geiger. Sie schien sich ein wenig gefasst zu haben und sah mich zum ersten Mal an diesem Tag direkt an. »Jetzt haben Sie es selbst erlebt«, sagte sie. »Jetzt sehen Sie, wie die Polizei mit der Sache umgeht. Mit Konstanze. Niemand will ihr helfen.«

Ich griff nach ihrer Hand. Drückte sie kurz. »Gibt es hier irgendwo einen Spaten? Wir sollten ihn ... sie ... wir sollten sie da so nicht liegen lassen. Ich kann das machen.«

Sie erwiderte den Druck meiner Hand. »Ich schaffe das schon«, sagte sie. »Ich … mein Auto steht noch an der Klinik. Wenn Sie mich mit zurücknehmen, dann kann ich Pitt nach Hause bringen, bevor … Ich mach das dann schon.«

Ich lächelte sie an. Aufrichtig dankbar, dass mein ebenso großherziges wie unbedachtes Angebot nicht angenommen worden war. »Ach, Frau Geiger, noch etwas – bitte erwähnen Sie diesen Vorfall vorerst nicht Konstanze gegenüber.«

Sie sah mich an. »Natürlich nicht.«

18

Zurück im Büro schob ich Gedanken im Kopf und Notizen auf dem Schreibtisch hin und her. Versuchte, das widerliche Bild des toten Hundes loszuwerden.

Er wird mich bestrafen. Er wird mich töten.

Immer wieder diese Sätze. Übergeordnete Wahngedanken? Ein Anzeichen für Schizophrenie? Aber eine mögliche Wahnspannung war nicht mit der fatalistischen Ruhe, die sie im gestrigen Gespräch an den Tag gelegt hatte, vereinbar. Nichts schien zu passen, gar nichts. Egal, wie ich mich bemühte, es gelang mir nicht, aus den Bruchstücken ein stimmiges Gesamtbild zu fügen.

Dieser Hundekadaver hatte nichts mit Schizophrenie oder Wahn zu tun. Er war real. Er war verdammt real, und noch immer kam ich nicht darüber hinweg, wie dieser Polizist auf die Sache reagiert hatte.

Fakten. Ich musste mich auf die Fakten konzentrieren. Ein toter Hund mit aufgeschlitztem Bauch war ein Fakt.

Es fühlt sich an, als habe sie mir das Herz aus dem Leib gerissen. Unvermittelt schoss mir Wolferts Formulierung in den Sinn. Weit hergeholt, bemüht, ich schob den Gedanken weg.

Fakt war, dass jemand diesen Hund getötet hatte. Ihn offenbar erst beiseitegeschafft, dann zurück in Konstanzes Garten gelegt hatte. Mit dem Ziel, sie zu quälen, ihr Angst zu machen. Sie in den Wahnsinn zu treiben. Wer immer das getan hatte, schien allerdings nicht zu wissen, dass sie in der Klinik war und die ekelerregende Botschaft gar nicht hatte finden können.

Er wird mich bestrafen. Er wird mich töten.

Wieder das Knurren aus der Höhle. Die Nasenflügel des Raptus blähten sich. Er regte sich leise. Öffnete die gelben, bösen Augen und machte Anstalten, sich zu erheben. Ich visualisierte, trat dem Bild entgegen. Du bist nicht real, sagte ich, und das hier ist anders, die Situation ist nicht vergleichbar.

Der Raptus fauchte leise, schloss die Augen aber wieder. Zog sich zurück in seine Höhle, wo er in Schlaf versank. Als wüsste er, dass seine Stunde noch kommen würde.

Ich schlug die Akte zu und schaltete den Computer ein. Ich sichtete die Flut der Mails. Schrieb kurze Antworten auf die, die wichtig waren, und löschte den größten Teil, belanglose, unwichtige Nachrichten.

Eine von Thomas.

Er müsse mich sprechen, schrieb er, fragte, wann ich zu erreichen sei, telefonisch, vielleicht via Skype. Dringend, schrieb er, möglichst bald, ob ich vielleicht zurückrufen könnte.

Ich stand auf, ging zum Fenster und öffnete es weit. Ich brauchte Luft. Ich sah hinaus in den Park. Spürte eine leise Brise. Ich sehnte mich nach Wind, Wind vom Meer, vom Pazifik am besten. Ich dachte an die hohen Wellen. An Küstenwälder, gigantische Baumriesen, ein stoischer Hauch von Ewigkeit, der mir auf wohltuende Art ins Gedächtnis rief, wie lächerlich all die menschliche Aufregung letztlich war.

Winzig kleine Geschöpfe mit winzig kleinen Gedanken, verschwindend kurze Lebenszeit, begleitet von so viel Lärm, so vielen Versuchen, die eigene Existenz sichtbar und fühlbar zu machen.

Ich dachte an Thomas, da drüben, da, wo alles höher, schneller, weiter sein musste. Ihm hatte das immer gefallen. Dieser unermüdliche Überschwang, alles amazing und brilliant, wonderful, just great. Worte, die in mir die Sehnsucht nach unaufgeregten Bezeichnungen geweckt hatten. Dinge, die nett waren, gut, in Ordnung. Das Eingeständnis, dass das Normale einfach nur normal war, nicht mehr sein musste und sollte.

Damals in Kalifornien hatte es sich manchmal so angefühlt, als betrachteten wir zwei verschiedene Welten. Es war eine schöne Zeit gewesen, eine spannende Phase in meinem Leben, die mir gezeigt hatte, wo ich hingehörte.

Genau wie Thomas. Und doch ganz anders als Thomas.

Irgendwann saß ich im Flugzeug, flog nach Hause. Während

Thomas am Boden blieb, mir nachwinkte, sich umdrehte und damit begann, Tom zu werden.

Zwei Lebensentwürfe, die nicht mehr kompatibel waren.

Ich hätte gern mit ihm gesprochen. Jetzt. Aber es war nicht so einfach. Nicht nur wegen der Zeitverschiebung – es war auch kein Moment, in dem ich den plappernden, überschwänglichen Surfgott, der er zuweilen war, hätte ertragen können.

Möglicherweise war das gut so. Denn wenn ich es genau bedachte, dann war es auch kein guter Zeitpunkt, um mit Thomas, der nicht Tom war, zu sprechen. Einem Mann, der die richtigen falschen Fragen stellte. Der sofort spüren würde, dass etwas nicht stimmte. Dem ich würde erklären müssen, wo derzeit meine Prioritäten lagen. Dem ich versichern würde, dass ich klarkam, dass es mir gut ging.

Fast meinte ich, seine Stimme zu hören. *Scheißdreck, Nadja, was für Prioritäten? Es geht darum, was du dir schuldig bist, dir, nicht allen anderen.*

Es war noch immer schwer, Thomas etwas vorzumachen. Und darum konnte ich ihn nicht anrufen, nicht jetzt.

Obwohl es mir geholfen hätte, ihm davon zu erzählen. Seine Meinung zu hören. In unübersichtlichen Situationen hatte er immer einen Pragmatismus an den Tag gelegt, der mir guttat. Ich schloss die Augen.

Es muss eine Erklärung geben. Bilder schicken sich nicht von selbst, genauso wenig wie Blumen. Tote Hunde legen sich nicht in Gärten. Was ist da gelaufen? Warum ist der Bulle so komisch? Warum zum Henker hat man die Ermittlungen eingestellt?

Naheliegende Fragen. Wichtige Fragen, auf die ich eine Antwort brauchte.

Warum traust du diesem Gefühl nicht? Warum weigerst du dich, wenigstens die Möglichkeit zuzulassen, dass sie nicht verrückt ist? Vielleicht ist es wichtig, dass jemand ihr glaubt.

Der Gedanke hatte einen paranoiden Beigeschmack, der mir nicht gefiel. Aber mir gefiel noch viel weniger, dass dieser Hundekadaver ausgerechnet jetzt auftauchte.

Nachdem Lendemann mir diese Mail geschickt hatte, die Spieluhr und das Tagebuch. Aber diese Dinge hatten nichts mit Konstanze zu tun. Oder doch?

Wolfert, Konstanze und Heike. Lendemann und Marlies. Ich irgendwo in der Mitte. Ein Bild, das keinen Sinn ergab.

Ich musste etwas tun. Fragen stellen. Antworten finden. Ich musste irgendwo ansetzen.

Ich öffnete die Augen wieder. Bedankte mich stumm bei Thomas, der nicht Tom war. Der es auch im fiktiven Gespräch schaffte, mir auf die Sprünge zu helfen.

Ich öffnete die Suchmaschine, wurde schnell fündig und wählte eine Nummer. Nach kurzem Tuten meldete sich eine freundliche Stimme.

»Dreckweg-Entrümpelungsdienst – was kann ich für Sie tun?«

19

Was für einen großen Effekt ein kleiner Anruf hatte, wurde mir erst wirklich bewusst, als ich im Auto saß. Das schleichende Gefühl der Lähmung war verschwunden. Ich war bereit, endlich wieder Regie zu führen.

Die Arglosigkeit, mit der die Dame vom Entrümpelungsdienst auf einen sonntäglichen Anruf mit einer solchen Nachfrage reagiert hatte, war fast erschreckend gewesen. Ihr Mann sei nicht da, hatte sie gesagt, aber willig in den Unterlagen nachgeschaut, mir bestätigt, dass die Firma ein Kinderzimmer ausgeräumt hatte. Von wem der Auftrag kam, konnte sie leider nicht sagen. Sie ging allerdings davon aus, dass ihr Mann, der Chef, sich erinnern würde, versprach mir seinen Rückruf, gegen Abend. So lange wollte ich nicht warten.

Aber das musste ich auch nicht. Mir reichte die Information, die ich hatte, um weiterzumachen. Um Fragen zu stellen, Antworten zu verlangen.

Heike Wolfert stand im Vorgarten, in der rechten Hand eine Harke, mit der sie gerade ein Beet bearbeitete, aus dem sich kleine, blühende Stauden reckten. Als sie mich bemerkte, richtete sie sich auf und umklammerte den Griff des Geräts so fest, dass ihre Handknöchel weiß schimmerten.

»Habe ich mich nicht klar ausgedrückt?« Ihr Blick war feindselig, genau wie ihr Ton.

»Das haben Sie«, erwiderte ich. »Ich will auch gar nicht lange stören. Ich habe nur eine Frage, die ich dringend mit Ihrem Mann …«

Sie ließ mich nicht ausreden. »Verschwinden Sie!«

»Frau Wolfert, ich …«

»Ich sagte, Sie sollen verschwinden!« Sie machte einen Schritt auf mich zu. »Sie haben kein Recht, uns zu belästigen!« Sie hob drohend die Harke.

»Heike!« Wolfert kam von der Tür zu uns. Mit wenigen Schritten war er bei seiner Frau, entwand ihr die Harke. »Heike, was machst du denn? Hast du den Verstand verloren?«

Sie wand sich wütend aus seinem Griff. »Ich? Ob ich den Verstand verloren habe?« Sie lachte hässlich und strich sich zornig eine blonde Haarsträhne aus der geröteten Stirn. »Ich habe dir gesagt, dass ich diese Person nie mehr hier sehen will«, schrie sie.

»Reg dich nicht auf«, sagte er. »Bitte, denk an das Kind, das ist nicht gut für dich …« Er klang ruhig.

Gefährlich ruhig? Ich dachte an das, was Konstanze erzählt hatte. *Reg dich nicht auf. Mach mich nicht wütend.*

»Wenn du auch nur den Hauch einer Ahnung hättest, was gut für mich ist, dann würdest du diese Irre und ihre Irrenärztin nicht in unser Haus und in unser Leben lassen!« Heike starrte ihren Mann an.

»Hör auf, dich so hysterisch aufzuführen!« Er klang verärgert. »Heike, kapierst du das nicht? Sie ist vielleicht die Einzige, die uns helfen kann. Diese Sache … das löst sich nicht einfach in Luft auf.«

»Ich brauche keine Hilfe! Ganz sicher nicht von ihr. Und wenn jemand etwas nicht kapiert, dann bist du das.« Sie schleuderte die Harke auf den Boden, trat einen Schritt auf ihn zu. Sie senkte die Stimme so, dass ich ihre Worte eben noch hören konnte. »Diese *Sache* ist nicht vorbei, solange du dich immer weiter von ihr manipulieren lässt. Sie benutzt diese Frau. Sie will, dass wir Angst haben. Und du lässt das zu, du benimmst dich wie ein Schwächling, spielst ihr beschissenes Spiel brav mit!«

»Das reicht jetzt!« Er klang wütend. »Ich lasse mir von dir nicht vorschreiben, mit wem ich mich unterhalte. Das ist auch mein Haus.« Er wandte sich mir zu. »Kommen Sie rein, Frau Dr. Schönberg. Bitte. Kann ich Ihnen etwas zu trinken anbieten?«

Ich zwang mich, keinen Bogen um Heike zu machen, sondern direkt an ihr vorbeizugehen. An der Haustür drehte ich mich kurz um. Sah Heike, die die Harke vom Boden aufgehoben hatte und sie mit einer erschreckenden Wucht in die weiche Erde des Beetes hieb.

Wolfert führte mich ins Wohnzimmer. Viel Licht, viel Fläche, moderne Möbel in geschmackvoller Anordnung – ein perfekt gestylter Raum, zu geplant, um etwas über die Persönlichkeit der Menschen, die hier wohnten, zu sagen. Wolfert bot mir Platz auf einem hellgrauen Ledersofa an, das vor einem offenen Kamin stand, und setzte sich in den passenden Sessel gegenüber.

»Sie ist sonst nicht so«, sagte er. »Heike. Sie wird sich beruhigen. Ich glaube, es ist die Schwangerschaft. Sie reagiert wahnsinnig emotional auf manche Dinge. Bitte entschuldigen Sie. Was kann ich für Sie tun?«

»Es gibt da etwas, eine Frage, die sich ergeben hat«, setzte ich an. »Es geht um ein Zimmer. Ein Kinderzimmer.« Ich beobachtete ihn genau.

Er schien ein wenig blasser zu werden. Er lehnte sich im Sessel zurück und strich sich kurz mit beiden Händen über die glatt rasierten Wangen.

»Gott«, sagte er. »Sie spricht darüber. Das ist ... es ist gut, nehme ich an?«

Ich ignorierte seine Frage. »Was war mit diesem Kinderzimmer? Warum haben Sie es einrichten lassen? Können Sie mir das erklären?«

Er starrte mich an. »Ich?« Er klang entgeistert. »Sie behauptet, dass ich ...« Er stand auf. Ging zum Schrank. Er griff nach einer Flasche, nach zwei Gläsern. »Ich brauch jetzt einen Schluck«, sagte er. »Sie auch?«

Ich verneinte. Sah zu, wie er sich einschenkte, trank. Wartete, bis er wieder saß und zu reden begann.

Klaus stellt den Koffer im Flur ab. Er ist müde, die Reise war anstrengend. Er zieht die Schuhe aus. Er freut sich, zu Hause zu sein. Trotz der Anspannung und dem kleinen Rest nervöser Angst, die ihn noch immer begleitet. Obwohl sie langsam einer zarten Hoffnung weicht, an der er sich festhält.

Es ist vorbei, sagt sie. Und vieles spricht dafür. Seit einer Weile, Tage, Wochen mittlerweile, ist Konstanze wie ausgewechselt.

Wieder wie früher, wie die Frau, die er geliebt hat. Liebt, korrigiert er schnell, ein vorsichtiger Gedanke, einer, der angenehm ist. Sie arbeitet nach wie vor viel. Aber sie verbringt die Abende und Wochenenden zu Hause. Mit ihm. Sie trinkt wenig, achtet auf ihre Ernährung. Sie geht regelmäßig zum Sport. Soweit er weiß, nimmt sie weder Tabletten noch etwas anderes. Sie schläft wieder mit ihm. Nur mit ihm. Soweit er weiß.

Noch ist da ein Rest Misstrauen und Angst. Aber mit jedem Tag wird das andere Gefühl stärker. Zuversicht. Sie hat es geschafft. Von sich aus, aus eigener Kraft. Schluss mit Tabletten und Drogen. Schluss mit dem, was aus ihr etwas gemacht hat, das sie eigentlich nicht ist.

Er gähnt. Er möchte duschen, eine Stunde schlafen. Dann einen Kaffee trinken, dabei überlegen, was er kochen kann. Etwas, das sie gern isst. Er freut sich auf den gemeinsamen Abend.

»Klaus, Schatz, da bist du ja!«

Er fährt zusammen. »Konstanze? Was … was machst du hier? Warum bist du nicht in der Redaktion?«

Sie lächelt. Kommt auf ihn zu, umarmt ihn. »Ich habe mir freigenommen. Es muss auch mal ohne mich gehen. Ich wollte hier sein, wenn du kommst.« Sie küsst ihn auf die Wange, lässt ihn dann los. »Wie war es? Ist es gut gelaufen?«

»Ja, ich … gut, meine ich …« Er zieht seinen Mantel aus. »Schön, dass du da bist.« Er hängt den Mantel an die Garderobe und dreht sich um zu ihr. Er nimmt sie in den Arm.

Sie schmiegt sich an ihn. »Ich habe dich vermisst.«

Er riecht den Duft ihrer Haare.

»Ich dich auch.« Er küsst sie auf die Stirn. »Es ist gut, wieder zu Hause zu sein.«

Sie lächelt. »Möchtest du einen Kaffee? Hast du vielleicht Hunger? Wir könnten was bestellen.«

»Ein Kaffee wäre schön«, sagt er. »Der Hunger kann vielleicht warten, ich wollte nachher was kochen.«

»Wunderbar. Ich setze Wasser auf, komm …« Sie klingt glücklich.

Er schaut sie an, bemerkt, wie schön sie ist.

Sie greift nach seiner Hand. »Aber erst will ich dir was zeigen.« Sie zieht ihn über den Flur, zur Tür vom Arbeitszimmer, Gästezimmer, vielleicht, ein Raum, der etwas sein sollte, was sie nicht brauchen. Niemand arbeitet darin, Gäste haben sie nie. Klaus hat den Raum ewig nicht betreten.

Sie öffnet die Tür. »Schau …«

Das tut Klaus. Steht da wie angewurzelt. Starrt auf das, was er nicht versteht. »Was …«, stammelt er. »Konstanze, was ist das?«

Sie lacht. »Für was hältst du es?«

Kinderzimmer, denkt er, das ist ein Kinderzimmer, natürlich ist es ein Kinderzimmer, ein Raum mit Wiege, mit Wickeltisch, mit bunter Tapete, aber das hilft Klaus nicht weiter.

»Freust du dich?« Sie klingt auf einmal unsicher. »Klaus, du freust dich doch, oder? Ich weiß, es ist ein bisschen früh für das, aber … ach, ich wollte, dass es spektakulär wird, wenn ich es dir sage. Es hat mich ein bisschen davongetragen. Ich wollte es vor Augen haben, wirklich vor Augen. Wie es sein wird. Wie es aussehen wird. Wenn es da ist. Unser Kind.«

In Klaus geht alles durcheinander. Überraschung, Unglaube, Angst. Und Freude. Da ist auch Freude, der er nicht trauen will.

»Bist du … bist du sicher?« Er räuspert sich. »Ich meine, seit wann … seit wann weißt du …?«

»Pssst.« Sie legt einen Finger auf die Lippen. Beißt sich dann kurz auf die Unterlippe. »Ich weiß, dass ich viel verlange. Ich habe so viel falsch gemacht. Aber … es ist von dir. Falls das deine Frage ist. Es ist mit absoluter Sicherheit von dir.« Sie greift nach seiner Hand. Sie hat Tränen in den Augen. »Ich weiß, was ich getan habe. Und ich kann gar nicht in Worte fassen, wie unendlich leid es mir tut. Es war nicht, es war nur … Ich war nicht ich selbst, Klaus. Ich war gestresst. Ich war durcheinander. Ich habe alles falsch gemacht. Es war dieses Zeug, ich hätte es nie nehmen dürfen. Es war alles ein Fehler. Ich weiß, was ich dir angetan habe. Zugemutet. Aber ich habe es begriffen. Ich habe irgendwann begriffen, dass es keine Lösung ist. Dass es so nicht weitergeht. Es war nicht leicht, aber ich habe es geschafft. Und ich kann nur hoffen, dass ich dein Vertrauen nicht für immer verspielt habe. Dass du mir, dass du uns diese Chance gibst.«

»Aber warum hast du nichts gesagt?« Er erwidert ihren Händedruck. Noch immer Misstrauen, das ist zu einfach, denkt er, zu schnell.

»Ich hatte Angst. Ich wusste doch selbst nicht, ob ich es schaffe. Ich hatte dir schon so viel zugemutet. Ich musste das allein hinkriegen. Für mich. Für dich. Weil ich dich liebe. Das habe ich begriffen, als es fast zu spät war. Das hat mir die Kraft gegeben. Ich weiß, ich habe es möglicherweise ruiniert. Aber ich muss … ich muss darum kämpfen. Um das, was wichtig ist. Das, was ich will, wirklich will. Ich will dieses Kind.« Sie streicht mit der freien Hand über ihren flachen Bauch. »Bitte denk nicht, dass ich dich damit erpressen will. Unter Druck setzen. Ich habe das nicht geplant. Es ist passiert. Und es fühlt sich an wie ein Zeichen. Wenn es dir zu viel ist, dann verstehe ich das, wenn du gehen willst, mir nicht vergeben kannst. Du würdest mein Herz brechen, aber ich würde dir das nicht übel nehmen. Ich verlange nichts von dir. Ich hoffe einfach. Ich hoffe, dass du mir verzeihen kannst. Dass du mir eine Chance gibst. Uns. Uns dreien.«

Ich starrte ihn an. Seine Hand, wieder knetete er sein Ohrläppchen, mechanisch und selbstvergessen.

»Sie war schwanger?« Kurz bereute ich, den Schnaps abgelehnt zu haben.

Er gab einen Laut von sich, der wie ein Stöhnen klang, das sich nicht auf meine Frage bezog, wie ich schnell bemerkte. Er sah an mir vorbei. Ich drehte mich um.

Heike stand in der Tür. Sie starrte ihn an, als habe sie ihn noch nie gesehen. Ihr Mund leicht geöffnet, sie war verschwitzt, Spuren von Erde in ihrem Gesicht.

»Das glaube ich jetzt nicht«, sagte sie. Sie klang ruhig, auf bemühte und falsche Weise. »Was machst du mit deinem Ohr, verdammt, Klaus, was machst du?« Ihre Stimme wurde lauter. Gleich würde sie die Beherrschung verlieren.

Er stoppte die Bewegung. Ließ das Ohrläppchen los, ließ die Hand sinken. »Es … es tut mir leid, ich … Heike, ich wollte nicht, dass du das hörst.«

»Du wolltest nicht, dass ich das höre?« Sie schnappte kurz nach Luft. »Warum hast du das nie erzählt? Klaus, warum hast du mir nie davon erzählt? Wie kannst du hier sitzen, mit dieser Frau, einer Wildfremden, und ihr diese Dinge erzählen, die du mir verschwiegen hast? Ich bin deine Frau. Ich bin die Mutter deines Kindes. Ich habe ein Recht …« Sie schluckte, fuhr sich mit einer Hand über den Hals, hinterließ dort eine weitere Schmutzspur. Erst jetzt schien sie sich zu erinnern, dass sie nicht allein waren. Sie sah mich an. »Gehen Sie«, sagte sie. »Ich muss mit meinem Mann reden. Allein. Mir ist klar, dass ich sehr unhöflich bin. Aber ich kann es nicht ändern. Ich will es auch nicht. Verlassen Sie mein Haus. Kommen Sie nie wieder hierher.«

Ein Teil von mir wollte bleiben. Wollte hören, was Wolfert zu sagen hatte. Allerdings verstand ich in dieser Situation auch Heike. Er schuldete ihr eine Erklärung. Mehr als mir. Ich sah ihn an. Er war bleich, wirkte verängstigt.

»Es tut mir leid, Heike, ich … ich dachte … es ist nicht leicht für mich, verstehst du? Ich wollte ja, aber es tut weh, daran zu denken. Und dann warst du … dann warst du schwanger, und ich dachte …«

»Nicht vor ihr!«, unterbrach Heike. »Warte, bis diese Frau verschwunden ist.«

Ich begriff, dass ich verloren hatte. Ich stand auf und strich meinen Pullover glatt. »Könnte ich vorher noch einmal Ihr Bad benutzen?« Es war nicht nur Not, die mich fragen ließ, sondern auch das Bedürfnis nach einer winzigen Geste der Rebellion.

»Die Gästetoilette ist kaputt …«

»Heike!«, brauste Wolfert auf.

»Was, Heike?« Sie funkelte ihn an. »Sie ist kaputt, das weißt du doch! Du selbst hast den Klempner angerufen, er war noch nicht da!« Sie schnaubte wütend. »Gehen Sie die Treppe hoch. Zweite Tür links«, sagte sie zu mir.

Ich verließ das Wohnzimmer. Erklomm die Stufen der glänzend abgeschliffenen Holztreppe, betrat das Badezimmer mit den grauen Kacheln. Edel und teuer, makellos sauber und ordentlich. Erst als ich es verließ, fiel mir die Tür auf, die Tür gegenüber, die einen Spalt aufstand. Einen kleinen Ausschnitt von etwas zeigte, was mein Interesse weckte. Ich ging näher und stieß sie auf.

Ich hielt mich kurz am Türrahmen fest. Starrte auf die Tapete. Eine Blumenwiese, Schafe, Bienen, ein Regenbogen. Ein weißes Babykörbchen mit Spitzenhimmel. Ich sah die dazu passende Wickelkommode, den kleinen Schrank, ich sah das perfekte Babyzimmer und versuchte, das Gefühl des Entsetzens in den Griff zu bekommen. Ich atmete, so ruhig ich konnte, atmete, bis ich mich imstande fühlte, zur Treppe zu gehen, nach unten, Stufe für Stufe, Schritt für Schritt.

Ich hörte gedämpfte Stimmen aus dem Wohnzimmer und verzichtete darauf, mich zu verabschieden. Ich wollte weg, nur weg aus diesem Haus und weg von diesem Kinderzimmer.

Ich durchquerte den Vorgarten, sah die noch immer blühenden Stauden, die nun allerdings nicht mehr im Beet steckten, sondern kreuz und quer auf dem Rasen lagen. Ausgerissen mit einer Wut, die über das hinausging, was erwartbar und normal gewesen wäre.

Genau wie das, was ich da eben gesehen hatte.

20

»Worum genau geht es denn jetzt eigentlich?« Der Inhaber der Firma Dreckweg legte deutlich mehr Misstrauen an den Tag als seine Gattin. Er klang nervös. »Gibt es ein Problem?«

Ich hielt den Hörer in der einen Hand, die andere kritzelte gedankenlos auf dem Notizblock herum. »Nein, kein Problem«, versicherte ich. »Ich wüsste nur gern, wer den Auftrag erteilt hat. Aus persönlichen Gründen.«

Kein sonderlich schlagendes Argument, aber ihm schien es trotzdem zu reichen.

»Sekunde, ich schaue mal nach ...«, sagte er. »Verdammt, das sollte alles längst im Computer erfasst sein, aber hier bleibt immer alles liegen ...«, fluchte er vor sich hin. »Hier, hier ist es ... nee, was eine Sauklaue. Kann ich nicht lesen. Doppelname, was mit Wolf. Wolf-Friedrich, kann das sein?«

Ich unterdrückte einen Seufzer. »Können Sie sich vielleicht erinnern, ob es ein Mann oder eine Frau war, mit der Sie gesprochen haben?«

»Nein, tut mir leid. Die Auftragsannahme macht die Bürokraft. War eine Aushilfe damals, ziemlich unzuverlässig, darum ist sie auch nicht mehr da. Den Job erledigt hat dann ... ja, das war Pjtor. Der ist auch nicht mehr da, leider, ist zurück nach Polen, hat sich da selbstständig gemacht. Hören Sie, ich ... ich will wirklich keinen Ärger.« Er schien zu zögern. »Wissen Sie, ich sage das immer wieder. Tausendmal. Unterschreiben müssen die Leute. Ohne Unterschrift packen wir nichts an. Ich mach das jetzt lange genug, kommt immer wieder vor, dass dann plötzlich einer meint, da wären lauter Goldbarren in Omas alter Matratze gewesen. Darum muss der Kunde erst unterschreiben, dass er auf alle Ansprüche verzichtet. Aber ich rede gegen die Wand. Verdammt, ich wusste, dass das irgendwann Ärger gibt.«

»Hören Sie, ich ...«

Er ließ mich nicht zu Wort kommen. »Wir können uns da einigen. Wirklich. Ich meine, das kann man lösen. Ich kann mich erinnern, das war hochwertiges Zeug, hab ich einen guten Preis dafür gekriegt. Ich würde das gern gütlich regeln.«

»Machen Sie sich keine Sorgen, es ist wirklich alles in bester Ordnung«, sagte ich. »Sie haben mir sehr geholfen, herzlichen Dank für Ihren Rückruf.« Ich legte auf und starrte frustriert auf den leeren Notizblock. Fast leer, denn während ich telefonierte, hatte ich Fragezeichen gekritzelt. Ein ganzes Rudel Fragezeichen, das mich nun höhnisch anzugrinsen schien.

So viel zum Thema Fakten.

Zwei Geschichten. Die sich genau da überschnitten, wo sie nachprüfbar waren. Fakt – es hatte dieses Zimmer gegeben. Ein Zimmer, das nie benutzt worden war. Schauplatz einer dramatischen Szene. Von der ich zwei Versionen zur Auswahl hatte. Zwei, die ungeheuerlich und glaubhaft zugleich waren.

Ein Zimmer, das es gegeben hatte. Dazu ein Zimmer, das es gab. Nicht dasselbe, aber das gleiche.

Ich hatte es gesehen. Vor wenigen Stunden. Ein Zimmer in Wolferts Haus, das auf ein Kind wartete und das bis ins Detail dem Raum entsprach, den Konstanze beschrieben hatte. Ein perfektes Babyzimmer.

Sogar diese furchtbare Spieluhr hatte ich gesehen, ein plüschiger Bär, der auf der Wickelkommode saß und mich aus kalten Glasaugen angesehen hatte. Ein Bär, der auch in meinem Flur lag.

Was wurde hier gespielt? Und warum hatte Wolfert seiner Frau nichts von der Geschichte erzählt? Offensichtlich bedrückte ihn die Erinnerung. So etwas verschwieg man nicht dem Menschen, den man liebte, mit dem man ein neues Leben aufbaute.

Warum hatte Wolfert Kontakt zu mir aufgenommen? War es wirklich das Bedürfnis, sich zu versichern, dass Konstanze geholfen wurde? Oder fütterte er mich gezielt mit Informationen, die Konstanze unglaubwürdig machten? Auf eine saubere und folgerichtige Art.

Etwas stimmte nicht. Etwas stimmte hier ganz und gar nicht. Aber ich würde mich so nicht abspeisen lassen. Ich würde herausfinden, was wirklich vorging.

Das Telefon klingelte.

Ich war in Versuchung, es zu ignorieren. Einfach nach Hause zu gehen. Ich hob den Hörer. Kurz danach rannte ich über die Gänge.

Konstanze kniete auf dem Boden des Zimmers. Sie hatte die Arme um den Oberkörper geschlungen, wiegte sich vor und zurück und wimmerte dabei leise. Eine sauer riechende Lache ganz in der Nähe verriet, dass sie sich übergeben hatte.

Neben der Tür, den Rücken an die Wand gedrückt, stand Regine. Sie war bleich und wirkte fast so verstört wie meine Patientin, die sie unverwandt anstarrte.

Ich gab Hilke einen Wink. Sie fasste Regine sanft am Arm und führte sie aus dem Raum.

»Frau Friedrichs«, sagte ich, sobald sie verschwunden waren. Ich näherte mich ihr langsam und vorsichtig. »Frau Friedrichs, beruhigen Sie sich. Was ist passiert?«

Konstanze schluchzte auf. Heiser und rau, Schmerz in ihrer Kehle, Schmerz in meinen Ohren. Sie löste einen Arm aus der Selbstumklammerung, hob die Hand und presste sie auf ihren Mund.

Ich legte eine Hand auf ihre Schulter. »Frau Friedrichs? Können Sie aufstehen?«

Sie sah zu mir hoch. Noch immer auf den Knien, reglos, die Hand vom Mund gelöst, in der Luft verharrend, als wisse sie nicht, was sie damit anfangen sollte.

Ich umfasste sanft ihren Oberarm. »Kommen Sie, ich helfe Ihnen.«

Sie versteifte sich unter der Berührung und machte keine Anstalten, auf die Beine zu kommen.

»Er war da«, sagte sie. »Er war da!«

»Wer war da? Wen meinen Sie, Frau Friedrichs?«

»Er war in meinem Haus. Auf meiner Terrasse, er war im Garten. Einfach so. Er hat dagesessen. Er hat gesagt, dass ich mich nicht vor ihm verstecken kann. Er weiß, wo ich bin, hat er gesagt, und er kann warten. Er wird mich töten. Das hat er auch gesagt. Genau wie Foxi. Verstehen Sie, was das bedeutet? Ich bin nicht verrückt. Ich bin in Gefahr. Fragen Sie Regine. Oh, die arme Regine. Sie wollte es mir nicht erzählen, erst wollte sie es nicht erzählen, aber dann ... ich habe doch gemerkt, dass etwas nicht stimmt. Sie musste es mir ja sagen.« Ihre Stimme brach. Ihr Körper bebte in stummen Schluchzern.

Ich griff erneut nach ihrem Arm und zog sie sanft nach oben. Diesmal leistete sie keinen Widerstand. Sie ließ sich zum Bett führen, die mechanische, fremdgesteuerte Bewegung eines sonderbar spannungslosen Körpers. Ich drückte sie auf die Bettkante und sprach beruhigend auf sie ein. Worte ohne Inhalt, keine Information, nur Beruhigung, menschliche Klänge, die ihr versicherten, dass sie nicht allein war. Emotionaler Rückhalt, der sie nicht erreichte, bedeutungslose Schallwellen, die sich im Raum verloren.

Sie war zu weit weg.

Ich setzte mich neben sie.

»Fragen Sie Regine«, sagte sie. »Fragen Sie sie! Meine Güte, Regine, es ist so furchtbar, dass ich sie da mit reingezogen habe. Sie hat doch nichts damit zu tun. Und muss das trotzdem mitmachen, dabei hat sie Angst. So viel Angst! Er hat sie gezwungen. Sie musste mir sagen, was er ihr gesagt hat. Dass er mich findet, dass er immer weiß, wo ich bin. Dass ich ihm nicht entkommen kann.« Sie stockte. Schwieg kurz. Wandte dann den Kopf, sah mich an, packte meinen Arm. »Ich bin nicht verrückt, verstehen Sie?« Ihr Griff schmerzte. »Ich muss zur Polizei, ich muss dringend mit der Polizei sprechen. Ich bin in Gefahr, man muss mich beschützen. Wenn Regine der Polizei davon erzählt, dann werden die doch endlich etwas unternehmen, oder? Die können mich nicht einfach so im Stich lassen, mich diesem Mann ausliefern. Ich muss dringend mit der Polizei sprechen!«

Ich löste vorsichtig ihre Finger von meinem Arm. »Ich kümmere mich darum«, sagte ich. »Aber Sie sollten sich erst ein bisschen ausruhen.«

Sie zitterte noch immer. »Die Blumen«, sagte sie. »Er hat sie gepflückt. In meinem Garten.«

Ich folgte ihrem Blick. Sah den Strauß, einen hübschen Strauß mit bunten Gartenblumen. Zerfetzt, zerrissen, zerstört lag er in der Ecke.

»Er hat Regine gezwungen, sie mitzubringen. Er war in meinem Garten, er war in meinem Haus, er ist da, er weiß längst, wo ich bin. Er wird mich bestrafen. Er wird mich töten. Ich muss etwas unternehmen. Sie müssen mir helfen, bitte, Sie müssen …« Abermals keuchte sie, klang, als stünde sie kurz vor dem Ersticken.

Ich packte sanft ihre Schulter und zwang sie mit ein paar geübten Handgriffen in die Rückenlage. Ich griff nach ihrer Hand, drückte sie sanft und platzierte sie auf ihrem Bauch. »Atmen Sie, Frau Friedrichs. Schön atmen, bis zur Hand. Langsam. Ein und aus. Ganz langsam.«

Ich hielt ihre Schulter, während sich zu meiner Erleichterung die Atemfrequenz tatsächlich ein wenig beruhigte.

»Ist das Gelände bewacht? Er weiß, wo ich bin, aber er kommt hier nicht einfach rein, oder? Haben Sie Sicherheitskräfte? Ich brauche jemanden, jemand muss aufpassen, muss mich bewachen!«

»Atmen Sie bitte. Ganz ruhig. Sie sind in Sicherheit.«

Mit einer abrupten Bewegung schob sie meine Hand weg. Sie setzte sich ruckartig auf, umschlang erneut ihren Leib mit beiden Armen, krümmte sich ein bisschen. »Ich habe Angst. Ich habe so furchtbare Angst.«

»Das müssen Sie nicht«, sagte ich. Automatische Worte, hilflos, sinnlos, Worte, die nirgends ankamen. Sie hörte mich nicht. Sie nahm meine Anwesenheit nur am Rande zur Kenntnis. Sie war allein mit sich und der Angst.

Ich klingelte nach Hilke.

»Tavor«, ordnete ich an.

Sie zog etwas aus der Kitteltasche. »Zwei Komma fünf?«

Ich nickte, dankbar. Hilke war eine erfahrene Kraft, vorbereitet, ruhig und besonnen, eine, die auch ohne mich wusste, was zu tun war. Sie kam zum Bett und zwang Konstanze mit routinierten Bewegungen aus der Verkrümmung, zurück in die liegende Position.

»Haben Sie keine Angst, wir sind ja da«, hörte ich sie sagen. »Alles wird gut, Frau Friedrichs, Sie sind in Sicherheit.«

Schwesternfloskeln im Schwesternton. Alles wird gut. Mich immerhin beruhigten die Worte.

»Ist Frau Geiger draußen?«, fragte ich leise.

»Im Schwesternzimmer.« Sie zog die Spritze auf. »Gehen Sie nur, ich komme zurecht.«

Sie saß an dem kleinen Tisch. Vor sich einen Becher. »Beste Oma der Welt«, stand darauf. Kurz stellte ich mir Schwester Hilke mit einem Enkelkind auf dem Schoß vor. Ein schönes Bild, genau wie der Strauß Wiesenblumen in der einfachen Glasvase auf dem Tisch. Die Schwestern bemühten sich, ihr kleines, funktionales Reich so wohnlich und gemütlich wie möglich zu gestalten. Sie war zu jung, dachte ich abwesend. Eigentlich kam mir Hilke zu jung vor, um schon Oma zu sein. Ich sollte sie fragen, ich würde sie fragen. Aber erst war da Regine Geiger. Sie klammerte sich an den Becher, als würde ihr Leben davon abhängen. Sie machte keine Anstalten, zu trinken.

Sie sah mich an. Sie hatte geweint.

Sie löste die Hände mit den kurzen, praktischen Fingernägeln vom Becher und strich sich in einer überflüssigen Geste über die Haare.

»Was war das?« Tonlos, entsetzt. »Frau Dr. Schönberg, was ist passiert?«

»Ich weiß es nicht genau. Eine Krise offenbar. Frau Geiger, ich weiß, dass das nicht leicht für Sie ist. Aber es ist wichtig, dass Sie mir genau erzählen, was sich abgespielt hat. Vorher, meine ich. Worüber haben Sie gesprochen? Wie ist es dazu gekommen, dass sie …«

»Ich weiß nicht, ich …« Sie klang, als presse sie jedes Wort unter

Schmerzen aus der Kehle. »Es war alles ganz normal. Sie hat sich gefreut, als ich kam. Sie war ... sie wirkte ganz gut auf mich, ruhig, meine ich, sie war ganz normal. Wir haben geplaudert, belangloses Zeug. Über die Blumen, sie hat sich gefreut. Sie hat sich gewundert, dass die Pfingstrosen noch immer blühen. Ich habe gesagt, dass es am Standort liegt, diese Ecke, die ist perfekt für die Pfingstrosen, windgeschützt und sonnig, und es hat ja nicht geregnet, wenn es regnet, dann sind die Blüten immer ganz schnell kaputt ...« Sie schüttelte den Kopf, als wolle sie ihre hilflose Geschwätzigkeit abstreifen. »Sie hat gesagt, dass ich aufhören muss, ihr Kuchen mitzubringen, weil sie aufgeht wie ein Hefekloß. Das war ein Scherz, ich meine, sie hat gelacht, sie macht sich keine Sorgen, sie nimmt nie zu, und sie isst furchtbar gern Kuchen, aber dann ... dann auf einmal ... ich weiß nicht. Es ging so schnell. Sie hat plötzlich von ihm geredet, sie hat gesagt, dass er sie töten wird. Sie hat geschrien, dass sie nicht verrückt ist und dass ich es Ihnen sagen muss. Und dann hat sie die Blumen ... Sie hat gedacht, sie sind von ihm. Sie hat sie kaputtgemacht. Sie hat sie richtig zerfetzt, den ganzen Strauß, und in die Ecke geworfen ... es ging so furchtbar schnell. Ich wollte etwas sagen, aber sie hat mich gar nicht gehört, glaube ich, und dann ... dann musste sie sich übergeben, und sie hat gekreischt, und dann ist die Schwester gekommen. Sie hat es gehört, nehme ich an, sie war da, ich war froh, dass sie da war, ich war ja völlig hilflos, ich wusste nicht, was ich tun sollte.« Ihre Schneidezähne packten die Unterlippe, hielten sie einen Moment fest. Dann stand sie auf. Ihre wässrigen Augen huschten ängstlich herum. Wagten sich dann zu mir. Flehend, so verzweifelt, dass ich alle Antipathie vergaß. Vor mir stand eine verängstigte, tief verunsicherte Frau. Krank vor Sorge um einen Menschen, den sie liebte. Ich ging zu ihr und legte meine Arme um sie. Sie fing an zu weinen. Ich hielt sie. Wartete, bis sie sich ein wenig beruhigte und sich aus der Umarmung löste.

»Danke«, sagte sie leise. Sie räusperte sich. »Ich habe Angst. Frau Dr. Schönberg, ich habe so furchtbare Angst. Können Sie ihr helfen? Bitte, Sie müssen Konstanze helfen.«

Ich nickte. Zum Glück schien ihr das zu reichen.

»Es ist besser, wenn Sie jetzt gehen«, sagte ich. »Sie hat ein Beruhigungsmittel bekommen. Sie wird eine Weile schlafen. Ich rufe Sie an, wenn es etwas Neues gibt.«

Sie zögerte. Sie wäre gern geblieben. Aber sie schien zu begreifen, dass es keinen Sinn hatte.

Ich begleitete sie bis zum Ausgang der Station.

Dann ging ich zurück in Konstanzes Zimmer. Sie lag noch immer auf dem Rücken. Schwester Hilke saß auf einem Stuhl neben ihr. Ihre Haltung machte deutlich, dass sie die Situation unter Kontrolle hatte. Konstanze war auf dem Weg in die narkotische Ruhe, die ihr hoffentlich helfen würde.

Ich ging näher zum Bett und betrachtete das Gesicht, die geschlossenen Augen, ungesund gerötete Wangen, die einen scharfen Kontrast zur Blässe rund um ihren Mund bildeten. Ihre Wimperntusche war zerlaufen, hatte sich schwarz und boshaft in winzige Falten um die Augen gesetzt. Sie sah alt aus. Und krank.

Ihr Atem ging gleichmäßig, ab und zu stöhnte sie leise. Ich griff nach ihrer Hand. »Schlafen Sie jetzt«, sagte ich. »Ruhen Sie sich aus.«

Sie öffnete die Augen. Schwere Lider, es kostete sie Mühe, sie zu heben.

»Ich bin nicht verrückt«, murmelte sie heiser. »Ich bin in Gefahr, ich bin in großer Gefahr …« Sie war jetzt kaum noch zu verstehen. Die Augen schlossen sich, Körper und Gesicht erschlafften.

21

Vielleicht war es der abrupte Zugriff des künstlichen Schlafes. Das Erschlaffen des bleichen Gesichts, sie sah aus wie tot, dazu der verdammte Klinikgestank. Alle Mühe, die man sich gab, konnte gegen diesen Geruch nichts ausrichten. Er war da, der aseptische Hauch, es roch immer nach Gefahr.

Es war eine Weile her, seit er mich das letzte Mal so kalt erwischt hatte. Mittlerweile sah ich es eigentlich kommen. Bemerkte, wenn Bilder, Gerüche und Geräusche unscharf und faserig wurden, sich ineinanderschoben und zu schnell und ungefiltert auf mich einströmten.

Es gelang dem Raptus nur noch selten, mich eiskalt zu erwischen.

Ich schaffte es, ihr Zimmer zu verlassen. Das Gebäude. Fuß vor Fuß, Schritt für Schritt, Flur, Tür, Park, der Kiesweg, immer weiter bis zum Zaun, ganz hinten, zum Tor, auf die andere Seite, ein paar Bäume, dann Äcker, Wiesen, Marsch.

Erst da begann ich zu rennen. Schnell, weit, so weit es ging mit dem rasenden Herzschlag, so weit sie mich trugen, die zitternden Beine. Ich musste weg von der Klinik, weg von den Menschen, ich musste allein sein. Das hier durfte niemand sehen. Es war etwas zwischen mir und ihm, meinem rasenden Herzen, der rasselnden Lunge und dem Monster, dem Raptus, bildgewordene Angst, monströser Gefährte.

Ich lief, bis ich nicht mehr konnte. Stoppte an einem kleinen Knick. Ich klammerte mich an einen Busch und ließ den sauren Schwall aus meinem Magen. Nur Kaffee, den ganzen Tag, ich hätte ein Brötchen essen sollen. Lächerlicher Gedanke, unnützer Gedanke, letzter Gedanke, bevor die Beine nachgaben und die Welt in gelbem Nebel zu versinken begann.

Irgendwie schaffte ich es, mich auf den Rücken zu legen, auf den feuchten, schweren Boden, tiefe Ackerfurchen. Ich roch organische

Feuchte, Verwesung. Ich presste die Hand auf den Bauch, ein bisschen unterhalb des Nabels. Atmete. Tief hinunter, bis zur Hand, ich verfolgte den Weg des Atems nach unten, dann wieder hinauf, hinaus.

Ich konnte es. Ich hatte es Tausenden Patienten erklärt. Ich hatte das geübt, ich wusste, dass ich es beherrschen konnte. Es war möglich. Es war zu schaffen.

Atmen. Darauf kam es an. Atmen, die Gedanken packen, die richtigen Gedanken. Ich werde nicht sterben, zum Beispiel. Ich werde jetzt nicht sterben.

Ein Schutzschild aus kläglichen Resten rationaler Gedanken, um es abzuwehren, das Monster, das fauchend vor mir stand, nach mir schnappte, kleine Brocken Fleisch aus mir riss. Mit glühenden Augen, nicht real, nur ein Trugbild, geformt von dem Teil des Gehirns, das sich der Kontrolle entzieht. Schimäre aus Ängsten und Worten und Bildern. Aus Gerüchen, Geräuschen. Greifbar gemachtes Grauen, gelbäugig fauchend.

Raptus ist die Bezeichnung für einen abrupt einsetzenden Erregungszustand, z.B. im Rahmen einer schweren Depression oder einer katatonen Schizophrenie. Ein Raptus ist unter anderem durch Aggressivität (Suizidgefahr oder Fremdgefährdung) charakterisiert. Mit dem Terminus Raptus melancholicus wird eine meist als gefährlich eingestufte, weil potenziell oder faktisch zu Suizid führende Handlung verstanden, die aus einem Zustand hochgradiger, wenn nicht gar stuporöser psychomotorischer Hemmung heraus geschieht, daher unvorhersehbar und kaum vermeidbar imponiert.

Worte, Worte aus dem Lehrbuch, kleine, leere Worte, die nichts ausrichten konnten gegen das Monster. Nur ein Gedanke half. Man starb nicht am Monster. Nicht an einem Monster, das es nicht gab. Das hier war nur eine Panikattacke, *nur*, höhnte der Raptus, aber ich hörte ihm nicht zu, ich durfte ihm nicht zuhören, ihm keine Stimme geben.

Ich konnte das beherrschen.

Ich starb nicht, nicht wirklich, es fühlte sich nur so an.

Schlimme Bilder, schlimme Erinnerungen, die erwachten, mir aber nichts anhaben konnten, die mich trotzdem gerade umbrachten. Marlies' tote Augen. Atmen, ich musste mich konzentrieren auf Luft, Sauerstoff, Luftstrom, hinein, hinaus.

Ich sah den Himmel über mir, weiße Wolken, gejagt vom stetigen Wind. Weite. Luft. Raum. Ich sah Konstanze.

Er wird mich bestrafen, er wird mich töten, sagte sie, sie sprach mit der Stimme des Raptus.

Konstanze Friedrichs, tot auf dem Bett, aber sie war nicht tot, ich wusste, dass sie nicht tot war. Anders als Marlies, Marlies, die nicht auf dem Bett lag, sondern hing, sie hing in der Dusche, tote Augen, die mich anstarrten.

Konstanze schlief, das eine hatte mit dem anderen nichts zu tun. Der Atem strömte, stockte, die Lunge zu leer, zu voll, Nase, Mund, Brust, Bauch, hinein, hinaus.

Marlies lebend und doch wie tot, stumm, traurig, schwere Depression, zu schwach, um Worte zu suchen, zu finden. Nur der Bär, die Spieluhr, die Schnur, nur das Lied, immer wieder. Ich hatte Stunden mit ihr so gesessen. Immer wieder prallte ich an ihrem Schweigen ab, gegen das ich nur meine Hoffnung stemmen konnte, Geduld, Vertrauen in mich. Vertrauen in Medikamente, winzige Anzeichen der Besserung, daneben das Gefühl, diese winzige Ahnung, die ich nicht hätte ignorieren dürfen. Etwas war geschehen mit Marlies. Vor meinen Augen. Ich hatte es ignoriert.

Raptus melancholicus. Die Hemmung bei Depression kann Anlass zur Täuschung geben. Hinter der sichtbaren Gebundenheit kann sich ein gehetztes Auf-der-Stelle-Treten abspielen, das sich raptusartig als Selbstvernichtungsversuch entladen kann.

Ich hatte mich auf andere Dinge konzentriert als auf das diffuse Unbehagen. Hatte Vertrauen in mich und meine Fähigkeiten gehabt. Vertrauen in Medikamente. Ich hatte getan, was ich konnte. Es hatte nicht gereicht. Er war mir zuvorgekommen. Das Monster war einfach aufgetaucht und hatte Marlies aus meinen Händen und aus dem Leben gerissen.

Raptus melancholicus – plötzliche Erregung, die unvermittelt aus einem Zustand schwerer depressiver Hemmung herausbricht.

Er kam irgendwann in dieser Nacht. Kein urzeitliches Ungeheuer mit scharfen Zähnen. Nicht das Monster, in dessen Gestalt er seither in meinem Kopf lauerte. Worte nur, ein Terminus, der den Impuls in Marlies' Kopf bezeichnete, unvorhersehbar, unberechenbar, *Raptus melancholicus – impulsiv-destruktive Aktivität ohne erkennbares Motiv und ohne einleitende Handlungsbereitschaft.*

Ohne die Medikamente hätte sie nicht die Kraft gehabt, das zu tun.

Ich hatte sie gefunden. Am nächsten Morgen. Ihr Bett war leer. Sie war im Bad gewesen. In der Dusche. Neben dem Vorhang aus Plastik hatte sie gehangen, ein bizarres, schreckliches Bild. Sie hatte so jung ausgesehen.

Es war nicht meine Schuld. Ich wusste, dass es nicht meine Schuld war. So etwas kam vor. Alle sagten, dass es nicht meine Schuld war.

Nur die toten Augen sagten etwas anderes, sprachen von Versagen, von Schuld. Du hast es kommen sehen, sagten die Augen. Du hast diese Medikamente verordnet. Du hast keine Zeit gehabt, als sie dich gebraucht hätte. Du hast es kommen sehen, aber du hast lieber weggeschaut.

Ich atmete. Hielt es aus, das Starren, tote Augen, gelbäugiger Raptus, der Marlies geholt hatte, irgendwann in der Nacht.

Ich hielt ihn aus, den Blick, wusste, dass ich es fast geschafft hatte. Konturen, die weicher wurden, ganz langsam verwischten, ein Monster, das sich auflöste in meinem Atem, hinein, hinaus, tief, ruhig.

Das hier war anders.

Das hier war nicht vergleichbar.

Konstanze Friedrichs würde nicht sterben.

Konstanze Friedrichs war in Sicherheit.

Dann war es vorbei. Ich fühlte mich wie zerschlagen.

Matt, gleichzeitig ruhig, fast entspannt, völlig erschöpft. Mein Herz schlug wieder normal, ich konnte atmen, ohne darüber nachdenken zu müssen. Ich merkte, dass meine Kleider feucht waren, spürte, dass das unangenehm war, aber ich schwitzte nicht mehr unkontrolliert.

Ich war wieder da. In mir, bei mir, ich war ruhig. Ich hatte es überstanden.

Ich roch den Marschboden, die fruchtbare Erde. Ich sah den Himmel. Sehnte mich nach irgendetwas, nach irgendjemandem. Thomas vielleicht. Kein guter Gedanke jetzt.

Ich setzte mich auf und strich mir die Haare aus dem Gesicht.

Sie müssen Konstanze helfen!

Er wird mich bestrafen. Er wird mich töten.

Ich atmete. Weil ich es konnte. Und ich würde ihr helfen. Weil ich es konnte. Ich würde Konstanze Friedrichs retten.

22

Johannes wartete in meinem Büro.

»Wo bist du gewesen?« Es klang missbilligend. Natürlich war er unzufrieden. Natürlich wusste er Bescheid, wusste, dass Konstanze Friedrichs eine wahnhafte Episode erlebt hatte, unter meinen Augen, unter seinen, in unserer Obhut. Das war eine Entwicklung, die seine Pläne erheblich störte.

»Draußen«, sagte ich. »Ich brauchte ein bisschen Luft. Eine Pause.«

Er musterte mich auf eine Art, die mich zwang, an mir hinunterzuschauen. Mein T-Shirt war knitterig, hing restfeucht über der Hose, Flecken, grün und braun.

»Ich war auf den Feldern«, sagte ich, als erkläre das irgendetwas.

Er kam näher. Er streckte den Arm aus. »Nadja, geht es dir gut? War es …?«

»Nein!« Ich wich seiner Berührung aus und strich mir durch die Haare, die sich klebrig und verfilzt anfühlten. »Es war gar nichts. Ich musste einfach kurz allein sein, das ist alles. Ich bin gestolpert. Es ist nichts passiert. Alles in Ordnung.«

»Warum tust du das?« Er glaubte mir nicht. Er glaubte mir kein Wort. Natürlich nicht. Es war albern, ihn zu belügen. Trotzdem nötig.

»Was? Was tue ich denn?« Es war wichtig, jetzt Stärke zu zeigen. Es war eine vereinzelte Episode gewesen. Kein Grund zur Unruhe. Ich kam klar. Ich wusste allerdings, dass Johannes das anders sehen würde.

Er hob die Hände, eine hilflose, resignierte Geste. »Du benimmst dich, als wärst du allein auf der Welt. Du sperrst dich gegen jedes Angebot der Unterstützung, jedes normale Gespräch.«

»Ich brauche keine Unterstützung. Es geht mir gut«, sagte ich. »Es geht mir wirklich gut.«

»Ja, offensichtlich«, sagte er kühl. »Das ist vermutlich der Grund, warum du dich nicht an unsere Abmachung hältst. Aber das geht so nicht. Wir hatten einen Deal, Nadja. Du hast es mir versprochen.«

Ich sah ihn an. Tat, als wüsste ich nicht, wovon er sprach. Obwohl ich es ahnte.

»Ich habe mit Eggers telefoniert.«

Verdammt, das durfte er nicht! Eggers war mein Supervisor, außerdem mein Therapeut. Ein guter Therapeut, einer, der viel auf Ethik hielt, eigentlich. Egal, was ich tat oder nicht tat – der Gedanke, dass er seine Schweigepflicht verletzte, mich bei meinem Vorgesetzten anschwärzte, war empörend.

»Er hat wegen einer ganz anderen Sache angerufen.« Johannes schien meine Gedanken gelesen zu haben und nahm mir den Wind aus den Segeln. »Wir haben uns unterhalten, er lässt grüßen. Hat dabei erwähnt, dass er dich länger nicht gesehen hat.«

»Das darf er nicht. Er kann nicht einfach …«

»Lenk nicht ab. Es geht nicht darum, was Eggers darf oder nicht, das weißt du genau. Warum gehst du nicht zu deinen Sitzungen?«

»Eine«, sagte ich. »Ich habe eine einzige Sitzung abgesagt. Oder zwei. Ich hatte viel zu tun.« Im Kopf hatte das besser geklungen. Nicht so schal, nach leerer Ausrede. »Du siehst doch, was ich um die Ohren habe.« Die Wiederholung machte es nicht besser.

Er musterte mich. »Ich sehe, dass du dich ganz offensichtlich an etwas abarbeitest und dir das Leben selbst wahnsinnig schwer machst. Du hast einen Fall, einen komplizierten Fall. Einen einzigen Fall, eine einzige Patientin, aber das nur am Rande. Es ist großartig, dass du engagiert bist. Aber die Sache darf dich keinesfalls so beanspruchen, dass du keine Zeit für andere Dinge hast. Dinge wie Teambesprechungen. Supervisionstermine. Sonst könnte man durchaus auf den Gedanken kommen, dass du überfordert bist.«

»Nein! Ich meine … verdammt, das ist Quatsch. Das weißt du. Du hast recht, es war nicht in Ordnung. Nicht die Besprechungen, nicht der Eggers-Termin. Ich hätte hingehen sollen. Es tut mir leid. Das war blöd von mir. Aber es geht mir gut. Wirklich.«

»Das sehe ich.« Sarkastisch. Dann schlug er einen versöhnlichen Ton an. »Nadja, keine Spielchen bitte. Du weißt, wie wichtig die Termine bei Eggers sind. Natürlich geht es dir besser. Das ist ja der Sinn der Sache. Aber du entscheidest nicht, wann es genug ist. Gerade jetzt, in dieser Drucksituation … du weißt es doch besser.«

Warum hörte er nicht auf? Warum wusste Johannes nie, wann es genug war? Bohrte, drängte, obwohl ich ihm doch längst recht gegeben hatte. Obwohl ich ganz bestimmt nicht die Absicht hatte, meine Therapie bei Eggers abzubrechen. Ich wusste, was ich diesem Mann verdankte. Er war da gewesen, er hatte mir geholfen in der Zeit, als es mir wirklich schlecht gegangen war. Als ich krankgeschrieben war. Nach der Sache mit Marlies hatte ich fast täglich Panikattacken gehabt. Manchmal mehr als eine. Unvermittelt und heftig, sie hatten mich einfach ausgeschaltet, arbeits- und lebensunfähig gemacht. Lendemanns Angriffe hatten ein Übriges getan.

Mit Eggers' Hilfe hatte ich gelernt, die Sache in den Griff zu kriegen. Er hatte mir geholfen, mir über Dinge klar zu werden. Dass ich nicht dortbleiben konnte, zum Beispiel, in dieser Klinik in Hamburg, in der man mich ohnehin nicht mehr wirklich haben wollte. In der der Raptus überall zu lauern schien, weil zu viele Menschen wussten, was geschehen war.

Ich hatte gekündigt. Danach war es nicht besser geworden, ganz im Gegenteil. Aber auch diese Phase hatte ich durchgestanden – mit Eggers' Hilfe. Er hatte irgendwann den Kontakt zu Johannes hergestellt. Dem ich auch dankbar war, weil er mich eingestellt hatte. Damals, als mein Marktwert gelinde gesagt niedrig gewesen war. Ich war dankbar, weil er mir diese Stelle nicht aus Mitleid gegeben hatte, sondern weil er an mich, meine Fähigkeiten und meine Kompetenz glaubte.

Die Bedingung, langfristig die Therapie bei Eggers fortzusetzen, hatte ich gern akzeptiert. Er hatte mich nicht zwingen müssen.

Und das musste er auch jetzt nicht. Letztlich hatte ich die Termine nur abgesagt, weil ich so viele Dinge im Kopf hatte, über die ich nicht mit Eggers reden konnte und durfte. Wolfert zum Beispiel, das, was diese Treffen in mir auslösten. Auch das sonderbare Tagebuch wollte ich nicht erwähnen, die Mail von Lendemann, meine Angst. Nicht jetzt, nicht in der Situation, in der er ganz sicher akribisch nach Schwächen suchen würde. Genau wie Johannes. Das bewies der Umstand, dass er wegen einer verschobenen Sitzung ein solches Theater machte. Ich hatte ihm recht gegeben, verdammt. Ich hatte mich entschuldigt. Was wollte er noch? Sollte ich in Tränen ausbrechen? Besserung auf die Bibel geloben?

»Du hast ihr Benzos gegeben?«

Es dauerte einen Moment, bis sein Themenwechsel bei mir ankam. Erleichtert griff ich zu. Fakten.

»Erst einmal, ja. Sie war außer sich. Sie muss sich ausruhen. Sie ist erschöpft.«

»Was ist da gewesen? Warum diese Krise?«

Ich zuckte die Schultern. »Ich wünschte, ich wüsste es. Regine Geiger war da. Sie sagt, es sei alles normal gewesen. Es kam offenbar aus heiterem Himmel. Sie hat nichts gesagt oder getan, das die Sache ausgelöst hat.«

»Glaubst du ihr?«

»Ja«, sagte ich. »Natürlich ist es möglich, dass die Geiger versehentlich etwas getriggert hat. Eine harmlose Bemerkung, die bei Konstanze einen völlig falschen Reiz ausgelöst hat. Aber wenn dem so ist, dann ist ihr das nicht bewusst.«

»Was wirst du jetzt tun?« Wieder sah er mich mit diesem Blick an, der klarmachte, dass es nur eine mögliche Antwort gab. Eine, die ihn zufriedenstellen würde.

»Sie muss zur Ruhe kommen«, sagte ich. Zögerte. Ich wollte nicht weitersprechen. »Man könnte über leichte Neuroleptika nachdenken«, sagte ich trotzdem, weil ich keine Wahl hatte. Ich hasste die Zufriedenheit in seinem Gesicht. Sie war unangemessen. Die Umstände hatten sich geändert, die Lage war eine andere als zu dem Zeitpunkt, an dem er es vorgeschlagen hatte. Aber es war kein guter Zeitpunkt, um mit ihm zu streiten.

Konstanze Friedrichs war krank. Kranker, als ich gedacht hatte.

Es half weder meiner Patientin noch mir, wenn ich jetzt mit meinem Chef zankte. In einer Situation, in der wir uns im Grunde einig waren.

»Mach einen Termin«, sagte er. Freundlicher Ton, aber es war klar, dass das kein Vorschlag war. »Ruf Eggers an, okay?«

Ich nickte.

»Und vielleicht denkst du doch noch mal darüber nach, ob du Korn nicht mit ins Boot holst. Jetzt raste nicht gleich wieder aus – ich meine nur, dass es vielleicht nicht schaden kann, dich mit jemandem auszutauschen. Ich stehe auch zur Verfügung. Für den unwahrscheinlichen Fall, dass du mit mir darüber reden möchtest.«

Es kostete mich Mühe, aber ich schaffte es, einfach den Mund zu halten. Sein Lächeln zu erwidern.

»Und wegen heute Abend …«, setzte er an.

»Johannes, ich …«

Er hob eine Hand und unterbrach mich. »Schon klar, kein Problem. Du siehst echt fertig aus.«

Ich rang mir ein Lächeln ab. »Eigentlich will ich nur ins Bett.«

»Ich auch.« Er grinste. »Am liebsten mit dir. Aber man kann nicht alles haben.« Er kam näher und gab mir einen flüchtigen Kuss auf die Wange. »Schlaf dich ordentlich aus, ja? Wir sehen uns morgen.«

23

Sie sitzt da, erfüllt von ihrer Wichtigkeit. Bildet sich ein, alles zu verstehen. Aber sie versteht nichts.

Sie lässt mich nicht gehen, sperrt mich ein, wie ein Tier.

Sie lässt mich nicht in Ruhe, fragt, bohrt, stochert. Sie akzeptiert nicht, dass ich nicht mit ihr reden will.

Sie stört mich beim Denken. Ich denke viel. Ich rechne. Ahne, dass es zu spät ist. Gestern. Heute. Oder morgen. Sie hat alles ruiniert.

Sie sitzt da, schaut mich an durch diese Brille, eine böse Brille, schwarze Ränder, wie der Rahmen einer Todesanzeige, in der Mitte die kalten Augen, sie quält mich.

Ich kann nichts tun, es ist schrecklich, ich weiß nicht, ob sie mich je gehen lässt. Dorthin, wo ich hingehöre. Zu dir.

Ich will zu dir, obwohl ich weiß, dass es zu spät sein wird.

Die Hoffnung, dass du mir vergibst, wird kleiner. Noch klammere ich mich daran. Du hast mir immer vergeben. Obwohl ich so dumm war, alles falsch gemacht habe, obwohl ich nicht verstanden habe, dass du es gut meinst, dass du mir helfen willst. Weil du mich liebst.

Jedes Mal hast du mir vergeben.

Ich weiß, dass es diesmal viel verlangt ist, mehr als je zuvor. Der Gedanke, dass ich versagt habe, mich versündigt an unserer Liebe, als ich noch die Wahl hatte, frisst mich auf. Ich hätte alles richtig machen können. Dann wäre ich jetzt bei dir. Dann wäre ich frei, mit dir, es wäre vollkommen, wir zusammen, alles wäre gut.

Ich habe versagt. Ich habe alles kaputtgemacht.

Und doch ist da die Hoffnung. Sie ist alles, was mir bleibt.

Wenn sie mich gehen ließe, wenn ich bei dir sein könnte, wir könnten vielleicht heilen. Du kannst mich heilen, du hast das immer getan. Hast mir gezeigt, was Leben ist. Du machst mich ganz und richtig. Ich will zu dir, ich muss zu dir. Sie lässt mich nicht.

Manchmal ist es sinnlos, einen Kampf zu kämpfen. Wenn man ahnt, dass man nicht gewinnen kann.

Manchmal weiß man, dass man gehen muss. Durch eine Tür. Eine, die sie nicht verschließen können. Manchmal ist es dunkel in mir, manchmal finde ich die Hoffnung nicht.

Ich kämpfe. Noch kämpfe ich. Für dich. Wegen dir.

Aber ich weiß nicht, wie lange ich das noch ertrage.

Ich hatte geduscht, hatte mir meinen Schlafanzug angezogen und mich aufs Sofa gesetzt. Hatte es angestarrt, das Tagebuch. Gespürt, wie es immer mächtiger wurde. Mir das Gefühl vermittelte, ein Feigling zu sein.

Jetzt war ich froh, dass ich danach gegriffen hatte. Das Ding war nicht echt. Es war völlig ausgeschlossen, dass Marlies das geschrieben hatte.

Ich blätterte darin herum, studierte die Handschrift. Ein sinnloses Unterfangen, denn ich hatte keine Ahnung, wie Marlies' Schrift ausgesehen hatte. Ich hatte sie nie etwas schreiben sehen, sie hatte keinen Abschiedsbrief hinterlassen. Natürlich nicht, der Raptus erlaubte keine letzten Worte oder gar Erklärungen.

Fast tat mir Lendemann leid. Er hatte sich Mühe gegeben, ganz offensichtlich hatte er viel Arbeit investiert. Um dann über ein so lächerliches Detail zu stolpern.

Die Brille.

Schwarze Ränder, wie der Rahmen einer Todesanzeige.

Ich hatte sie nie getragen. Nicht im Therapiegespräch. Ganz zu Anfang, in meinem ersten Jahr, hatte mir ein Patient gesagt, dass er sich vor der Brille fürchte, vor dem, was er sah – sich selbst, eine Spiegelung. Daraufhin hatte ich mir angewöhnt, sie vor den Gesprächen mit Patienten abzunehmen. Ich brauchte sie nicht wirklich, die Notizen konnte ich auch ohne Brille machen. Erst seit ich hier war, trug ich sie wieder ständig.

Marlies hatte mich nie mit dieser Brille gesehen. Lendemann schon, natürlich, Lendemann hatte mich in meinem Büro aufgesucht. Hatte mir gegenübergesessen, als ich sie abgenommen hatte, weil sie beschlug, schmierig wurde, mich daran hinderte, mir die Tränen aus den Augen zu wischen.

Eine Fälschung. Die Erkenntnis erleichterte mich auf einer Ebene. Auf einer anderen bewirkte sie genau das Gegenteil.

Denn das hier war etwas anderes als eine E-Mail. Das hier hatte Zeit gekostet, Planung, Mühe. Es sprach dafür, dass er einen Plan verfolgte. Einen, den ich nicht verstand.

Er hatte vermutlich nicht daran geglaubt, dass er eine Chance hatte, diesen Prozess zu gewinnen. Er hatte gute und teure Anwälte gehabt, die ihm das mit Sicherheit im Vorfeld gesagt hatten. Er hatte die Sache trotzdem durchgezogen. Weil es ihm letztlich darum gegangen war, mich zu beschädigen. *Mich zu bestrafen*, dachte ich, schob den Gedanken eilig beiseite.

Lendemann. Seine Hasskampagne. Die Todes-Ärztin. Die Frau mit den kalten Augen. So sah mich Lendemann. Nicht Marlies.

Ich konzentrierte mich auf diesen stabilisierenden Gedanken. Und spürte, wie etwas in mir aufstieg. Etwas, das half, die Angst in den Griff zu bekommen. Empörung. Er, der doch behauptete, Marlies geliebt zu haben, missbrauchte sie auf diese Weise. Er schrieb etwas nieder, legte ihr falsche, böse Worte in den Mund und nahm ihr damit den letzten Rest Selbstbestimmung, um mich zu quälen.

Es war genug. Ich hatte genug. Was immer dieser Mann noch von mir wollte – er würde es nicht bekommen. Ich würde nicht zulassen, dass dieser Besessene alles zerstörte, was ich mühsam wieder aufgebaut hatte. Ich hatte für das, was geschehen war, bezahlt. Es war genug.

Ich hatte keine Wahl. Ich musste mich wehren. Ihn konfrontieren. Ich wollte nicht, aber es war die einzige Möglichkeit. Natürlich konnte ich dieses lächerliche Tagebuch einfach wegwerfen. Aber das würde das Symptom beseitigen, nicht die Krankheit. Vermutlich gab es nichts, was ich gegen seinen Hass tun konnte. Aber ich konnte mich ihm entgegenstellen. Von ihm fordern, dass er mich in Ruhe ließ.

Ich sah hinaus in den Garten. Von den Fenstern des Nachbarhauses drang ein warmer Lichtschein durch die Dämmerung. Tröstlich und beruhigend. Ich stellte mir Antje und Dirk vor, gemeinsam auf dem Sofa, während sie lasen oder fernsahen. Blonde Kinder, die friedlich in ihren Betten lagen und schliefen. Ich dachte daran, dass ich nicht allein war.

Er wusste, wo ich wohnte. Er war hier gewesen, hatte das Päckchen vor meine Tür gelegt. Er wusste, wo ich arbeitete. Seine Mail war an meine Dienstadresse gegangen.

Das war beunruhigend. Aber kein Grund zur Panik. Es ging ihm nicht darum, mir wehzutun. Er wollte mich zermürben. Er wollte mich scheitern sehen. Aber sein Plan ging nur auf, wenn ich die Opferrolle annahm. Und darum würde ich nicht länger stillhalten und zusehen, wie das Gefühl von Ohnmacht und Angst wuchs. Die Zeiten, in denen ich tatenlos zusah, wie mein Leben auseinanderbrach, lagen hinter mir.

Ich fuhr den Computer hoch, gab seinen Namen in die Suchmaschine ein und studierte die Treffer. Ein Kinderspiel.

Ich war müde, bleischwer die Lider, obwohl es noch nicht einmal neun war. Ich beschloss, trotzdem ins Bett zu gehen. Ich lag da und sah zu, wie das letzte Licht des Tages langsam versickerte. Immer wieder schloss ich die müden Augen, ertrug die Bilder, die ich dann sah. Konstanze, die auf dem Boden kniete. Konstanze, die weinte. Außer sich vor Angst.

Darum ging es. Das hatte Priorität.

Meine Patientin, der es nicht gut ging, der ich helfen würde, weil ich es konnte und weil ich es musste. Das war die Hauptsache. Das hatte Priorität.

Ich würde dieser Frau helfen. Konstanze Friedrichs würde nicht sterben.

24

Patientin: Konstanze Friedrichs, geb. 18.12.1976
Stationäre Aufnahme: 24.05.2016, 09:00 Uhr
Therapiegespräch (Dr. Nadja Schönberg), 30.05.2016, 09:00 Uhr
Patientin nach wahnhafter Episode mit starkem Erregungszustand am Vortag (Gabe von 3x10 mg Haldol) ruhig, wirkt gedämpft. Allseits orientiert. Äußere Erscheinung, Psychomotorik ohne Auffälligkeiten, Patientin herabgestimmt, aber zugewandt und konzentriert.

Konstanze sitzt auf dem Sofa. Starrt auf die Unterlagen, die sie aus dem Büro mitgebracht hat. Sie arbeitet.

Sie arbeitet viel, arbeitet unentwegt, seit er weg ist. Sie geht früh in die Redaktion, kommt spät nach Hause. Sie ist nicht gern hier, in dieser Wohnung, der leeren Wohnung, von der sie ahnt, dass sie nie mehr ihr Zuhause sein wird.

Wenn sie arbeitet, die Gedanken fokussiert, kann sie das Gefühl aushalten.

Die Buchstaben verschwimmen vor ihren Augen. Sie macht sich etwas vor. Sie ist müde, viel zu müde. Aber noch nicht müde genug. Sie hat sich einen Wodka eingeschenkt, der sie noch müder machen soll. Todmüde will sie sein, wie ein Stein will sie schlafen, traumlos, dann erwachen, wieder gehen, weiterarbeiten, an Dinge denken, die wichtig sind, sicher, sortiert. Die nicht wehtun, sich nicht dem Begreifen entziehen.

Seit jener Nacht hat sie nichts mehr von ihm gehört. Seit sie ihn aus der Wohnung gejagt hat. Nur in dem furchtbaren Zimmer ist er noch präsent. Seine Kleider, seine Bücher, seine CDs, Töpfe und Pfannen, die er gekauft hat. Die Kisten stehen hinter dieser Tür, die sie abgeschlossen hat und sich dabei lächerlich gefühlt hat. Sie verschwinden nicht von allein. Genauso wenig wie die Angst. Und die Trauer.

Je mehr Zeit vergeht, je unwirklicher die Erinnerung wird, desto größer wird die Trauer. Gedanken an schöne Momente, an eine Zeit des Glücks und der Liebe. An Leichtigkeit und Geborgenheit, an Nähe und Vertrauen.

Er ist krank. Der Gedanke bedrückt Konstanze. Sie hat Angst vor ihm. Sie ist froh, dass er weg ist. Gleichzeitig vermisst sie ihn, den, der er einmal war. Langsam wächst ein Schuldgefühl heran. Sie lässt ihn im Stich. Er ist krank – das ist die einzige Erklärung. Er ist weder böse noch schlecht. Er ist krank. Er braucht Hilfe. Und wer soll ihm helfen, wenn nicht sie? Die Frau, die ihn liebt, geliebt hat, die den liebt, der er war. Eine Frau, die ihn vermisst. Die einsam ist ohne ihn.

Ein paarmal ist sie schwach geworden. Hat versucht, ihn anzurufen. Er geht nicht an sein Handy. In der Firma hat sie es auch versucht. Man hat ihr jedes Mal gesagt, er sei nicht da. Manchmal stimmt das, oft nicht. Sie kann es hören. Seine Mitarbeiter lügen alle nicht gut.

Er lässt sich verleugnen. Er verweigert den Kontakt.

Das ist gut. Oder schlecht. Sie weiß es nicht. Es sind genau diese Fragen, die sie nicht beantworten kann. Gedanken, die sich im Kreis drehen. Bis ihr schwindelig ist.

Darum arbeitet sie. Konzentriert sich auf das, was sie bewältigen kann. Auf Probleme, die lösbar sind.

Sie schreckt hoch. Sie ist eingenickt, ihr Nacken schmerzt, die Mappe mit den Unterlagen ist von ihrem Schoß gerutscht. Aber das war es nicht, was sie geweckt hat. Sondern ein Geräusch. Verdammt, ein Geräusch von der Tür. Da ist jemand. Ein Schlüssel im Schloss.

Sein Schlüssel.

Sie hat das Schloss nicht ausgetauscht. Sie hat das vorgehabt, ist nicht dazu gekommen, hat es vor sich hergeschoben. Irgendwann schien der Gedanke lächerlich. So dramatisch. Ein Eingeständnis von Schwäche.

Jetzt fühlt sie sich entsetzlich dumm.

Sie hört, wie die Tür sich öffnet. Seine Schritte im Flur.

Dann steht er da. Im Wohnzimmer vor dem Sofa. Vor ihr. Er starrt sie an.

»Klaus!« Ihre Stimme klingt wie ein Krächzen. »Klaus, was … was willst du hier?« Dünnes Stimmchen, sie klingt wie ein Kind, ängstlich, verschüchtert. Ihre Frage eine Floskel, leer, sinnlos. Sie versucht sich zu konzentrieren. Die Lage einzuschätzen. Sie muss ihm zeigen, dass sie keine Angst hat. Eben weil es nicht stimmt. Sie muss sich richtig verhalten. Deutlich machen, dass sie sich nicht einschüchtern lässt. Das kann sie, das hat sie gelernt, aber ihre Hände zittern so unkontrolliert, dass sie nicht weiß, wie sie das verbergen soll.

Er sieht schlecht aus. Unrasiert, das Gesicht verquollen. Seine Kleider sind verknittert, fast schmuddelig die ganze Erscheinung, als habe er lange nicht mehr geduscht.

Sie weiß mit Sicherheit, dass das hier eskalieren wird. Es braucht nicht die Worte, die sie trotzdem hört, weil er sie in ihr Gesicht schleudert, hasserfüllt: »Schlampe!«, sagt er. »Du miese, dreckige Schlampe.« Dazu die Hand, die verdammte Hand wieder am Ohrläppchen.

Sie schafft es, aufzustehen. Zwingt sich, einen Schritt auf ihn zuzumachen.

»Geh«, sagt sie. »Klaus, verschwinde aus meiner Wohnung. Sonst rufe ich die Polizei.«

Er lacht. »Ach ja?« Er kommt einen Schritt näher. Sie zwingt sich, nicht zurückzuweichen.

»Geh«, sagt sie wieder. Sie schmeckt ihre Angst, bittere, scharfe Steinchen im Mund. Sie kaut darauf herum, versucht, sie kleinzukriegen, kleiner, sie zu schlucken, aber es verhakt sich im Hals, was immer sie hinunterbekommt, kommt zurück, aus dem Magen, es wird immer mehr, steigt hoch in der Speiseröhre, blockiert die Kehle.

Er sieht die Angst. Er riecht sie, fühlt sie. Sein Blick ruht auf ihr. Ekel. Er schaut etwas an, das ihm tief zuwider ist. »Wie konntest du?«, sagt er. »Wie konntest du mir das antun?«

»Du hast mich geschlagen, Klaus.« Ihre Stimme klingt erstaunlich fest. Sie krallt sich an klare Gedanken und Worte. »Ich hatte keine Wahl. Du hast mir keine Wahl gelassen.«

»Wie bitte? Was? Ich fasse es nicht!« Er schreit jetzt. »Keine Wahl? Eine Ohrfeige, weil du hysterisch warst. Und damit willst du entschuldigen, dass du es umgebracht hast? Dafür tötest du ein Kind? Mein Kind? Und wagst es, mir dafür auch noch die Schuld geben zu wollen?«

Er kommt noch näher.

Jetzt weicht sie doch zurück, langsam, Schritt für Schritt. Weil die Angst so körperlich wird, dass sie den Fluchtreflex nicht unterdrücken kann. Er wird es tun. Er wird es wieder tun. Er wird sie schlagen. Keine Ohrfeige diesmal, es wird schlimm werden, viel schlimmer. Sein ganzer Körper birst vor Gewalt. Ungezügelter Zorn, der ein Ventil sucht.

Sie kann nicht entkommen. Es hilft, sich damit abzufinden. Trotzdem stehen zu bleiben, nicht auszuweichen, Worte zu sagen, die sie sagen muss. Will. Die Worte, die sie daran erinnern, was hier wirklich geschieht. »Es gibt kein Kind«, sagt sie. »Kein Kind, du musst das verstehen, Klaus, es gibt kein Kind!«

»Weil du es getötet hast!« Er schreit laut, so laut, dass sie zusammenzuckt. »Du widerlicher Mensch. Du ekelst mich an, Konstanze. Du ekelst mich schon lange an. Aber diesmal bist du zu weit gegangen. Das hättest du nicht tun dürfen. Mein Kind war unschuldig. Du bist eine Mörderin, Konstanze. Kindsmörderin. Und dafür wirst du büßen!«

Konstanze spürt die Sofakante an der Rückseite ihrer Beine. Sie kann nicht weiter ausweichen. In die Enge getrieben wie ein Tier steht sie da.

Er hebt eine Hand, packt ihren Hinterkopf, krallt sich in ihre Haare, er zieht, es tut weh. Sie sieht sein hassverzerrtes Gesicht. Er wird mich vielleicht totschlagen, denkt sie, für etwas, das ich nicht getan habe, für etwas, das in seinen Gedanken ist, in seinem kranken, kranken Kopf. Es ist so sinnlos, denkt sie und schließt die Augen, so sinnlos, so krank.

Auf einmal fühlt sie sich ganz ruhig. Sie steht da und wartet. Fast hofft sie, dass er anfängt. Nur wenn er anfängt, kann er aufhören.

Wenn sie das hier überlebt, dann wird sie in ein Krankenhaus fahren. Zur Polizei. Sie wird die Schlösser austauschen. Sie wird sich in Sicherheit bringen, umziehen, sie wird dafür sorgen, dass er sie nie mehr findet, nirgends, sie wird sicherstellen, dass sie so etwas nie mehr erleben muss.

»Alles«, zischt er, sein Mund so dicht neben ihrem Ohr, dass sie seinen feuchten Atem spürt. »Alles habe ich für dich getan. Alles habe ich dir durchgehen lassen. Mich und mein Leben deinen Scheiß-Bedürfnissen und deiner erbärmlichen Karrieregeilheit untergeordnet. Undankbare, egozentrische Schlampe, die du warst. Du hast mich immer wie Dreck behandelt. Aber jetzt geht es nicht mehr um mich. Jetzt geht es um mein Kind. Du hast mein Kind getötet. Und ich schwöre, ich schwöre, dass du das bereuen wirst. Du wirst büßen, Konstanze.« Er reißt an ihren Haaren. »Schau mich an! Los, schau mich an, Dreckstück!«

Sein Gesicht dicht vor ihrem. »Ich werde dich bestrafen, Konstanze! Ich werde dich töten!«

Sie sieht seine Augen. Darin das, was sie verfolgen wird. Freude. Entschlossenheit. Er meint es, er meint jedes Wort.

Er lässt sie los und verlässt das Wohnzimmer. Die Haustür klappt hinter ihm zu.

Dann ist er weg.

Sie wirkte noch immer gedämpft, so müde, wie ich mich fühlte. Es kostete mich Mühe, mich zu konzentrieren. Auf die Suche nach Indizien für Krankheit, Wahn. Ich suchte nach Brüchen und Lücken in ihrer Geschichte und fand keine. Keinen Grund, an ihrer Wahrheit mehr zu zweifeln als an der von Wolfert.

Sah man davon ab, dass sie hier war, in meinem Behandlungsraum. Und davon, dass sie vor knapp vierundzwanzig Stunden eine wahnhafte Episode erlebt hatte.

Aber dieses Kinderzimmer in Wolferts Haus war real gewesen.

Genau wie der tote Hund. Etwas stimmte nicht mit Wolfert. Mit dem, was er erzählte.

Ich werde dich bestrafen. Ich werde dich töten.

Er fütterte mich mit Informationen. Mit einer Geschichte, die scheinbar bewies, dass Konstanze ein Problem hatte, damit sie auf lange Sicht in dieser Klinik bleiben würde. Eines, das ihre Karriere möglicherweise beenden würde. Ein Ausgang, der aber nicht zu dem Ziel passte, das Wolfert ihrer Einschätzung nach verfolgte. Hier war sie seinem Zugriff entzogen. Bestraft, aber auf eine Art, die nicht zu Wolferts vermeintlichen Motiven passte.

Ein Psychopath, hörte ich Konstanze sagen, *dieser Mann ist gefährlich*.

Ich schüttelte den Kopf, um diese Gedanken loszuwerden.

»Frau Dr. Schönberg? Alles in Ordnung?« Konstanze sah mich fragend an.

»Ja, natürlich«, sagte ich. Ich musste mich zusammennehmen. Ich war furchtbar müde, obwohl ich am vergangenen Abend schnell eingeschlafen war. Irgendwann hatte mich das Piepsen und Klingeln, das penetrant aus Computer und Telefonen drang, allerdings doch aus dem Schlaf gerissen. Ich hatte versucht, es zu ignorieren. Bereute, dass ich es nicht geschafft hatte.

»Ich denke nur über etwas nach«, sagte ich und versuchte gleichzeitig, eben damit aufzuhören. Ich wollte nicht darüber nachdenken, wie ich noch eine Flasche Wein aufgemacht hatte. Doch noch bei Johannes angerufen hatte. Er war vorbeigekommen. Er war nicht lange geblieben. Lange genug, um das schmerzliche Gefühl von Einsamkeit zu betäuben. Kurz genug, um die Dinge zurechtzurücken. Eine Affäre. Sex. Darum ging es.

Als er ging, war es spät gewesen. Ich hatte gut geschlafen. Nur nicht lange genug.

»Worüber denn?« Sie sah mich interessiert an.

»Über die Dinge, die ich nicht verstehe.« Ich beschloss, sie direkter zu konfrontieren. »Warum ist er einfach gegangen? In dieser Situation? Wenn er überzeugt davon war, dass Sie abgetrieben haben, hinter seinem Rücken, dann muss er außer sich vor Wut gewesen sein. Außer Kontrolle. Sie waren allein. Wehrlos. Warum hat er nicht zugeschlagen? Warum ist er einfach gegangen?«

»Das ist genau der springende Punkt.« Etwas wie bemühte Geduld lag in ihrem Ton. Als müsse sie etwas erklären, das offensichtlich war. »Er ist nicht auf diese Art verrückt. Keiner, der durchdreht, weil er psychisch überfordert ist. Er hat sich vollkommen unter Kontrolle. Er ist intelligent genug, um Situationen zu inszenieren. Zu beherrschen, zu steuern. Es gehört zu seinem Spiel. Und ich weiß, dass er das kann. Ich habe mich in ihn verliebt, weil er das kann. Er hat dieses fast unheimliche Gespür dafür, was sein Gegenüber will und braucht. Er sagt das Richtige. Er tut das Richtige. Er kann jedem Menschen das Gefühl geben, dass er verstanden wird. Gemocht. Geliebt sogar, wenn es seinen Zielen dient. An diesem Abend ging es ihm darum, mir etwas Furchtbares vorzuwerfen. Etwas, das sich schwer aushalten lässt.«

»Sie halten Abtreibung für furchtbar?«

»Nein!« Jetzt klang sie fast ungeduldig. »Natürlich nicht. Aber darum geht es ja nicht. Es geht um meine Rolle in seiner Geschichte. Ich bin ein Monster. Die Frau, die sein Kind getötet hat. Er hat klargemacht, dass ich die Böse bin. Jemand, der Strafe verdient. Der vernichtet werden muss. Er muss irgendeinen Grund vorschieben, mag er noch so absurd sein. Aber sein Hass kommt von woanders. Ich weiß nicht, woher. Ich verstehe nicht, warum er das tut. Möglicherweise, weil er es kann. Weil da etwas in ihm ist, das böse ist, zornig, das sich jeder vernünftigen Betrachtung entzieht. Ich habe darüber nachgedacht, was geschehen wäre, wenn ich mich anders verhalten hätte. Wenn ich mich auf diese Sache eingelassen hätte. Ein gemeinsames Kind, eine Familie, Schluss mit Karriere. Es hätte nichts geändert, da bin ich sicher. Er hätte einen anderen Grund gefunden, mich zu hassen. Mich zu quälen. Denn darum geht es. An diesem Abend hätte es ihm nichts gebracht, mich einfach zusammenzuschlagen. Oder tot. Er will, dass ich leide. Angst habe.

Er will, dass ich langsam durchdrehe, während ich auf etwas warte, das letztlich unvermeidlich ist.«

Ich nickte langsam. Machte mir eine Notiz. »Warum haben Sie ihn nicht angezeigt? Er ist in Ihre Wohnung eingedrungen, hat Sie verbal und körperlich bedroht. Ihre Angst war berechtigt. Nachvollziehbar. Warum sind Sie nicht zur Polizei gegangen?«

»Weil das nicht ging!« Wieder diese Ungeduld. »Und das wusste er genau. Er hat lange genug mit mir zusammengelebt, um zu wissen, wie es läuft. So eine Anzeige hätte Wellen geschlagen. Ich hätte irgendwie beweisen müssen, dass es tatsächlich so war, wie ich sage. Die Presse hätte möglicherweise etwas mitbekommen. Das ist genau die Art Publicity, die schädlich ist.«

»Sie haben um Ihr Leben gefürchtet. Scheint da Publicity nicht eher nebensächlich?«

Sie atmete durch. Schien sich zur Ruhe zu zwingen. »Ich weiß, wie das klingt. Aber so ist mein Leben nun einmal. Ich bin eine öffentliche Person. Ich bin Journalistin. Es geht um mein Urteilsvermögen, meine Glaubhaftigkeit. Und es geht darum, dass es diese Art von Geschichte gibt. Eine, die die Leute gern glauben wollen. Die ihnen lieber ist als die Wahrheit. Die böse, eiskalte Karrierefrau, die ihren armen Mann quält und demütigt. Die, ohne mit der Wimper zu zucken, ihr Kind abtreibt, weil die Karriere wichtiger ist. Darauf stürzen sich die Leute. Wir reden nicht über ein bisschen billigen Tratsch. Wir reden von etwas, das meinen Ruf nachhaltig ruinieren würde. Und abgesehen davon – was hatte ich denn in der Hand? Ich wäre in der Beweispflicht gewesen. Letztlich hätte Aussage gegen Aussage gestanden.«

So wie jetzt, dachte ich. Wartete.

Sie atmete tief ein. Hustete dann. »Damit hat er mir übrigens immer wieder gedroht. Später. Als die Anrufe kamen. Am Anfang hat er nur geatmet. Hat mir diese Spieluhr vorgespielt. Aber manchmal …« Sie wechselte die Richtung der überschlagenen Beine, wippte nervös mit dem Fuß. »Manchmal hat er doch etwas gesagt. Wenn er getrunken hatte, glaube ich, seine Stimme klang danach.

Dann hat er mir erzählt, was er der Presse alles erzählen könnte. Über mich. Über uns. Unser Sexualleben. Drogen, Affären … er hat Dinge gesagt, die ich nicht wiederholen will. Kann. Ekelhafte und abscheuliche Dinge. Es hat ihm Spaß gemacht.«

»Gab es denn etwas? Etwas, das Sie angreifbar gemacht hätte?« Meine Frage klang sachlich, fast beiläufig, und fühlte sich trotzdem unpassend und übergriffig an.

»Nein! Aber das ist ja der Punkt. Es wäre leicht, so leicht, mir ernsthaft zu schaden. Er hat es nicht getan. Weil es ihm um etwas anderes geht. Er muss es ja auch nicht tun. Ich bin ja mürbe geworden, ich habe ihn ja angezeigt. Und es hat mir nichts, aber auch gar nichts gebracht.«

»Das ist die andere Sache, die ich nicht verstehe«, hakte ich ein. »Warum sind die Ermittlungen eingestellt worden?«

Sie senkte den Blick. »Keine Beweise, haben die gesagt. Kein Hinweis auf eine akute Bedrohungssituation. Kein Handlungsbedarf. Der Tatverdacht gegen den Beschuldigten hat sich nicht erhärtet …«

»Kein Tatverdacht gegen ihn ist die eine Sache. Aber es bleiben doch die Taten. Tatbestände. Bilder, Blumen, Anrufe. Drohungen. Dass man einen Menschen als möglichen Täter ausschließt, bedeutet doch nicht, dass es keinen Täter gibt.«

»Ich verstehe, worauf Sie hinauswollen. Aber er ist der Einzige, der in Frage kommt. Die Spieluhr. Die Lilien. Diese Bilder … es geht um das, was sich zwischen uns abgespielt hat. Keiner weiß davon. Ich habe mit niemandem darüber gesprochen. Diese Details … er ist es. Alles andere ist unmöglich. Ich bin sicher.«

»Subjektiv sind Sie sicher, das weiß ich. Aber möglicherweise übersehen Sie etwas. Vielleicht hat er irgendwem davon erzählt. Menschen tun Dinge, grausame Dinge. Aus Wut, aus verletzter Eitelkeit, weil Sie sich gekränkt fühlen, zurückgewiesen. Das sind Gefühle, die dazu führen können, dass sich die Weltsicht verzerrt. Es ist nicht leicht, so ein Handeln nachzuvollziehen. Es ist aber auch nicht leicht für die Betroffenen, einen normalen Eindruck zu machen. Zu funktionieren, zu arbeiten, einen neuen Anfang zu machen. Wenn man auf diese Art getrieben ist, dann hat man das Bedürfnis, sich mitzuteilen …«

»So wie ich?«, unterbrach sie mich. »Ist es das, was Sie mir sagen wollen? Ich sitze hier und rede mit Ihnen, was beweist, dass ich verrückt bin. Sehen Sie das so? Ja?«

»Frau Friedrichs, bitte … Sie drehen mir das Wort im Mund herum …«

»Lassen Sie mich ausreden!«, unterbrach sie mich wieder. »Ich habe genug. Es reicht mir. Sie glauben mir nicht. Sie halten mich für verrückt. Gut. Aber warum tun Sie dann nichts? Warum geben Sie mir keine Medikamente? Warum zwingen Sie mich nicht zu irgendwelchen Maßnahmen? Elektroschocks meinetwegen, was immer man so tut mit Irren heutzutage? Warum sitzen wir nur hier und reden, drehen uns im Kreis? Sagen Sie es. Sagen Sie mir endlich ins Gesicht, dass ich verrückt bin. Durchgeknallt. Und dann sagen Sie mir gefälligst, was Sie dagegen zu unternehmen gedenken!«

Sie sprach schnell, wurde immer lauter. Nun schnappte sie nach Luft.

»Beruhigen Sie sich bitte. Das bringt uns nicht weiter.«

»Allerdings nicht.« Sie klang bestimmt. »All das bringt uns überhaupt nicht weiter. Er ist ein Psychopath. Eiskalt. Er hat mich getäuscht. Die Polizei auch. Es kostet ihn nicht viel, er kann das. Nett, charmant, sympathisch. Glaubwürdig. Er ist …« Sie schien zu erstarren. »Warum haben Sie das gesagt?« Sie fixierte mich. »Warum sagen Sie, dass er irgendwo normal lebt, arbeitet, einen neuen Anfang macht?«

Verdammt! Ich schluckte. »Davon gehe ich aus«, sagte ich schnell. »Die Polizei hat ihn ja befragt, ermittelt, man hat ihn als Verdächtigen ausgeschlossen. Da liegt das nahe.«

»Sie lügen!« Ihre Augen bohrten sich in meine. »Sie lügen mich an! Sie haben es getan. Obwohl ich Sie gewarnt habe. Obwohl ich Sie angefleht habe, das nicht zu tun. Sie haben mit ihm geredet …«

»Nein, natürlich nicht.« Ich verfluchte mich selbst.

»Gott!« Sie fuhr sich nervös mit der Hand über die Stirn. »Gott, das ist … Sie haben keine Ahnung, auf was Sie sich da einlassen. Sie sagen, dass Sie auf meiner Seite sind. Und hören sich gleichzeitig seine gemeinen Lügen an. Sie merken gar nicht, wie er Sie aufhetzt gegen mich. Darum weiß er auch, wo ich bin. Weil Sie mich verraten haben! Sie haben mich ans Messer geliefert.« Sie schluchzte auf.

Für einen Moment geriet ich gedanklich mehr ins Stolpern, als die Situation es erforderte. Sie irrte sich. Natürlich. Hatte gleichzeitig recht. Er wusste, wo sie war. Nicht, weil ich es ihm verraten hatte. Er hatte es schon vorher gewusst. Woher?

»Frau Friedrichs, beruhigen Sie sich. Sie sind in Sicherheit, Ihnen kann nichts passieren.«

»Ach ja?« Ihre Stimme klang schrill. Ob aus Wut oder Angst, konnte ich nicht wirklich sagen. »Warum soll ich Ihnen glauben? Einer Frau, die mich hintergeht? Sie bilden sich ein, alles zu verstehen. Aber Sie verstehen nichts. Sie sind sich ihrer selbst viel zu sicher, um auch nur in Erwägung zu ziehen, dass dieser Mann Ihnen überlegen ist. Ich weiß, wie harmlos er wirkt. Vermutlich erzählt er Ihnen, wie schrecklich schlecht er sich fühlt, während er Ihnen Lügen erzählt, Sie gegen mich aufhetzt. Ich habe Sie gewarnt. Ich habe Ihnen gesagt, dass Sie sich von ihm fernhalten müssen. Wie konnten Sie das tun?«

»Ich habe nichts getan!« Die Wiederholung der Lüge war ebenso unangenehm wie unvermeidlich. Ich musste sie beruhigen. Den Schaden begrenzen.

Sie hob die Hand und presste sie kurz auf den Mund. Ihr Atem ging keuchend. Sie sah an mir vorbei, starrte auf einen Punkt hinter meinem Rücken.

»Ich kämpfe gegen Windmühlen.« Sie klang, als spräche sie mit sich selbst. »Er gewinnt. Er hat schon längst gewonnen. Ich will nicht mehr. Es ist sinnlos, einen Kampf zu kämpfen, wenn man ahnt, dass man nicht gewinnen kann. Ich weiß nicht, wie lange ich das noch ertrage.«

Ich spürte, wie sich meine Nackenmuskeln verkrampften. Kurz blitzte das Bild einer Seite auf, einer Seite in einer schwarzen Kladde.

Manchmal ist es sinnlos, einen Kampf zu kämpfen. Wenn man ahnt, dass man nicht gewinnen kann.

Manchmal weiß man, dass man gehen muss.

Falsch, erinnerte ich mich. Dieses Tagebuch war eine Fälschung. Konstanzes Formulierung ein Signal von Resignation. Keine Gefahr, dachte ich, alles in Ordnung.

»Ich möchte auf mein Zimmer«, hörte ich sie sagen. »Ich möchte jetzt bitte sofort auf mein Zimmer.«

25

»Da muss ich Sie leider enttäuschen, Herr Bether ist in einer Besprechung.«

Ich blickte in das schwammige Gesicht, aufgedunsen von Langeweile und Überdruss. Ein ungepflegter Schnauzbart, so einer, der niemandem stand, schon gar nicht diesem Mann. Eine Szene wie aus einem Film, einem ziemlich schlechten, der vor Klischees nur so strotzte. In dem die Bösen böse aussahen und die Dummen dumm und die, die beides waren, einen Schnäuzer trugen und als fleischgewordenes Phlegma in schlecht sitzender Uniform am Empfang eines Polizeipräsidiums standen und keinen Zweifel daran ließen, dass sie nicht daran interessiert waren, mich oder irgendwen sonst zu empfangen.

»Ich kann warten«, sagte ich. »Das ist kein Problem.«

Er grinste. »Er ist in einer sehr langen Besprechung, wenn ich das richtig verstanden habe.«

»Vielleicht hat ja jemand anderes Zeit, jemand, der mit dem Fall zu tun hatte, meine ich. Es ist wirklich wichtig.«

»Davon bin ich überzeugt. Leider sind alle in dieser Besprechung, die mit dem Fall zu tun hatten. Tut mir furchtbar leid. Sie können natürlich gern einen telefonischen Termin mit der Pressestelle vereinbaren.«

»Ich bin nicht von der Presse.« Ich versuchte, den Ärger zu unterdrücken, den seine hämischen Floskeln in mir weckten. Es tat ihm nicht leid, weder furchtbar noch wirklich. Ganz im Gegenteil. Dieser Mann wirkte hochzufrieden. Es machte ihm Spaß, mich abblitzen zu lassen.

»Sie können mich nicht einfach wegschicken!«

»Möchten Sie eine Anzeige erstatten?«

»Anzeige?« Ich starrte ihn verständnislos an.

»Wenn Sie etwas anzeigen möchten, dann hole ich gern den diensthabenden Kollegen, der sich darum kümmert.«

»Ich möchte keine Anzeige erstatten. Ich möchte nur mit jemandem reden.«

»Ah ja. Na dann …« Die Schweinsäuglein blickten zufrieden.

Ich stellte mir kurz vor, wie sich das feiste Gesicht schmerzvoll verziehen würde, wenn ich mein Knie mit Wucht zwischen seine Beine donnerte, zählte stumm bis zehn.

»Also schön.« Ich änderte meinen Ton. So kam ich eindeutig nicht weiter. »Dann möchte ich bitte Ihren Vorgesetzten sprechen. Oder den zuständigen Staatsanwalt. Meinetwegen jemanden von der Pressestelle. Würden Sie bitte dort anrufen? Ich warte gern.« Der Frau-Doktor-Ton schon wieder. Vermutlich ein Fehler, vermutlich der Grund dafür, dass dieser Bether jetzt irgendwo in einem Büro saß und mich am Empfang abkanzeln ließ.

Der Dicke nickte zufrieden. Er griff nach einem Bleistift mit zerkautem Ende und kritzelte etwas auf einen Zettel. »Ich schreibe Ihnen die Nummer von der Pressestelle auf. Mit zuständigem Staatsanwalt kann ich nicht dienen. Das Verfahren wurde eingestellt. Kein Verfahren, kein Staatsanwalt. Logisch, oder?«

»Sie müssen nicht gleich unverschämt werden!«

»Nein«, sagte er. »Niemand muss hier unverschämt werden, da sind wir zwei Hübschen uns völlig einig.«

Ich riss dem Dicken den Zettel aus der Hand, drehte mich um und verließ den tristen Zweckbau, ohne mir die Mühe zu machen, mich zu bedanken oder zu verabschieden.

Draußen empfing mich der warme Sonnenschein der stabilen Hochdruckzone, die nicht zu dem Tief passen wollte, auf das meine Stimmung unaufhaltsam zusteuerte. Ich hatte das hier anders geplant. Ich hatte mir eingebildet, dass das, was am Telefon so schwierig geklungen hatte, einfach war, wenn ich persönlich erschien. Dass es jemanden gab, und sei es der aufgeblasene Bether, mit dem ich mich in Ruhe unterhalten konnte. Jemanden, der meine Motive verstand. Der mit mir redete, weil nichts dagegen sprach, mir zu helfen.

Jetzt stand ich da, hier in der warmen Sonne. Stand ziemlich dumm da. Ein freier Nachmittag, keine weiteren Termine. Ich blinzelte hinauf zum blauen Himmel und erinnerte mich daran, dass das ein Zustand war, den die meisten Menschen durchaus nicht unangenehm finden würden. Es hatte keinen Sinn, sich zu ärgern. Ich würde mich erkundigen, welche Möglichkeiten es gab, bestimmte Informationen zu erfragen. Es gab sicher Wege durch den ordentlichen Beamtenapparat. Vielleicht sollte ich einfach das Beste aus der Situation machen. Eine Tasse Kaffee trinken, ein bisschen durch die Fußgängerzone der Kreisstadt schlendern. Zeit für mich. Zeit zum Abschalten. Weg von der Arbeit, von Konstanze. Von Tagebüchern, Spieluhren und Lendemann. Weg von dem, was sich in meinem Kopf immer breiter machte, obwohl ich das nicht wollte.

Thomas-Tom, das Telefonat in der Nacht, die großen Neuigkeiten, die er mir unbedingt persönlich hatte mitteilen wollen, nicht in einer Mail. Obwohl eine Mail ausgereicht hätte. Mir hätte das völlig genügt. Es wäre mir sogar lieber gewesen, davon zu lesen, viel lieber, als mit ihm zu skypen, sein Gesicht zu sehen, seine Stimme zu hören. Mich zusammenreißen zu müssen, weil auch er mein Gesicht sah, meine Stimme hörte. Ungerührt diesen verdammten Enthusiasmus aushalten, lächeln, während die Worte aus ihm sprudelten. Aus Tom, der kein bisschen Thomas war.

Ich schlenderte die Straße hinunter, erspähte ein Café. Es sah nett aus. Ein kleiner Außenbereich, flankiert von Blumenkübeln, in denen biedere Geranien zaghaft blühten. Ein altmodisches Ambiente, Rentner, die sich ein zweites Frühstück gönnten. In der Ecke ein Tisch mit plappernden Frauen, umringt von sperrigen Kinderwagen. Dralle Babys, rosa schimmernd und sabbernd in ihren Armen.

Ich setzte mich.

Du musst dabei sein, hatte er gesagt. Thomas im Tom-Ton: Du musst unbedingt kommen. Sie würden langfristig planen, sie würden es auf jeden Fall so legen, dass ich es einrichten konnte, sagte er, auch Chrissy wollte schließlich unbedingt, dass ich dabei war.

Das war Unsinn, Tom-Quatsch, etwas, das Thomas nie gesagt hätte.

Natürlich ging es um die Greencard. Es gab da eine Stelle, auf die er sich bewerben wollte, bewerben musste. Ein Job, den er im Grunde so gut wie sicher hatte. Eine unbefristete Arbeitsgenehmigung machte die Dinge leichter. Natürlich ging es nicht nur darum, natürlich liebte er sie auch, Chrissy. Das sagte er nicht, aber es verstand sich von selbst, denn nicht einmal Tom, der uneingeschränkt Tom war, heiratete jemanden, den er nicht liebte.

Natürlich war es eine Frage der Zeit gewesen. Die beiden waren lange genug zusammen, um den nächsten Schritt zu machen. Den großen Schritt.

Natürlich hätte der rein theoretisch auch anders aussehen können. Natürlich wäre es möglich gewesen, dass Thomas begriff, dass das alles ein Fehler war. Dass er nicht Tom war, nie Tom sein würde und auch nicht sein wollte. Dass er mich vermisste, mich und unser Leben. Es war vielleicht nicht sehr wahrscheinlich gewesen. Aber möglich.

So vieles war möglich gewesen. Bis jetzt.

Jetzt würde er sie heiraten, Chrissy, hellblonder, sportlicher Darling, braun gebrannt, strahlendes Lächeln mit perlweißen Zahnreihen. Gradlinig, unkompliziert, pragmatisch. Und schwanger.

Wir haben noch niemandem davon erzählt, hatte er gesagt, nur dir. Wir warten lieber noch ein bisschen, aber wir hoffen einfach das Beste, wir hoffen, dass es dieses Mal gut geht. Und dann hatte er gefaselt von der Zeremonie, die sie planten, etwas am Strand, Flaschenbier, Tacos, ganz entspannt und cool, obwohl Chrissy auch ein bisschen Kitsch wollte, Ballons und Champagner, man werde sich schon einigen, daran würde es wohl nicht scheitern, sagte er, lachte. Du musst unbedingt kommen, unbedingt.

Ich hatte es versprochen. Hatte gratuliert. Ich freue mich für euch, hatte ich gesagt, zu Tom, nicht zu Thomas, denn der hätte die plumpe Lüge sofort durchschaut.

Tom nahm sie einfach hin, strahlend und fremd. Tom glaubte mir, denn im Unterschied zu Thomas kam ihm nicht einmal in den Sinn, dass man sich nicht freute, wenn der einzige Mensch, den man je wirklich geliebt hatte, eine andere heiratete. Tom dachte nicht in solchen Kategorien. Einer wie Tom setzte sich nicht mit Dingen auseinander, die sich seiner Meinung nach ohnehin nicht ändern ließen.

Ein Säugling am Mama-Tisch begann zu greinen. Ein gequältes und quälendes Geräusch, das an den Nerven zerrte. Nicht nur an meinen, denn die Frau, die das speckige Bündel im Arm hielt, die so müde aussah, dass sie fast ausgezehrt wirkte, begann sofort, ihn fast ungeduldig zu schuckeln, um zu verhindern, dass ein Brüllen daraus wurde.

»Darf ich?«

Ich zuckte zusammen. Ich war so in Gedanken gewesen, dass ich ihn nicht hatte kommen sehen.

Bether wartete meine Antwort nicht ab. Er setzte sich einfach und grinste mich an. »Sie haben wirklich nicht mitgekriegt, dass ich Ihnen gefolgt bin, oder? Sie sollten Ihren Rücken besser im Auge behalten.«

»Das ist nicht nötig«, sagte ich, unschlüssig, ob ich mich ärgern oder freuen sollte. »In meiner Welt schleicht mir niemand hinterher. Das gilt dort als unhöflich und übergriffig.« Während ich es aussprach, dachte ich daran, dass das so möglicherweise nicht stimmte. Ich schob den Gedanken weg.

Bether lachte, ein bisschen zu laut. »Das können Sie ihrer Großmutter erzählen. Eine Frau wie Sie – da bin ich sicher nicht der Einzige, der Ihnen nachsteigt.«

Eine Sekunde war ich sprachlos. Bildete Bether sich ein, dass ich eine derart plumpe Bemerkung schmeichelhaft finden würde? Ich musterte ihn. Direkt und unverhohlen. Er war ein gutes Stück zu kurz geraten. Das war ihm bewusst, das verriet die ganze Pose. Dorfschönling, sonnenbankgebräunt. Sein schwarzes Hemd war einen Tick zu eng, mindestens einen Knopf zu weit aufgeknöpft, um sicherzustellen, dass dem Betrachter nicht entging, dass die regelmäßige Anstrengung im Fitnessstudio sich auszahlte. Bei unserer ersten Begegnung war ich zu angespannt gewesen, um zu bemerken, was für eine Schießbudenfigur er eigentlich war.

»Hören Sie«, sagte ich. »Ich würde gern in Ruhe einen Kaffee trinken.«

»Das glaube ich nicht.« Er stützte beide Ellbogen auf den Tisch und neigte den Oberkörper in meine Richtung. »Nach allem, was Kollege Martens so über Ihr kleines Gespräch erzählt hat, möchten Sie sich wahnsinnig gern mit jemandem unterhalten, oder? Nehmen Sie ihm das übrigens nicht übel. Er ist kein schlechter Kerl. Aber seine Alte ist kürzlich abgehauen, seitdem ist er mies drauf und außerdem nicht so gut auf Frauen zu sprechen. Anders als ich. Und darum hab ich zu mir gesagt: Arnold, hab ich gesagt, Arnold, warum trinkst du nicht mit der Frau Doktor einen Kaffee und plauderst ein bisschen? Ganz inoffiziell. Ich bin nämlich sehr hilfsbereit, eigentlich.«

Ich schwieg. Sein Ton, das ganze Gehabe weckten in mir den Wunsch, aufzustehen und zu gehen. Andererseits konnte ich damit auch noch ein bisschen warten. Bis es unangenehm wurde. Noch unangenehmer.

»Wenn ich inoffiziell sage, dann meine ich übrigens inoffiziell. Er hat Sie nämlich zu Recht abgekanzelt, der Kollege Martens. So sind die Regeln, hilft alles nichts. Die Pressestelle und die Staatsanwaltschaft werden Ihnen ganz sicher nicht weiterhelfen. Ich will Sie nicht bremsen, rufen Sie gern an. Dann werden Sie zu hören kriegen, dass die Prüfung der Anhaltspunkte nicht ergeben hat, dass eine bekannte oder unbekannte Person sich eines strafrechtlich relevanten Vergehens schuldig gemacht hat.« Seine Hände zeichneten bei den letzten Worten unsichtbare Anführungszeichen in die Luft. »Das Ermittlungsverfahren hat den tatsächlichen Ablauf geklärt. Punkt. Die werden keinen Krumen mehr rausgeben. Und darum sollten Sie sich freuen, dass ich gerade hier sitze, zufällig an Ihrem Tisch, und zufällig so große Lust auf einen Kaffee habe.«

Er hatte mich. Natürlich hatte er mich. Er hielt mir die Möhre vor die Nase, der ich eselsgleich zu folgen hatte.

Die junge Kellnerin erschien. Ich bestellte einen Milchkaffee, er Kaffee, einfach, schwarz, betonte er, ohne Milch und Zucker, ein harter Hund. Er glotzte ihr hinterher. Einem Mädchen, das kaum zwanzig sein konnte.

Er schwieg. Zu lange. Verdammt, jetzt wollte er auch noch gebeten werden. Nicht überraschend, aber auch nicht schön.

»Ich bin gespannt«, sagte ich also. »Ich platze förmlich vor Spannung.«

Er ignorierte den Sarkasmus. »Sie sind Psychiaterin? Wo arbeiten Sie?«

Ich zögerte. »In einer Klinik hier in der Gegend«, sagte ich.

Das war schon zu viel Information. Details, die sich allzu leicht in ein Bild fügen ließen, wenn man sie zusammenführte. Ich dachte an Mack, an Johannes, an Konstanze, ihre panische Angst vor Presse und Öffentlichkeit. Das hier war ein schmaler Grat. Ich fühlte mich unbehaglich.

»Eine Freundin von mir war neulich da. In der Klinik hier in der Gegend.« Er betonte die letzten fünf Worte, grinste und bestätigte damit meine heimlichen Befürchtungen. »Sie hatte ein paar Probleme, Nerven, Essen, Alkohol, keine Ahnung. Jetzt ist alles wieder in Ordnung.« Er klang, als sei das sein Verdienst.

Die Kellnerin servierte den Kaffee.

Diesmal hatte er keine Kapazitäten für ihre Reize, er schien in Gedanken. Ich beschloss zu warten. Immerhin war er derjenige, der offenbar etwas loswerden wollte.

»Ich bin eigentlich keiner, der Interna so rumtratscht«, behauptete er. »Nicht dass wir uns da missverstehen. Es ist nur so, dass diese Sache mir bis heute irgendwie nachgeht. Wissen Sie, ich sag ja immer: Arnold, sag ich, wenn's auf dem Mist steht und kräht, dann ist es in der Regel ein Hahn und kein Kakadu.«

Vermutlich war das sein Lieblingsspruch. Vermutlich wartete er ständig auf Gelegenheiten, ihn sinnhaft anzubringen. »Verstehen Sie, was ich meine?«

Ich schüttelte stumm den Kopf. Aktivierte meine Geduldsreserven. Ich hatte weder Zeit noch Lust, rätselhafte Metaphern aus Tierreich und Landwirtschaft zu entschlüsseln. Er zog seinen Stuhl ein bisschen näher an den Tisch und beugte sich dann wieder in meine Richtung.

»Schien eine eindeutige Sachlage zu sein, damals. Obwohl ich irgendwie gleich ein komisches Gefühl hatte.« Er sprach leise. »Ich dachte, das liegt daran, dass sie wirklich eine große Nummer ist. Ein echter Promi. Das haben wir hier nicht alle Tage.« Er griff nach dem Löffel und begann, völlig unsinnig in seiner Tasse zu rühren. Er war nervöser, als er zugeben wollte. Mein innerer Widerwille ließ ein bisschen nach. »Für uns war es erst mal klar. Schöne Frau, erfolgreich, prominent, stinkreich. Es gibt eine Menge Verrückte da draußen, mehr, als Sie sich vorstellen können.« Er hielt inne, grinste dann wieder. »Oh, sorry, vermutlich können Sie sich das ganz gut vorstellen. Egal. Jedenfalls – sie war durch den Wind. Die Frau wirkte völlig verängstigt und schien dazu jeden Grund zu haben. Diese Briefe – das waren klare Drohungen. Ich werde dich töten. Punkt. Dazu diese Bilder, fieses Zeug, tote Babys, starker Tobak. Jemand hat Blumen in ihr Haus gestellt, Lilien. Das hat uns dann wirklich nervös gemacht. Nicht die Blumen an sich, an Blumen stirbt ja keiner. Aber jemand ist offenbar einfach in ihr Haus spaziert. Sie haben es ja gesehen. Der Schuppen ist ein Hochsicherheitstrakt. Alarmanlage vom Feinsten. Es war unmöglich, dass irgendwer da einfach rein- und wieder rausmarschiert. Ohne einen Schlüssel. Den angeblich niemand hatte, nicht mal die Putzfrau. Irgendwer hat ihr übel mitgespielt und war offenbar verdammt nah an ihr dran. Sie war absolut sicher, dass es ihr Ex ist, dieser Wolfert. Naheliegend, klar, er wäre nicht der Erste, der sein gekränktes Ego auf so eine Art repariert. Wenn man von einer wie der Friedrichs abgesägt wird, dann trifft einen das bestimmt hart. Kennen Sie Wolfert?« Er sah mich an.

»Ja, ich habe mit ihm gesprochen.« Ich biss mir auf die Zunge.

Warum um alles in der Welt erzählte ich ihm das? Das ging diesen Mann nichts, aber auch gar nichts an.

»Netter Kerl, nicht wahr?« Er kniff die Augen ein bisschen zusammen. »Aber wissen Sie was? Ich traue netten Kerlen nicht über den Weg. Es ist mein Job, ihnen nicht über den Weg zu trauen.« Er nickte ein zufriedenes Harter-Hund-Nicken, bettelte um ein bisschen Bewunderung, die ich ihm verwehrte. So weit war ich noch lange nicht. Er redete trotzdem weiter.

»Wir haben den Typen wirklich in die Mangel genommen. Haben ihm seine ganze Verzweiflung nicht abgenommen. Aber da war nichts. Der war sauber wie frisch gefallener Schnee. Er hat eine neue Frau, nicht ganz das Kaliber der Friedrichs, aber durchaus ein Sahnehäppchen, wenn man auf kleine Blonde steht. Schicke Hütte, junges Glück, Neuanfang, das ganze Pipapo. Und Alibis. Jede Menge Alibis. Nicht alles wasserdicht, natürlich, aber dicht genug. Weil immerhin auch: kein Motiv. Ganz sicher nicht viele Gelegenheiten. Er war schnell raus.«

Er griff nach der Tasse und trank. Wischte sich mit dem Handrücken über den Mund, bevor er fortfuhr.

»Wir sind also davon ausgegangen, dass es jemand anderen gibt. Irgendein krankes Arschloch, das sie gar nicht auf dem Schirm hatte, vielleicht nicht mal kannte. Sie wäre nicht die Erste gewesen, die ins Visier von einem Durchgeknallten gerät, der seine kaputte Mutterbeziehung auf so charmante Art kompensieren will. Es gab ja Tatbestände, Fakten, Beweise. Dachten wir ...« Abermals griff er nach der Tasse. Ein großer Schluck, dann war sie leer. Er lehnte sich zurück und sah mich auffordernd an.

»Noch einen?« Ich deutete auf die Tasse.

»Lieber nicht.« Er tätschelte seinen flachen Bauch. »Zwanzig Jahre Bulle – da gibt die beste Magenschleimhaut irgendwann auf.«

Ich wartete. Er schwieg. Er steigerte seinen Spannungsbogen. Möglicherweise erzählte er das nicht zum ersten Mal, schoss es mir durch den Kopf. Vielleicht ist das die Story seines Lebens, und er erzählt sie, wann immer er kann. Mein Widerwille kehrte zurück. Es war kein Wunder, dass Konstanze so hysterisch war. Es war verdammt leicht, ihr zu schaden. Ich schob den Gedanken weg und gab seinem fordernden Schweigen nach.

»Und?« Ich gab ihm nicht viel. Aber das brauchte er auch nicht.

»Nichts!«

Seiner Ansicht nach offenbar der Höhepunkt der Geschichte. Enttäuschend, auch wenn es mich nicht überraschte, dass das hier zu nichts führte.

»Wir haben überhaupt keinen Ansatz gefunden. Und wir verstehen uns auf unseren Job, das können Sie mir glauben. In meiner ganzen Laufbahn hab ich so etwas noch nie erlebt. Keine Spuren, keine Hinweise, nichts Verwertbares. Ich kann bis heute nicht glauben, was mir dann letztlich auf die Sprünge geholfen hat.«

Es kam also doch noch ein bisschen mehr. Ich registrierte, dass er vom *Wir* aufs *Ich* umschwenkte. Das bedeutete vermutlich, hoffentlich, dass er sich dem dramatischen Helden-Finale näherte.

»Ausgerechnet die Anrufe sind es gewesen. Anonyme Anrufe von einem Prepaidhandy. Wenn Sie mal jemanden mit Anrufen terrorisieren wollen, nehmen Sie ein Prepaid. Anrufen, ausschalten. Da haben wir keine Chance, das ist normalerweise ermittlungstechnisch keinen feuchten Schmutz wert.«

»Aber?« Er wollte Stichworte, er konnte sie haben.

»Aber manchmal wird aus Dreck auch Gold. Ermittlungstechnisch gesprochen. Ich habe es gefunden. Dieses Handy. Ich habe dieses verdammte Ding gefunden. Und zwar in ihrem Wohnzimmer.« Er pausierte wieder und ließ die Information wirken. »Unter einem Sofakissen. Es war unfassbar.«

Ich starrte ihn verständnislos an. »Ja, aber was … das verstehe ich nicht.«

»Kakadu!« Es klang triumphierend. »Sie war ein fucking Kakadu. Auf einmal hat alles gepasst. Sie hat das alles selbst inszeniert. Sie hat sich angerufen. Sie hat sich die Nachrichten geschickt, die Blumen, die Briefe. Wir hatten Fingerabdrücke gesichert, natürlich, und die waren alle von ihr und ihrer Busenfreundin, diese kleine Unscheinbare, wie hieß die gleich?«

»Geiger«, murmelte ich abwesend, »Regine Geiger.«

»Genau. Wir sind natürlich davon ausgegangen, dass der Stalker genau weiß, was er tut. Vorsichtig ist, Handschuhe trägt, sehr gewieft ist. Auf den Gedanken, dass wir es mit so einer kranken Scheiße zu tun haben, sind wir alle nicht gekommen. Aber genau das war es dann. Es gab ihn nicht. Es gab keinen geheimnisvollen Verfolger.«

Ich gab mich geschlagen. Er hatte es geschafft. Ich war fassungslos. Fassungsloser, als ich möglicherweise hätte sein dürfen. So abwegig war der Gedanke nicht. Nicht für eine Psychiaterin. Es ergab Sinn. Auf eine kranke Art ergab es tatsächlich Sinn.

Er wird mich bestrafen.

Aber für was, verdammt?

Er wird mich töten.

Es gelang mir, das wegzuschieben. Das, was sich in Anbetracht von Bethers Geschichte daraus ergab, wäre zu viel gewesen für diesen Moment.

»Aber warum?« Ich sah ihn an. »Ich meine, das ist doch …«

»Irre«, sagte er. »Eine andere Antwort gibt es nicht. Somit kein Fall für uns. Sondern für Sie. Und Sie verstehen sicher, warum kein Staatsanwalt der Welt Ihnen diese interessanten kleinen Details verraten würde.«

»Danke«, sagte ich und meinte es tatsächlich ehrlich. »Danke, dass Sie mir das erzählt haben.«

»Was ich bis heute nicht auf die Reihe kriege, ist, warum eine wie sie das macht. Klar, krank, aber trotzdem. Sie ist wirklich dick im Geschäft, bekommt absolut genug Aufmerksamkeit. Und es war ganz sicher keine abgefuckte PR-Nummer. Sie hatte wirklich Panik, dass die Presse irgendwie Wind davon kriegt. Ich kapier es nicht, bis heute kapier ich es nicht.«

Eine Feststellung. Zum Glück schien er keine Erleuchtung von mir zu erwarten.

Irgendwo schlug eine Kirchturmuhr. Er sah auf seine große Armbanduhr. »Verdammt, ich muss … sonst denken die Kollegen, ich bin mit Ihnen durchgebrannt.«

Da war es wieder, das Grinsen, breit und unangenehm und selbstzufrieden. Er griff nach seiner Sonnenbrille. Ein teures Modell, verspiegelte Gläser. Bevor er sie aufsetzte, schenkte er mir noch einen Blick. Er neigte sich wieder über den Tisch, kam nah genug, dass ich die geplatzten Äderchen auf seinen gelblich gebräunten Wangen sehen konnte. »Ich hoffe, Ihnen ist klar, dass Sie mich in Teufels Küche bringen können. Ich hätte Ihnen kein Wort davon sagen dürfen. Aber ich vertraue meiner Menschenkenntnis. Ich irre mich selten. Ich hoffe, das hab ich hier auch nicht getan. Aber nur so fürs Protokoll – sollte irgendwer von unserer kleinen Plauderei erfahren und mir womöglich die Hölle heißmachen, dann werden Sie das bereuen. Dafür werde ich sorgen. Dafür kann ich sorgen!«

Sein Grinsen täuschte nicht darüber hinweg, dass er es ernst meinte.

Arschloch, dachte ich, arroganter Scheißkerl. Er war zu mir gekommen, er hatte all das aus freien Stücken auf den Tisch gelegt. Möglicherweise nicht zum ersten Mal. Seine Drohgebärde war unangemessen, und ich schätzte es kein bisschen, wenn man mir drohte. Der Gedanke, das mit ihm zu diskutieren, es klarzustellen, war allerdings zu ermüdend, um ihn ernstlich in Erwägung zu ziehen. Glücklicherweise half mir mein Handy aus, kündigte eine SMS an. Ich murmelte eine Entschuldigung, las die Nachricht.

Wolfert. Ich konnte nicht recht fassen, was ich da las, und nahm den nächsten Hammer, den Bether mir um die Ohren schlug, eher am Rande zur Kenntnis.

»Gehen Sie mit mir essen? Heute Abend? Immerhin schulden Sie mir was.«

Der Typ war wirklich nicht zu fassen.

»Ich habe schon was vor«, sagte ich. »Leider.«

»Das ist sehr bedauerlich«, sagte er. Er zog eine Karte aus seiner Hosentasche. Einen Kugelschreiber. Er kritzelte eine Handynummer auf die Rückseite. Legte sie auf den Tisch. »Ich kann auch morgen«, sagte er. »Rufen Sie einfach an.«

Wenn die Hölle zufriert, dachte ich und lächelte.

26

Nachdem Bether verschwunden war, zahlte ich den Kaffee. Ich sah auf die Uhr. Es lohnte sich nicht, vor der nächsten Verabredung, dem Treffen, um das Wolfert mich dringlich gebeten hatte, nach Hause zu fahren, den Ort, an dem ich gerade ohnehin nicht wirklich sein wollte.

Ich brauchte Luft. Bewegung. Ich lief herum, marschierte ziellos durch die Straßen, ohne großartig auf meine Umgebung zu achten. Ich war zu beschäftigt mit meinem inneren Lärm. Mit dem Versuch, zu sortieren, was auf einmal Sinn ergab, gleichzeitig schwer zu begreifen war.

So wenig ich von Bether persönlich halten mochte, ich musste davon ausgehen, dass das, was er erzählt hatte, tatsächlich der Wahrheit entsprach. Und wenn dem so war, dann war Konstanze Friedrichs eine sehr kranke Frau. Eine, die ich nicht wirklich zu fassen bekam.

Alles schien sich in irgendeiner Form auf diesen Kinderwunsch zu richten, den sie Wolfert zuschrieb. Eine Erinnerungsfälschung, die gedankliche und gefühlsmäßige Reproduktion ihres Gedächtnisinhalts, der ein verzerrtes Abbild eines wachbewussten Geschehens bot? Ein wahnhaftes Umdeuten von Dingen, die tatsächlich geschehen waren. Ein Ansatz, über den ich nachdenken musste. Der mich aber in diesem Moment nicht von der Erkenntnis ablenken konnte, die mir zusetzte. Ich sah es nicht. Wenn ich mit Konstanze sprach, hatte ich nach wie vor das Gefühl, dass sie nicht krank war. Und dann war da noch dieser Hund. Ein aufgeschlitzter Kadaver. Irgendjemand hatte ein Messer genommen und einen süßen kleinen Hund aufgeschlitzt. Brutal und roh, gewalttätig und aggressiv. Konstanze? Ich musste mich zwingen, diesen Gedanken zu denken, der nicht zu der Frau passte, die ich kannte, der trotzdem gedacht werden musste, zumal er im Zusammenhang mit den angeblichen Drohanrufen bei Heike ein alarmierendes Bild ergab. Es war nicht unmöglich. Und wenn dem so war, dann hatte ich auf ganzer Linie versagt. Hatte nicht einmal im Ansatz das zu fassen bekommen, was mit meiner Patientin geschehen war.

Ich versuchte mir einzureden, dass es nicht an mir lag. Sondern daran, dass Konstanze keinem klassischen Krankheitsbild entsprach. Ein komplexer Fall ohne eindeutige Symptomatik. Und sie verstand sich besser als andere darauf, ihre Sicht der Dinge glaubhaft und überzeugend zu kommunizieren. Sie hatte gelernt, Menschen etwas vorzumachen. Zu lügen. Obwohl sie nicht log, sondern letztlich das, was sie nicht ertrug – Schuldgefühle und Selbsthass –, auf eine andere Person projizierte. Auf Klaus Wolfert. Ein hilfreiches Verhalten aus ihrer Sicht, obwohl es sie krank machte, immer kränker. Es war existenziell, dieses Verhaltensmuster zu benennen. Es dann zu durchbrechen.

Ein Ansatz. Ein guter Ansatz, obwohl die Perspektiven, die sich für sie daraus ergaben, eher unerfreulich waren. Ganz sicher stand ihr eine lange Phase der intensiven Therapie bevor. Eine, die nicht mit ihren beruflichen Plänen und Anforderungen vereinbar war.

Aber das war nicht mein Problem. Auch nicht meine Schuld. Krankheit scherte sich nicht um praktische Notwendigkeiten. Es brauchte Zeit, um Wunden zu heilen.

Auf dem Weg hinunter zum Fluss, wo ich mit Wolfert verabredet war, fühlte ich mich unbestimmt erleichtert. Es tat gut, sich vom Misstrauen zu verabschieden. Natürlich blieben noch lose Enden. Dinge, für die ich eine Erklärung brauchte. Das Kinderzimmer, seine Unehrlichkeit Heike gegenüber. Natürlich ließ sich aus der Erkenntnis, dass Konstanze definitiv ein Problem hatte, nicht zwangsläufig der Umkehrschluss ziehen, dass mit Wolfert alles in Ordnung war. Aber etwas in mir entließ ihn gern aus der Rolle des möglichen Aggressors. Es tat gut, das Gefühl zulassen zu können, dass ich ihn mochte.

Noch ein Treffen. Mehr Puzzleteile. Selbst wenn die aufgrund der persönlichen Beschädigungen an allen Rändern gefeilt waren, halfen sie im Zweifelsfall.

Er wirkte ein bisschen verloren, der große Mann mit den hängenden Schultern, der da am Ufer stand und wartete. Ein wohltuender Kontrast zu dem aufgepumpten und aufgeregten kleinen Polizisten. Ich schämte mich kurz dieses undankbaren Gedankens. Immerhin hatte Bether mir wirklich geholfen. Er hätte das nicht tun müssen, er hätte es nicht einmal tun dürfen. Er hatte nicht gesagt, was ich gern gehört hätte. Hatte trotzdem ein klares Licht auf gewisse Dinge geworfen. Dass dieses Licht dunkle Schatten mit sich brachte, war nicht seine Schuld.

Wolfert gab sich wenig Mühe, seine Nervosität zu verbergen. Ein ungelenkes Händeschütteln, er vermied direkten Augenkontakt. Am Ufer des Flusses schlängelte sich ein Spazierweg entlang. Er schlug vor, ein Stück zu gehen. Es redet sich besser im Gehen, sagte er. Marschierte los. Und redete.

Er kann es riechen. Er riecht, dass etwas nicht stimmt. Obwohl er der Wahrnehmung misstraut. Sie auf die Müdigkeit schiebt, für hysterisch hält.

Erst später wird ihm klar werden, dass es real war. Dass tatsächlich etwas da war, das man riechen kann. Ein falscher, bedrohlicher Duft der Katastrophe, die ihn kalt erwischt. Denn in den letzten Wochen hat seine Hoffnung sich verfestigt, ist zu etwas Konkretem, Wunderbarem geworden.

Konstanze klagt zuweilen über Übelkeit, muss sich aber nicht übergeben. Sie hat Heißhungerattacken, beschwert sich, dass sie dick und fett werden wird, weil er alles tut, um ihr genau das zu servieren, war sie gerade haben möchte. Sie zieht ihn auf, weil er sie umsorgt. Aber man merkt, dass es ihr gefällt. Sie strahlt. Ist ausgeglichen. Sie kümmert sich um sich. Achtet darauf, dass sie genug Ruhe bekommt, ausreichend Bewegung. Sie wirkt gelassen, gelöst, sie ist entspannt, unglaublich stabil. Glücklich.

Mit jedem Tag ist sein Misstrauen geschrumpft. Er ist mittlerweile sicher, dass es diese Pillen waren. Sie hat die Kontrolle verloren. Aber sie hat es wirklich geschafft. Sie ist unglaublich stark, es ist ihr gelungen, sich aus eigener Kraft aus dem Teufelskreis zu befreien. Sich zu retten. Und ihn. Sie sind wieder da, intakt und zugewandt, sie haben eine gemeinsame Zukunft, sie erwarten ihr Kind.

Sein Kind, ihr gemeinsames Kind. Mittlerweile kann er den Gedanken zulassen, und auch die Freude, dieses tiefe Glücksgefühl, das er auslöst.

Am Abend sitzen sie oft auf dem Sofa, eng aneinandergeschmiegt. Er trinkt ein Glas Wein, sie will nicht, dass er aus Solidarität verzichtet. Sie reden. Sie malen sich aus, wie es sein wird. Das Leben mit dem Kind, mit ihrem Kind. Sie träumen zusammen. Sie planen auch, reden über praktische Fragen. Mutterschutz, Kinderbetreuung, Teilzeitstellen. Möglichkeiten, Lösungen. Sie organisieren gemeinsam ein Leben, in dem alles anders sein wird. Ein gutes Leben. Wenn er daran denkt, dehnt sich etwas in ihm aus, eine Blase, gefüllt mit Glück und Wärme. Er wird ein Vater sein. Das Leben ist gut.

Und jetzt steht er da und riecht die Katastrophe.

Sie sitzt im Wohnzimmer auf dem Sofa. Sein Gehirn verarbeitet das Bild in Sekunden. Die Hand, ihre Hand, die nach der Wodkaflasche greift, fast leer. Die nachschenkt in das Glas, das neben weißen Pulverresten auf dem Tisch steht. Ein Blick in ihre Augen, riesige Pupillen, die sich auf seine richten. Ihre Stimme klingt schleppend.

»Komm her«, sagt sie. »Komm, trink was mit mir!«

Er hält zurück, was in seiner Kehle aufsteigt. Zu bitter, zu sauer, zu wund, um Tränen zu sein. Dabei möchte er weinen. Nein, er möchte heulen. Laut, zornig. Er räuspert sich.

»Was tust du, Konstanze? Was zum Teufel tust du da?«

»Ich feiere.« Sie lacht. »Ich feiere die Feste, wie sie fallen.«

Zornig. Er wird immer zorniger. Er will sie packen, schütteln, er will das Glas nehmen, das sie jetzt hebt, aus dem sie den verdammten Wodka in ihren Mund schüttet, verschmierter Lippenstift.

Er bewegt sich nicht. Er darf nicht, er darf sich jetzt nicht rühren, er darf nicht die Kontrolle verlieren.

»Hör auf«, sagt er so ruhig, wie er kann. Nicht sehr ruhig, die Stimme klingt wund. »Konstanze, was immer passiert ist – hör sofort auf zu trinken. Wir kriegen das hin. Egal, was es ist, wir kriegen das hin. Aber du darfst nicht ... das Kind ... jeder Schluck ist ... und das da ...« Er hört auf zu stammeln, deutet auf die Pulverreste auf dem Tisch, Pulver, verdammt, er weiß nicht einmal, was das einem ungeborenen Kind antut, er kann nicht beurteilen, wie schlimm es ist, wie praktisch und messbar schlimm es für das Kind, sein Kind ist, wenn sie Kokain schnupft. Er weiß nur, dass es schlimm ist. Alles ist so schlimm, wie es nur sein kann.

»Ach, das Kind, dein Kind, Klausi ...« Sie lacht. »Krieg dich ein und hol dir ein Glas. Du brauchst einen Wodka, glaub mir, du brauchst dringend einen.«

Auf einmal schämt er sich. Etwas Schreckliches ist möglicherweise passiert. Sie hat es vielleicht verloren. Das Kind, sein Kind, aber auch ihr Kind, so etwas passiert, es kommt vor, es ist schrecklich. Sie steht unter Schock, sie kann nichts dafür, es ist nicht ihre Schuld, sie sitzt da und leidet, bekämpft den Schmerz auf ihre Art, betäubt sich. Es ist nicht ihre Schuld, sie braucht jetzt Trost, sie braucht Hilfe, sie braucht ihn. Er muss zu ihr gehen, muss seinen eigenen Schock, den Schmerz des Gedankens, beherrschen, kontrollieren, er muss für sie da sein, sie nicht hassen.

Er macht einen Schritt auf sie zu. »Was ist passiert?«, fragt er. »Konstanze, Liebling, bitte sag mir, was passiert ist.«

Sie zuckt die Schultern. »Passiert«, sagt sie, »passiert ist überraschend wenig. Ich hätte es mir viel dramatischer vorgestellt. Es dauert gerade mal zehn Minuten, weißt du? Örtliche Betäubung. Augen zu und Beine breit – schon ist man alle Sorgen los. Sie wollten mich nicht fahren lassen, aber Sören hat mich abgeholt. Eine Lappalie, wirklich.«

Lappalie. Sie hat Lappalie gesagt. Sorgen, alle Sorgen los, er meint zu begreifen, aber er will nicht, er will, dass er sie falsch versteht, völlig falsch.

»Wovon sprichst du?« Alberne Frage. »Konstanze, was hast du getan?«

Sie rollt die Augen. »Ich wusste, dass du ein Drama daraus machst.

Hast du dir im Ernst eingebildet, dass ich da mitspiele? Bei deinem Vater-Mutter-Kind-Idyll? Hast du wirklich geglaubt, dass ich alles, wofür ich je gearbeitet habe, einfach wegschmeiße, um verkackte Windeln zu wechseln und zur Milchkuh zu werden? Ach, mein süßer, naiver Klaus. Du kennst mich wirklich gar nicht.«

Ihm wird schwindelig. Er ballt die Fäuste, sehr fest, etwas blitzt rot in seinem Gehirn, ein Gedanke. Sie hat recht, er kennt sie nicht, er kennt sie gar nicht, diese Frau, die da sitzt, die jetzt wieder anfängt zu lachen. Nicht höhnisch, einfach nur betrunken, eine Frau, die ihm fremd ist, zuwider. Eine Frau, die er am liebsten schlagen würde, weil sie in anekelt, tief, umfassend.

Rot in seinem Kopf, Verzweiflung, Hass, Zorn, geballte Fäuste, Fingernägel, die sich schmerzhaft in Handinnenflächen bohren. Schmerz, der hilft zu begreifen, dass er wegmuss, jetzt sofort, das hier hält er nicht aus. Etwas Schreckliches wird geschehen, wenn er nicht sofort hier wegkommt, nicht so schrecklich wie das, was geschehen ist, aber darum geht es nicht.

Er kann nicht.

Er kann nicht mehr.

Er kann sie nicht ansehen. Er kann das nicht aushalten. Er kann nicht. Er kann nicht mehr.

Er dreht sich um. Er rennt aus der Wohnung. Bis ins Treppenhaus hört er sie lachen.

»Ich hätte Heike davon erzählen müssen.« Wolfert sprach leise, den Blick geradeaus gerichtet, und hielt nicht inne auf dem schmalen, schattigen Weg. »Oder irgendwem sonst. Ich weiß das. Aber ich konnte nicht. Und irgendwann ist es zu spät. Es hat sich immer falsch angefühlt, mit Heike über Konstanze zu sprechen. Illoyal. Und außerdem so, als würde ich damit etwas von mir zeigen, das unerträglich hässlich ist. Dann wurde sie schwanger. Ich wollte, dass alles gut ist. Gut wird. Ich wollte einfach nicht mehr daran denken, was damals geschehen ist.« Er sah mich an, kurz und hastig, als wolle er sich vergewissern, dass ich ihm noch zuhörte.

Ich nickte.

»Jetzt fühlt es sich an, als hätte ich eine Tür im Kopf geöffnet. Eine, die ich mit Mühe und Not zubekommen habe, die unbedingt geschlossen bleiben muss. Ich will nicht, dass irgendwer sieht, was dahinter ist. Verstehen Sie, was ich meine?«

»Natürlich«, sagte ich. Hörte das Wasser, leises Gluckern, ein beruhigendes Geräusch. Ein leichter Wind wehte, die Baumkronen rauschten beruhigend.

»Ich versuche, nicht wütend zu sein. Konstanze ist krank. Man darf einem Menschen nicht vorwerfen, dass er krank ist.«

»Es geht nicht um Vorwürfe.« Ich räusperte mich. »Aber Sie haben ein Recht auf Wut. Und auf Schmerz.«

Er blieb stehen und zog ein Päckchen Zigaretten aus der Jackentasche. Er sah mich an. Der erste längere Blickkontakt an diesem Tag. Da war etwas in seinen Augen. Angst, Unsicherheit, aber auch Dankbarkeit. Wärme.

Diesmal war ich es, die dem Blick auswich.

Er zündete sich die Zigarette an, setzte sich dann wieder in Bewegung. Ich suchte nach einer passenden Frage, einer, die den Anschluss garantieren würde. Obwohl ich eigentlich nichts mehr hören wollte. Es war genug für heute. Etwas ungut Vertrautes regte sich in mir. Etwas, das in meiner Brust anschwoll, mir die Luft abdrückte. Meine eigene Trauer und Wut, die sich mit seiner zu mischen schien. Als sei mit dem, was er gerade erzählt hatte, eine Grenze durchlässig geworden.

Dann war da plötzlich seine Hand, die nach meiner griff, ohne dass er den Schritt verlangsamte oder mich ansah, einfach seine Hand, die meine drückte, sich festhielt. Ich brachte es nicht über mich, mich ihr zu entziehen. Ich erwiderte den Druck. Er schaute in Richtung Fluss, weg von mir.

Ich werde dich bestrafen. Ich werde dich töten.

Ein unangenehmes Summen in meinen Ohren.

Ich dachte an Regine Geiger, *furchtbare Bilder, widerlich, tote Föten, ekelhaft.*

Ich dachte an Bether, den Bullen, Arnold Bether, KHK, *auf einmal hat alles gepasst*, hatte er gesagt, *sie hat das alles selbst getan*.

An Foxi, stinkender Hundekadaver mit aufgeschlitztem Bauch. Konstanze, die im Sessel im Behandlungszimmer saß.

Manchmal ist es sinnlos, einen Kampf zu kämpfen. Wenn man ahnt, dass man nicht gewinnen kann.

Ich weiß nicht, wie lange ich das noch ertrage.

Ich werde dich bestrafen. Ich werde dich töten.

Es passte. Auf einmal rückten die einzelnen Puzzleteile an die richtigen Stellen. Alles schien fast nahtlos zu passen. Und ich hätte mir am liebsten die Augen zugehalten angesichts der realen Schuld, der gefühlten Schuld, angesichts der tausend Mittel und Wege, sich selbst zu bestrafen, wenn andere das nicht taten.

Damit kannte ich mich aus.

Wolfert hatte den Kopf gesenkt. Er stand da, umklammerte fest meine Hand und erinnerte mich daran, dass es hier nicht um mich ging.

Ich spürte, dass er am Ende seiner Kraft war. »Ich habe mir ein Zimmer genommen. Ein furchtbar schäbiges, billiges Hotelzimmer«, sagte er nach einer gefühlten Ewigkeit. »Ich habe mir etwas zu trinken besorgt. Alkohol, ich habe mich einfach zugeschüttet. Ich habe eine Erklärung gesucht, irgendeine Erklärung, die Sinn ergab. Aber die gab es nicht.«

Er ließ meine Hand los, hob die Arme und presste kurz die Finger gegen die Schläfen. Dann ging er weiter, hektische, eilige Schritte. Als wolle er vor seiner Erinnerung fliehen.

»Ein paar Tage später rief sie an. Abends, so gegen zehn. Sie klang wieder betrunken. Hat gesagt, dass sie Hilfe braucht, dass ich kommen muss, schnell. Ich … ich wollte nicht. Aber ich bin trotzdem hingefahren.« Abermals räusperte er sich. »Sie wollte nicht wirklich sterben, da bin ich sicher. Sie wollte, dass ich sie finde. Es war eine ihrer Inszenierungen. Die Tablettenpackung neben dem Bett, die Weinflasche, der Anruf. Sie wollte, dass ich sie so finde. Sie war noch bei Bewusstsein, ansprechbar.«

Ich werde dich bestrafen. Ich werde dich töten. Verdammt! Der Raptus erwachte. Knurrte voller Vorfreude in seiner Höhle.

»Bevor ich den Notarzt rufen konnte, war auch Mack da. Vermutlich hat sie auch ihn angerufen. Er hat sie mitgenommen, ich weiß nicht, wohin. Vermutlich zu irgendeinem Quacksalber, der sich diskret um solche kleinen Pannen kümmert, ohne dass man sich um die ach so furchtbar gefährliche Presse sorgen muss. Irgendwann hat er sie wieder abgegeben, wie ein Gepäckstück. Hat gesagt, dass alles im Lot ist. Alles im Lot!« Wieder ließ er das raue, bittere Lachen vernehmen.

Ich dachte an meine Terrasse. An duftende Kräuter in Tontöpfen, an warme Abendsonne und einen leisen Windhauch vom Waldrand. Ich dachte an den Pazifik, warmer Sand, mächtige Wogen, der Duft nach Salz. Wein aus der Flasche mit Thomas, der mich hielt und mir Lügen ins Ohr flüsterte, *alles nicht so schlimm, das wird schon wieder, du nimmst die Dinge viel zu ernst, wir kriegen das hin*, Lügen, die so wahr klangen, wenn er sie aussprach. Es funktionierte. Der Raptus blieb in der Höhle.

»Es tut mir leid«, hörte ich mich sagen, den Teil von mir, der geblieben war, hier am Fluss, hier bei Wolfert, der wieder ins Leere starrte, weit weg war, nicht am Meer, sondern gefangen in einer alptraumhaften Erinnerung, die ich geweckt hatte. Ich blieb stehen, sah ihn an. »Das muss entsetzlich gewesen sein.«

Er wandte den Kopf, wirkte kurz, als sei er überrascht, mich zu sehen. Ich musste mich zurückhalten, um ihn nicht wieder anzufassen, ihn zu halten, so wie Thomas mich gehalten hatte, wenn er Lügen flüsterte.

Unprofessionell, eine viel zu emotionale Reaktion, ein zu ungefiltertes Bedürfnis. Ich war nicht hier, um diesen Mann zu trösten. Ich musste mich nicht dafür entschuldigen, dass ich ihm nicht getraut hatte.

Ein Gedanke, der mich an etwas erinnerte.

»Herr Wolfert, ich … ich hätte da eine Frage. Eine, die Ihnen vielleicht komisch vorkommen wird, aber …« Ich zögerte. Das hier war ein Risiko. Kein allzu großes allerdings und zudem eine Chance, die ich ergreifen musste. Puzzleteile. Erklärungen. »Als ich Ihr Bad benutzt habe, da … ich habe zufällig das Kinderzimmer gesehen, die Tür stand offen …«

Er sah mich irritiert an. »Ja, das …« Er lachte leise, unfroh. »Schrecklich, nicht wahr? Mein erster Ehekrach in der Idylle. Das waren Heikes Eltern. Sie haben es gut gemeint, natürlich, aber mir schwebte etwas anderes vor als ein Komplettpaket aus einem Katalog. Alles inklusive, sogar das schauderhafte Wandbild. Ich fand es übergriffig. Ich möchte selbst entscheiden, in welcher Umgebung mein Kind seine ersten Monate verlebt. Aber sie wollten uns eine Freude machen. Und Heike hat völlig klargemacht, dass sich daran nichts ändern lässt. Man beleidigt Oma und Opa nicht … Warum fragen Sie danach?«

»Nur so, ich …« Ich schluckte. »Es kam mir irgendwie bekannt vor«, log ich dann. Ein Zufall, dachte ich. Möglicherweise hatte Konstanze dieses Bild in einem Katalog gesehen. Ein absurder, sonderbarer Zufall.

»Entschuldigen Sie«, sagte ich. »Ich wollte Sie nicht unterbrechen. Wie ging es weiter? Nachdem Konstanze … nachdem sie …?«

»Ich bin geblieben. Vorerst. Ich dachte, ich habe keine Wahl. Es ging ihr schlecht. Aber sie war … normal. Mir fällt kein besseres Wort ein. Wir sind ans Meer gefahren. Nach Dänemark. Sie hat viel geweint. Sie hat gesagt, dass ihr alles furchtbar leidtut. Es ging ihr wirklich schlecht. Gleichzeitig war sie … sie war wieder da, wenn Sie verstehen, was ich meine. Unglücklich, verzweifelt, voller Reue. Aber die Frau, die ich kannte. Sie hat mir versprochen, dass sich alles ändern wird. Dass sie zu einem Arzt geht, eine Therapie macht. Gleich wenn wir zurück sind. Sie hat gesagt, alles wird sich ändern, sie wird sich ändern. Dass sie mich braucht. Hat mich angefleht, sie nicht zu verlassen. Und ein Teil von mir wollte ihr glauben. Ein Scheiß-Ritter-Helfer-Idioten-Syndrom dachte, dass wir das schon hinkriegen, dass ich sie wirklich retten kann. Und dann waren wir zurück. Und es ging von vorn los. Als wäre nichts passiert. Keine

Rede mehr von Therapie, keine Zeit, hier ein Interview, da ein wichtiger Termin, Mack hat gepfiffen, sie ist gesprungen, alles, alles war wichtiger als ich oder das, was sie versprochen hat. Ich habe mich so allein gefühlt mit dem, was ich vergessen wollte, aber nicht konnte. Der Schmerz, die Trauer um dieses Kind. Sie hat das einfach abgehakt. Und da ist mir klar geworden, dass es keinen Sinn hat. Dass ich auf Dauer weder die Angst aushalte, dass es wieder schlimm wird, dass sie durchdreht. Noch diese Kälte. Ich hatte einfach keine Kraft mehr. Und darum bin ich gegangen, diesmal endgültig.«

Jetzt weinte er. Kleine, kaum hörbare Schluchzer. Das war mehr, als ich aushielt.

Er klammerte sich an mich wie ein Ertrinkender. Hielt sich an mir fest, hielt gleichzeitig mich, wir standen eng umschlungen wie ein Liebespaar. Es tat gut, es war falsch, aber es tat gut, ihm und mir.

Sein Schluchzen ebbte ab. Die Umarmung lockerte sich. Er sah mich an, sah mir in die Augen, sein Gesicht ganz nah. Schöne Augen hatte er, warme Augen, die näher kamen, sein Mund. Das nicht, dachte ich, schloss die Augen, das geht zu weit, dachte ich, erwiderte den Kuss trotzdem.

Dann war die Wärme auf einmal weg, sein Körper nicht mehr da. Er war einen Schritt zurückgetreten, hatte mich losgelassen, stand da, eine Hand vor den Mund gelegt. »Entschuldigen Sie, ich … Was ist nur in mich gefahren?«

Übertragung, dachte ich, Übertragung und Gegenübertragung, das kam vor. Intensive Gespräche, tiefe Gefühle, ein Sichöffnen, das Nähe erzeugt. Therapeuten und Patienten sind Menschen, Menschen reagieren auf Gefühle, Erwartungen und Wünsche. So etwas kam vor, das war kein Grund, sich aufzuregen, zumal ich nicht seine Therapeutin war, zumal nichts passiert war, gar nichts.

»Alles in Ordnung«, sagte ich. »Alles in bester Ordnung.«

»Aber ich … Frau Dr. Schönberg, ich …«

»Es ist gut«, wiederholte ich. »Machen Sie sich keine Gedanken.«

»Ich liebe Heike«, sagte er. »Ich liebe sie wirklich.«

»Das weiß ich.«

»Ich liebe sie. Wäre sie nicht da gewesen, ich hätte mich nicht von Konstanze lösen können, das weiß ich. Ich bin ihr dankbar. Aber manchmal möchte ich davonlaufen. Wenn ich sie ansehe, ihren Bauch, unser Kind, dann ist alles wieder da. Das Kind, das es gab, das ich nicht retten konnte. Dann habe ich Angst, dass ich die ganze Sache nie wirklich hinter mir lassen kann.«

»Sie müssen darüber reden«, sagte ich. »Herr Wolfert, Sie müssen darüber mit einem Therapeuten sprechen. Und irgendwann auch mit Ihrer Frau. Das alles wird nicht von allein verschwinden. Nicht die Erinnerung und nicht die Angst. Aber es gibt Wege, damit umzugehen. Und Möglichkeiten, damit abzuschließen. Es gibt Menschen, die Ihnen dabei helfen können. Sie müssen das nicht allein durchstehen.«

Er sah mich wieder direkt an und lächelte. »Ich schätze, Sie können das nicht machen, oder? Eine Therapie mit mir?«

Ich erwiderte das Lächeln. »Das wäre unter den gegebenen Umständen sicher keine gute Idee.«

»Schade. Das ist schade. Sie … Sie machen das gut, wissen Sie. Sie sind eine gute Therapeutin, glaube ich.«

»Danke«, sagte ich. »Danke für das Kompliment. Und danke, dass Sie mir all das erzählt haben. Obwohl es schwer für Sie ist. Es hilft mir sehr. Es hilft mir, zu verstehen, was mit ihr los ist. Es wird mir helfen, Konstanze zu helfen.«

Er lächelte erneut. Ein bisschen zittrig, aber er wirkte erleichtert.

»Ich kann Ihnen gern jemanden empfehlen. Es gibt eine Menge guter Therapeuten.«

»Das wäre nett. Und was noch netter wäre …« Er zögerte kurz. »Trinken Sie etwas mit mir? Ich weiß, das ist jetzt denkbar unpassend und klingt völlig falsch, aber … es ist nicht, weil … verdammt, ich fühle mich, als hätte ich mich gerade wie ein Vollidiot benommen. Ich brauche einen Schluck Alkohol. Und ich würde gern … ich wäre jetzt lieber nicht allein. Ich würde gern mit jemandem reden. Nicht über … diese Dinge. Sondern so, einfach so. Ich würde mich gern mit Ihnen unterhalten. Nicht weil ich … also, einfach weil wir uns gut verstehen. Weil Sie nett sind. Weil ich gern mit Ihnen rede. Einfach, damit ich zurück auf sicheren Grund komme. Wie wäre das?«

Ich sah auf die Uhr. Keine gute Idee, dachte ich, überhaupt keine gute Idee.

»Bitte«, sagte er. »Es tut mir wirklich leid, das eben, das … wenn ich jetzt nach Hause fahre, werde ich den ganzen Abend darüber nachgrübeln. Ich werde mich mies fühlen und schämen und … Es wäre einfach schön, heute einzuschlafen mit dem Gefühl, dass ich eine sehr nette und kluge Frau getroffen habe, eine neue Bekannte, eine Freundin, dass alles völlig in Ordnung ist, ach, Sie wissen schon. Tun Sie mir den Gefallen, bitte! Ich lade Sie auch ein.«

27

Hämmernde Kopfschmerzen, ein widerlicher Pelz auf der Zunge. Ich schlug die Augen auf. Ein falsches Bett, ein falsches Zimmer, auf dem falschen Nachttisch ein alter Radiowecker, dessen rote Zahlen mir sagten, dass es höchste Zeit war.

Ich setzte mich auf und sah mich um.

Ich war allein. Gott sei Dank war ich wenigstens allein mit dem Hämmern und diesem torfigen Geschmack im Hals. Gott sei Dank musste ich mich beeilen, hatte keine Zeit, darüber nachzudenken, warum ich hier war, was ich hier tat, was ich hier getan hatte.

Ich sprang aus dem Bett. Im Bad klatschte ich mir kaltes Wasser ins Gesicht. Wusch Traumfetzen weg, wirre Bilder, Chrissy mit einem monströs aufgeschwollenen Bauch auf einem Surfbrett, der Raptus, der den Pfad am Fluss entlangschlich, dicht hinter Klaus Wolfert her. Marlies' Hände, die an der Schnur der Spieluhr zogen, anklagende Blicke, daneben Lendemann, der hektisch kritzelte. Irreale Sequenzen, in die sich halb reale Erinnerungen mischten. Ein kleines Lokal, eine erlesene Whiskykarte. Wolfert, der begeistert dozierte, sehr amüsant, er kannte sich aus mit Whisky.

Entspannt, charmant, lustig und geistreich, wir hatten geplaudert, gelacht, wir hatten uns gut verstanden, uns wohlgefühlt miteinander. Es hatte sich leicht angefühlt, die Dämonen, die unser Gespräch geweckt hatte, zu bändigen.

Wir waren irgendwann einfach zwei Menschen gewesen, die sich mochten, die redeten, über anderes, über all das andere, was es auch gab im Leben, Whisky und Bücher und Filme und Musik, Menschen, die Scherze machten, lachten, während sie mehr Whisky tranken, als gut war.

Ein Abend, an dessen Ende alles egal schien, weil der Rausch jede Entscheidung guthieß und das Wissen, dass man sie bereuen würde, hinter einer dichten Nebelwand verbarg.

Alles in Ordnung. Ich brüllte meinem Spiegelbild den Gedanken entgegen. So etwas kommt vor. Davon geht die Welt nicht unter.

Nicht in Ordnung, das war mir klar. Es war genau das Verhalten, mit dem ich mich betäubt und bestraft hatte. Damals, als es schlimm gewesen war. Alkohol und Kneipen, wahllose Abstürze mit Männern. Rausch, stark genug, um Raptus und Angst zu betäuben. Für die kurzen Momente der falschen Entspannung hatte ich den hohen Preis des Selbsthasses gezahlt. Und jetzt dieser Rückfall. Falsche Verhaltensmuster, selbstzerstörerisch und sinnlos. Es war nicht in Ordnung. Trotzdem oder eben darum wichtig, dass ich vernünftig mit der Situation umging. Es half mir nicht, mich für etwas zu geißeln, das ich nicht rückgängig machen konnte. Ich musste aufstehen. Mich dem stellen, was zu tun war. Weitermachen. Das Richtige tun. Das Falsche hinter mir lassen. Mir Fehler nachsehen, verzeihen. Und mich bemühen, sie nicht zu wiederholen.

Mehr Wasser ins Gesicht, bis ich mich wach genug fühlte. Ich musste nach Hause. Musste duschen, mich umziehen, eine Kopfschmerztablette nehmen, einen starken Kaffee trinken, bevor ich in die Klinik fuhr.

Zurück zu ihr. Zu Konstanze. Zurück in die Welt, in der ich keine Zeit hatte für Selbstekel, der nichts änderte. Alte Verhaltensmuster.

Ich drehte mich weg von dem gnadenlosen Spiegel und verließ das Bad. Ich zog mich an und griff nach meiner Tasche.

Ich hatte es eilig. Ich hatte zu tun.

Dass Johannes in meinem Büro auf mich wartete, passte mir überhaupt nicht. Noch weniger gefiel mir sein Ton – »Da bist du ja«. Mit einem *endlich*, das er sich zwar verkniff, das trotzdem laut und deutlich mitschwang. Am allerwenigsten gefiel mir aber, dass diese unerfreuliche Begrüßung in Anwesenheit eines weiteren, noch ungebeteneren Gastes stattfand.

Mack hockte am Besuchertisch, starrte missmutig auf das leere Wasserglas, das seit seinem letzten Besuch dort stand. Ich fragte mich, warum Johannes Besucher nicht mehr von Frau Krautkremer im Allerheiligsten bewirten ließ. Vielleicht sollte ich mir angewöhnen, meine Bürotür abzuschließen. Das tat ich nie, niemand tat das hier. Aber das Gesicht, das Mack zog, schien Grund genug, Gewohnheiten in Frage zu stellen, Türen zu verbarrikadieren oder mich auf dem Absatz umzudrehen und wortlos den Raum zu verlassen.

Er hockte da wie ein fleischgewordener Vorwurf, die Last der Welt auf seinen Schultern. Der Mann, der mir sowohl den Umstand, dass Konstanze eine Abtreibung hinter sich hatte, als auch den darauffolgenden Suizidversuch verschwiegen hatte. Der vehement ihren Drogenkonsum bestritt. Ganz sicher der allerletzte Mensch, mit dem ich an diesem Morgen reden wollte.

»Guten Morgen«, sagte ich. Strengte mich nicht sonderlich an, freundlich zu klingen.

Mack ignorierte den Gruß. Er schlug das linke Bein über das rechte, begann mit dem Fuß zu wippen und musterte mich feindselig.

Er wollte Krieg. Den konnte er haben. Meine Kopfschmerzen waren dank der Tabletten zu einem sanften Pochen hinter den Schläfen geschrumpft. Ich war müde, aber keineswegs zu müde, um mich mit ihm auseinanderzusetzen.

»Herr Mack hat Frau Friedrichs besucht«, erklärte Johannes. Lächelte, als sei das ein Verdienst, das man gar nicht genug würdigen konnte. »Er wollte kurz mit dir ...«

»Sie ist ein Wrack«, unterbrach Mack ihn barsch. »Was zum Teufel haben Sie mit ihr gemacht?«

Ich atmete. Tief. Ruhig. Ein und aus. Ich zählte stumm bis zehn. Nahm zur Kenntnis, dass es nichts änderte.

»Sie ist krank«, sagte ich. »Ich behandele sie. Ich tue, was ich kann, um ihr zu helfen.«

»Tatsächlich? Nun, das scheint aber nicht gut zu funktionieren.« Seine Finger trommelten nervös auf die Tischplatte. »Sie müssen ihre Medikation ändern. Und zwar schnell. Sie ist völlig fertig. Das ist eine Katastrophe. Sie muss ein paar Anrufe machen, Termine bestätigen, mit Interviewpartnern sprechen. Das ist wichtig. Dringend. Aber daran ist ganz eindeutig nicht zu denken!«

Ich nickte. Ruhig und provozierend. »Daran ist nicht zu denken, nein«, sagte ich. »Das sehe ich genauso wie Sie.«

»Herrgott!« Er schlug mit der Faust auf den Tisch.

Das war zu viel.

»Herr Mack«, zischte ich, bemühte mich, nicht laut zu werden. »Nehmen Sie sich bitte zusammen!«

Der Ton war falsch, gleichzeitig der einzig richtige, um diesem Mann ein für alle Mal klarzumachen, dass es Dinge gab, in die er sich besser nicht einmischte. Ich starrte in sein selbstgerechtes, vorwurfsvolles Gesicht. Ich hätte ihm gern die alberne Designerbrille von der Nase gerissen, ihm erklärt, dass er sich zum Teufel scheren könne mit seinen Anrufen, Terminen und Interviewpartnern. Dass es um andere Dinge ging als um Geld und Karriere, schicke Anzüge, Wichtigeres als seine Interessen, als ihn, diesen Mann, der unfähig schien, auch nur ein Minimum an Empathie oder gar Verantwortung zu empfinden.

»Sie werden sich damit abfinden müssen, dass Sie derzeit nicht nach Belieben über sie verfügen können. Sie hat derzeit andere Sorgen als ihren Job.«

»Sie kapieren es wirklich nicht, oder?« Er nahm die Brille ab und fixierte mich. »Sie können ihren Job nicht von ihr trennen. Konstanze ist ihr Job. Wir reden von ihrer Existenz. Von Verträgen, die sie zu erfüllen hat. Es wird doch wohl möglich sein, sie zu stabilisieren. Ich habe mich erkundigt. Es gibt durchaus Medikamente, die schnell wirken, die funktionieren. Sie ist hier, damit man ihr hilft. Stattdessen geht es ihr von Tag zu Tag schlechter. Ich verlange, dass Sie etwas dagegen tun.«

Ich atmete noch einmal tief durch. »Es ist nicht an Ihnen, hier irgendetwas zu verlangen. Es spielt keine Rolle, wie gut oder schlecht Ihnen Frau Friedrichs' Erkrankung in den Kram passt. Das ändert nämlich nichts. Meine Aufgabe ist es, sie vor Dingen zu schützen, vor Menschen und Erwartungen, die derzeit nicht gut für sie sind.«

Genug, dachte ich. Das reicht, war möglicherweise zu viel, aber es tat mir gut, wenigstens einen Teil der Frustration herauszulassen. Mack mochte nur eine Randfigur in Konstanzes Drama sein. Aber der Umstand, dass er sich einen Dreck um den Menschen scherte, dass er mich belogen hatte, obwohl ihm der Ernst der Lage bewusst sein müsste, ließ ohnehin nur den Schluss zu, dass dieses Gespräch zu nichts führen würde. Egal, was ich sagte. Egal, was ich tat.

»Es ist kontraproduktiv, wenn sie sich damit belastet, dass sie gerade nicht so funktioniert, wie Sie das gern hätten. Und ganz sicher ist es nicht an Ihnen, über ihre Medikation zu urteilen.«

»Nadja …« Johannes' Stimme drang schwach durch den Zorn, der mein Gesichtsfeld vernebelte.

»Was bilden Sie sich eigentlich ein?« Mack war aufgestanden. Er sah mich an, als würde er mich am liebsten ohrfeigen. »Was glauben Sie, wer Sie sind? Es mag ja sein, dass es in Ihrer kleinen Irrenhauswelt so einfach ist. Aber Sie verkennen die Lage. Ich bin hier nicht der Böse. Sie hat sich diese Karriere mühevoll aufgebaut. Wenn sie das verliert, dann hat sie nichts mehr. Und Sie werden mich ganz sicher nicht davon abhalten, zu tun, was ich kann, um zu retten, was zu retten ist. Das bin ich ihr nämlich schuldig. Möglicherweise ist sie hier nicht so gut aufgehoben, wie sie sich einbildet. Möglicherweise gibt es Kliniken, die mit dieser Problematik besser umgehen können. Sie braucht kompetente Ärzte. Die beste aller möglichen Behandlungen. Und ich werde dafür sorgen, dass sie die bekommt. Verlassen Sie sich darauf!«

Ich stand da und wartete darauf, dass Johannes sich wieder einmischte, deeskalierte. Etwas sagte, um mir den Rücken zu stärken. Es war ein guter Zeitpunkt dafür. Ein verdammt guter Zeitpunkt.

Er schwieg. Er sagte kein einziges Wort.

Auch Mack hatte seiner Tirade offenbar nichts mehr hinzuzufügen. Er drehte sich um und verließ grußlos den Raum.

»Was zum Teufel …?« Johannes starrte ihm hinterher. Sah mich dann an. Kalte Wut in seinen Augen. »Verdammt, Nadja! Was hast du dir dabei gedacht?«

»Ich?« Ich starrte ihn an. »Johannes, hast du gehört, was er gesagt hat? Verdammt, der Typ ist ein Arsch.« Ich biss mir auf die Zunge. Ich musste mich zurückhalten. Ich konnte ihm nicht sagen, was ich wusste. Ich durfte nicht. »Er ist nicht gut für sie. Das alles ist nicht gut für sie!«

»Und das entscheidest du, ja? Über den Kopf deiner Patientin hinweg? Glaub mir, ich finde den Mann auch nicht sehr sympathisch. Aber er hat zumindest in einem Punkt recht. Es geht um ihre Existenz.«

»Glaubst du, das ist mir nicht klar? Aber das ändert nichts. Sie ist krank. Sie ist psychotisch. Möglicherweise suizidgefährdet. Sie braucht Zeit. Ich brauche Zeit. Wir kommen der Sache näher, aber leider ist nicht einmal daran zu denken, dass sie in nächster Zeit wieder arbeiten kann.«

»Darum geht es doch gar nicht.«

»Ach? Worum geht es dann?«

»Um dich, Nadja«, sagte er. »Du führst dich schon wieder auf, als sei sie dein persönliches Eigentum. Als wäre außer dir niemand daran interessiert, ihr zu helfen. Sie ist deine Patientin, ja. Und du weißt, dass ich Engagement schätze. Aber du gehst zu weit. Es steht dir frei, diesen Mann nicht zu mögen. Aber zu deinem Job gehört auch eine gewisse Sensibilität. Ein bisschen Diplomatie. Was genau versprichst du dir davon, mit dem Holzhammer auf Mack loszugehen?«

»Holzhammer? Weil ich meine Meinung sage? Weil ich im Unterschied zu dir die Eier habe, das auszusprechen, was ich denke?«

»Das reicht jetzt!« Er ging zur Tür. Zögerte, dann drehte er sich um. »Hast du Eggers angerufen?«

»Noch nicht, ich …«

»Nadja!«

»Ich bin nicht dazu gekommen. Ich habe es vergessen, okay. Aber ich rufe ihn an. Natürlich rufe ich ihn an.«

»Musst du nicht. Heute Mittag. Halb zwei. Wir haben telefoniert. Und nein – nicht wegen dir, es ging um dieses Gutachten. Er hat mich gebeten, dir den Termin vorzuschlagen. Er konnte dich nicht erreichen. Weder hier noch zu Hause noch auf dem Handy. Genau wie ich übrigens.«

»Du kannst mich nicht so behandeln! Ich bin kein Kleinkind, Johannes.«

»Dann benimm dich nicht, als wärst du eins«, schlug er zurück. Er war schon halb auf dem Flur, als er innehielt. Er drehte sich um. Schloss die Tür wieder von innen. Er schien mich in den Arm nehmen zu wollen, brach die Bewegung aber ab.

»Bitte, Nadja«, sagte er leise. »Mir ist klar, dass es viel ist. Eine Menge Druck. Ich habe das nicht kommen sehen. Niemand konnte abschätzen, wie schwierig dieser Fall sich gestaltet. Aber niemandem ist damit geholfen, wenn du dich selbst fertigmachst. Du siehst aus, als hättest du eine Woche nicht geschlafen. Ich will dich weder bevormunden noch gängeln. Sei bitte einfach vernünftig. Geh zu Eggers. Danach nimmst du dir den Rest des Tages frei. Schlaf dich aus. Oder hast du noch Termine heute Nachmittag?«

Ich schüttelte den Kopf. Fühlte mich zu erschöpft, um ihm zu widersprechen. Zumal ich erkannte, dass es unsinnig war. Er hatte recht. Er hatte vollkommen recht. Es würde mir guttun, mit Eggers zu reden.

»Gut. Dann sind wir uns ja endlich mal wieder einig.« Er lächelte kurz und wurde dann wieder ernst. »Und morgen entschuldigst du dich bei Mack. Das ist jetzt keine Bitte. Sondern Gängeln. Eine autoritäre Forderung deines kontrollsüchtigen Vorgesetzten. Haben wir uns verstanden?«

Er wartete meine Antwort nicht ab.

Er wusste vermutlich, dass sie ihm nicht gefallen würde.

28

Patientin: Konstanze Friedrichs, geb. 18.12.1976
Stationäre Aufnahme: 24.05.2016, 09:00 Uhr
Therapiegespräch (Dr. Nadja Schönberg), 01.06.2016, 11:30 Uhr
Patientin erscheint nicht zum vereinbarten Zeitpunkt zum Therapiegespräch. Angetroffen in ihrem Zimmer.
Sehr stark herabgestimmt, antriebslos, resigniert, nicht zugewandt.
Zeitlich und räumlich voll orientiert.

»Ich habe auf Sie gewartet«, sagte ich. Kein Vorwurf, eine Sachaussage.

Sie lag voll bekleidet auf ihrem Bett, sah mich nicht an und reagierte auch sonst nicht auf meine Anwesenheit in ihrem Zimmer.

»Was ist los, Frau Friedrichs? Fühlen Sie sich nicht gut?«

Jetzt hatte ich sie. Sie setzte sich auf und strich sich mit einer fast wütenden Geste die Haare aus dem Gesicht.

»Nein«, sagte sie. »Ich fühle mich ganz und gar nicht gut. Überrascht Sie das?«

»Warum sind Sie nicht zu Ihrem Termin gekommen?« Ich ignorierte ihren feindseligen Ton.

Sie verzog das Gesicht und sah so aus, als würde sie anfangen zu weinen.

»Weil es keinen Sinn hat.« Ihre Stimme klang fest. »Das hier hat doch überhaupt keinen Sinn.«

Fast tat mir leid, dass ich Mack gegenüber so ungnädig gewesen war. Sie war tatsächlich ein Schatten der Frau, die mir vor nicht allzu langer Zeit beim Erstgespräch gegenübergesessen hatte.

Etwas ging in die falsche Richtung. Oder in die richtige. Es war eine Frage der Perspektive. Ihre Erschöpfung hatte Gründe. Gute Gründe möglicherweise. Trotzdem musste ich gegensteuern. Sie motivieren.

»Warum sagen Sie das?«

»Weil es die Wahrheit ist!« Abermals wischte sie Haare nach hinten, als seien sie eine persönliche Belästigung. »Was soll das Ganze? Ich setze mich in diesen Sessel. Erzähle Ihnen Dinge, die Sie ohnehin nicht glauben. Das bringt doch nichts.«

»Es geht nicht darum …«

»Doch«, unterbrach sie. »Mir geht es verdammt noch mal genau darum.« Ihr Ärger war mir lieber als die lethargische Starre. »Machen Sie sich eigentlich eine Vorstellung, wie das ist? Wenn einem niemand glaubt? Ich kann nicht mehr. Ich fühle mich wie ausgewrungen. Wenn ich mir all das einbilde – warum kann ich das nicht fühlen? Warum kann ich es nicht begreifen? Wenn ich wirklich verrückt bin, warum geben Sie mir nicht einfach Tabletten? Etwas, das dafür sorgt, dass ich mich besser fühle?« Sie ließ sich wieder zurücksinken und starrte an die Decke.

Meine Kopfschmerzen kehrten zurück. Ein unangenehmer Geschmack im Hals. Ich hätte ein Pfefferminz lutschen sollen, dachte ich, möglicherweise roch man den vergangenen Abend noch.

»Diese Gefühle sind normal«, sagte ich. »Frustration. Ungeduld. Es ist ein anstrengender Prozess. Aber es ist wichtig, dass Sie darüber reden. Über Ihre Gefühle. Über das, was mit Ihnen geschieht. Sie schaffen das. Gemeinsam finden wir heraus, wo das Problem liegt.«

»Ich sage Ihnen, wo das Problem liegt. Dieser Mann will mich umbringen. Und ich habe keine Kraft mehr. Ich kann einfach nicht mehr. Ich will weg, weg sein, ich weiß nicht einmal, wo. Ich bin so müde, verstehen Sie? So erschöpft. Es gibt Momente, in denen möchte ich einfach tot sein.«

Mein Magen zog sich zusammen, ein kurzer Drang, mich zu übergeben. Ich atmete tief ein und aus. Normal, dachte ich, ganz normal in dieser Phase. Ein Satz, dahingesagt, Ausdruck der Mutlosigkeit und Resignation. Selbst wenn sie in eine Depression zu gleiten drohte, bedeutete das nicht, dass es ihr wirklich ernst war. Ich musste das im Auge behalten. Aber es gab keinen Grund zur Panik.

»Lassen Sie mich allein, bitte«, sagte sie. »Ich … ich kann nicht.

Nicht heute. Nicht jetzt. Ich weiß ja, dass ich selbst schuld bin. Ich hätte mich nie mit ihm einlassen dürfen. Wenn ich früher gegangen wäre, damals, als es anfing, dann wäre das alles vielleicht nicht geschehen. Sie können nichts dafür. Ich war dumm. Ich war so erbärmlich bedürftig. Und jetzt muss ich mit den Konsequenzen leben. Kann ich ein Schlafmittel bekommen? Ich kann nicht schlafen. Dabei bin ich so müde. Aber ich finde keine Ruhe, alles dreht sich. Sören war hier, vorhin. Ich kann mich kaum auf ein simples Gespräch konzentrieren, weil ich so schrecklich müde bin. Ich muss mich ausruhen. Ich möchte so gern die Augen zumachen. Schlafen. Für immer schlafen ...«

Wieder dieser Blitz, ein grelles Zucken hinter meiner Stirn, begleitet von leisem Knurren. Ich zwang mich zur Ruhe. Allgemeinplätze. Sätze, die sie einfach so sagte. Zufall. Es war der Kater, der mich so empfindlich machte.

»Ich kann nicht«, murmelte sie. »Ich kann heute wirklich nicht. Bitte zwingen Sie mich nicht.«

»Ich zwinge Sie nicht«, sagte ich. »Niemand zwingt Sie zu irgendetwas.« Ich zögerte. Wartete auf etwas, eine Reaktion, vergebens. Sie lag einfach da und schwieg.

»Ruhen Sie sich aus«, sagte ich, als wäre meine Zustimmung nötig. Als würde es etwas ändern, wenn ich etwas anderes sagte. »Ich hoffe, wir sehen uns morgen.«

Abermals wartete ich. Abermals zeigte sie keine Reaktion. Ich verließ das Zimmer.

Ich fand Hilke im Schwesternzimmer, wo sie Kaffee trank. Sie sah mich an. »Auch einen?«

Ich nickte dankbar und legte die Hände um den warmen Becher, den sie vor mir abstellte.

»Seit wann ist sie so?«

Hilke griff nach ihrem Becher und trank einen Schluck. »Der Nachtschicht ist nichts aufgefallen. Aber als ich kam, lag sie noch im Bett. Normalerweise steht sie von allein auf. Ich habe sie dann geweckt, sie wollte nicht aufstehen. Ich musste sie überreden, sich anzuziehen. Dann hat sie sich gleich wieder hingelegt. Das Frühstück nicht angerührt. Und als ich sie an den Termin bei Ihnen erinnert habe, wurde sie bockig. Ich kann mir das nicht erklären. Gestern war sie noch ganz kregel.«

»Kann es mit diesem Besuch zusammenhängen? Von ihrem Agenten, Mack?«, fragte ich.

»Das hat ihre Laune nicht verbessert, aber sie war vorher schon so. Der arme Kerl war ziemlich durch übrigens. Unangenehmer Typ. Er hat mich ins Kreuzverhör genommen, wollte zu gern Details hinsichtlich ihrer Medikation hören. Vorstellungen haben manche Leute …« Sie verzog das Gesicht. »Aber wo wir gerade davon reden – soll ich ihr was geben? Benzos?«

»Nein«, sagte ich. »Auf keinen Fall. Wenn überhaupt, dann SSRI. Aber ich denke, wir warten noch ab. Schauen, wie es ihr in den nächsten Stunden geht.«

Hilke warf mir einen Blick zu, den ich nicht recht deuten konnte. »Wie Sie meinen …« Sie trank ihren Becher leer und erhob sich. »Ich muss dann auch mal weitermachen. Trinken Sie mal in Ruhe aus …«

»Schon fertig.« Ich kippte den Rest des Kaffees in den Mund. »Danke, der hat gutgetan.« Ich stand ebenfalls auf. »Behalten Sie sie gut im Auge, ja? Mich macht das etwas nervös.«

»Mich auch«, erwiderte Hilke. »Aber keine Sorge, ich passe schon auf unsere Starpatientin auf.« Sie lächelte und sah mich wieder auf diese prüfende Art an. »Ist mit Ihnen alles in Ordnung? Nichts für ungut, aber Sie sehen aus wie Buttermilch mit Spucke.«

»Danke vielmals«, sagte ich. »Ich habe schlecht geschlafen.«

Sie wirkte kurz unschlüssig. Wieder fragte ich mich, ob man womöglich riechen konnte, dass mich nicht allein der Schlafmangel so desolat wirken ließ. Hielt beim Abschied Sicherheitsabstand.

Ich ging in mein Büro. Holte meine Tasche. So wenig glücklich ich über Konstanzes Verweigerung war, immerhin hatte ich so Zeit, mich vor dem Termin bei Eggers noch eine Stunde hinzulegen.

29

Schleierwolken bedeckten den Himmel, als ich ein paar Stunden später aus dem schmucken Altbau in Altona auf die Straße trat. Meine Müdigkeit war verschwunden, genau wie die Kopfschmerzen, ich fühlte mich aufgeräumt und sortiert und richtig hier in dieser Straße mit den kleinen Läden, den netten Cafés, alles war ganz anders als mein jetziger Lebensmittelpunkt. Es gefiel mir hier, noch immer, wieder. Trotzdem sehnte ich mich schon jetzt nach der Weite der Marsch. Ich mochte die Stadt. Aber sie war irgendwann zu eng geworden, zu voll, zu anstrengend. Allein die Parkplatzsuche hatte mich mehr Zeit gekostet, als ich in meiner neuen Heimat für den Arbeitsweg brauchte.

Es hatte gutgetan, mit Eggers zu reden. Natürlich hatte ich nicht über alles sprechen können. Er war nicht nur mein Therapeut und Supervisor, er war auch mein ehemaliger Mentor, mein Lehrer. Obwohl er vermutlich verstanden hätte, was mich dazu getrieben hatte, mich auf bestimmte Gespräche und Situationen einzulassen, hätte er das mit Sicherheit kritisch hinterfragt. Abgesehen davon gab es genug andere Themen. Persönliche Themen, die unproblematisch waren und über die ich reden konnte und wollte.

Thomas zum Beispiel, Thomas-Tom. Das, was er mir lapidar mitgeteilt hatte und das etwas ausgelöst hatte in mir, mich schnurgerade in den katastrophalen Abend getrieben hatte. Eine überstürzte Flucht vor einer Realität, die mich überfordert hatte.

Eggers hatte mir geholfen, die Sache da zu verankern, wo sie hingehörte. Eine falsche Reaktion. Keine Tragödie. Etwas, das mich daran erinnerte, wie wichtig es war, auf Anzeichen zu achten. Zu merken, wenn sich falsche Denk- und Verhaltensmuster einschlichen. Und mich darauf zu besinnen, dass ich den Dingen nicht ausgeliefert war. Ich führte Regie. Weil ich es konnte. Und weil ich es wollte.

Noch etwas war mir im Lauf des Gesprächs klar geworden. Mein Plan, ein Problem nach dem anderen anzugehen, ging nicht auf. All die Dinge, die mir zusetzten – Konstanze und Wolfert, Thomas-Tom und Chrissy, Lendemann und seine Angriffe –, all das lag zu dicht beieinander, war zu eng verknüpft, um sauber voneinander getrennt zu werden.

Ich musste mich den Dingen stellen. Aktiv werden. Und genau das würde ich tun. Jetzt.

Ich zog mein Handy aus der Tasche. Es dauerte nur ein paar Sekunden, dann hatte ich die Internetseite wiedergefunden. Die Adresse. Es war ein Katzensprung von hier zur Elbchaussee. Es lag auf dem Weg. Es sprach nichts dagegen, einfach vorbeizufahren.

Das Gebäude, in dem die »FriMa-Medien und Entertainment« logierte, fügte sich dezent in die Eleganz der alten Villen in seiner Nachbarschaft ein. Trotz Glas und Stahl, Flächen und Licht wirkte es nicht wie ein Fremdkörper. In der großen Eingangshalle ein Empfangstresen, an dem man, anders als im Polizeipräsidium, tatsächlich freundlich in Empfang genommen wurde.

Ich fragte die bildhübsche junge Frau nach Andreas Lendemann. Sie griff lächelnd zum Hörer, und wenige Minuten später erschien er auf der breiten Freitreppe, die von der Mitte der Halle ins obere Geschoss führte.

Er hatte sich kaum verändert. Sein schlaksiger Körper wirkte noch immer ungelenk. Offenbar hatte er aber an seinem Stil gearbeitet. Hipster-Jeans und Hoodie, dazu ein Vollbart, der ihn trotz der bemüht jugendlichen Kleidung älter wirken ließ. Auch er erkannte mich sofort. Er stockte und griff nach dem Treppengeländer. Eine Sekunde fürchtete ich, er würde sich umdrehen und einfach wegrennen. Aber das tat er nicht.

»Sie«, sagte er statt einer Begrüßung. »Was machen Sie hier? Was wollen Sie?« Er klang eher ängstlich als feindselig.

»Können wir uns kurz unterhalten?« Ich fixierte ihn mit den Augen. »Es ist wichtig.«

Er sah hinauf zur Uhr, die über dem Empfangstresen hing. »Ich bin bei der Arbeit, ich kann nicht …« Er zögerte, dann wandte er sich an die junge Schönheit am Empfang. »Svantje, kannst du kurz oben anrufen? Bescheid sagen, dass ich meine Kaffeepause mache?«

Svantje nickte lächelnd.

»Kommen Sie.« Er sah sich nervös um und ging dann in die hintere Ecke der Halle. Er ignorierte die elegant gestylten Hocker, die dort in lockerer Runde herumstanden, drehte sich nur zu mir um und verschränkte die Arme vor der Brust. »Also?«

Ich beschloss, nicht lange um den heißen Brei herumzureden. »Warum tun Sie das?«, fragte ich. »Was genau wollen Sie damit bezwecken?«

»Mit was?« Er wirkte ehrlich irritiert. »Wovon reden Sie?«

»Ich rede von diesem … Tagebuch. Diesem Machwerk. Ich rede von dieser Spieluhr. Davon, dass Sie nachts um mein Haus schleichen. Mir Mails schicken. Mir ist klar, dass das alles nicht leicht für Sie war und ist. Aber wenn Sie sich mit mir auseinandersetzen wollen, dann tun Sie das bitte direkt. Ich lasse mich nicht terrorisieren. Ich werde nötigenfalls Schritte dagegen unternehmen.« Eine leere Drohung, denn letztlich hatte ich nichts in der Hand. Nach der Begegnung mit Bether war ich sicher, dass die Polizei die Geschichte keinesfalls als bedrohlich einstufen würde. Aber darum ging es ja nicht.

»Ich habe keine Ahnung, wovon Sie sprechen.« Er sah mich an. Er wirkte nervös, dabei irgendwie hilflos. Fast überzeugend. Aber nur fast. Es war, wie es war. Er war der Einzige, der in Frage kam.

Wenn es auf dem Mist steht und kräht, dann ist es meistens der Hahn und nicht der Kakadu. Unvermittelt fiel mir Bethers alberner Sinnspruch wieder ein.

Lendemann schien sich zu sammeln. Er sah sich nervös um. Er senkte die Stimme und kam näher, zu nah. »Was für ein Tagebuch?« Er klang heiser. »Wo haben Sie das her? Ist es von … hat sie, hat Marlies …?« Es schien ihn Kraft zu kosten, den Namen auszusprechen.

»Was zum Teufel …?« Die Stimme hinter meinem Rücken ließ sowohl Lendemann als auch mich zusammenzucken. Er ließ meinen Arm los. Ich fuhr herum, sah in ein Gesicht, das ich hier nicht erwartet hätte.

»Was tun Sie hier?« Mack funkelte mich wütend an. »Was haben Sie hier verloren? Andreas?« Er wandte sich an Lendemann.

»Sören, sorry, ich … das ist Frau Dr. Schönberg.« Trotz der persönlichen Anrede klang es nicht, als sei die Hierarchie besonders flach. »Sie ist … wir kennen uns von früher. Ich habe ihr gerade erklärt, dass ich keine Zeit habe.« Er klang kleinlaut wie ein braver Mittelstufenschüler, den man beim Rauchen auf dem Klo erwischt hatte. Er sah mich wieder an. »Es tut mir wirklich leid. Ich kann Ihnen nicht helfen. Ich habe mit der Sache abgeschlossen. Und nun entschuldigen Sie mich bitte, ich habe zu tun.«

»Herr Lendemann, ich …«

»Sie haben den Mann gehört.« Macks Stimme klang barsch. Er wandte sich an Lendemann. »Ist alles okay, Andreas?« Etwas Neues hatte sich in seine Stimme geschlichen. Sorge. Mitgefühl?

»Ja, alles bestens.« Lendemanns Lächeln war so falsch wie breit. »Und wo ich dich gerade sehe – ich bin fast durch mit dem Treatment, ich wollte es dir gleich schicken. Vielleicht können wir heute noch zusammen drübergucken.«

Mack warf einen Blick auf seine goldene Armbanduhr. »Das müsste gehen, ja. Wenn du es gleich schickst, schaffen wir das. Ich bin gespannt.«

Lendemann verstand die Botschaft. Bevor er ging, streckte er mir zu meiner Überraschung die Hand entgegen. »Es tut mir leid, dass ich Ihnen nicht helfen konnte.« Er eilte durch die Halle und verschwand auf der Treppe.

»Haben Sie den Verstand verloren?« Mack musterte mich, als sei ich ein ekelhaftes Insekt. »Sie können doch nicht einfach hier aufkreuzen und … Was haben Sie ihm gesagt? Niemand hier hat eine Ahnung, was … wo sie … verdammt, warum sind Sie entschlossen, alles zu ruinieren?«

Ich zögerte. Ich versuchte zu sortieren, was vollkommen unsortiert und sinnlos in meinem Kopf durcheinanderging. »Entschuldigen Sie, aber … ich bin nicht wegen ihr hier …« Auch ich hatte unwillkürlich die Stimme gesenkt. Kam mir lächerlich vor, hier in dieser Halle, tuschelnd mit diesem Mann. Dem ich eine Erklärung schuldete, auch wenn mir das nicht gefiel. »Ich hatte keine Ahnung, dass Sie … ich meine, dass das Ihre Firma ist.«

Das war immerhin die nackte Wahrheit. Leider eine, die mich ziemlich dumm dastehen ließ. Ich hatte Andreas Lendemann gegoogelt. Ich wusste, dass er damals als freier Journalist gearbeitet hatte. Ich hatte zur Kenntnis genommen, dass er nun offenbar fest angestellt war, hier, in dieser Firma, FriMa-Medien. Das hatte mir gereicht. FriMa-Medien und Entertainment, verdammt, Friedrichs und Mack, Fri-Ma – ich war eine Vollidiotin. Dass Mack diese Einschätzung teilte, war offensichtlich.

»Ich hatte wirklich nicht die Absicht … es ist, wie Herr Lendemann sagte. Das hier ist ein rein privater Besuch, eine Angelegenheit, die nichts mit … mit ihr zu tun hat.« Die ihn nichts anging. Überhaupt nichts. Der Gedanke, dass ausgerechnet dieser Mann erfuhr, worum es ging, war unerträglich. Leider auch unausweichlich.

»Nein!«, sagte Mack nämlich jetzt. »Das kann doch nicht wahr sein. Marlies? Sie waren das? Verdammte Scheiße, nein!«

»Sie kennen … Sie kannten …?«, stammelte ich. Fühlte mich noch dümmer. Ich wollte umfallen, tot umfallen. Ich wollte, dass die Erde sich auftat, mich verschlang. Ich wollte mich in Luft auflösen, alles, um dieses Gespräch nicht weiterführen zu müssen.

»Natürlich kannte ich Marlies!« Seine Stimme klang gepresst. »Und bei Gott, wenn ich eine Ahnung gehabt hätte … wenn ich im Traum daran gedacht hätte, dass Sie etwas mit der ganzen Geschichte zu tun haben, ich hätte nie zugelassen, dass Sie auch Konstanze in Ihre Klauen kriegen. Ich kann es nicht fassen!« Er trat einen Schritt näher, sein Gesicht viel zu dicht an meinem. »Verschwinden Sie!« Unangenehm zischelnd krochen seine Worte in meine Ohren. »Und lassen Sie Andreas in Ruhe. Es geht ihm wieder gut. Er hat sich endlich gefangen. Was immer Sie dazu treibt, die Sache wieder aufzuwühlen – ich werde das nicht zulassen. Nicht hier, nicht in meiner

Firma. Ich würde Sie sogar inständig bitten, den armen Jungen ganz und gar in Ruhe zu lassen. Wenn ich einen Hauch Hoffnung hätte, dass das irgendetwas bringt. Aber den habe ich nicht. Mir ist ja hinlänglich bekannt, dass Sie nicht sonderlich an der Meinung oder Einschätzung von anderen Menschen interessiert sind, weil Sie es selbst ja immer am besten wissen, weil Sie ja so viel klüger sind als alle anderen. Darum spare ich mir das. Darum sage ich einfach so freundlich, wie ich es kann: Auf Wiedersehen. Und das meine ich nicht im Wortsinn. Auf keinen Fall hier. Hier lassen Sie sich bitte nie wieder blicken!«

Er wartete meine Antwort nicht ab, drehte sich auf dem Absatz um und stampfte wie ein wütender Stier durch die Halle. Ließ mich stehen mit tausend Fragen und diesem Gefühl der tiefen Scham. Sogar das Fräulein vom Empfang schien sich ein wenig zu ducken, obwohl er sie keines Blickes würdigte.

30

»Papa braucht das Kuchending.« Der Junge hielt sich nicht mit langen Vorreden auf. Ich versuchte, mich an seinen Namen zu erinnern. Dirks Ältester. Lasse hieß er, oder Finn?

Er sah mich auffordernd an.

»Ja, natürlich, ich … komm doch rein.«

»Nein.« Er klang bestimmt. »Ich hab keine Zeit. Ich muss nämlich zackig ins Bett.«

»Ja, klar.« Ich versuchte, seine ernste Miene wegzulächeln. Ohne Erfolg. »Ich hole schnell die Kuchenform. Will der Papa denn jetzt noch Kuchen backen?«

»Weiß nich.« Diese gnadenlose Einsilbigkeit war der Grund, warum ich mich so ungern mit Kindern unterhielt.

»Warum kommt er denn nicht selbst?«, erkundigte ich mich vorsichtig.

Der Junge verzog den Mund. »Er ist schlecht gelaunt. Gibst du mir jetzt das Kuchending? Ich will nicht noch mehr Mecker.«

»Natürlich.«

Ich ging in die Küche. Es sah chaotisch aus. Schmutzige Gläser, Teller und Tassen, leere Weinflaschen, der Boden war klebrig. Ich fand die Kuchenform auf dem kleinen Küchentisch. Mit dem Kuchen. Ich öffnete den Rand der Springform, schob die nicht mehr ganz appetitliche Masse in den Mülleimer. Ich hätte ihn mit in die Klinik nehmen können, dachte ich, den Kuchen, auf den Dirk so stolz gewesen war. Die Kollegen hätten sich sicher gefreut.

Unschlüssig hielt ich die schmutzige Kuchenform in der Hand.

Ich konnte sie unmöglich jetzt abwaschen, während der Junge vor meiner Tür stand. Ich konnte sie ihm aber auch unmöglich so in die Hand drücken.

Ich ging zurück in den Flur, zog mir Schuhe an und steckte Schlüssel und das Handy in die Tasche. Ich sah den Bären, die

Spieluhr, auf der Kommode liegen. Es war den Versuch wert, dachte ich.

»Sag mal, ist das eurer?« Ich hielt sie dem Jungen hin.

Der musterte sie, stumm, kaum interessiert.

»Nö«, erklärte er dann. »So Babykram haben wir nicht.« Er klang ein bisschen verächtlich.

Keine Überraschung, vielmehr die Bestätigung, die ich nicht hatte haben wollen. Ich dachte an das Gespräch mit Lendemann. Sein Interesse an diesem Tagebuch und die offenkundige Ahnungslosigkeit hatten echt gewirkt. Natürlich war es möglich, dass er ein großartiger Schauspieler war. Ein Teil von mir wünschte sich, dass es so war. Ich wollte wissen, mit wem ich es zu tun hatte. Mit was. Letztlich hatte auch dieses Gespräch mehr Fragen aufgeworfen als beantwortet. Allein der Umstand, dass Lendemann für Mack arbeitete – ein allzu augenfälliger Zufall …

»Kann ich jetzt gehen?«

Ich riss mich zusammen, legte den Bären ab und wandte mich wieder Finn oder Lasse zu.

»Ich komm schnell mit rüber«, sagte ich.

Er sah mich skeptisch an.

»Okay. Wenn du willst. Aber er ist wirklich schlecht gelaunt.«

Erst da begriff ich, warum dieser Junge vor mir stand, warum Dirk, dem sonst jede Gelegenheit zum Plaudern recht war, nicht persönlich geklingelt hatte. Gestern war Mittwoch gewesen. Ich hatte unsere Verabredung vergessen. Keine unverbindliche diesmal. Einen festen Termin hatten wir ausgemacht. Und ich war einfach nicht aufgetaucht. Natürlich war Dirk stinksauer.

»Vielleicht ist es jetzt schon besser«, hörte ich den Jungen, der mein Zögern instinktiv richtig deutete, sagen. »Das wechselt ja immer schnell bei Erwachsenen. Also bei Papa jetzt.« Etwas rührend Ermutigendes schlich sich in seinen Ton.

Schweigend gingen wir zum Nachbarhaus. Der Junge klingelte. Die Tür öffnete sich.

»Verdammt, Malte, warum hat das denn so lange gedauert? Jetzt marsch, Zähne putzen, die anderen liegen schon im Bett …« Dirk sprach, bevor die Tür ganz geöffnet war. Dann sah er mich. »Ach«, sagte er. »Schau an. Was für eine Ehre.«

»Hallo, Dirk.« Ich setzte ein Lächeln auf. »Du, es tut mir leid, ich … mir ist etwas dazwischengekommen gestern.«

Er sah mich nicht an, sondern betrachtete die schmutzige Kuchenform in meiner Hand. Der Anblick schien seine Laune nicht zu heben.

»Ja, klar. Sicher. Kein Problem.« Er streckte die Hand aus, wollte mir die Form abnehmen.

»Es tut mir wirklich leid«, sagte ich und spielte mit dem Gedanken, ihm das alberne Ding, an dem plötzlich nicht nur Kuchenreste, sondern all meine Undankbarkeit und Unzulänglichkeit zu kleben schienen, einfach in die Hand zu drücken und zurück nach drüben zu gehen. Zum dritten Mal an diesem Tag stand ich da wie ein ausgeschimpftes Schulmädchen und versuchte, mich zu entschuldigen. Zum dritten Mal an diesem elenden Tag fühlte ich mich unangenehm klein und hatte das Bedürfnis, der Welt, der ich es offenbar nicht recht machen konnte, den Mittelfinger zu zeigen. Er war im Recht, natürlich. Aber die beleidigte Pose ärgerte mich trotzdem. Eben darum fühlte es sich in diesem Moment wichtig an, die Sache aus der Welt zu schaffen. Ein winziges Problem, absolut lösbar. Eine Entschuldigung, die ihn versöhnte, uns wieder zu guten Nachbarn machte. Das war möglich. Und musste sein.

»Ich geh Zähne putzen.« Malte, der die Stimmung genauso wenig zu mögen schien wie ich, drückte sich an seinem Vater vorbei, verschwand im Haus.

»Dirk, es tut mir wirklich leid. Das war blöd von mir.« Es fiel mir leichter, in die Defensive zu gehen, nun, da das Kind verschwunden war. »Ich hatte einen furchtbaren Tag gestern. Ich war unterwegs, ich bin gar nicht nach Hause gekommen.« Vermutlich wusste er das ohnehin, hatte aus seinem Fenster geschaut, auf mein Auto gewartet. »Ich habe da gerade einen schwierigen Fall, es geht alles drunter und drüber.« Weitere Bruchstücke der Wahrheit.

»Willst du kurz reinkommen?« Er klang noch immer reserviert, aber die Geste wies auf Versöhnungsbereitschaft hin. »Du darfst dich nur nicht umgucken, sieht aus wie Kraut und Rüben.«

Er übertrieb. Die große Wohnküche, in die er mich führte, war im Vergleich zu meiner beeindruckend sauber und ordentlich, sah man von einem Berg Spielzeug in der Ecke ab. Actionfiguren, Spielzeugautos, Raumschiffe, Lego und Playmobil – das erklärte Maltes verächtliche Reaktion auf die Spieluhr. Der Geschirrspüler summte, auf dem großen Esstisch stand ein Wäschekorb, daneben ordentliche Stapel mit T-Shirts und Hosen in verschiedenen Größen.

Ich hob die Kuchenform hoch. »Ich habe es nicht geschafft, sie zu spülen. Das ist mir echt unangenehm. Kann ich kurz …« Ich deutete zum glänzenden Spülbecken.

»Quatsch.« Er nahm sie mir aus der Hand. »Das ist kein Problem. Das mach ich schon. Hat er denn wenigstens geschmeckt? Der Kuchen?«

»Ja, super«, log ich. »Und noch mal danke, dass du den Rasen gemäht hast. Ich fühle mich gerade wie die schlechteste, undankbarste Nachbarin der Welt.«

»Jetzt lass.« Er lächelte versöhnlich. »Magst du was trinken?«

»Ich will nicht stören.« Ich deutete auf den Wäschekorb.

Er lachte. »Das läuft mir leider garantiert nicht weg.«

Er öffnete einen Schrank, holte zwei Weingläser heraus. Ich wollte protestieren. Mein Kater war fast verschwunden, aber der Gedanke an Alkohol war noch alles andere als verlockend.

»Ein Marrenon Classic von 2014. Wirklich gut.« Er klang stolz, hochzufrieden.

Ich konnte nicht anders. Und ein Glas Wein war vermutlich kein zu hoher Preis für nachbarschaftliche Versöhnung.

»Aber nur einen Schluck«, sagte ich. Ich ging zum Tisch und schob ein paar Stapel mit kleinen T-Shirts an die Seite.

»Lass«, sagte er wieder. »Wohnzimmer ist gemütlicher.« Er drückte mir die großen, bauchigen Gläser in die Hand. »Geh schon mal rüber, ich mach die Flasche auf.«

Das Wohnzimmer wurde von einem gigantischen roten Sofa und riesigen Bücherregalen bestimmt. Es herrschte charmantes Chaos, unaufgefaltete Decken, der Beistelltisch war bedeckt mit Zeitungen und Bilderbüchern. Vor den Regalen an der Wand standen Holzkisten mit Lego, daneben ein unfertiges, ehrgeiziges Bauprojekt. An der einzig freien Wand stand ein alter Sekretär mit ausgeklappter Arbeitsplatte, darauf ein Drucker, ein Computer, noch mehr Papier. Anheimelnd und wohnlich, ganz anders als in Wolferts Wohnzimmer mit seiner sterilen Perfektion. Vermutlich würde sich das ändern, wenn erst das Kind da war. Ich hoffte für ihn, dass es sich ändern würde.

Ich schob Zeitungen und Bücher an die Seite des Tisches und stellte die Gläser ab. Ich ging zu einem der Regale und studierte die Buchrücken. Romane und Sachbücher, eine bunte, unsortierte Auswahl, die verriet, dass hier Menschen wohnten, die tatsächlich lasen.

»Ich muss dringend mal ausmisten.« Dirk betrat mit einer Flasche Rotwein den Raum. »Bücher vermehren sich hier noch schneller als Menschen …« Er grinste. »Setz dich doch.«

Ich ließ mich in eine Ecke des Sofas sinken. Er schenkte ein, reichte mir ein Glas, viel zu voll. Wir stießen an. Der erste Schluck relativierte meinen inneren Widerwillen. Der Wein war wirklich gut.

»Entschuldige, dass ich so zickig war«, sagte er.

»Nein«, sagte ich. »Bitte. Du hast wirklich keinen Grund, dich zu entschuldigen. Ich hätte wenigstens anrufen können. So was ist eigentlich wirklich nicht meine Art.«

Das stimmte. Eigentlich. Jedenfalls wünschte ich mir, dass das hier meine Art war. Ein gemütliches Glas Wein bei den netten Nachbarn nach Feierabend. Entspannt in einem Wohnzimmer voller Bücher, ein Gefühl von Normalität und Behaglichkeit, das mir in den letzten Tagen vollständig abhandengekommen zu sein schien. Wie von selbst entstand hier ein wohltuender Abstand zu den Dingen, die mir zusetzten. Mir Angst machten – mochte ich mich gegen den Gedanken auch noch so wehren. Wäre ich klug gewesen, dann hätte ich den vergangenen Abend genau so verbracht. Hier. Gesellig, ruhig, friedlich. Ein sicherer Rahmen. Vielleicht hätte ich auch mit Dirk ein Glas zu viel getrunken. Aber ich hätte in meinem Bett geschlafen. Normal und richtig. Hätte mir diesen Absturz erspart.

Wie aufs Stichwort meldete mein Handy das Eintreffen einer SMS. Ich wollte nicht nachsehen. Aber ich musste. Immerhin war es möglich, dass es die Klinik war.

»Entschuldige«, sagte ich zu Dirk. Öffnete die Nachricht.

»Hallo, schöne Frau – danke noch mal für die tolle Nacht. Wie wär's mit einem Wiederholungsgetränk? Darf auch gern wieder etwas mehr sein. XXX. A.«

Mein Nacken verkrampfte sich. Ich konnte mich nicht einmal erinnern, ihm meine Handynummer gegeben zu haben. Es gab einiges, an das ich mich nur verschwommen erinnerte, und das war gut so. Ich hatte kein Interesse an Details. Ich war betrunken gewesen. Zu betrunken. Das reichte. Schon als ich mich von Wolfert verabschiedet hatte, war ich höchstens noch leidlich fahrtüchtig gewesen. Trotzdem unterwegs zu meinem Auto. Zu benebelt, um die Flucht zu ergreifen, als er mir über den Weg lief. Zufällig in dieser Stadt, die letztlich doch ein Dorf war. Ich war angetrunken genug, um mich zu einem Absacker überreden zu lassen. Immerhin schuldete ich ihm etwas, er hatte ja recht. Alte Verhaltensmuster. Man bekam nichts geschenkt im Leben. Aber das allein war es natürlich nicht gewesen. Es waren die offenen Wunden. Wolferts Wunden, Konstanzes Wunden. Meine gefühlte Unfähigkeit, die Angst vor dem Versagen. Dazu Thomas-Tom und Chrissy, *ich freue mich für euch*.

Wunden, die nach einem Pflaster gierten, auch wenn mir klar war, wie grob und hässlich das war, was ich über Schrammen und Kratzer klebte, die natürlich auch ohne Pflaster heilten. Die meisten Wunden heilten besser und schneller an der Luft. Ich war Ärztin, ich wusste das. Ich vergaß es nur manchmal.

»Schlechte Nachrichten?« Dirk klang eher interessiert als besorgt.

»Nein, nein. Nichts Wichtiges.« Ich löschte die Nachricht und steckte das Handy zurück in die Tasche meiner Strickjacke. Ich hob mein Glas. »Der ist wirklich großartig, der Wein.«

Er nickte abwesend. »Ich wollte dich echt nicht nerven. Aber es läuft gerade alles nicht so rund bei mir. Ich habe das Gefühl, dass ich mein Leben hinten und vorn nicht in den Griff kriege. Eigentlich war der Plan, dass ich zu Hause arbeite. An meinem Buchprojekt. Stattdessen reibe ich mich auf an diesem ganzen kleinteiligen Scheiß. Versteh mich nicht falsch – ich liebe die Kinder, es ist schön, aber ich habe das Gefühl, dass ich innerlich und intellektuell völlig veröde. Elternabend hier, Kindergeburtstag da, weit und breit keiner, der über andere Themen redet als Trotzphase, gesunde Ernährung und homöopathische Mittel gegen Kinderkrankheiten. Ich bin frustriert. Und als du eingezogen bist, da habe ich gedacht, dass da jetzt endlich jemand ist, mit dem man sich wirklich unterhalten kann. Ich vergesse manchmal, wie stressig das Leben ist, das echte meine ich, mit Job, mit Terminen und so.«

»Papaaaaaaaaaa ...« Leise, aber eindringlich drang der Ruf ins Wohnzimmer.

»Als ob sie es riechen, oder? Dass man sich grad mal gemütlich hingesetzt hat ...« Dirk seufzte. »Entschuldige, ich muss kurz hoch. Zudecken, Kuss geben. Bin gleich wieder da. Nimm dir noch einen Schluck, ja?«

Das tat ich. Obwohl ich merkte, dass mir der Wein schnell zu Kopf stieg. Schon jetzt fühlte ich mich angenehm schläfrig. Ich würde mich bald verabschieden. Ich brauchte wirklich ein bisschen Schlaf.

Erneut meldete sich das Handy. Genervt zog ich es aus der Tasche. Überlegte, wie ich das, was ich offenbar deutlich sagen musste, formulieren sollte, ohne allzu beleidigend zu werden. Allerdings war die Nachricht nicht von Bether.

»Bin grad in der Nähe. Kann ich kurz bei dir vorbeikommen? Würde gern in Ruhe reden. Johannes.«

Ich starrte auf die Buchstaben. Das war neu.

Das war nicht gut. Ich wollte ihn nicht sehen. Nicht jetzt. Nicht privat. Nicht nach dem vergangenen Abend. Nach diesem Tag.

»Nicht gut jetzt«, tippte ich, dann: *»Sorry, bin echt müde.«* Ich drückte auf Senden.

Ich fragte mich, wie er reagieren würde, wenn er davon wüsste. Von Bether. Ein idiotischer Gedanke. Der Mann war verheiratet, immerhin, er schlief mit seiner Frau, davon ging ich aus. Das mit uns war etwas Unverbindliches. Keine Fußangeln, keine Verpflichtungen. Keine Treueschwüre.

Trotzdem war ich sicher, dass es ihm etwas ausmachen würde. Ihn in seiner Eitelkeit kränken. Johannes war keiner, der über diesen Dingen stand. Er wäre beleidigt.

»Dann morgen. Halb zwölf in meinem Büro.«

Er war beleidigt. Eindeutig. In der Nähe – vermutlich hieß das, dass er draußen im Auto saß. In Sichtweite meines Hauses, nah genug, um zu sehen, dass bei mir alle Lichter brannten. Um sich nach meiner Antwort zu fühlen wie ein abgewiesener Bittsteller. Mich umgehend abzustrafen mit einer solchen Einbestellung. Ich schaltete das Handy aus.

Die eben noch so angenehme Müdigkeit bekam etwas Bleiernes. Ich musste nach Hause. Dringend. Ich würde mich verabschieden, sobald Dirk zurückkam. Möglichst, ohne wieder undankbar und abweisend zu wirken. Aber ich musste schlafen.

Ich stellte das Glas ab und stand wieder auf. Ich ging zum Bücherregal. Strich mit den Fingern über Buchrücken, dachte darüber nach, wann ich das letzte Mal ein Buch gelesen hatte. Einfach so, zum Vergnügen. Dann trat ich näher zum Sekretär, um ihn zu bewundern. Dunkles Holz mit Schnitzereien, ein wirklich schönes Stück. Ein bisschen angeschlagen, keine aufpolierte Antiquität, aber eben das gefiel mir besonders. Genau wie die beiläufige, sorglose Unordnung, die auf der Arbeitsplatte herrschte. Ein Wust von Papieren, Kinderkunstwerken, Ausdrucken. Etwas in mir stockte. Blieb an dem hängen, was vertraut war, unangenehm vertraut, aber falsch. Ein Bild. Von mir. Mein Bild. Das Bild. Darunter der Artikel.

»Todes-Ärztin – heute sagt sie endlich aus«. Schreiende Buchstaben, augenbetäubend.

Ich griff nach dem Ausdruck, starrte darauf und konnte es nicht glauben.

»Wenn sie jetzt nicht einschlafen, dann schlage ich sie bewusstlos …« Dirks Stimme. Sein Lachen. Gut gelaunt, künstlich heiter, alle Geräusche schienen von weit weg zu kommen.

Ich drehte mich um. Mein Nachbar, der harmlose, nette Dirk. Ein bisschen aufdringlich, ein bisschen zu bemüht um Kontakt.

Er erwiderte meinen Blick, erst fragend, dann peinlich berührt.

»Ach Scheiße«, sagte er. »Mist, das … das tut mir … ich hätte das wegräumen sollen.« Er lachte nervös. »Ich habe dich gegoogelt. Ich … ich meine, ich wollte nicht … aber so sind Schriftsteller. Neugierig und so … ich hätte das wegräumen sollen, ich wollte nicht …«

Er beendete den Satz nicht. Ich fragte nicht nach. Es interessierte mich nicht, was er gewollt hatte oder eben nicht. Ich fühlte mich nackt. Beschämt und bloßgestellt.

Und da war noch etwas anderes. Etwas, das sich in meine Gedanken bohrte, obwohl es keinen Sinn ergab. Er hatte nichts mit Marlies zu tun. Nichts mit Lendemann. Nicht, soweit ich wusste, korrigierte ich.

Dirk hätte jede Gelegenheit gehabt, mir diese Spieluhr in den Garten zu legen. Und er war derjenige gewesen, der mir das Tagebuch in die Hand gedrückt hatte – im Wortsinn – und mir dabei die Geschichte des Fremden, der um mein Haus schlich, serviert hatte.

»Was geht hier vor? Was soll das, Dirk?«

»Nichts, ich meine …« Er wirkte jetzt nicht mehr peinlich berührt, sondern eher verstimmt. »Mensch, Nadja, jetzt guck mich nicht so an. Es ist ja nicht so, als hätte ich in deinem Tagebuch gelesen …«

Das Wort blitzte grell durch meinen Kopf. »Was hast du mit dieser Sache zu tun? Was willst du von mir?«

»Nichts!« Er hob die Hände. »Ich weiß nicht, von welcher Sache du redest. Nadja, es ist wirklich … ich habe deinen Namen in die

Suchmaschine getippt. Und bin dabei zwangsläufig über das da gestolpert. Eine Geschichte, die mich interessiert hat, drum habe ich sie ausgedruckt. Ich wollte nicht darüber schreiben oder so, ehrlich, es war nur …« Er kam einen Schritt näher.

Unwillkürlich wich ich zurück.

Er blieb stehen. Sah mich an. »Nadja!« Er klang entsetzt. »Was ist denn los? Du guckst mich an, als … Was soll denn das?« Er zögerte. »Komm, jetzt setz dich wieder. Vergiss das, bitte, ich … das war nicht nett von mir, aber … wie ich schon sagte, ich langweile mich, ich …«

Ich ließ ihn nicht ausreden. Ich drehte mich um und verließ im Eilschritt das Haus.

31

Patientin: Konstanze Friedrichs, geb. 18.12.1976
Stationäre Aufnahme: 24.05.2016, 09:00 Uhr
Therapiegespräch (Dr. Nadja Schönberg), 02.06.2016, 10:00 Uhr
Patientin matt, abwesend, unkonzentriert. Nicht zugewandt. Laut Akte vorabendliche Gabe von Diazepam.

Sie war von sich aus gekommen. Das war ein gutes Zeichen, obwohl sie passiv wirkte, dabei unangenehm nervös. Fahrig wanderten die Hände über die Sessellehne, zupften unsichtbare Fusseln vom Ärmel des Pullovers. Sie war ungeschminkt, die Haare wirkten fettig. Es war gut, dass Mack sie so nicht sah. Ich schob den Gedanken weg. Ich wollte nicht an Mack denken, nicht an die Firma, nicht an Lendemann. Nicht an Zufälle, zu viele Zufälle.

Ich konzentrierte mich auf das, worauf es ankam. Meine Patientin.

Ihre sonst so modulierte, angenehme Stimme klang flach und verwaschen. Lustlose Worte, die sie selbst nicht sonderlich zu interessieren schienen.

Ein Blick in die Akte erklärte, warum das so war. Johannes' Vorstellung von Stabilität unterschied sich ganz offensichtlich elementar von meiner. Offenbar hatte er während meiner Abwesenheit das Risiko, dass es zu weiteren, wie auch immer gearteten Krisen kam, mittels vorbeugender Gabe von Diazepam minimiert. Johannes und die Macht der Pharmazeutika. Wieder hinter meinem Rücken, gegen meinen Willen, wieder ein Eingriff in meine Arbeit, der nicht akzeptabel war. An den Folgen ließ sich allerdings gerade nichts ändern. Ich musste mit dem arbeiten, was ich hatte.

Ich hatte vorsichtig nach Regines letztem Besuch gefragt, nach dem, was geschehen war. Konstanze sah mich an.

»Es ist passiert«, sagte sie. »Ich weiß, dass Sie das nicht hören wollen, aber es ist passiert. Regine hat vor mir gestanden, in diesem Zimmer. Mit Blumen, mit Kuchen. Sie hat so getan, als wäre alles in Ordnung, aber ich habe gemerkt, dass etwas nicht stimmt. Sie kann nichts dafür. Regine konnte mir noch nie etwas vormachen.« Sie sah in meine Richtung und fixierte einen unsichtbaren Punkt irgendwo neben meinem Kopf. »Vielleicht ist es gut so«, murmelte sie. »Vielleicht ist es besser, dass ich endlich akzeptiere, dass es sinnlos ist. Ich kann nicht entkommen.« Sie klang noch immer sonderbar unbeteiligt. Presste kurz die Faust an die Brust.

»Frau Geiger hat abgestritten, dass sie diese Dinge gesagt hat.«

Konstanze lachte freudlos. »Natürlich hat sie das. Wir reden hier von Regine, die immer alles richtig machen will. Sie sagt, was Sie hören wollen. Sie meint das nicht böse. So ist sie einfach.«

Unkorrigierbarkeit, im Ansatz immerhin. Ich machte mir eine Notiz. Sie hatte vermutlich nicht unrecht, was ihre Einschätzung anging. Trotzdem hielt ich es für unwahrscheinlich, dass die Geiger mich auf diese Art belog.

»Es war real«, sagte Konstanze. »Ich war klar, völlig klar. Ich erinnere mich daran, dass sie nach Haarspray gerochen hat. Und dass da ein kleiner Fleck auf ihrer Jacke war. Es war nicht wie jetzt, jetzt ist alles verschwommen. Jetzt bin ich nicht sicher, ob das hier wirklich geschieht.« Sie seufzte erneut, es klang mechanisch, als folgte sie einer Regieanweisung. Ich verfluchte Johannes und seine Pillen.

»Sie wollte es für sich behalten«, fuhr Konstanze fort. Noch immer in diesem nervtötend monotonen Duktus. »Das hat man gemerkt. Aber sie kann nicht gut lügen. Sie meint es nicht böse.«

Ich ließ das so stehen, zunächst. Das, was im Moment nirgends sinnvoll unterzubringen war, nicht für sie und auch nicht für mich.

Ich musste früher ansetzen. Viel früher. Ich musste mich irgendwie dem nähern, was über Monate in ihrer Psyche gewachsen war wie ein Krebsgeschwür. Langsam und beharrlich, bis es so groß geworden war, dass es sich nicht mehr beherrschen ließ.

Er wird mich bestrafen. Er wird mich töten.

Verdrängte Schuld, der heimliche Wunsch nach Strafe.

Ich musste an den Punkt vordringen, an dem diese Entwicklung ihren Anfang genommen hatte. Musste sie dazu bringen, Erinnerungen zuzulassen, sich dem zu stellen, was sie wirklich verfolgte.

»Ich würde gern über Ihre Familie sprechen«, setzte ich an. Offen, breit, ein Fundament. »Erzählen Sie mir von Ihren Eltern. Ihrer Kindheit.«

Sie sah mich an. »Das ist nicht Ihr Ernst, oder?« Kurz blitzte etwas von der alten Konstanze auf. Eine Sekunde nur.

»Warum sagen Sie das?«

Sie stieß leise die Luft aus. »Weil ich mehr erwartet hätte von Ihnen. Mehr als so ein lächerliches Klischee. Was wollen Sie denn hören? Vater abwesend, emotional und physisch. Mutter so beschäftigt mit ihrer eigenen Unzufriedenheit, dass wenig Kapazitäten für ein Kind blieben? Leistungsorientiertes Umfeld. Sie haben getan, was sie konnten. Ich bin ihnen heute dankbar. Sie haben mir vorgelebt, wie man es nicht machen sollte. Ich habe früh begriffen, dass man nicht glücklich wird, wenn man sich von äußeren Bedingungen lähmen lässt, statt die Kontrolle über das eigene Leben zu übernehmen.«

»So wie Sie?« Es war mir nicht genug. Aber immerhin ein Ansatz. Sie kam langsam aus der Deckung.

»Ja«, sagte sie. »So wie ich. So wie Sie. So, wie Menschen das heute tun. Frauen vor allem.«

»Ist das nicht eine Illusion?« Ich wollte sie provozieren. »Gibt es nicht immer wieder die Situationen, in denen die Kontrolle versagt?« Ich ließ sie nicht aus den Augen. Wartete. Auf irgendetwas. Ein Zucken, ein winziges Zeichen dafür, dass da eine Erinnerung war. »Die, in denen man versagt hat? Mit Konsequenzen dieses Versagens umgehen muss? Entscheidungen treffen, die nicht ganz leicht sind?«, bohrte ich weiter.

Sie warf mir einen Blick zu. Konsterniert. Misstrauisch? »Worauf wollen Sie hinaus?«

»Als wir darüber gesprochen haben, was er Ihnen vorgeworfen

hat, über diesen Abend, an dem er da war, da sagten Sie, dass es ihm darum ging, Ihnen etwas Furchtbares vorzuwerfen. Etwas, das Sie nicht aushalten. Diese Abtreibung …«

»Oh bitte. Das hatten wir doch schon. Das ist lächerlich.« Sie zeigte immerhin einen Hauch Ungeduld, der mir besser gefiel als ihre Gleichgültigkeit. »Ich habe Ihnen doch gesagt, wie es ist. Ich bin eine verdammte Karrierefrau. Ich hatte nie den Wunsch, Mutter zu werden. Ich habe mich mit dem Thema befasst, als Journalistin. Ich bin der Ansicht, dass jede Frau ein Recht hat, für sich zu entscheiden. Mir ist bewusst, dass es ein kompliziertes Thema ist, eine emotional schwierige Lebenssituation. Aber unter uns auch eine, die man sich ersparen kann. Verhütung ist keine Hexerei. Man hat die Kontrolle.«

Sie entglitt mir. Sogar in gedämpftem Zustand schaffte sie es, in eingeübte Kommunikationsmuster zu fliehen. Ich musste sie zu fassen kriegen, emotional.

»Sie sagten neulich, dass wir uns ähnlich sind.« Extrem dünnes Eis. Ich ignorierte das leise Knacken der kalten, glatten Fläche. »Vielleicht haben Sie tatsächlich recht. Es gibt möglicherweise tatsächlich Parallelen in unseren Lebensentwürfen. Meine Arbeit ist mir wichtig. Meine Karriere. Kinder passen nicht in mein Leben. Nicht jetzt, vielleicht nie. Ärztin sein ist mir wichtiger. Und als Ärztin kenne ich mich aus mit Verhütung, natürlich. Aber es kann trotzdem schiefgehen.«

Sie sah mich an. Interessiert, dachte ich, hielt mich an dem Gefühl fest, ihre Aufmerksamkeit geweckt zu haben. Entschloss mich, aufs Ganze zu gehen.

»Es ist keine leichte Entscheidung«, fuhr ich fort. »Aber es ist auch nicht wirklich schwer, wenn man keine Wahl hat. Ich war gerade aus dem Ausland zurück. Ich hatte mich von meinem Partner getrennt. Er war Tausende Kilometer weit weg. Ich habe diesen Mann sehr geliebt, aber die Beziehung war gescheitert. Die Trennung nicht rückgängig zu machen. Es ging mir nicht gut. Ich war allein. Es war eine schwierige Zeit für mich.« Es fiel mir erstaunlich leicht, es auszusprechen. Es so zu erzählen, als sei es eine

Episode in der Vergangenheit, lange vorbei. »Ich musste wieder Fuß fassen, beruflich und privat. Als wir uns trennten, hatte ich keine Ahnung. Ich weiß nicht, ob es etwas geändert hätte. Aber als ich dann sicher war, war es zu spät. Ich hatte mich entschieden. Gegen die Beziehung. Für meine Karriere. Als alleinerziehende Mutter wäre ich nicht in der Lage gewesen, zu tun, was ich tun wollte. In meinem Leben war kein Platz für ein Kind. Meine Entscheidung war folgerichtig und logisch. Der falsche Zeitpunkt, die falsche Situation. Ich habe es nie bereut. Aber ich denke daran. Bis heute. Ich überlege, was geschehen wäre, wenn ich anders entschieden hätte. Ich frage mich, was für ein Mensch dieses Kind geworden wäre. Das Kind, das nie geboren wurde. Ich frage mich, ob ich anders entschieden hätte, wenn die Umstände anders gewesen wären.«

Natürlich kannte ich die Antwort auf diese Fragen. Dieses Kind wäre ein wundervoller Mensch gewesen. Und für Thomas hätte sich alles geändert. Er wäre ein guter Vater gewesen. Er würde ein guter Vater sein. Tom, der wunderbare Vater von Chrissys entzückendem Kind, bestimmt zart und goldblond, braun gebrannt mit verschwenderischem Lächeln, ganz die Mutter.

Man kann kein Kind haben, das auf einem anderen Kontinent aufwächst.

Störende Gedanken, ich drohte den Faden zu verlieren. Für einen Moment war mir in schmerzlicher Deutlichkeit klar, was ich da gerade tat. *Distanz*, hörte ich Johannes sagen, *achte auf deine Distanz*. Ich war Therapeutin. Das hier war falsch.

Unkonventionell, dachte ich eilig. Gewagt, ja. Vielleicht nötig. Ich hatte alles unter Kontrolle. Ich lieferte ihr einen Trigger. Baute eine Brücke, ebnete ihr den Weg. Damit sie das zulassen konnte, was sie nicht zulassen wollte.

Ich tat, was ich musste. Tat, was ich konnte.

Aber das Eis trug mich nicht. Ich sah sie an, ich wartete, spürte, wie es brach. Ich griff vergeblich nach Strohhalmen, nach etwas in ihren Augen, ihren Gesten, in ihrem Verhalten. Sah etwas, etwas Neues, aber es war falsch. Ich versank im eiskalten Wasser, während sie zusah. Ich sah das Lächeln, das sich auf ihrem Gesicht ausbreitete. Routiniert und leer. Ich sah, wie dieser Ruck durch ihren Körper ging. Die Verschiebung der Hüfte, das Straffen des Rückens, das Positionieren von Schultern und Kopf.

»Das muss entsetzlich für Sie gewesen sein.« Ihr Lächeln verschwand. »Frau Dr. Schönberg. Nadja ...« Sie atmete tief durch. »Bitte, ich ... ich bin Ihnen dankbar. Das bin ich wirklich. Ich weiß, dass Sie getan haben, was Sie können. Aber es gibt diesen Punkt, an dem man begreift, dass man nicht gewinnen kann. Ich nehme Ihnen nicht übel, dass Sie mir nicht glauben. Aber ich kann nicht mehr. Ich kann nicht mehr kämpfen. Ich will auch nicht mehr kämpfen.«

»Nein!« Eine Sekunde fürchtete ich, in Tränen auszubrechen. Es war ihr Ton, eine tiefe Resignation. Die Medikamente, dachte ich verzweifelt, es sind die Medikamente. Ich krallte mich an den Gedanken, aber er fühlte sich nicht richtig an. Es ging um mehr. Es ging um viel mehr. »Sie können kämpfen. Und das müssen Sie. Frau Friedrichs, Sie sind stark. Und auf einem guten Weg. Sie dürfen nicht ...«

»Ich bin wirklich sehr, sehr müde«, unterbrach sie mich. »Ich denke, ich sollte mich ein wenig hinlegen.«

»Das geht so nicht!« Es kostete mich Mühe, meine Stimme zu dämpfen. »Ich hatte mich doch klar ausgedrückt. Keine Medikamente vorerst. Was haben Sie sich dabei gedacht?«

Wir standen vor der Tür von Konstanzes Zimmer, die die Schwester eben sanft ins Schloss gezogen hatte. Nicht Hilke, sondern eine Kollegin, eine Teilzeitkraft, an deren Namen ich mich gerade nicht erinnern konnte.

Ich hatte Konstanze zu ihrem Zimmer begleitet. Weil ich nicht allein im Behandlungszimmer bleiben wollte, umgeben vom Gefühl des Scheiterns. Weil ich irgendwohin musste mit mir und meiner Frustration.

Die Schwester sah mich an. Milde Empörung, gemischt mit Resignation. Ich schielte nach ihrem Namensschild.

»Ich habe mir gar nichts gedacht. Ich war nämlich nicht hier, weil ich keine Nachtschicht hatte.« Sie presste kurz die Lippen aufeinander, als wolle sie weitere Kommentare zurückhalten.

Sie war älter, deutlich älter als Hilke. Simone – jetzt fiel es mir ein. Simone Brand. Vermutlich war sie die *beste Oma der Welt*, vermutlich gehörte ihr dieser Becher im Schwesternzimmer, an den ich ausgerechnet jetzt denken musste.

»Hätte ich Nachtschicht gehabt, dann hätte ich allerdings genau dasselbe getan wie die Kollegin. Ich hätte mich an die ärztlichen Anordnungen gehalten. Hätte die Medikamente so verabreicht, wie Dr. Kreusnik sie verordnet hat. Er hat gesagt …«

»Er hat gar nichts zu sagen«, unterbrach ich sie. »Frau Friedrichs ist meine Patientin!«

Ihr Ton kühlte um einige Grade ab. »Entschuldigen Sie, Frau Dr. Schönberg, aber das müssen Sie schon untereinander klären. Wir können leider keine telefonische Umfrage starten, bevor wir unsere Arbeit tun. Frau Friedrichs war laut Akte hochgradig erregt und unruhig. Sie waren nicht im Dienst, die Kollegin hat nach Rücksprache mit Dr. Kreusnik das getan, was medizinisch angemessen war.«

Fast war ich dankbar für ihre Ungerührtheit. Die Unerschütterlichkeit der gestandenen Krankenschwester, die sich seit Jahrzehnten immer wieder mit überreizten und arroganten Ärzten auseinandergesetzt hatte. Oft genug, um meine ungerechte Aggression an sich abperlen zu lassen. Schwester Simone war es gewohnt, dass man Müdigkeit und Frustration an ihr ausließ, ihr alles, was nicht nach Wunsch lief, in die Schuhe schob. Ich tat ihr bitter unrecht. Der Umstand, dass sie damit umgehen konnte, machte die Erkenntnis ein bisschen leichter erträglich.

Es war nicht die Schwester gewesen. Nicht das Pflegepersonal sabotierte mich mit eigenmächtigem Handeln.

Sondern Johannes.

Johannes, dem es von Anfang an nicht gepasst hatte, dass ich Konstanze behandelte. Der mir die Sache ganz offensichtlich nicht zutraute, egal, was er behauptete. Der sich einmischte, meine Entscheidungen nicht nur in Frage stellte, sondern schlicht ignorierte. Statt mich zu unterstützen, wie es seine Aufgabe gewesen wäre. Warum tat er das? Die Frage fühlte sich paranoid und hysterisch an. Drängte sich trotzdem auf.

»Geht es Ihnen nicht gut?« Schwester Simone klang auf einmal anders. Wärmer. Ehrlich besorgt. »Frau Dr. Schönberg, möchten Sie vielleicht ein Glas Wasser?«

»Nein, alles in Ordnung …« Ich rang mir ein Lächeln ab, riss mich zusammen. Das Letzte, was ich brauchen konnte, war verärgertes Pflegepersonal. Noch mehr Fronten. »Entschuldigen Sie, ich … ich habe ein bisschen die Nerven verloren. Ich weiß, dass Sie nichts dafürkönnen. Ich bin einfach müde. Ist gerade alles ein bisschen viel.«

Ihr erstaunter Blick verstärkte meine Scham noch. Eilig sah ich auf die Uhr. Noch eine knappe Stunde bis zu meinem »Termin« mit Johannes. Wobei von Termin eigentlich keine Rede sein konnte, denn ein Termin war definiert als gegenseitige Absichtserklärung. Eine SMS mit der Aufforderung, sich irgendwo einzufinden, war eher eine Unverschämtheit. Die Vorstellung, unter den gegebenen Bedingungen gleich ein zivilisiertes Gespräch zu führen, bei lauwarmem Kaffee in seinem Chefbüro zu sitzen, war mehr als unangenehm. Ich musste ihm genau das sagen, was ich gerade Simone um die Ohren gehauen hatte. Aber nicht auf diese Art. Wenn ich ihn offen angriff, schadete ich mir letztlich selbst. Und meiner Patientin. Ich musste verhindern, dass die Situation weiter eskalierte.

Ich musste mich beruhigen.

Ich verabschiedete mich von der versöhnten, wenn auch etwas verwirrten Schwester, floh in mein Büro und schloss die Tür zwischen mir und dem, was gerade allzu unübersichtlich schien.

Ich setzte mich an den Schreibtisch. Ließ die Gedanken zu, die mich schon eine Weile verfolgten, die ich nicht zugelassen hatte. Trotzdem verschwanden sie nicht. Der gestrige Abend, dieses Gefühl, als ich die Ausdrucke auf Dirks Schreibtisch gesehen hatte, zeigte deutlich, dass es an der Zeit war, sich damit auseinanderzusetzen.

Fakten. Eine Spieluhr im Garten. Eine Mail. Ein gefälschtes Tagebuch. Irgendjemand versuchte, mich gezielt zu verunsichern. In dem Moment, in dem ich die Chance hatte, zu beweisen, dass ich mein Leben wieder unter Kontrolle hatte. Ein Zufall?

Fakten – Wolfert und eine Geschichte, die auf vielen Ebenen Sinn ergab. Seine Emotionen, seine Angst, die glaubhaft schien. Trotzdem war da dieses Kinderzimmer. Eine scheinbar glaubhafte, sehr glatte Erklärung, noch ein erstaunlicher Zufall. Da war Heike, ihre ungezügelte Aggression. Und ein toter Hund im Garten.

Und dann war da Lendemann. Der bei Mack angestellt war. Noch ein Zufall, noch ein erstaunlicher Zufall.

Möglicherweise passte all das nicht zusammen, weil ich die Sache aus einem falschen Blickwinkel betrachtete. Vielleicht ging es nicht um mich, sondern um sie. Wer immer versuchte, mich zu sabotieren, schadete damit auch Konstanze.

Wer immer das tat, hatte Erfolg. Es tat weh, aber ich konnte die Augen nicht davor verschließen. Es war nicht nur diese Panikattacke, nicht nur der schreckliche Absturz mit Bether. Ich hatte mich verzettelt. Und isoliert. Ich hatte eine Fülle von Informationen, wichtigen Informationen, die mir offiziell nicht zustanden. Ein Wissen, das ich mit niemandem teilen konnte. Ich war allein in einer Situation, in der Scheitern keine Option war – aus so vielen Gründen.

Aber das würde ich nicht. Es war wichtig, dass ich mich zusammennahm und Szenen wie eben mit Schwester Simone vermied. Ich stand unter Druck, aber ich war dem gewachsen. Ich würde mir weder meine noch Konstanzes Zukunft kaputtmachen lassen.

Ich kann nicht mehr kämpfen. Ich will auch nicht mehr kämpfen.

Ich konnte das aushalten. Ich konnte mein Monster kontrollieren. Ich war stärker als der Raptus, ich hatte das unter Kontrolle. Konstanze Friedrichs würde nicht sterben.

Ich griff nach der Akte. Blätterte zum gefühlt tausendsten Mal darin. Ich nahm die Notizen der letzten Sitzung. Ich war auf dem richtigen Weg. Mein Versuch war gescheitert. Aber es blieb dabei, dass Konstanzes vermeintliche oder reale Schwangerschaft der Dreh- und Angelpunkt war. Das war die Stelle, an der alles zusammenpasste. Eine erfolgreiche Karrierefrau, überfordert von ständigem Druck, die sich diese Überforderung nicht gestattete, sie lieber mit Hilfe von Drogen bekämpfte. Dazu ein Mann, der sie liebte. Der ihr mit seinem Kinderwunsch möglicherweise genau den Lebensentwurf anbot, nach dem sie sich heimlich sehnte, den sie sich selbst aber nicht zugestehen konnte. Ein innerer Konflikt, der außer Kontrolle geraten war. Zwei Seelen, die in ihr einen verzweifelten Kampf kämpften. Der Teil, der diesen Kampf anscheinend verloren hatte, war allerdings nicht verschwunden. Er hockte irgendwo in ihr und weigerte sich, die vermeintliche Schuld, diese Abtreibung, zu verzeihen. Die daraus entstehende unerträgliche Spannung, das heimliche Bedürfnis nach Strafe, projizierte sie auf Wolfert.

Ich werde dich bestrafen. Ich werde dich töten.

Mein Mund war trocken. Ich stand auf, holte mir eine Flasche Wasser. Trank gierig, ohne mir ein Glas zu nehmen.

Ich kann nicht mehr kämpfen.

Das war ein Irrtum. Konstanze Friedrichs war eine außergewöhnlich starke Persönlichkeit. Sie war noch lange nicht am Ende. Der Raptus würde sie nicht besiegen. Und mich auch nicht. Sie musste die falschen und destruktiven Denkmuster erkennen und sich von dem Wunsch nach Strafe lösen. Strafe für Dinge, die sie getan hatte, und Dinge, die sie nicht getan hatte. Es war möglich, gnädig mit sich selbst zu sein. Konstanze würde begreifen, dass sie sich ihre Schuld vergeben konnte. Sie würde gesund werden. Egal, wie lange es dauerte. Ich würde ihr helfen. Weil ich es konnte. Weil alles andere keine Option war.

32

»Gehen Sie durch.« Der gewohnt unheilverkündende Unterton der Krautkremer hatte etwas fast Tröstliches in seiner Berechenbarkeit. Sie winkte mich an ihrem Schreibtisch vorbei, gnädige Geste, begleitet von einem Lächeln, das vermuten ließ, dass schwere Bauchkrämpfe sie heimsuchten.

»Setz dich!« Auch Johannes' Ton sprühte nicht vor Herzlichkeit. Kein Kaffee, bemerkte ich, nicht einmal lauwarmer.

»Wo bist du gewesen?« Anklagender Ton.

»Bei meiner Patientin«, erwiderte ich. »Ich war im Therapiegespräch.«

»Ich meine gestern. Wo warst du gestern?«

»Ich hatte einen Termin bei Eggers. Das weißt du doch. Du hast mir freigegeben, erinnerst du dich?«

»Herrgott, Nadja! Du weißt genau, wovon ich rede. Mack ist ausgerastet. Du hättest ihn hören sollen am Telefon. Was hast du dir dabei gedacht?«

Natürlich. Mir hätte klar sein müssen, dass Mack sich die Möglichkeit, mich umgehend bei meinem Chef zu verpetzen, nicht nehmen ließ. Und wenn ich ehrlich war, konnte ich ihm das nicht einmal verdenken.

»Wenn du es weißt, warum fragst du dann?« Zu aggressiv. Ich atmete durch. »Ich wusste nicht … ich hatte keine Ahnung, dass das seine Firma ist«, lenkte ich ein. »Es ging um etwas anderes. Eine private Sache. Ich wollte mit jemandem reden, der dort …«

»Lendemann!«, unterbrach Johannes. »Warum zum Henker fährst du zu Lendemann?«

Eine Sekunde dachte ich daran, ihm einfach die Wahrheit zu sagen. Ihm alles zu erzählen, damit er verstand. Aber es war keine gute Idee. Kein guter Zeitpunkt, mich auszuliefern, Schwäche einzugestehen. »Wie gesagt – das war privat. Es hat sich ergeben. Nach dem Gespräch mit Eggers. Das hat nichts mit Frau Friedrichs zu tun, nichts mit dem Fall oder der Klinik.«

»Und darum geht es mich nichts an, natürlich, schon klar.« Er hob die Augenbrauen. Setzte einen blasiert-ärgerlichen Gesichtsausdruck auf, den er vermutlich vor dem Spiegel geübt hatte. Er war mir fremd, unangenehm fremd. Er war so weit weg von dem, was mich beschäftigte. Was zählte. Natürlich war mir klar, dass das nicht seine Schuld war. Ich selbst hatte diese Distanz aufgebaut, um zu verhindern, dass sich das, was uns privat verband, störend bei der Arbeit äußerte. Das war richtig gewesen. Und gut. In der derzeitigen Situation brachte es gewisse Probleme mit sich, aber das ließ sich nicht ändern.

Er schwieg noch immer.

»Es tut mir leid«, sagte ich. »Das mit der Firma, das ist wirklich ein saublöder Zufall gewesen. Ich hatte keine Ahnung. Sonst wäre ich da natürlich nicht hingefahren.«

Er wirkte nicht überzeugt, auch nicht versöhnt. »Wir müssen uns besser abstimmen. Wir müssen gemeinsam überlegen, wie es weitergehen soll.«

Wir. Sein idiotisches *Wir*. Da saß der Mann, der meine Patientin hinter meinem Rücken sedierte. Das für *Wir* hielt. Ich zwang mich zur Ruhe.

»Es gibt vielversprechende Ansätze. Wir sind auf einem guten Weg.« Mein *Wir* – ein anderes *Wir*. Eines, in dem Johannes nicht vorkam.

Möglicherweise verlor er deshalb die Beherrschung. »Nadja, verdammt!« Er brüllte. »So geht das nicht!«

»Da gebe ich dir recht. So geht das nicht.« Erneut zwang ich mich, ruhig durchzuatmen. »Ich habe eine Patientin, die vermutlich an einer Form der schizophrenen Psychose leidet. Ich denke, ich weiß mittlerweile einiges über mögliche Ursachen und Auslöser. Wir stehen kurz vor einem Durchbruch.« Ziemlich dick aufgetragen, aber es war nötig, große Geschütze aufzufahren.

»Nadja, kannst du mir zur Abwechslung vielleicht einfach mal zuhören?«

»Gern«, sagte ich. »Ich würde zum Beispiel gern hören, warum du die Frau, die eine Drogengeschichte hat, hinter meinem Rücken mit Benzos vollpumpst. Das ist unverantwortlich. Und außerdem kontraproduktiv. Die Sitzung heute Morgen war eine Katastrophe. Sie war in einem Zustand, in dem weder an eine exakte Diagnostik noch an eine indikationsgerechte Medikation zu denken war. Von psychotherapeutischen Maßnahmen gar nicht zu reden. Ich hätte mich auch mit einem Stück Weißbrot unterhalten können.«

»Es ging ihr schlecht, gestern Abend.« Er klang vorwurfsvoll. »Sie war unruhig, hatte Angstzustände. Ich hatte Dienst. Ich habe das getan, was notwendig war.«

»Ohne Rücksprache!«

»In so einer Situation ist es nicht nötig, Rücksprache zu nehmen. Ich habe es allerdings trotzdem probiert. Du warst nicht zu erreichen.«

Ich erinnerte mich dunkel, dass das Handy geklingelt hatte, als ich im Auto gesessen hatte. Ich hatte keine Lust gehabt, ihn zurückzurufen. Ich erinnerte mich daran, das Handy ausgeschaltet zu haben, nach seiner SMS am späten Abend. Aber darum ging es ja nicht. Nicht wirklich.

»Mir ist klar, dass du sie lieber heute als morgen los wärst, aber ...«

»Kannst du bitte damit aufhören? Niemand will sie loswerden«, unterbrach er mich. »Aber ich bin Arzt, Nadja. Genau wie du. Wir arbeiten in einem Krankenhaus. Im Team. Wenn eine Patientin unter akuten Angstzuständen leidet, dann reagiere ich adäquat. Auch, wenn die behandelnde Kollegin gerade nicht im Haus ist. Diese angebliche Drogengeschichte, die du ständig ins Feld führst, ist in keiner Form belegt oder gar bewiesen. Du hantierst mit Vermutungen. Vielleicht würde es helfen, wenn du mit mir oder den anderen Kollegen teilen würdest, worauf deine Annahmen fußen. Aber du verweigerst das. Du bist auf einem gewaltigen Egotrip und ignorierst die praktischen Probleme, die die Situation nun einmal mit sich bringt. Zum Beispiel, dass es tatsächlich auch um Kapazitäten geht. Um das, was wir real für sie tun können. Sie hockt fast nur in ihrem Zimmer. Sie ist zu viel allein, schmort in ihrem eigenen Saft. Sie nimmt an keinerlei therapiebegleitenden Maßnahmen teil, weil wir weder die Mittel noch die Möglichkeiten ...«

»Sie tut das, weil sie glaubt, sich verstecken zu müssen. Du hast vollkommen recht – das ist nicht gut. Aber die Lösung kann ganz sicher nicht sein, sie einfach ruhigzustellen. Weil es praktischer ist.«

Mir war klar, dass dieser Vorwurf reichlich überspitzt war. Dabei wollte ich nicht einmal wirklich streiten. Aber das hier lief schon wieder schief. Ich versuchte zu begreifen, was mit uns geschehen war. Warum konnten wir nicht mehr miteinander reden? Warum trieb mich so gut wie alles, was er sagte, zur Weißglut?

»Bleib sachlich, ja?« Er räusperte sich.

»Ich bin sachlich. Ich bin vollkommen sachlich.«

»Sie blockiert einen ganzen Flur. Ich kann kein anderes Zimmer dort belegen. Und du betreust nur diese einzige Patientin. Das war ganz sicher nicht als Dauerlösung gedacht. Es ist für die Klinik nicht tragbar.«

»Ich wusste es. Es geht dir ums Geld!«

»Es geht auch um Geld, ja. Ich wäre dir verbunden, wenn du aufhören würdest, so zu tun, als wäre das der Gipfel der Verwerflichkeit. Es geht um die Kapazitäten der Klink, auch als Wirtschaftsbetrieb. Und das ist sie nun einmal, ob dir das gefällt oder nicht. Das ist mir ganz sicher nicht wichtiger als das Wohl der Patientin, und das weißt du genau. Aber das bedeutet nicht, dass es unwichtig ist. Hör bitte auf, dich so kindisch aufzuführen!«

Ich hörte tatsächlich auf. Nicht, um ihm einen Gefallen zu tun. Sondern weil jedes weitere Wort verschwendet gewesen wäre.

Ich sah ihn an und verspürte einen Widerwillen, der fast an Ekel grenzte. Ich sah seine Hände, die nervös nach der Brille griffen. Hände, die mich berührt hatten. In dieser Sekunde begriff ich, dass das nie mehr passieren würde. Allein die Vorstellung war unerträglich. Ich hätte es gern ausgesprochen, da war dieses fast boshafte Bedürfnis, ihm das ins Gesicht zu schleudern. Aber das hier war die

Klinik. Wir hatten eine Abmachung. Das war kein Ort für dieses Thema. Hier ging es um anderes. Um Wichtigeres.

Und ob es mir gefiel oder nicht – ich brauchte ihn. Ich brauchte seine verdammte Unterstützung.

»Ich weiß, wie wichtig dieser Fall für dich ist.« Immerhin schien auch er daran interessiert, die Sache nicht aus dem Ruder laufen zu lassen. Sein Ton war milde, so geduldig, dass es an Herablassung grenzte. »Ich weiß, dass du deine Probleme mit Herrn Mack hast. Trotzdem ist nicht von der Hand zu weisen, dass er in manchen Dingen recht hat. Es geht Frau Friedrichs nicht gut. Und wenn sie hierbleibt, ist es vermutlich wirklich nur eine Frage der Zeit, bis etwas an die Presse durchsickert.«

Mack! Wenn er diesen Namen noch ein einziges Mal aussprach, würde mein Schädel explodieren.

»Ach ja?« Ich schaffte es, fast ruhig zu klingen. »Warum genau glaubst du das? Traust du deinen eigenen Mitarbeitern nicht? Wen hast du denn im Verdacht? Schwester Hilke vielleicht oder Simone? Korn? Vielleicht sogar deinen guten Drachen Krautkremer? Wir reden von den Leuten, mit denen du täglich zusammenarbeitest. Auf die du dich blind verlassen kannst. Glaubst du wirklich, dass irgendjemand hier so niedrig und perfide wäre, sich an die Presse zu wenden?«

»Darum geht es nicht, und das weißt du genau!«

»Doch! Es geht genau darum. Sie ist auf einem guten Weg. Nicht so, wie dieser Mack es sich vorstellt. Pillen rein, alles gut. Sie ist sehr krank. Und es wird eine Weile dauern. Aber wir kommen der Sache näher. Dass es ihr im Zuge dieser Therapie kurzfristig schlechter geht, ist völlig normal. Das weißt du. Du bist Arzt. Und darum kann ich nicht glauben, dass du so vor diesem Mack kuschst. Dass du dich vor seinen Karren spannen lässt …«

»Das geht jetzt wirklich zu weit!«

»Nein, das geht noch nicht weit genug! Hör dir doch selbst mal zu. Die Presse, die böse, böse, gefährliche Presse. Und wenn? Vielleicht geht die Welt nicht unter, wenn die Presse davon erfährt.

Vielleicht wäre es gut für sie, wenn sie sich öffentlich äußert. Wenn sie sich nicht mehr versteckt vor der Welt. Sie ist krank. Das ist keine Schande, kein Verbrechen.«

»Es wäre das Ende ihrer Karriere.«

»Sagt wer? Oh, ja, genau, Mack! Dieser wunderbare, mitfühlende und sicher absolut selbstlose Herr Mack!« Der sie mit Pillen versorgt hatte. Sie netterweise zu ihrer Abtreibung gefahren hatte. Den folgenden Suizidversuch vertuscht und verschwiegen hatte. Ich biss mir auf die Zunge. Beherrschte den Drang, Johannes das ins Gesicht zu schleudern.

»Es steht dir frei, diesen Mann nicht zu mögen. Aber du musst auch seine Sicht ...«

»Nein! Eben das muss ich ganz sicher nicht. Ich bin ihre behandelnde Ärztin. Und darum weiß ich, dass Karriere und Presse das Letzte sind, woran sie jetzt denken sollte. Sie ist instabil, in einer schwierigen Phase ...« Sie ist möglicherweise suizidgefährdet. Ich behielt den Gedanken für mich. Wollte den Troll nicht noch füttern.

»Da sind wir uns ganz und gar einig. Sie ist nicht stabil. Es geht ihr nicht gut.« Johannes setzte die Brille wieder auf. »Ist dir vielleicht mal der Gedanke gekommen, dass das an uns liegt? An dir? An einer Ärztin, die möglicherweise noch immer neurotische Angst vor Medikamenten hat? Du erzählst die ganze Zeit von einem guten Weg, von deinen vielversprechenden Ansätzen. Aber die sieht niemand außer dir, meine Liebe. Ist es vielleicht möglich, dass du deine verdammte Selbstgerechtigkeit über das Wohl deiner Patientin stellst?«

Ich schnappte nach Luft. Er ging zu weit. Das tat weh, das war zu viel. Und er war noch nicht fertig.

»Ich schätze dich, ich schätze deine Arbeit, deine Qualifikation, das muss ich wirklich nicht extra betonen. Aber ich kann die Art und Weise, wie du dich aufführst, nicht länger hinnehmen. Du verweigerst jede Kooperation mit den Kollegen. Du kommst und gehst, wann du willst, bist nicht erreichbar ...«

»Du hast mir freigegeben. Du hast selbst gesagt, ich soll den Nachmittag ...«

»Weil du eine Fahne hattest! Glaubst du, man hat das nicht gerochen?«

Ich erstarrte. Versuchte, mich zu fassen. Ich würde nicht heulen, nicht jetzt, nicht hier.

»Es tut mir leid, aber ich kann nicht so tun, als würde ich das alles nicht merken. Du bist überfordert, Nadja. Und ich weiß, dass du dir das nicht eingestehen kannst oder willst. Aber es ist Zeit, dass dein Ego mal eine Auszeit nimmt. Deine Patientin ist nicht stabil. Und ganz offen gestanden liegt der Verdacht nahe, dass es damit zu tun hat, dass auch ihre behandelnde Ärztin alles andere als stabil ist.«

Ich sah ihn an, und in diesem Moment hasste ich ihn. Ich sah einen aufgeblasenen, arroganten Mann, der meine Schwächen kannte, sie nutzte, einen, der mit Vorsatz dahin schlug, wo es wehtat.

Jetzt, dachte ich. Jetzt war der richtige Zeitpunkt. Der einzig mögliche Zeitpunkt. Ich musste diese Beziehung beenden. Genau jetzt. Ich würde diesem Mann nie wieder nah sein, nie wieder mit ihm schlafen. Ich ertrug es kaum, mit ihm zu reden. Ihn anzusehen. Ich wollte auf ihn losgehen, ihn kränken, so wie er mich kränkte.

Aber es war nicht klug. Es war sicher nicht klug, das ausgerechnet jetzt zu tun. Es würde mir schaden, es würde Konstanze schaden. Meine Position noch weiter schwächen. Ich schluckte, schluckte das Bittere einfach hinunter. Schwieg.

»Mack kommt morgen um halb neun«, hörte ich Johannes sagen. »Wir setzen uns zusammen und besprechen in Ruhe die Möglichkeiten. Ich erwarte, dass du pünktlich bist. Und ich erwarte, dass du dich professionell verhältst!«

Ich sprang auf. Meine Kehle war wie zugeschnürt. Ich hatte einen bitteren Geschmack auf der Zunge.

»Setz dich bitte wieder«, sagte er. »Da ist noch etwas. Ich weiß, dass das hier nicht der richtige Rahmen ist. Aber da du mir konsequent ausweichst und jedes persönliche Gespräch verweigerst … Das mit uns. Nadja, ich … wir sind erwachsene Menschen, und es war … es war sehr schön, aber ich denke, wir sollten das beenden. Es tut mir leid.«

Es fühlte sich an, als habe mir jemand in den Magen geschlagen. Ich starrte ihn an und sah etwas in seinem Gesicht, das mir nicht gefiel. War es Mitleid? Angst? Erwartete er, dass ich ihm eine Szene machte? Weinend zusammenbrach?

Verdammt, was bildete dieser Mann sich eigentlich ein? Ich suchte nach Worten. Fand nur die falschen.

Das mit uns? Was mit uns? Du meinst, du willst nicht mehr mit mir vögeln? Und bringst das Wort nicht mal über die Lippen? Ich will das schon seit Wochen nicht mehr! Ich warte schon die ganze Zeit darauf, endlich Schluss zu machen. Ich wollte es gerade tun, jetzt, ich mache mit dir Schluss, und mir tut es nicht leid!

Ich behielt die Worte für mich. Es hätte sich angehört wie eine billige Retourkutsche. Pubertär. Lächerlich. Es war egal. Es war völlig egal, wer mit wem Schluss machte. Es war zu Ende, und das war gut so.

Ich schaffte es, zu nicken. Vermutlich nahm er an, dass ich mit den Tränen kämpfte, dass ich entsetzlich litt, weil er, der große, wunderbare Johannes Kreusnik, unsere kleine, schale Bettgeschichte beendete.

Ich musste hier raus. Es war genug. Ich wollte nach Hause. Sofort! Ich räusperte mich. »Na wunderbar«, sagte ich. Es klang gut. Fest, ungerührt, sachlich, neutral. »Dann haben wir das ja auch geklärt.«

Ich drehte mich um, ging zur Tür.

»Warte«, sagte er. »Nadja, warte, da ist noch etwas, worüber wir reden müssen, ich … ich bin noch nicht fertig.«

Ich aber. Ich war fertig. So fertig, wie man nur sein konnte.

»Es ist wichtig«, hörte ich ihn sagen, bevor ich die Tür hinter mir ins Schloss donnern ließ.

Vermutlich bildete ich mir nur ein, dass das Lächeln von Frau Krautkremer zum ersten Mal, seit ich sie kannte, wirklich zufrieden wirkte.

33

Ich war so aufgebracht, dass ich es erst bemerkte, als ich in meine Einfahrt bog und er mir noch immer folgte – der blaue Kleinwagen mit Hamburger Kennzeichen.

Mein Nacken verkrampfte sich. Meine Hände umklammerten das Lenkrad. Lendemann.

Ich versuchte, die Angst in den Griff zu bekommen, dachte an unsere Begegnung in der Produktionsfirma. Er hatte nicht aggressiv gewirkt. Nicht bedrohlich.

Unwillkürlich sah ich zum Nachbarhaus. Das Küchenfenster war gekippt. Die Terrassentür stand offen. Dirk war zu Hause. In Hörweite. Ich war nicht allein. Und egal, was gewesen war, er würde reagieren, wenn ich schrie.

Ich stieg langsam aus dem Wagen. Er war nicht viel größer als ich, ganz sicher kein Muskelpaket. Notfalls war ich ihm sogar körperlich gewachsen.

»Was soll das?«, fuhr ich ihn an. »Was fällt Ihnen ein?«

Er hob beschwichtigend die Hände. »Ich muss mit Ihnen reden. Es ist wichtig, wirklich wichtig. Ich wusste nicht, wo Sie wohnen. Aber die Klinik … die Adresse steht im Internet. Ich wollte da nicht rein, ich dachte …«

»Sie dachten, es ist besser, mir aufzulauern. Mich zu verfolgen?«

Er kam näher. »Es ist wichtig«, sagte er wieder. »Und Sie sind doch zu mir gekommen. Sonst hätte ich nie …« Er ließ die Hände sinken. »Bitte«, sagte er. »Bitte geben Sie es mir. Ich habe ein Recht darauf.«

»Was? Wovon reden Sie?«

Er sah sich eilig um. Kam dann noch einen Schritt näher. »Dieses Tagebuch. Ich muss das lesen.« Er hatte die Stimme gesenkt. Ein unangenehmes Raunen.

»Herr Lendemann, das … das war ein Missverständnis. Es ist nicht von ihr. Marlies hat kein Tagebuch geführt.«

»Das dachte ich auch. Zuerst. Das hat sie immer gesagt, früher. Tagebücher sind für Teenager und langweilige Profilneurotiker, hat sie gesagt. Aber das war, bevor sie … das war, als sie noch meine Marlies war.«

Ich schwieg. Spürte, wie mein Herz hämmerte. Ich durfte ihn nicht provozieren. Natürlich war es keine Option, ihm das Ding zu geben. Nicht nur, weil es eine Fälschung war. Er war schon jetzt aufgebracht, agitiert. Sein Blick, sein Ton, die ganze Körperhaltung verrieten seine extreme und ungesunde Spannung.

»Ich tue Ihnen nichts.« Es gelang mir offenbar nicht wirklich, meine Angst zu verbergen. »Ich will doch nichts mehr von Ihnen. Ich muss loslassen. Das sagt mein Therapeut. Ich muss abschließen. Und das kann ich. Das habe ich. Sie haben bezahlt. Sie haben Ihre Schuld eingestanden, gleich am Anfang, nachdem Marlies … an diesem Tag. Sie haben mir gesagt, dass sie es nur tun konnte, weil Sie ihr die Tabletten gegeben haben. Sie haben mir erzählt, dass Sie nicht mit ihr geredet haben, als sie es wollte. Erinnern Sie sich?«

Natürlich erinnerte ich mich. Diesen Tag, den furchtbaren Tag, an dem ich mit diesem Mann in meinem Büro gesessen hatte, würde ich nie vergessen. Er hatte geweint. Ich hatte geweint. Hatte ihm diese Dinge gesagt. Meine Schwäche gezeigt, ihm das Messer, das er mir dann in den Rücken gerammt hatte, willig in die Hand gedrückt.

»Darum geht es«, sagte er jetzt. »Darum, dass man sich der Verantwortung stellt. Mehr will ich nicht. Sie haben bezahlt. Aber der, der wirklich schuldig ist, darf doch nicht ungeschoren davonkommen.«

Ich atmete tief durch. »Sie hatte eine Psychose. Marlies war sehr krank. Sie hat Drogen genommen. Etwas ist schiefgegangen«, sagte ich leise. »Niemand kann etwas dafür. Niemand ist schuld. Ich weiß, dass das schwer auszuhalten ist, aber so ist es nun einmal.« Ich klang ruhig, obwohl meine Stimme zitterte.

»Das ist doch Unsinn! Sie hat das doch nicht freiwillig getan. Sie war schwanger. Sie hätte nie Drogen genommen. Jemand hat sie gezwungen!«

Ich schluckte. »Niemand hat sie zu irgendetwas gezwungen. Das müssen Sie akzeptieren. Genau wie den Umstand, dass sie tot ist. Sie kommt nicht zurück. Egal, was Sie tun.«

»Ich weiß, dass sie tot ist. Ich weiß, dass sie nicht zurückkommt. Ich bin doch nicht verrückt. Aber ich habe trotzdem ein Recht darauf, zu erfahren, was wirklich passiert ist. Und darum brauche ich dieses Tagebuch!«

»Es ist nicht echt«, sagte ich. »Es hat nichts mit Marlies zu tun. Ich habe mich geirrt. Es tut mir leid, dass Sie das aufgeregt hat …«

Er trat noch einen Schritt näher.

»Es wäre besser, wenn Sie jetzt gehen.«

Er hob eine Hand, griff nach meinem Arm. »Geben Sie es mir! Dann gehe ich, dann verschwinde ich sofort.«

Ich wich zurück. »Fassen Sie mich nicht an! Lassen Sie mich sofort los!«

Fast war ich überrascht, als er meiner Aufforderung umgehend nachkam. »Entschuldigung, ich … das wollte ich nicht. Ich tue Ihnen nichts. Wirklich nicht.«

Ich hob die Handtasche, die ich über meine Schulter gehängt hatte. Wühlte darin herum, ohne ihn aus den Augen zu lassen. Ich fand das Handy. Nahm es heraus. »Wenn Sie mir noch einmal zu nahe kommen, rufe ich die Polizei.«

»Nein, bitte, ich … das wollte ich nicht. Bitte! Sie haben sie doch auch gemocht. Ich weiß, dass Sie Marlies gemocht haben. Sie haben geweint. Um sie. Sie verstehen doch, dass ich es zu Ende bringen muss. Ich bin so nah dran. Er hat mir verboten, mit Ihnen zu reden. Das beweist, dass ich mich nicht irre. Ich kann ihn nicht einfach davonkommen lassen. Er muss sich der Verantwortung stellen. Genau wie Sie das getan haben. Verstehen Sie?«

»Nein, Herr Lendemann, ich verstehe das nicht.«

»Weil Sie mir nicht zuhören!« Kurz flackerte Aggression auf.

Ich hob das Handy. Entsperrte die Tastatur.

»Nein, bitte«, sagte er wieder. Seine Augen huschten unruhig hin und her. »Jemand hat mir meine wunderschöne, kluge Marlies weggenommen. Und es fing mit diesem Job an, bei FriMa …«

»Marlies hat bei FriMa gearbeitet?« Es dauerte einen Moment, bis mein Gehirn diese Information verarbeitet hatte. Ich war davon ausgegangen, dass Mack sie über Lendemann gekannt hatte. Hatte nicht weiter darüber nachgedacht.

»Sie war so stolz. Aber es war falsch, alles war falsch. Sie hat sich verändert. Auf einmal war sie ganz fremd. Sie wollte so sein wie sie. Wie diese Friedrichs. Kennen Sie die? Sie kennen sie bestimmt. Aus dem Fernsehen?«

Wieder nickte ich. Verarbeitete die nächste Information. Er hatte keine Ahnung. Er wusste nichts von der Verbindung zwischen Konstanze und mir. Das immerhin war gut, sehr gut sogar.

Hektisch fuhr er fort: »So will sie sein, hat sie gesagt. So weit wird sie es bringen. Weil sie jetzt im richtigen Boot sitzt. Weil sie jetzt die richtigen Kontakte hat. Ich weiß noch, wie sie mich auf einmal angeschaut hat, damals. So, als wäre ich nicht mehr gut genug für sie. Ganz oben, hat sie gesagt, ich werde ganz oben sein. Sie hat sich sogar die Haare so schneiden lassen wie sie. Hat sich so ähnlich angezogen. Es hat mir nicht gefallen. Aber das war ihr egal. Und dann …« Er wischte sich mit dem Handrücken unter der Nase. Schniefte leise. Wirkte sonderbar kindlich. »Dann war sie weg. Immer wieder. Über Nacht. Übers Wochenende. Mir war natürlich klar, was los ist. Sie hat es abgestritten. Hatte tausend Ausreden, perfekte Lügen. Ich habe nicht verstanden, warum sie mich nicht einfach verlässt. Obwohl ich das nicht wollte. Ich habe sie geliebt. Und dann … dann war sie schwanger. Und alles hat sich geändert. Sie hat geschworen, dass es von mir ist. Sie hat mich angefleht, bei ihr zu bleiben. Einen neuen Anfang zu machen. Ich war erst … ich war gemein zu ihr. Ich war verletzt. Aber dann … dann habe ich ihr vergeben. Ich weiß noch, wie ich ihr diese Spieluhr gekauft habe, diesen Bären. Statt Blumen, damit sie sieht … damit sie weiß … es war alles wieder gut. Ich hätte sie nur nicht allein lassen dürfen. Ich dachte, es geht nicht anders. Ich war Freiberufler, wir waren knapp bei Kasse, wir brauchten jeden Cent. Es waren nur zwei Tage. Hätte ich geahnt, dass er diese Chance nutzt, um sie mir für immer wegzunehmen, sie zu zerstören, ich hätte nie ...« Er schluchzte auf.

»Herr Lendemann, bitte beruhigen Sie sich ...« Dieser Mann war verzweifelt, psychotisch vermutlich, denn es war nicht leicht, seiner Geschichte zu folgen. Aber er wirkte eher mitleiderregend als furchteinflößend, was nichts daran änderte, dass er verschwinden sollte. Bevor ich die Beherrschung verlor. Mich umdrehte und davonrannte. So schnell wie möglich.

Er machte allerdings keinerlei Anstalten, das zu tun. »Ich kann erst aufhören, wenn ich ihn zur Rede gestellt habe. Als ich in die Firma gegangen bin, damals, als ich Fragen gestellt habe, hat er sich geschickt verhalten. Er hat mich getäuscht. Hat mich eingelullt, weil ihm klar war, dass ich ihm gefährlich werden kann. Er hat mir diesen Job angeboten. Hat gedacht, dass er mich kaufen kann. Er wusste ja, dass es mir nicht gut geht, auch finanziell nicht. Es würde mir guttun, hat mein Therapeut gesagt. Struktur. Stabilität. Ein neuer Anfang.« Er lachte bitter. »Vermutlich stecken sie unter einer Decke. Aber das ist egal. Ich bin nicht wirklich darauf reingefallen. Ich bin da. Ich halte die Füße still und die Augen offen. Und darum war es gut, dass Sie aufgetaucht sind. Seine Reaktion hat ihn verraten.«

»Wer? Von wem reden Sie eigentlich?« Es war mir klarer, als mir lieb war. Aber ich musste es aus seinem Mund hören.

»Mack! Es liegt doch auf der Hand. Jeder weiß, dass er die zweite Geige spielt. Das passt ihm nicht. Er hasst sie, er hasst die Friedrichs. Er will sie loswerden. Aber noch braucht er sie, bis er einen Ersatz hat. Das sollte Marlies sein, verstehen Sie? Sie hatte ja das Zeug dazu. Er hat ihr das Blaue vom Himmel versprochen. Er hat sie verführt. Er hat sie hörig gemacht. Er hat ihr Drogen gegeben. Aber er hat nicht gewusst, wo die Grenze ist. Er hat das nicht geplant, aber er war gierig und skrupellos und hat sie in den Wahnsinn getrieben. In den Tod. Ich werde beweisen, dass er schuld ist.«

»Mack?« Ich musste es noch einmal aussprechen. »Sie glauben wirklich, dass Sören Mack und Marlies ...« Paranoid. Dieser Mann war völlig paranoid. Man konnte es sehen und hören. Natürlich war nicht ausgeschlossen, dass Mack tatsächlich eine Affäre mit Marlies gehabt hatte. Einer attraktiven, ehrgeizigen jungen Frau. Ganz sicher nicht die Erste, die den Avancen eines Mannes, der ihrer Karriere förderlich sein konnte, nachgab. Ich traute Mack ein solches Szenario ohne Weiteres zu. Die Schlüsse, die Lendemann daraus zog, waren natürlich absurd. Und ein Problem, das, ob ich es wollte oder nicht, gerade auch zu meinem wurde.

»Und dann?«, fragte ich. »Wenn Sie das bewiesen haben, was tun Sie dann?« Ich wollte nicht fragen. Aber es war meine verdammte Pflicht.

»Nichts. Ich meine ... Sie denken ... nein!« Er klang fast panisch. »Ich tue ihm nichts. Es geht nur darum, ihm in die Augen zu sehen. Ich will, dass er begreift, was er mir genommen hat. Dass er sich dieser Verantwortung bewusst ist, sich der Sache stellt. So wie Sie das getan haben. Dann kann ich aufhören. Dann kann ich abschließen. Das ist doch nicht zu viel verlangt!«

Ich sah ihn an. Den Mann, der mir gerade ins Gesicht sagte, er wolle niemanden bestrafen. Diesen Mann, der eine Lawine des Hasses gegen mich losgetreten hatte und mit diesem Prozess dafür gesorgt hatte, dass mein Ruf öffentlich und nachhaltig beschädigt wurde. Der fast meine Karriere und mein Leben zerstört hatte. Er meinte das, was er sagte, ernst. Ihm war nicht einmal im Ansatz klar, was er mir angetan hatte. Er schien sogar zu denken, dass er in mir eine Verbündete hatte, jetzt. Ich hätte ihn gern angebrüllt. Ihn daran erinnert, dass auch er Verantwortung trug. Für viele Dinge. Aber mir war klar, dass es sinnlos war. Er war krank. Sein Denken, sein Handeln geprägt von einer verzerrten Wahrnehmung. Ich würde nicht zu ihm durchdringen.

Ich wollte, dass er ging. Mich nicht zwang, darüber nachzudenken, dass ich mit meinem Auftauchen tatsächlich etwas geweckt zu haben schien. Es geht ihm gut, hatte Mack gesagt. Möglicherweise eine Fehleinschätzung. Vielleicht aber auch die Wahrheit. Vielleicht hatte ich mit meinem Besuch die Dämonen in ihm wieder geweckt. Unabsichtlich, zufällig, aber das änderte nichts.

»Herr Lendemann, Sie sollten dringend mit Ihrem Therapeuten sprechen.« Ich zögerte kurz, schob dann den letzten Rest Angst weg. »Wir könnten reingehen. Ich rufe ihn an. Wie heißt er?«

Er lachte leise. »Nein«, sagte er. »Nein, ich möchte wirklich nicht stören. Geben Sie mir einfach das Tagebuch. Dann bin ich wieder weg.«

»Es gibt kein Tagebuch. Bitte, das müssen Sie verstehen. Es ist eine Fälschung. Es hat nichts mit Marlies zu tun. Ich habe mich getäuscht. Es war ein Irrtum.«

»Geben Sie es mir!« Sein Ton veränderte sich. Er streckte die Hand aus. »Ich habe ein Recht darauf.«

»Gehen Sie.« Ich überlegte, ob ich einen Krankenwagen rufen sollte. Die Polizei. Aber selbst im unwahrscheinlichen Fall, dass es mir gelingen würde, eine Einweisung zu erwirken, würde man ihn vermutlich in ein paar Stunden gehen lassen. Abgesehen davon war der Gedanke, ihn in der Elbmarsch-Klinik zu haben, einen Mann, der Konstanze kannte, einen, der mich kannte, einen, der eine Katastrophe auslösen konnte, schlicht undenkbar.

»Gehen Sie bitte«, sagte ich. »Sonst muss ich die Polizei rufen!«

»Ich habe ein Recht darauf!«

Unvermittelt begann er zu brüllen. Die Wut kam schnell, und schlagartig kehrte meine Angst zurück. Er näherte sich wieder.

»Was bilden Sie sich ein? Wie können Sie es wagen, mir das vorzuenthalten, was mir gehört? Sie hat mir gehört. Ich habe genug durchgemacht. Geben Sie mir das verdammte Tagebuch.« Zwei schnelle Schritte, dann stand er wieder direkt vor mir. Griff mit beiden Händen zu, packte meine Oberarme, presste sie fest und eng an meinen Körper.

»Warum quälen Sie mich so? Warum tun Sie das? Es war doch alles gut zwischen uns, es war doch in Ordnung.« Sein Gesicht dicht an meinem. Winzige Speicheltröpfchen auf meiner Haut.

»Lassen Sie mich los!« Ich brüllte auch. »Lassen Sie mich sofort los!«

Dann ging alles sehr schnell. Ich sah Dirk erst, als er hinter

Lendemann auftauchte, ihn an den Schultern packte und von mir wegriss.

»Was ist hier los?«

Lendemann sackte in sich zusammen. Dirk hatte die Arme um seinen Oberkörper geschlungen, hielt ihn fest. Er war einen guten Kopf größer, hätte auch dann mühelos die Oberhand behalten, wenn Lendemann sich gewehrt hätte.

»Willst du die Polizei rufen?« Dirk sah mich an.

»Nein, nein, das … ich denke nicht, dass das nötig ist. Herr Lendemann wollte gerade gehen.«

Dirk warf mir einen zweifelnden Blick zu.

»Du kannst ihn loslassen.«

Dirks Arme lösten sich. Kurz fürchtete ich, dass Lendemann einfach umfallen würde. Aber er fing sich, stand mit hängenden Schultern da und schwankte nur ein wenig.

»Ich dachte, Sie sind auf meiner Seite.« Er sah mich an. »Warum will niemand, dass die Wahrheit ans Licht kommt?«

»Gehen Sie«, sagte ich. »Bitte gehen Sie.«

Er drehte sich um und ging zu seinem Auto. Er öffnete die Fahrertür und wandte sich noch einmal um. »Ich danke Ihnen trotzdem. Dafür, dass Sie mich an das erinnert haben, worum es wirklich geht.«

Ich hätte mir am liebsten die Ohren zugehalten. »Rufen Sie Ihren Therapeuten an. Bitte!«

»Vielleicht«, sagte er. »Vielleicht tue ich das.«

Dann stieg er ein und fuhr rückwärts die Einfahrt hinunter in Richtung Straße. Ich war erleichtert, dass er abbremste, sich umschaute, bevor er auf die Landstraße fuhr. Er war fahrtüchtig. Erregt, aber nicht außer Kontrolle.

»Was war das denn?« Dirk sah mich besorgt an.

»Nichts. Ein … ein Patient. Er ist harmlos«, sagte ich. So war es. Verdammt, so musste es sein. Sonst hätte ich ihn nicht gehen lassen dürfen, einfach so.

»Du solltest dir keine Arbeit mit nach Hause bringen.« Dirk versuchte sich an einem Grinsen. »Entschuldige, dass ich schon wieder … ich wollte nicht … aber ich habe euch gesehen, vom Fenster, und es sah aus, als würdest du Hilfe brauchen.«

»Dirk, bitte! Entschuldige dich nicht dafür, dass du rübergekommen bist, um mich zu retten. Es war nicht so dramatisch, wie es vielleicht aussah, aber … danke.« Ich war, was die Dramatik betraf, nicht ganz so sicher, wie ich tat. Es schien mir aber sinnvoll, die Sache vor ihm und auch vor mir selbst ein bisschen herunterzuspielen. Ich schaute in Richtung Straße und sah den blauen Wagen hinter einer Kurve verschwinden. Es war möglich, dass er zurückkommen würde. Dieser Mann, der sich die Geschichte so erzählte, wie er sie begreifen konnte, der einen Schuldigen brauchte. Ihn gefunden hatte, erst in mir und nun in Mack. Paranoid. Krank.

Ich dachte an das Gefühl, das diese Ausdrucke auf Dirks Schreibtisch in mir ausgelöst hatten. Das mich zur Flucht aus diesem Haus getrieben hatte. Ein Gefühl, das allzu deutlich machte, wie schmal der Grat zwischen Misstrauen und Paranoia zuweilen war.

Genau wie der zwischen Schuld und Verantwortung.

Er war nicht gefährlich. Ich war nicht seine Ärztin. Trotzdem fühlte es sich nicht gut an, ihn so fahren zu lassen. Ich überlegte, ob es möglich war, herauszufinden, bei wem er in Therapie war. Es würde mich erleichtern, den Kollegen anzurufen. Jemandem Bescheid zu sagen, der die Möglichkeit hatte, sich darum zu kümmern. Ich würde es versuchen. Morgen. Irgendwann. Nicht jetzt. Jetzt war ich müde. Jetzt war es genug.

»Kommst du klar? Magst du vielleicht mit rüberkommen? Ich mach dir einen Tee.«

»Danke, nicht nötig.«

»Bist du noch sauer? Wegen gestern? Ich habe nicht … ich wollte nicht spionieren … es war wirklich nur blöde Neugier, Nadja.«

»Ich weiß.« Ich lächelte ihn an. »Ich habe überreagiert, entschuldige. Alles in Ordnung, mach dir keinen Kopf. Ich wäre nur lieber ein bisschen allein jetzt. War ein langer Tag.«

34

Ich stand im Wohnzimmer, sah hinaus in den Garten. Todmüde, aber erfüllt von nervöser Anspannung. Ich betrachtete meine Kräuter. Sie brauchten Wasser, das war nicht zu übersehen. Auch der Rasen sah nicht gut aus.

Ich nahm den Becher in die Hand, trank einen Schluck Tee und sehnte mich nach einem Glas Wein. Mein Blick fiel auf das schwarze Oktavheft auf dem Tisch. Das verdammte Ding, das so viel Schaden angerichtet hatte. Ich stellte den Becher ab und griff danach. Ich zögerte kurz und nahm dann auch die DVD mit dem surfenden Tom. Im Flur schnappte ich mir noch die furchtbare Spieluhr. Draußen warf ich alles in die große Restmülltonne. Ich knallte den Deckel zu und fühlte mich besser.

Im Schuppen fand ich den Rasensprenger, daneben einen Schlauch. Eine Hinterlassenschaft meiner Vormieter. Ich schloss ihn an den Wasserhahn im Garten an. Sah zu, wie das Ding zischend das dringend benötigte Wasser über den traurigen Rasen, die hängenden Stauden und die Kräuter schleuderte. Hier und da bildeten sich kleine Pfützen.

Ich hoffte, dass es nicht zu spät war. Obwohl es keine Rolle spielte. Es war den Versuch wert. Notfalls würde ich neue Kräuter kaufen und den Rasen frisch einsäen. Ein Trockenschaden im Garten gehörte eindeutig zu den lösbaren Problemen.

So wie fast alle Probleme lösbar waren. Johannes etwa und sein selbstherrliches Getue. Es spielte keine Rolle. Die Sache war beendet. Geklärt. Genau, wie ich es gewollt hatte. Es war anders gelaufen, als ich es mir vorgestellt und gewünscht hatte. Darum hatte ich ein paar Kratzer abbekommen. Winzige Kratzer, schon jetzt so gut wie verheilt. Das, was sich so hässlich und schwach angefühlt hatte, die scheinbare Demütigung, würde schnell vergessen sein.

Ich ging zurück ins Wohnzimmer, ließ mich auf die Couch fallen und legte die Füße auf den Glastisch. Beschloss, mir doch ein Glas Wein zu gönnen. Nach diesem Tag hatte ich es wirklich verdient.

Selbstgerecht hatte er mich genannt. Das tat weh. Es war nicht fair. Trotzdem ein Vorwurf, den ich aushalten musste. Denn aus seiner Sicht war er berechtigt. Johannes hatte keine Ahnung von alldem, was mich dazu brachte, die Dinge so anzugehen, wie ich es nun einmal tun musste, dachte ich, während ich der Wasserfontäne im Garten zusah, den winzigen Regenbögen, die durch die Luft tanzten.

Ich hatte Fehler gemacht. Aber das Ergebnis rechtfertigte viel. Hätte ich nicht mit Wolfert gesprochen, nicht mit Bether, hätte ich mich so verhalten, wie es korrekt gewesen wäre, ich würde noch immer verzweifelt nach einem Ansatz suchen. Manchmal heiligte der Zweck die Mittel. Johannes sah das anders. Damit musste ich leben. Damit musste ich vor allem arbeiten. Ich musste ihm entgegenkommen. Die Aggression und Feindseligkeit, die sich zwischen uns geschlichen hatte, beseitigen. Nach seinen Regeln spielen, wenigstens da, wo ich konnte.

Es war vermutlich klug, sich tatsächlich bei Mack zu entschuldigen. Die Wogen zu glätten. Ob es mir gefiel oder nicht – Mack hatte einen gewissen Einfluss auf Konstanze. Es half nicht, wenn er gegen mich arbeitete. Sie womöglich dazu brachte, tatsächlich einen anderen Therapeuten in Betracht zu ziehen. Ein Gedanke, der hinsichtlich der letzten Sitzung noch ein bisschen unerträglicher erschien.

Es hatte mich davongetragen. Das war nicht richtig gewesen, ein Fehler. Ich hätte geduldiger sein müssen. Begreifen, wie weit weg sie gewesen war, wie gedämpft. Ich hatte mich zur falschen Zeit zu weit vorgewagt.

Aus guten Gründen. Konstanze versuchte immer wieder, mich als Bezugsgröße in die Therapiesituation einzubeziehen. Es war ihr offenbar wichtig. Ich hatte versucht, sie auf der Ebene, auf der sie unter anderen Bedingungen gut reagierte, zu erreichen. Dabei brach ich gewisse Regeln. Aber das war in Ordnung, solange ich die Situation kontrollierte.

Ich war gescheitert. Aber das gehörte zum therapeutischen Prozess wie zum Leben. Es hatte mit Umständen zu tun, die sich ändern würden.

Ich schenkte Wein nach. Der Alkohol tat seine Wirkung, ich entspannte mich langsam. Der richtige Weg. Den Versuch wert. Und etwas, das so nie in der Akte auftauchen durfte.

Diese Geschichte, die ich erzählt hatte, die niemanden etwas anging.

Die außerdem nicht der Wahrheit entsprach.

Ich sah hinaus, sah den Deich, grün und beruhigend hinter meinen persönlichen Wasserspielen. Dachte an Wahrheiten. Mögliche Wahrheiten und tatsächliche Wahrheiten. An den Übergang, der zuweilen allzu fließend war.

Es hätte die Wahrheit sein können. Diese Geschichte hätte genau so passiert sein können. Ärztin hin oder her – ich hatte es wirklich nicht allzu genau genommen mit der Verhütung. Der Gedanke an eine Schwangerschaft war mir immer derart absurd vorgekommen, dass ich ihn gar nicht ernsthaft in Betracht zog. Lächerlich, natürlich, furchtbar naiv, aber ich hatte ja Glück gehabt. So sah ich das. Obwohl alles anders gekommen wäre, wenn ich kein Glück gehabt hätte.

Natürlich hätte ich Thomas von einer Schwangerschaft erzählt. Er wäre immerhin der Vater gewesen.

Mit Sicherheit wäre er ins nächste Flugzeug gestiegen. So gut kannte ich diesen Mann. Er hätte nie zugelassen, dass ich dieses Kind nicht bekam. Sein Kind. Unser Kind. Für dieses Kind hätte er Tom zurückgelassen, irgendwo da am Strand mit dem lächerlichen Surfbrett. Er wäre zu mir gekommen und hätte mit seinem unverwüstlichen Optimismus erklärt, warum alles möglich und machbar war.

Man kann kein Kind haben, das auf einem anderen Kontinent aufwächst.

Das hätte er gesagt.

Das hatte er gesagt.

An dieser Stelle näherten sich Wahrheit und mögliche Wahrheit einander an, überlappten, unsauber genug, um noch einmal nach der Weinflasche zu greifen.

Man kann kein Kind haben, das auf einem anderen Kontinent aufwächst.

Ein Satz, der allen anderen Argumenten die Grundlage entzog. Eine gefühlte Wahrheit, neben der nichts anderes galt.

Es tut mir leid, hatte er gesagt. An diesem Abend. *Das habe ich nicht gewollt.*

Ich war zu geschockt gewesen, um zu fragen, was genau er nicht gewollt hatte. Mich belügen und hintergehen? Mit Chrissy schlafen? Sie schwängern?

Ich hatte nicht gefragt. Hatte ihn nur angesehen, mich an die Hoffnung geklammert, dass er jetzt das Richtige sagte.

Es war ein schrecklicher Irrtum, zum Beispiel, *ich weiß nicht, was in mich gefahren ist.*

Vergebliche Hoffnung. Stattdessen hatte er sich entschuldigt. Entschuldigt!

Ich wollte dir nicht wehtun, hatte er gesagt.

Warum hast du es dann getan?

Es ist einfach passiert.

Als passierten solche Dinge einfach so, als wäre es nicht verdammt noch mal deine Entscheidung gewesen, mit der kleinen Schlampe in die Kiste zu springen.

Rede nicht so, hatte er gesagt. *Bitte, tu das nicht. Es tut mir wirklich schrecklich leid.*

Und mir erst, verdammt, und mir erst!

Je länger er geredet hatte, desto falscher wurde, was er sagte. Er suchte und fand Erklärungen. Jedes seiner Worte wie eine Abrissbirne, die gnadenlos das zermalmte, was wir zusammen hatten.

Es stimmt nicht mehr mit uns, hatte er gesagt. *Es funktioniert schon eine Weile nicht mehr richtig. Es fällt mir manchmal schwer, dich zu ertragen. Dein Zerdenken, dein ständiges Analysieren und Sezieren. Diese Verbissenheit! Du weißt immer alles, Nadja, du weißt ja besser, wie ich mich fühle, als ich selbst. Mir fehlt etwas,* hatte er gesagt, *mir fehlt die Leichtigkeit. Das Gefühl, Dinge einfach geschehen zu lassen. Nicht jeden Atemzug zu planen, nicht vorher entscheiden, wie man sich hinterher fühlen wird. Man muss sich doch einfach mal auf das Leben einlassen. Und nicht immer nur Fehler und Makel und Schwächen finden, weil man lange genug sucht.*

Ich liebe dich. Das hatte er auch gesagt. Ein richtiger Satz, dem ein falscher auf dem Fuß folgte: *Ich liebe dich, aber ich kann so nicht weitermachen.*

Natürlich war es nicht einfach so passiert. Nichts auf der Welt passierte einfach so. Es tat ihm leid, aber das änderte nichts.

Chrissy tut mir gut, sagte er. *Es tut gut, mit jemandem zusammen zu sein, mit jemandem einfach zu sein.*

Einfach sein, mit Chrissy, und jetzt mit dem Kind in ihrem Bauch. Mit Chrissy, die ihre gierige kleine Hand nach ihm ausgestreckt hatte, unter meiner Nase, vor meinen Augen, und ich war blind gewesen. Es war nicht Chrissys Schuld, das wusste ich. Es war möglicherweise nicht einmal wirklich Thomas' Schuld. Obwohl er ihn gegangen war, diesen Schritt. Weg von mir, hin zu dem, was ihn zu Tom machte.

Ich weiß nicht, wie das weitergeht. Mit ihr, meine ich, mit Chrissy, es ist nicht so, als wären wir … wir sind kein Paar. So ist es nicht. Aber da ist jetzt ein Kind. Mein Kind. Und darum kann ich nicht weg. Man kann kein Kind haben, das auf einem anderen Kontinent aufwächst. Ich habe schon vorher darüber nachgedacht, wie es wäre, zu bleiben. Jetzt ist es die einzig mögliche Entscheidung.

So einfach war das.

So schnell war eine Diskussion beendet. Alles entschieden.

So einfach war die wahre Wahrheit, so nah an der möglichen Wahrheit.

Ich hatte Konstanze nur in einem einzigen Punkt wirklich belogen. Es hatte keine Abtreibung gegeben.

Chrissy hatte damals völlig klargemacht, dass sie dieses Kind bekommen würde. Mit Thomas oder ohne ihn.

Sie hatte ihn nicht unter Druck gesetzt. Sie hatte ihm die Entscheidung überlassen. Sie war klug, kannte ihn gut genug, um zu wissen, dass es für ihn nur eine Möglichkeit gab.

Genau wie für mich.

Er hatte mich nicht gebeten, zu bleiben. Er wusste, dass es unmöglich war. Unter anderen Umständen hätten wir es versuchen können. Es gab Dinge, die man ändern konnte.

Ich liebe dich. Das hatte er gesagt. Das war die Wahrheit, daran zweifelte ich keine Sekunde. Er liebte mich, und ich liebte ihn.

Ich liebte ihn, aber ich wusste, dass ich es nicht ertragen würde. Dazubleiben, mit ihm. Und Chrissy und dem Kind, das mich jeden Tag daran erinnern würde, was geschehen war.

Ich hatte keine Wahl gehabt. Niemand hatte eine Wahl gehabt.

Und niemand hatte ahnen können, dass sie es verlor. Wenige Wochen später. Einfach so. Das kam vor, sagten die Ärzte. So etwas passierte.

Im Rückblick schien es mir wie grausame Ironie, dass das der Punkt war, an dem wir uns wieder so nahekamen. Thomas und ich. Er war verzweifelt, trauerte. Ich war Tausende Kilometer weit weg. Aber er brauchte mich. Wir redeten, am Telefon, über Skype, täglich, manchmal stundenlang. Es half ihm, ich half ihm, es zu verarbeiten, es zu verkraften. Es hinter sich zu lassen.

Es machte uns wieder zu dem, was wir vorher gewesen waren. Zwei, die richtig füreinander waren. Zwei, die sich kannten, sich verstanden, zwei, die sich liebten.

Füreinander bestimmt, miteinander perfekt.

Gleichzeitig war es der Moment gewesen, in dem ich ihn endgültig verlor. Denn Chrissy war ja nicht gestorben. Chrissy war da, auch sie war nah, nicht nur emotional, sondern auch körperlich. Sie teilte seinen Schmerz, sie hatte ihr Kind verloren und seins. Und darum hatte sie trotzdem gewonnen. Thomas. Ihren zukünftigen Tom. Sie heilten gemeinsam. Sie wuchsen zusammen.

Wir hoffen, dass es diesmal gut geht.

Sein Gesicht auf dem Bildschirm, vor wenigen Tagen, seine Stimme. Hoffnung, Freude, Aufregung. *Wir hoffen, dass es diesmal gut geht.*

Ich nicht, dachte ich. Wollte den Gedanken nicht zulassen, es gleichzeitig laut aussprechen. »Ich nicht!«

Ich wünschte den beiden nichts Schlechtes. Aber ich konnte ihnen auch nicht alles Glück der Welt wünschen.

Eine Wahrheit, auf die ich nicht stolz war. Eine, die nicht für die Ohren der Welt bestimmt war. Die man deshalb mit einer automatischen Lüge ersetzen musste.

Ich freue mich für euch.

Lüge, Wahrheit, Halbwahrheit. Möglichkeiten, die das Leben bot oder verweigerte.

Mein Leben genau wie das Leben von Konstanze.

Es war den Versuch wert gewesen. Es hätte funktionieren können. Wir waren auf einem guten Weg. Sie war auf einem guten Weg.

Ich habe da einfach dieses Gefühl, dass Sie mich verstehen. Weil wir uns ähnlich sind. Weil Sie begreifen, was ich bin. Ich vertraue Ihnen.

Das war natürlich nicht richtig. Ich war nicht wie Konstanze, sie war nicht wie ich. Ich war in der Lage, die nötige Distanz zu wahren. Ich war aber auch in der Lage, etwas zuzulassen, was Johannes in seiner Verbohrtheit nicht verstand. Genau diese Nähe nämlich, die auch sie fühlte. Es gab diesen Teil, einen elementaren Teil von Konstanze, der sich mir erschloss. Ihre Ängste, ihre Wünsche und Gedanken waren nicht meine. Aber ich konnte mich einfühlen in diese Frau. Es gab diese Nähe, die mir half, ihr zu helfen.

Mein Handy begann zu klingeln.

Ich sah aufs Display. Drückte das Gespräch weg. Johannes war der Letzte, mit dem ich jetzt sprechen wollte. Es war das dritte Glas Wein. Vielleicht sogar das vierte. Er würde hören, dass ich etwas getrunken hatte. Und die falschen Schlüsse ziehen.

Abgesehen davon war ich hundemüde. Ich griff nach der Fernbedienung und schaltete den Fernseher ein. Dann legte ich den Kopf in den Nacken und schloss die Augen.

Etwas riss mich zurück in die Welt. Ein Geräusch, dringlich, in penetranter Wiederholung. Ich öffnete die Augen, stöhnte leise. Ich war auf dem Sofa eingeschlafen. Mein Nacken schmerzte.

Ein Blick auf die Uhr – kurz nach eins. Auf dem Bildschirm irritierende Bilder, nackte Frauen räkelten sich, umgeben von blinkenden Telefonnummern. Es war spät, ganz sicher kein sozialverträglicher Zeitpunkt für einen Anruf. Thomas vielleicht, vielmehr Tom, aus einer anderen Welt, einer fremden Zeitzone? Selbst wenn ich putzmunter gewesen wäre, ich hätte keine Lust gehabt, mich jetzt mit ihm auseinanderzusetzen. Ich angelte nach der Fernbedienung und beendete das nackte Treiben auf dem Bildschirm. Griff dann nach dem Telefon, das auf dem Tisch neben dem leeren Weinglas lag. Ich sah aufs Display. Mit einem Schlag war ich hellwach.

»Schönberg?«

Stille. Ich hörte nur ein unheimliches Zischen.

»Hallo?«

»Es fängt wieder an.« Die Stimme klang gequält. »Es geht wieder los!«

»Herr Wolfert ...« Ich erinnerte mich an Whisky und Lachen und Leichtigkeit. Daran, dass wir uns geduzt hatten. An diesem Abend, vor ein paar Tagen, vor einer gefühlten Ewigkeit. »Klaus, meine ich, was ist los? Was ist passiert?«

Das Zischen, wie eine riesige Schlange. Der Rasensprenger, verdammt. Ich hatte vergessen, das Wasser abzudrehen!

»Sie hat angerufen. Eben gerade. Sie hat hier angerufen.«

»Konstanze?« Eine überflüssige Frage.

Er sparte sich die Antwort. »Heike ist ... sie ist außer sich«, sagte er stattdessen. »Sie weint. Sie sagt, es war nicht das erste Mal. Sie hat es schon letzte Woche gemacht. Ein paarmal. Sie hat hier angerufen. Heike hat es mir verschwiegen. Sie wollte nicht, dass ich mich aufrege, sagt sie.« Ich hörte ihn schlucken. »Meine Frau ist schwanger!« Seine Stimme klang fester. »Sie darf nicht ... das geht nicht. Das geht so nicht!«

»Aber das ist nicht möglich!« Was für ein Unsinn. Natürlich war es möglich. Konstanze hatte ein Telefon im Zimmer. Sie hatte ein Handy. Sie konnte anrufen, wen sie wollte, wann sie wollte.

Ich massierte mit der freien Hand meine Nasenwurzel. Versuchte, klar zu denken.

»Ich weiß nicht, was sie will. Warum tut sie das?«

»Was hat sie gesagt?«

Er stöhnte leise. »Ich … ich weiß nicht, was sie zu Heike gesagt hat. Sie will nicht … sie sagt, sie hat immer gleich aufgelegt. Ich glaube, sie lügt. Ich denke, sie will es mir nicht sagen. Und eben, als ich am Telefon war … Sie hat gesagt, dass sie noch lange nicht fertig ist mit mir. Sie hat gesagt, dass ich für alles bezahlen werde, was ich ihr angetan habe. Und dass … sie hat gesagt, dass das Baby … es soll verrecken, hat sie gesagt. Und dass sie dafür sorgen wird …«

Ein scharfer Schmerz blitzte hinter meiner Stirn auf.

Ich wollte das nicht hören. Das konnte nicht sein. Es durfte nicht sein, es passte nicht in das Bild, das eben noch so klar gewesen war.

Er räusperte sich. »Das muss aufhören.« Seine Stimme klang jetzt fest. Kontrolliert. »Das muss unbedingt aufhören. Es macht Heike Angst. Es macht mir Angst. Sie haben gesagt, dass kein Grund zur Sorge besteht.«

Ich nahm zur Kenntnis, dass auch ihm das Du nicht mehr über die Lippen ging. Es schien fremd und abwegig in dieser Situation, weit weg von Whisky und Leichtigkeit. »Sie haben gesagt, dass sie keine Gefahr für uns ist. Das ist vielleicht ein Irrtum. Verdammt, das ist *offensichtlich* ein Irrtum. Das muss aufhören. Tun Sie etwas! Ich flehe Sie an. Tun Sie etwas dagegen. Diese Frau ist zu allem fähig.«

»Herr Wolfert, Klaus, ich … ich kümmere mich darum, ich …« Ich hatte keine Ahnung, was ich tun sollte. Ich hatte nicht einmal eine Ahnung, was ich sagen konnte, um ihn wenigstens kurzfristig zu beruhigen.

»Das muss aufhören«, wiederholte er. »Und wenn Sie das nicht hinbekommen, dann werde ich selbst dafür sorgen. Ich lasse das nicht zu. Ich werde meine Familie schützen. Koste es, was es wolle!«

Dann war er weg. Tuten aus der Leitung.

Ich war allein mit dem Zischen aus dem Garten.

35

Ich hatte lange wach gelegen. Grelle und laute Gedanken im todmüden Kopf. Ich hatte in die Dunkelheit gestarrt und Bilder gesehen, die ich nicht hatte sehen wollen. Versucht, Sinn zu erkennen, wo keiner zu finden war. Irgendwann hatte ich aufgegeben, eine Tablette genommen. Sie wirkte so gut, dass es dem Wecker nicht gelang, mich aus dem Schlaf zu reißen. Erst zwei Stunden später tauchte ich langsam aus unruhigem Schlummer auf. Fühlte mich wie zerschlagen.

Ich duschte, lange, abwechselnd heiß und kalt. Ich griff blind ein paar Kleider aus dem Schrank, ging nach unten und setzte Kaffee auf. In der Pfanne auf dem Herd verwandelte sich ein Rührei, das ich irgendwann gemacht, dann aber nicht gegessen hatte, langsam in etwas Unappetitliches. Ich warf die Pampe in den Müll. Wusch die Pfanne ab. Ich sammelte Gläser und Becher, die überall in der Küche standen, zusammen. Aus dem Geschirrspüler schlug mir ein fauliger Geruch entgegen. Ich suchte ein Tab und startete das Programm.

Dann schenkte ich mir Kaffee ein, obwohl die Glaskanne erst zu einem Drittel gefüllt war, und floh aus der Küche ins Wohnzimmer. Auch hier herrschte Chaos. Auf dem Esstisch ein Stapel Post, Werbesendungen, geöffnete Briefe, daneben die ungelesenen Zeitungen der letzten Tage. Gläser und leere Weinflaschen, Staubmäuse auf dem Parkett.

Chaos, das mich gestern noch wenig gestört hatte. Das auf einmal bedrohlich wirkte. Ich sah hinaus in den Garten. Braune, matschige Pampe, die kürzlich noch mein Rasen gewesen war. Der Anblick trieb mir unvermittelt die Tränen in die Augen. Ich zwang mich, die Augen nicht abzuwenden. Trank Kaffee, kleine Schlucke, heiß, stark, bitter, genau richtig.

Eins nach dem anderen, dachte ich. Ganz in Ruhe.

Das da war nur Rasen. Kein Grund zum Verzweifeln. Ich würde neu einsäen. Ich würde neue Kräuter kaufen. Ich hatte zu viel gearbeitet. Ein paar Dinge schleifen lassen. Ich würde mir einen Tag freinehmen. Bald. Wenn sich die Gelegenheit ergab. Aufräumen, putzen, mich um Wäsche und Garten kümmern.

Ich würde das hier sortieren, in Ordnung bringen. Ich war der Sache gewachsen. Dass ich mich nicht so fühlte, dass da diese Weinerlichkeit war, war allein dem Schlafmangel und dem pochenden Kopfschmerz geschuldet.

Kein Grund zur Verzweiflung.

Eins nach dem anderen. Ganz in Ruhe.

Erst Konstanze. Danach mein Haus. Mein Leben. Und Johannes. Johannes war wichtig. Auch wenn mir der Gedanke nicht angenehm war. Trotzdem gehörte er nach oben auf die Liste.

Johannes als Kollege, als Chef. Johannes, mit dem ich auf fachlicher Ebene kommunizieren musste und konnte, ohne emotionalen Ballast und tückische Unterströmungen.

Ich schüttete den letzten Schluck Kaffee in meinen Hals, griff nach Tasche und Autoschlüssel und machte mich auf den Weg.

Die Tür zum kleinen Konferenzraum im Erdgeschoss stand offen. Leises Stimmengewirr drang aus dem Raum, ich hörte Lachen, Gläser klirrten. Vermutlich feierte irgendjemand Geburtstag. Eilig drückte ich mich an der Tür vorbei. Mir war nicht nach Small Talk. Leider hatte ich keine Chance, denn kaum war ich an der Tür vorbei, kam mir Korn entgegen. Er trug ein paar leere Sektgläser in der Hand, strahlte mich an. »Wie schön, wie schön, die Kollegin Schönberg. Gutes Timing, wir machen gerade noch ein Fläschchen auf …«

Ich erwiderte verkrampft sein Lächeln. »Oh, vielen Dank, aber … ich habe jede Menge zu erledigen, ich …«

»Nichts da«, unterbrach er mich. »So viel Zeit muss sein! Fünf Minütchen Ihrer kostbaren Zeit werden Sie gewiss erübrigen können. Oder wollen Sie es sich mit dem neuen leitenden Oberarzt verscherzen?«

Die Luft um mich herum schien sich in zähes Gummi zu verwandeln. Ich starrte ihn an, sein feistes Gesicht, das zufriedene Grinsen.

Versuchte, die Erinnerung an diesen Abend wegzuschieben, den Abend, der ewig lange zurückzuliegen schien.

Du solltest eine Flasche Champagner besorgen.

Johannes in meinem Schlafzimmer. Johannes in meinem Bett.

Du hast jetzt schon mehr zu bieten als andere, die doppelt so alt sind. Allein die Veröffentlichungen in den letzten Jahren. Das ist kein Posten, den man sich ersitzt, egal, was manche sich so denken.

Wie in Trance folgte ich Korn in den Raum. Nickte den Kollegen zu, die in lockeren Grüppchen herumstanden, plauderten, Sektgläser in der Hand. Ich sah Johannes, in einer Ecke mit der Kollegin Münster. Ich sah ihr Lächeln, falsch und verkrampft, scharfe Falten um ihren Mund. Absolut berechtigt. Jeder wusste, dass es für sie die letzte Gelegenheit gewesen war, vor dem Ruhestand noch eine Sprosse nach oben zu klettern. Sie verbarg tapfer ihre Enttäuschung, eine, die ihr zustand. Anders als mir.

Johannes sah kurz zu mir hinüber. Er wirkte verärgert. Verdammt, wie kam er dazu? Der Mann, der mich in diese Lage gebracht hatte. Das Treffen mit Mack fiel mir ein. Natürlich, das war der Grund für den beleidigten Blick. Ich hatte es vergessen, ich hatte es wirklich vergessen. Der Auftritt von Lendemann und der Anruf von Wolfert hatten meine Aufmerksamkeit beansprucht. Aber das spielte keine Rolle. Darüber wollte ich jetzt nicht nachdenken. Ich war damit beschäftigt, zu verarbeiten, dass man mir gerade ein Messer in den Rücken gerammt hatte.

Man will dich langfristig halten.

Du solltest eine Flasche Champagner besorgen.

Korn drückte mir ein halb volles Glas Sekt in die Hand. Stieß mit mir an, er strahlte, er plauderte auf mich ein. Ich nickte, ich lächelte und hörte nicht wirklich zu. Stand da, fühlte mich machtlos, kraftlos. Gedemütigt. Betrogen.

Ich musste mich zusammennehmen. Offiziell wusste ich von nichts. Hätte nicht einmal damit rechnen dürfen, denn andere waren vor mir an der Reihe. Das hier war keine Überraschung. Für niemanden. Nur für mich.

Ich sah wieder zu Johannes und der Münster. Da stand er, der Mann, der mich in diese Lage gebracht hatte. Ohne den ich nun hier stehen und mit Korn anstoßen würde, ein bisschen ungeduldig, ein bisschen genervt. Aber nicht enttäuscht. Und nicht gedemütigt.

Ich leerte das Glas. »Vielen Dank«, murmelte ich. »Und Glückwunsch natürlich, Glückwunsch, Herr Kollege. Aber jetzt muss ich wirklich ... vielen Dank für den Sekt.«

Ich floh in mein Büro. Riss dort das Fenster weit auf, atmete durch. Es gab kein Problem, erinnerte ich mich, nicht wirklich. Natürlich hätte ich diese Stelle gern gehabt. Es wäre gut für meine Karriere gewesen, ein positives Signal, ein wichtiger Schritt. Aber ich hatte Zeit. Ich war noch jung, würde noch viele Möglichkeiten bekommen. Ich brauchte diesen Posten nicht. Und das Gefühl der öffentlichen Demütigung war irrational. Ich musste mich weder auf mitleidige Blicke noch auf hämisches Grinsen hinter meinem Rücken gefasst machen.

Haben Sie eigentlich schon einmal daran gedacht, etwas anderes zu machen? Beruflich, meine ich. Sie wollen doch sicher nicht in dieser Klinik in der Provinz versauern.

Auf einmal schien mir dieser Vorschlag von Konstanze gar nicht mehr so abwegig. Vielleicht war es wirklich an der Zeit, bestimmte Möglichkeiten in Betracht zu ziehen. Alternativen zu überdenken. Aber das hatte Zeit. Alles hatte Zeit. Jetzt hatte ich andere Sorgen.

Ich stellte das Fenster auf Kipp und ging zum Schreibtisch. Ich sah mich um. Fühlte mich kurz wie zu Hause – auf eine ungute Weise. Auch hier hatte ich ein paar Dinge schleifen lassen. Was ich sah, ging über kreative Unordnung weit hinaus. Die schmutzigen, mittlerweile verkrusteten Kaffeetassen wirkten unappetitlich, die Papierberge auf dem Schreibtisch bedrohlich. Es war ein guter Zeitpunkt, wenigstens ein bisschen Ordnung in die Sache zu bringen.

Ich hatte gerade begonnen, den Wust auf dem Schreibtisch zu sortieren, als er kam. Er klopfte nicht, sondern trat einfach ein.

»Es tut mir leid«, sagte er.

»Was genau?« Ich fühlte mich ertappt und ärgerte mich darüber.

»Es war nicht meine Absicht, dich auflaufen zu lassen. Ich wollte es dir sagen, gestern. Aber du hast mich nicht zu Wort kommen lassen.«

Es war also meine Schuld. Typisch, dachte ich, so verdammt typisch für diesen Mann. Ich räusperte mich. »Wie rücksichtslos von mir. Entschuldige bitte.«

»Verdammt, Nadja! Warum machst du es mir so schwer? Und dir? Du weißt, wie gern ich dir den Job gegeben hätte. Aber nach allem, was du dir geleistet hast in letzter Zeit … Ich muss solche Entscheidungen vertreten können. Vor allem, wenn von vornherein feststeht, dass sie in Frage gestellt werden. Und so wie es gelaufen ist in letzter Zeit, konnte ich es nicht. Ich hatte keine Wahl.«

Ich würde mir keine Blöße geben. Es spielte keine Rolle. »Vergiss es einfach«, sagte ich. »Ist schon in Ordnung.«

»Nein, das ist es eben nicht! Es ist nicht in Ordnung, dass du dich so benimmst. Dass du dich selbst sabotierst. Es ist nicht in Ordnung, dass ich nicht einmal die Gelegenheit hatte, dich zu informieren, weil du Gespräche einfach abbrichst, wann immer es dir passt. Wenn du überhaupt geruhst, zu einem Termin zu erscheinen. Es ist nicht in Ordnung, dass du es nicht mal für nötig hältst, dich zu entschuldigen. Wo bist du gewesen? Heute Morgen?«

Ich hörte Ärger. Viel Ärger und daneben etwas, das ich nicht richtig zuordnen konnte.

»Ich habe verschlafen.« Es klang patzig. Kindisch.

Er atmete demonstrativ durch. »Merkst du eigentlich, wie weit du den Bogen überspannst?«

»Ich habe viel zu tun. Ich habe wenig Zeit.«

»Es wäre möglicherweise sinnvoll, sich ab und zu Zeit zu nehmen. Prioritäten zu setzen. Nadja, ich bin dein Freund. Ich bin auf deiner Seite. Aber ich bin auch dein Vorgesetzter!«

»Wie könnte ich das vergessen?« Ich wandte mich ab und begann, scheinbar konzentriert und vollkommen sinnlos, Papiere auf Stapel zu schichten. Ich wollte ihn nicht ansehen. Ich wollte, dass er ging. Aber das tat er nicht.

»Wie du willst. Dann fasse ich mich jetzt kurz. Um deine überaus kostbare Zeit nicht über die Maßen zu beanspruchen. Da es dir leider nicht möglich war, den Termin heute wahrzunehmen, haben Frau Friedrichs, Herr Mack und ich das Gespräch ohne dich geführt. Sie war sichtlich enttäuscht über deine Abwesenheit. Aber sie hat sich gut und sachlich eingebracht. Sie macht auf mich einen durchaus reflektierten Eindruck. Schätzt sowohl die Lage als auch ihren Zustand klar und richtig ein. Wir sind zu einem gemeinsamen Schluss gekommen. Die Situation ist so nicht haltbar. Und darum wird Frau Friedrichs uns verlassen. Ich habe deutlich gemacht, dass sie aus unserer Sicht nach wie vor ärztlicher Hilfe bedarf. Das sieht sie genauso. Sie wird sich darum in eine andere Einrichtung begeben.«

Die unsinnigen, überflüssigen Zettel in meinen Händen begannen zu zittern. Ich versuchte, meine Hände still zu halten, das zu begreifen, was er da sagte. Ich legte das Papier auf den Schreibtisch und drehte mich langsam um. »Was soll das?«

Er zog einen Zettel aus der Tasche seines Jacketts und reichte ihn mir. Ich griff danach, sah einen Namen, eine Telefonnummer mit Ländervorwahl, Schweiz, wenn ich mich nicht irrte.

»Was ist das?«

»Da rufst du bitte an. Und zwar gleich. Sofort. Das kann nicht warten.«

»Warum? Was zum Teufel soll sie in der Schweiz?«

»Die Klinik ist spezialisiert auf eine Klientel mit besonderen Ansprüchen. Frau Friedrichs ist da gut aufgehoben. Der Kollege ist ein Fachmann auf dem Gebiet der schizophrenen Störungen. Bürgler, Professor Dr. Bürgler. Du hast möglicherweise von ihm gehört. Ich habe bereits mit ihm gesprochen, ihm die Situation erklärt. Er kennt deinen Namen, hat einiges von dir gelesen, er scheint große Stücke auf dich zu halten. Darum würde er gern persönlich mit dir über den Fall reden, bevor er sie aufnimmt.«

Ich hatte das Gefühl, mich unter Wasser zu befinden. Ich verstand ihn falsch, ganz sicher, denn alles andere war unmöglich.

»Ich erwarte, dass du dich kooperativ und professionell verhältst. Im Sinne der Klinik und deiner Patientin handelst.«

Seine Worte holten mich zurück an die Oberfläche. »Im Sinne meiner Patientin? Das ist nicht im Sinne meiner Patientin!«

»Doch, das ist es. Sie kann hier nicht bleiben. Du sagst selbst, dass die Sache möglicherweise langwierig sein könnte. Wir haben nicht die nötigen Kapazitäten.«

»Johannes, das ist falsch! Sie vertraut mir. Sie hat doch ausdrücklich gesagt, dass Sie mich will, dass ich …«

»Offenbar hat sie ihre Meinung geändert. Das musst du akzeptieren, Nadja.«

»Aber sie macht Fortschritte. Wenn sie jetzt verlegt wird, fängt sie wieder ganz von vorn an.«

»Das mag sein. Aber es ändert nichts. Wenn Frau Friedrichs den Wunsch hat, uns zu verlassen, dann wird sie das tun.«

Ich schluckte. »Ich bin die behandelnde Ärztin. Ich werde mein Einverständnis nicht geben! Vergiss es, Johannes!«

»Es geht ihr schlecht. Das ist ein Fakt. Und dir geht es auch nicht gut, Nadja. Es tut mir leid, aber ich kann nicht so tun, als würde ich das nicht bemerken. Ich sehe, dass du überlastet bist. Überfordert. Es war ein Fehler, dich mit diesem Fall zu betrauen. Du bist noch nicht so weit. Ich weiß, das willst du nicht hören. Aber es ändert nichts, gar nichts. Zumal es weder deine noch meine Entscheidung ist. Niemand braucht dein Einverständnis. Frau Friedrichs ist freiwillig hier. Es steht ihr jederzeit frei, die Klinik zu verlassen.«

»Aber sie braucht mich!« Mir war klar, dass ich das nicht hätte sagen sollen. Es klang verzweifelt. Ich war verzweifelt.

»Vielleicht hättest du deine Argumente heute Morgen vorbringen können. Da hätte sie dich wirklich gebraucht. Ich denke, es wäre wichtig für Frau Friedrichs gewesen, zu sehen, dass ihre behandelnde Ärztin sich die Zeit nimmt, ihr bei so einer Entscheidung zur Seite zu stehen. Aber die war leider verhindert, sie hat nämlich verschlafen, und ihre Zeit ist kostbar. Sie war zu sehr damit beschäftigt, sich wie ein bockiges Kleinkind aufzuführen.«

»Johannes, hör auf! Du hast mir nicht gesagt, dass sie dabei sein wird …«

»Ich habe dich gebeten, zu diesem Termin zu erscheinen, um über das weitere Vorgehen in dem Fall zu beraten. Und genau darum geht es. Du tust nur das, was dir gerade in den Kram passt. So läuft das nicht!«

»Es tut mir leid, ich … ich habe es vergessen. Das hätte nicht passieren dürfen, es war keine böse Absicht, wirklich nicht. Aber du kannst mich nicht dafür bestrafen, indem du diesen Unsinn zulässt. Sie ist nicht stabil. Möglicherweise ist sie suizidgefährdet …«

»Genau das ist der Grund, warum du umgehend mit Dr. Bürgler telefonieren solltest!« Er zögerte, sah mich an. »Ich verstehe, dass das schwer für dich ist. Aber es ist, wie es ist. Sie will weg. Sie hat diesen Wunsch von sich aus geäußert. Und unter den gegebenen Umständen ist es eine gute und sinnvolle Lösung.«

Ich brauchte einen Moment, um zu verstehen, was er da sagte. »Sie sagt das nur, weil sie Angst hat.« Die Worte kamen laut aus meinem Mund. Mein Versuch, das zu erklären, was nicht zu erklären war. »Sie leidet unter Verfolgungswahn. Sie denkt, Wolfert will sie töten, sie denkt, er weiß, wo sie ist, das ist doch …« Unmöglich, dachte ich. Sie hatte das nicht gesagt. Es ergab keinen Sinn. Sie brauchte mich. Sie vertraute mir doch. »Sie ist krank, Johannes. Sie kann gerade nicht …«

Er unterbrach mich mit einer Handbewegung. »Wir können uns diese Diskussion sparen. An eine Unterbringung gegen ihren Willen ist auf keinen Fall zu denken in dieser Situation. Und es spricht viel dafür, dass es in der Schweiz für sie leichter ist. Sie ist eine erwachsene Frau, sie ist intelligent, einsichtig, schätzt ihre Lage und ihren gesundheitlichen Zustand realistisch und vernünftig ein. Und darum werden wir ihre Entscheidung respektieren. Du kannst diese Entscheidung bedauern, das ist dein gutes Recht. Aber damit hat es sich.« Ich versuchte, den leeren Phrasen einen Sinn zu entnehmen. Den dreisten Lügen. Er war doch froh, Johannes war doch heilfroh, sie loszuwerden.

»Ihr habt sie manipuliert«, hörte ich mich sagen. »Ihr habt ihr das eingeredet!«

»Nadja!« Eine Warnung, eine klare Warnung, der ich mich beugte. Es war sinnlos. Jedes Wort war verschwendet. Außerdem traute ich meiner Stimme nicht mehr.

»Ruf da an«, sagte er. »Das ist keine Bitte, das ist kein Vorschlag, das ist eine Dienstanweisung. Dir liegt an dieser Patientin, und darum solltest du dir Zeit nehmen, mit Bürgler zu reden. Ich erwarte, dass du ein professionelles Gespräch mit ihm führst. Im Sinne der Klinik und im Sinne deiner Patientin.« Er drehte sich um und ging zur Tür. Er hatte die Klinke schon in der Hand.

»Nein!« Ich brüllte. »Johannes, nein, so läuft das nicht. Sie muss bleiben. Hier, bei mir. Ich muss weitermachen. Ich kann jetzt nicht aufhören. Dieser Mist mit der Presse – das ist egal. Ihre Karriere, ihr Ruf, völlig egal. Das macht sie doch erst krank! Und du erzeugst genau diesen Druck, der sie fertigmacht, genau wie Mack. Das ist unverantwortlich. Ich werde das auf keinen Fall zulassen.«

»Schluss! Nadja, kein Wort mehr. In deinem eigenen Interesse. Ich sage dir das als dein Freund, nicht als dein Vorgesetzter. Du hast derzeit eine Menge Probleme. Und du würdest das erkennen, wenn du ein einziges Mal nach links und rechts gucken würdest. Oder in den Spiegel. Als dein Vorgesetzter müsste ich leider sagen, dass ich in dieser Situation der Ansicht bin, dass es gut für Frau Friedrichs wäre, sich von jemand anderem behandeln zu lassen. Du hast weder die Sache noch dich selbst im Griff, egal, was du dir einredest. Und ich bin es leid, dich ständig in Schutz zu nehmen. Weil es dir an Distanz mangelt, weil du Kollegen brüskierst, dich dem Pflegepersonal gegenüber unmöglich benimmst. Weil du kommst und gehst, wie es dir gerade passt, dich weder an Absprachen noch an Termine hältst. Ich habe keine Lust mehr, den Kopf für dich hinzuhalten. Ich kann das auch nicht mehr. Ich trage die Verantwortung, verstehst du das nicht? Und ich kann mich wirklich keinen Millimeter weiter aus dem Fenster lehnen!«

Dann war er weg. Ich war allein.

36

»Sie schläft.« Schwester Simone klang schnippisch, fast als verschaffe es ihr Befriedigung, mich derart abblitzen zu lassen. »Sie möchte niemanden sehen.«

Natürlich hätte ich mich durchsetzen können. Ich war die behandelnde Ärztin. Es stand einer Krankenschwester nicht zu, mich nicht zu einer Patientin vorzulassen.

Ich ging trotzdem.

Es war wichtig, jetzt mit Bedacht vorzugehen. Für das Gespräch, das ich mit Konstanze führen wollte, musste sie wach sein, aufmerksam. Fokussiert. Wenn sie begriff, dass es sowohl Mack als auch Johannes letztlich nicht um ihre Bedürfnisse, sondern um ureigene Interessen ging, würde sie die richtige Entscheidung treffen.

Konstanze Friedrichs würde diese Klinik nicht verlassen.

Ich musste einfach die Ruhe bewahren.

Ich kehrte in mein Büro zurück. Die Unordnung schien noch schlimmer geworden zu sein. Chaos, das mir auf einmal die Luft zum Atmen nahm. Ich ging zum Schreibtisch und krempelte die Ärmel hoch. Eine knappe Stunde später quoll der Papierkorb über. Ich hatte das dreckige Geschirr in die Teeküche getragen, die verkrusteten Kaffeereste in den Bechern eingeweicht. Dann hatte ich mich über die Flut von gedruckten Information hergemacht. Das wenige, was relevant war, in die entsprechenden Ordner sortiert. Unendlich viel Ballast weggeworfen, bis das schwärende Gefühl der Machtlosigkeit und Resignation von mir wich.

Das hier war noch lange nicht zu Ende.

Dass Johannes sich so aufführte, war kein Wunder. Egal, was er sagte, er konnte es kaum erwarten, sie los zu sein. Und ich hatte ihm in die Hände gespielt. Hatte nicht in seinem System funktioniert. Aber das war ein Schaden, den man reparieren konnte. Er hatte seinen Standpunkt deutlich gemacht. Hatte mich abgestraft. Wenn es mir gelang, ein normales und sachliches Gespräch zu führen, professionell und ruhig, dann würde er begreifen, dass er sich irrte. Dass es so nicht ging. Er war nicht dumm, aber vermutlich war es an der Zeit, ein paar Karten auf den Tisch zu legen. Ihm bestimmte Dinge zu erklären. Dinge, die ihm nicht gefallen würden, die er trotzdem nicht ignorieren konnte und die für mich und mein Vorgehen sprachen.

Ich sah mich um und betrachtete zufrieden das, was wieder nach dem Büro einer gut organisierten, kompetenten Fachärztin aussah. Ich überlegte, wie ich die Sache angehen sollte.

Die Idee, ihn einzuladen, war möglicherweise gar nicht schlecht. Ein Essen, heute Abend. Wenn ich früh genug aufbrach, konnte ich auf dem Heimweg noch die verdammte Flasche Champagner kaufen und das Haus auf Vordermann bringen. Zeigen, dass alles in Ordnung war zwischen uns. Dass ich alles im Griff hatte. Und ihm nichts nachtrug. Den Rahmen schaffen, die Dinge zu klären.

Es klopfte an der Tür.

Regine Geigers Gesicht wirkte wächsern, das mausige Haar noch stumpfer als sonst. Auf mein »Herein« hatte sie die Tür geöffnet und stand nun auf der Türschwelle, anscheinend unschlüssig, ob sie eintreten sollte oder nicht. Ich ging ihr einen Schritt entgegen.

»Frau Geiger?«

Sie schien die Lähmung zu überwinden. Langsam bewegte sie sich vorwärts und schloss die Tür. Verharrte dann erneut und sah mich aus leicht verschwollenen Augen an.

»Sie schicken sie weg?« Ihre Stimme war heiser.

»Frau Geiger«, wiederholte ich. Sie wirkte, als sei es wichtig, sie an ihren Namen zu erinnern. »Bitte, setzen Sie sich.«

Ihre Bewegungen waren eckig, ihr Körper schien sich gegen die Anwesenheit in meinem Büro zu sträuben. Sie ließ sich auf dem Stuhl nieder, als bestünde die Sitzfläche aus Reißnägeln. Presste die Knie zusammen, umklammerte die Handtasche auf ihrem Schoß. Die altdamenhafte Pose wirkte lächerlich, gleichzeitig mitleiderregend.

Regine Geiger. Kleines graues Eselchen in Not.

»Sie schicken sie nach Hause?« Sie sah mich anklagend an.

Sie war also von Schwester Simone vorgelassen worden. Ich ignorierte den leisen Stich, den ich bei diesem Gedanken verspürte. Konzentrierte mich auf den Umstand, dass Konstanze ihrer Freundin gegenüber offenbar nicht die Klinik in der Schweiz erwähnt hatte. Ein Punkt für mich. Sie jetzt nach Hause zu schicken, in diesem Zustand, war ein Risiko, das nicht einmal Johannes eingehen würde.

Ich lehnte mich zurück, verschränkte die Arme vor der Brust. »Frau Friedrichs ist ein freier Mensch. Wenn es ihr Wunsch ist, die Klinik zu verlassen, dann kann ich sie nicht aufhalten.« Es fühlte sich nicht gut an, das auszusprechen. Auch wenn Johannes vermutlich stolz auf mich gewesen wäre.

Im Sinne der Klinik und im Sinne deiner Patientin.

Regines Finger krampften sich bei meinen Worten noch ein wenig fester um das graubraune Kunstleder der hässlichen Tasche.

»Hatten Sie Streit? Ist etwas vorgefallen?« Ihre Stimme zitterte.

»Nein. Wie kommen Sie darauf?«

»Sie hat doch immer so gut von Ihnen geredet. Sie vertraut Ihnen. Ich verstehe nicht, warum sie auf einmal nach Hause will. Das ist doch nicht gut.«

Ich zögerte. »Das ist es nicht«, sagte ich. »Aber das letzte Wort ist in der Sache ja auch noch nicht gesprochen.«

»Nicht?« Ihr Kopf ruckte hühnerartig nach oben. »Oh, ich dachte ... es klang so, als sei das beschlossene Sache.«

So klang es, ja, natürlich klang es so. »Ich hatte noch keine Gelegenheit, mit ihr darüber zu sprechen«, sagte ich.

»Aber das werden Sie. Das werden Sie doch, oder?«

Ich musterte die Geiger. Diese Frau, die wenig verstand und trotzdem instinktiv begriff, dass das, was geschah, nicht gut war. Keine sonderlich starke Verbündete, aber immerhin. »Das werde ich«, versicherte ich ihr.

Sie schien zu überlegen. »Ich bin natürlich für sie da ...«, sagte sie dann. »Ich meine, ich tue, was ich kann, aber ... nach dem, was neulich passiert ist, bin ich nicht sicher, ob ich das kann. Was soll ich denn tun, wenn sie … wenn sie wieder …« Sie sah mich flehend an. »Können Sie das nicht einfach verbieten? Dass sie nach Hause geht, meine ich. Ich weiß, sie kann sehr bestimmend sein. Aber sie ist doch … sie ist doch krank …«

»Ich verstehe Ihre Sorge. Aber wir müssen das als isolierte Episode sehen, eine hoffentlich einmalige Sache, die uns nicht das Recht gibt, über ihren Kopf hinweg zu bestimmen. Solange es keine Anzeichen für eine unmittelbare Selbst- oder Fremdgefährdung gibt, ist an eine Unterbringung gegen ihren Willen nicht zu denken.«

»Ich habe Angst.« Ihre Stimme war kaum mehr als ein Flüstern. »Frau Dr. Schönberg, ich habe furchtbar Angst um Konstanze.«

Ich mochte diese Frau nicht, aber es tat gut, jemanden zu haben, der meine Sorge teilte, der verstand, auf was es ankam.

»Ich tue, was ich kann«, sagte ich.

Ich dachte an Wolferts Anruf.

Es geht wieder los.

War das eine Möglichkeit? Wenn Klaus Wolfert diesen Zwischenfall Johannes gegenüber bestätigen würde, wenn ich außerdem Regine Geiger vor meinen Karren spannte, dann war es denkbar.

Sie hat gesagt, dass sie noch lange nicht fertig ist mit mir. Sie hat gesagt, dass ich für alles bezahlen werde, was ich ihr angetan habe. Das Baby … es soll verrecken, hat sie gesagt. Und dass sie dafür sorgen wird.

Mit Sicherheit das allerletzte Mittel. Eines, das sich unlauter anfühlte. Ich verstand diesen angeblichen Anruf nicht. Aber selbst wenn er genauso stattgefunden hatte, änderte das nichts an meiner Überzeugung, dass sich die Aggressionen, die Konstanze hatte, nicht nach außen richten würden. Sie war keine Gefahr für Wolfert oder seine Heike. Sie war eine Gefahr für sich selbst.

Er wird mich bestrafen. Er wird mich töten.

Sie hat das alles selbst getan.

Es spielte keine Rolle, denn letztlich war der Gedanke müßig. Eine Unterbringung gegen ihren Willen erforderte ein Verfahren, das viel Zeit kostete. Zeit, die weder Konstanze noch ich hatten.

»Es liegt bei ihr.« Ich musste es laut aussprechen. »Es ist allein ihre Entscheidung.« Abermals zögerte ich.

Regines Augen schimmerten verdächtig. Hätten ihre Hände nicht noch immer wie Schraubzwingen an der Tasche gehangen, ich hätte sie ergriffen und getätschelt.

Sie starrte auf die Tischplatte. Dann schluchzte sie unvermittelt auf.

»Frau Geiger, wir schaffen das schon.« Ich lächelte so überzeugend, wie ich konnte. Aktivierte alle Zuversicht, die ich hatte. Die ich brauchte, um das Gefühl in Schach zu halten, das sich immer weiter in den Vordergrund schob. Dieser Fall würde mich möglicherweise alles kosten, was mir wichtig war. Mein Job hing an einem seidenen Faden. Es gab niemanden, der auf meiner Seite war. Keinen, dem ich vertrauen konnte. Ich war allein. Genau wie Regine.

Die schaffte es endlich, die Hände von der Tasche zu lösen. Öffnete sie, fingerte nervös darin herum, bis sie ein Taschentuch gefunden hatte. Sie wischte sich damit kurz über die Augen.

Ich war allein. Allein mit der Angst, dem Stampfen und Knurren des Raptus. Aber ich konnte das aushalten. Die Geschichte würde sich nicht wiederholen. Das war es, worum es ging. Das war der Kern. Und darum musste ich verhindern, dass Konstanze die Klinik verließ.

»Ich lasse nicht zu, dass sie geht, Frau Geiger«, sagte ich. »Ich werde das nicht zulassen!«

Ich war auf halbem Weg durch den Park, entschlossen, mich diesmal nicht abwimmeln zu lassen, als eine Stimme mich aufhielt. Eine, die falsch war. Jemand, der nicht hier sein durfte, nicht jetzt.

»Warten Sie!« Wolferts Stimme klang erregt. Er kam auf mich zu, zornige Schritte, hektische Bewegungen.

»Was tun Sie hier?« Ich sah mich nervös um. Wir standen wie auf dem Präsentierteller, von allen Seiten gut zu sehen, ich und dieser Mann, der nicht hier sein durfte. »Kommen Sie …« Ich zerrte ihn am Ärmel. »Nicht hier!«

Er befreite sich aus meinem Griff. »Sparen Sie sich das!« Warum klang er so wütend? Was ging hier vor?

»Es reicht. Es ist genug. Zu viel, es ist …« Er schnappte nach Luft. »Ich mache das nicht mehr mit!«

»Herr Wolfert, was ist los?«

»Heike ist weg! Sie hat gesagt, dass sie es nicht mehr erträgt. Die Anrufe. Mich. Mich, hat sie gesagt, sie erträgt nicht mehr, wie ich mich verhalte. Sie braucht eine Auszeit, hat sie gesagt, sie hat ihr Handy zu Hause gelassen. Sie will mich nicht sprechen. Und darum muss ich etwas unternehmen. Es geht so nicht, es geht einfach nicht!« Seine Stimme klang gepresst, es kostete ihn offenbar Mühe, die Beherrschung nicht zu verlieren.

»Herr Wolfert, ich verstehe, dass Sie aufgebracht sind, aber …«

»Sie verstehen überhaupt nichts. Es reicht. Ich habe Ihnen vertraut. Ich habe Ihnen Dinge erzählt, die ich nie einem Menschen erzählen wollte. Weil ich dachte, dass Sie dann begreifen, womit Sie es zu tun haben. Aber Heike hat recht. Sie sind nichts weiter als ihr Werkzeug. Sie benutzt Sie, um mich zu zerstören. Aber ich lasse das nicht zu. Es geht um mein Leben. Um das Leben meines Kindes. Und darum werde ich jetzt tun, was ich tun muss. Ich werde sie aufhalten. Ich werde dafür sorgen, dass das ein Ende hat.«

»Was … Herr Wolfert, was haben Sie vor?«

»Ich werde mit jemandem sprechen, der mich ernst nimmt. Der das hier ernst nimmt. Ich hoffe, Dr. Kreusnik hat Zeit für mich …«

»Nein, bitte …« Mir wurde heiß. Es war so ziemlich der ungünstigste Moment, den er wählen konnte, um Johannes von unseren Treffen zu erzählen. Wenn er das tat, war ich erledigt. Nicht nur den Fall los, sondern mit an Sicherheit grenzender Wahrscheinlichkeit auch meinen Job.

»Diese Frau gehört eingesperrt. Sie ist wahnsinnig. Sie ist gefährlich. Sie ist unberechenbar. Ich werde tun, was ich muss. Ich hoffe, Ihr Chef hat ein Einsehen. Wenn nicht, dann …« Der unvollendete Satz schwebte drohend zwischen uns. Sein Gesicht war verzerrt vor Zorn.

»Herr Wolfert, das ist nicht so einfach, wie Sie denken …«

»Das werden wir ja sehen!« Er wandte sich ab und stürmte in Richtung Verwaltungsgebäude davon. Ich sah ihm nach. Wollte schreien, ihm folgen, wollte ihn festhalten, anflehen, ihm erklären, dass er alles nur noch schlimmer machte. Niemand konnte Konstanze einsperren. Alles, was er erreichen würde, war, dass ich meinen Job los war und damit jeden Einfluss auf Konstanze verlor. Es war sinnlos, so sinnlos, so überflüssig.

Genau wie diese Gedanken.

Die zu Staub zerfielen, lächerlich und unwichtig wurden, als ich in Richtung des Gebäudes sah, in dem sie untergebracht war. Konstanze stand vor der Tür. Starrte ungläubig in meine Richtung. Sie hatte ihn gesehen. Sie hatte uns gesehen. Sie hatte jedes Wort gehört.

Ich vertraue Ihnen.

Ich belüge Sie nicht.

Ich rannte fast zu ihr. »Frau Friedrichs, ich muss dringend mit Ihnen reden.« Ich versuchte, so zu tun, als wäre nichts geschehen. Sah in ihr Gesicht, starr, unbewegt, eine Maske.

»Ich wüsste nicht, worüber.« Sie klang beherrscht. Viel zu beherrscht. »Ich wüsste wirklich nicht, worüber ich mit Ihnen noch zu reden hätte.« Keine Emotionen in ihrer Stimme. Weder Wut noch Schmerz. Nicht einmal ein Vorwurf. Nur Kälte. »Es wäre besser, wenn Sie jetzt gehen«, sagte sie, drehte sich um, ging ins Gebäude und schlug die Tür hinter sich zu.

Ich stand da und starrte auf die Tür, die sich vor meiner Nase geschlossen hatte. Ich stand da, und mein Leben zerbrach. Ich hörte den Raptus brüllen, war fast dankbar, dass er mir einen Grund gab, mich zu bewegen. Zu fliehen, weg von hier, von diesem Ort, den ich nicht länger ertrug.

Irgendwie schaffte ich es zu meinem Auto. Ich bekam den Schlüssel ins Schloss, startete den Motor und fuhr los.

37

Ich schaffte es bis nach Hause. Erst im Wohnzimmer übernahm er die Kontrolle. Fiel über mich her. Nahm mir den Atem, überschwemmte mich mit Angst. Schlug zu, wieder und wieder, bis es ihm reichte. Bis ich dalag. Schweißnass, zitternd. Nicht gestorben. Wieder einmal nicht gestorben.

Ich schaffte es, mich hochzurappeln. Ging unter die Dusche, wusch den Schweiß weg und die Erbärmlichkeit. Ich zog mir frische Kleider an. Kochte mir einen Kaffee. Tat Dinge, normale Dinge, die sich sonderbar sinnlos anfühlten.

Irgendwann saß ich in der Küche.

Ich hatte verloren. Ich war gescheitert.

Es tat gut, sich das einzugestehen. Ich hatte nicht erreicht, was ich hatte erreichen wollen. Für mich, meine Karriere. Ich hatte es vermasselt.

Aber darum ging es nicht. Nicht wirklich. Es gab Dinge, die wichtiger waren. Viel wichtiger.

Das, worum es jetzt ging, war nicht ich, sondern sie. Jetzt ging es darum, Konstanze Friedrichs zu schützen. Vor dem Monster, das ihr wie mir auf den Fersen war.

Es ging um all die Dinge, die geschehen waren. Die ich nicht verstand. Die trotzdem wichtig waren, etwas bedeuteten. Ich hatte nichts mehr zu verlieren. Und darum konnte ich um Hilfe bitten. Johannes alles erzählen, alles, was ich von Wolfert gehört hatte, von Bether. Der tote Hund, Lendemann, die Spieluhr, das Tagebuch. Irgendwer spielte ein Spiel. Mit Konstanze oder mit mir. Es war an der Zeit, alle Karten auf den Tisch zu legen. Denn es ging darum, Konstanze zu retten. Vor wem oder was auch immer.

Ich goss den Rest Kaffee in die Spüle. Setzte mich wieder ins Auto und fuhr in Richtung Klinik.

Als ich in die Einfahrt bog, begriff ich erst nicht, was ich da sah. Transporter mit aufdringlichen Logos, viele Autos, viel zu viele Menschen. Kameras und Aufmerksamkeit richteten sich auf die strenge Fassade, die sich ehern und ein wenig indigniert gegen die Eindringlinge zu stemmen schien.

Ich bremste und legte den Rückwärtsgang ein.

Das war unmöglich. Nicht jetzt, nicht ausgerechnet jetzt! Das konnte nicht sein, das durfte nicht sein. Ich bog rückwärts auf die Landstraße, stellte den Wagen ein Stück weiter am Straßenrand ab und schlug mich seitlich an der Mauer, die das Gelände umgab, entlang. Offenbar war noch keiner der Journalisten auf die Idee gekommen, nach Hintereingängen zu suchen. Allerdings hatte irgendwer den Gedanken gehabt, diese abzuschließen. Offenbar hatte Johannes schnell auf die Invasion reagiert. Meine Hände zitterten, als ich den Generalschlüssel aus der Tasche zog.

Ich kam nicht bis zu ihrem Zimmer, denn Johannes fing mich auf halbem Weg ab.

»Du!« Er war bleich vor Zorn. »Dass du dich hierher traust!« Ich sah rote Flecken an seinem Hals, ein ungesunder, greller Kontrast zu dem weißen Kittel, den er trug. Ich öffnete den Mund, abermals unfähig zu begreifen. Unfähig zu sprechen, aber dazu kam ich auch gar nicht.

»Ist es das, was du wolltest?« Er trat einen Schritt näher. Kurz fürchtete ich, er wolle mich schlagen. Ich hatte ihn noch nie so unbeherrscht erlebt. »Bist du jetzt zufrieden?« Er klang heiser. »Ist dir klar, was du da angerichtet hast, Nadja?«

Endlich verstand ich, was er da sagte. Ich wollte widersprechen, aber ich war zu fassungslos.

»Ist das deine Rache? Dafür, dass du diesen verdammten Job nicht bekommen hast? Für den Rest? Bist du wirklich so unfassbar selbstsüchtig?« Er brüllte jetzt.

»Johannes, das ist doch absurd!« Endlich schaffte ich es, zu sprechen.

»Ja, allerdings. Es ist absurd und ungeheuerlich. Ich kann nicht fassen, wie weit du gegangen bist, Nadja. Und ich meine nicht nur das da draußen. Bildest du dir ein, dass du deinen Willen einfach so durchsetzen kannst? Alle Regeln ignorieren? Du belügst mich, du hintergehst deine Patientin. Und das hier ist der ultimative Verrat. Du hast sie dieser Meute ausgeliefert. Weil du denkst, dass du so Fakten schaffen kannst. Die Welt zwingen, das zu tun, was du für richtig hältst.«

»Ich habe doch nicht ... Wie kannst du so etwas denken?« Unsinnig, die gekrächzte Frage. Ich kannte die Antwort. Sie passte voll und ganz in das Bild, das er von mir haben musste. Die Erkenntnis schnürte mir die Luft ab.

Er packte meinen Arm. »Ich will nichts hören. Kein Wort. Dass du dich selbst zerstörst, das mag dein Privatvergnügen sein. Und offen gestanden ist es mir mittlerweile egal. Aber dass du diese Klinik und das Leben deiner Patientin ruinierst, weil dein heiliger Stolz verletzt ist, weil du nicht in der Lage bist, dir einzugestehen, dass du überfordert bist, kann ich einfach nicht fassen!« Hinter der Wut sah ich tiefe Erschöpfung. Ehrliche Verzweiflung. »Ich habe gedacht, ich kenne dich. Ich habe dir vertraut, weil ich dachte, dass du eine kluge und kompetente Frau bist, eine gute, empathische Person und Ärztin. Aber ganz offensichtlich habe ich mich in dir getäuscht. Aber vermutlich muss ich dir gratulieren. Du hast es geschafft. Jetzt hat sie wirklich nichts mehr zu verlieren. Jetzt ist sie genau da, wo du sie haben wolltest.« Er holte Luft. »Du solltest jetzt gehen. Du bist bis auf Weiteres freigestellt. Die Personalabteilung wird sich bei dir melden.«

»Red keinen Unsinn!« Ich befreite mich aus seinem Griff. »Wo ist sie? Wo ist Konstanze? Ich muss zu ihr, sie braucht mich jetzt!«

»Bist du noch zu retten? Wenn sie irgendjemanden ganz sicher nicht braucht, dann dich! Mack bringt sie hier raus. Er versucht, das Schlimmste zu verhindern. Du siehst doch, was hier los ist. Es werden immer mehr da draußen. Sie kann nicht eine Sekunde länger hier ...«

Ich rannte los.

»Frau Friedrichs …« Ich ging auf sie zu. »Konstanze!«

Eine Hand packte meine Schulter. Ich fuhr herum. Mack stand hinter mir. »Raus!«, zischte er. »Verlassen Sie sofort diesen Raum!«

Ich ignorierte den schmerzhaften Griff. Wandte mich wieder meiner Patientin zu. »Ich habe keine Ahnung, wie das passieren konnte. Aber ich habe nichts damit zu tun«, setzte ich an. Sah ihr in die Augen. Sie schien durch mich hindurchzusehen, reagierte nicht auf meine Worte. »Wir kriegen das hin, Frau Friedrichs, wir kriegen das in den Griff. Ich weiß, dass ich Ihnen einiges erklären muss. Aber das kann ich, das kann ich wirklich. Sie dürfen nicht gehen. Sie müssen hierbleiben, verstehen Sie?«

Endlich kam Leben in sie. »Frau Dr. Schönberg«, sagte sie. Sie klang freundlich. Überrascht, so, als habe sie gar nicht mit mir gerechnet. »Frau Dr. Schönberg«, wiederholte sie leise, als wolle sie sich an etwas erinnern.

»Wir müssen los«, hörte ich Mack sagen. »Wir gehen hinten raus, durch den Park. Mein Auto steht auf dem Feldweg, ist ziemlich matschig, aber deine Schuhe sind jetzt wohl deine geringste Sorge.«

Konstanze stand auf. Langsam, unheimlich ruhig. Sie sah hinunter zu den hellgrauen Pumps aus Wildleder und seufzte leise. Dann sah sie mich an und lächelte.

»Frau Dr. Schönberg«, sagte sie ein drittes Mal. »Nadja. Jetzt darf ich Nadja sagen, oder? Jetzt ist es ja vorbei.«

»Es ist nicht vorbei!« Ich hörte selbst, wie hysterisch ich klang. Versuchte, mich zusammenzunehmen.

Sie lächelte noch immer. »Hören Sie auf, sich zu quälen. Sie haben getan, was Sie konnten. Ich weiß das. Ich bin Ihnen dankbar. Es ist nicht Ihre Schuld. Manchmal kann man nicht gewinnen, so ist es einfach. Ich kann es akzeptieren, wirklich. Ich bin froh, dass es zu Ende ist.«

Ich packte ihre Schultern. »Nein!« Ich versuchte, den Blick nicht von diesen Augen abzuwenden, aus denen es gelb zu schimmern schien. Ihr totes Lächeln, hinter dem scharfe Raptus-Zähne glitzerten. »Es ist nicht zu Ende, nichts ist zu Ende, bitte, das dürfen Sie nicht sagen …«

Mack zerrte sie weg. »Wir müssen uns beeilen!«

Sie wehrte sich nicht gegen seinen Griff. Hob eine Hand, ein Abschiedsgruß. »Machen Sie sich keine Sorgen«, sagte sie.

Ich spürte, wie meine Bronchien sich verengten. »Ich komme«, keuchte ich. »Ich komme gleich nach, ich … ich lasse Sie nicht im Stich …«

»Den Teufel werden Sie tun!« Mack war zwischen uns getreten. »Wenn Sie es wagen, sich Frau Friedrichs noch ein einziges Mal zu nähern, dann wird das Konsequenzen haben. Glauben Sie mir, das ist mein Ernst. Ich rufe die Polizei. Ich mache Sie fertig! Sie bleiben weg von ihr! Sie haben weiß Gott genug angerichtet!«

Er zerrte Konstanze aus dem Zimmer. Die Welt verschwand in einem grauen Nebel aus Panik.

38

Als ich erwachte, brauchte ich einen Moment, um mich zu orientieren. Ich lag auf Konstanzes gemachtem Bett. Jemand hatte eine Wolldecke über mich gebreitet.

»Frau Dr. Schönberg?« Hilkes Stimme. Sie saß neben dem Bett auf einem Stuhl und lächelte mich an. »Dem Himmel sei Dank, da sind Sie ja wieder.«

In meine Orientierungslosigkeit mischten sich Erinnerungsfetzen. Zusammenhanglose Bilder von Schwester Hilke, die jemanden anbrüllte. Eine Hand, die mir einen Becher hinhielt, mich zum Trinken nötigte. Verschwommen hinter dem Bild von Konstanze, die von Mack aus dem Raum gezerrt wurde, das mich abrupt zurück in die Realität katapultierte.

Ich setzte mich auf. Ignorierte den Schwindel, versuchte, aufzustehen.

»Nichts da!« Johannes' Stimme. Er stand in der Tür. Einen Lappen in der Hand, einen Waschlappen, ein merkwürdig albernes Bild. Er kam näher, legte das Ding auf meine Stirn, zwang mich mit sanfter Gewalt zurück in die liegende Position. »Mach langsam. Du musst dich ausruhen.«

»Ich kann nicht. Ich muss …« Meine Stimme gehorchte mir nicht, lallendes Krächzen. Ich hustete, konzentrierte mich. »Ich muss zu ihr. Ich muss zu Konstanze.«

»Du musst schlafen. Du musst essen. Du hast uns einen Heidenschreck eingejagt eben.«

»Johannes, du verstehst nicht … es ist wichtig. Sie darf nicht allein sein. Sie ist suizidgefährdet. Und das sage ich nicht, weil ich … ich weiß es …«

»Nadja, beruhige dich.« Er setzte sich auf die Bettkante. »Es ist vorbei. Aber mach dir keine Sorgen. Mack ist bei ihr. Er passt auf, er kümmert sich um sie.«

»Mack?« Abermals versuchte ich mich aufzurichten.

»Bitte. Bitte, Nadja. Sei jetzt vernünftig.« Er wandte sich an Hilke. »Würden Sie uns kurz allein lassen?«

Hilke nickte. »Ich koche einen Kaffee«, sagte sie. »Ich glaube, ein Kaffee tut uns jetzt allen gut.« Ihr Ton tat mir gut. Freundlich, mitfühlend. Weder Vorwurf noch Enttäuschung, kein Urteil.

Johannes räusperte sich. »Nadja, es tut mir leid. Ich bin übers Ziel hinausgeschossen eben. Ich war neben der Spur. Natürlich weiß ich, dass du mit der Presse-Sache nichts zu tun hast.« Er zögerte. »Und was den Rest angeht ... das war nicht gerecht. Mir ist klar, dass ich die Verantwortung nicht einfach so abschieben kann. Ich hätte sehen müssen, dass es zu früh ist, viel zu früh. Es tut mir leid, dass ich es so weit habe kommen lassen.«

Ich wollte widersprechen, brachte aber nur ein Husten hervor. Ich wollte das nicht hören. Sein Ton war falsch, die ganze Situation stimmte nicht. Ich lag hier wie ein Pflegefall. Ich musste ihm erklären, dass das nicht ging.

Ich sah ihn an. Auch aus seinem Blick war alles Missbilligende gewichen. Da war eine Bitte, ein großes Bedürfnis nach Frieden und Versöhnung. Johannes brauchte einen Schulterschluss. Genau wie ich, stellte ich fest. Ich hatte mich noch nie so erschöpft gefühlt.

»Ich kann dir das erklären, das mit Wolfert meine ich ... Es war ein Fehler, ja, aber er hat sich an mich gewandt. Ich dachte, ich rede mit ihm, ein einziges Mal, und dann ...«

»Nicht jetzt«, unterbrach er. »Wir unterhalten uns später. Jetzt brauchst du erst mal eine Auszeit. Dein Kreislauf ist völlig zusammengebrochen. Du brauchst Essen. Schlaf. Ruhe. Soll ich dich nach Hause fahren?«

»Nein, es geht schon«, sagte ich. »Wirklich. Es geht mir gut.« Das stimmte, sah man von der bleiernen Müdigkeit ab.

Er musterte mich zweifelnd. »Vermutlich muss ich gar nicht fragen, ob du mit Bürgler telefoniert hast, oder?« Noch immer kein Vorwurf. Noch immer dieser fürsorgliche Ton, der mich störte.

Ich schüttelte trotzig den Kopf.

»Dann rufe ich ihn an. Ich erkläre ihm, was sich hier abgespielt hat. Es wäre gut, wenn sich das jetzt schnell bewegt. Ich habe mir überlegt, dass du sie vielleicht in die Schweiz begleiten kannst. Es wäre gut, wenn sie jemanden hat – auf der Reise und auch dort, für den Übergang, um ihr das Einleben zu erleichtern.« Er griff nach meiner Hand, drückte sie. »Das würde ihr und dir die Sache möglicherweise leichter machen. Und du hättest Zeit und Ruhe, um mit diesem Bürgler zu reden.«

Ich spürte, wie meine Kehle eng wurde. Nicht heulen, dachte ich, bei aller Liebe, das ging zu weit.

Er hatte recht. Ich musste wirklich schlafen. Essen. Mich ausruhen. Mich an den neuen Gedanken gewöhnen. Den guten Gedanken. Nicht zu Ende. Noch eine Chance. Er feuerte mich nicht. Johannes saß da, war freundlich zu mir, so freundlich wie seit Ewigkeiten nicht mehr. Und wenn ich mit ihr fahren konnte, dann bestand die realistische Möglichkeit, auch ihr die Dinge zu erklären. Die Sache zu bereinigen. Das, was wirklich zählte, war, dass sie in Sicherheit war. Ich traute Mack nicht, aus vielen Gründen, aber er würde auf sie aufpassen. Er würde nicht zulassen, dass ihr etwas zustieß.

Es war nicht zu Ende.

»Danke«, sagte ich. »Johannes, es tut mir leid. Nicht alles, aber …«

»Nicht jetzt«, sagte er. »Wir reden in Ruhe, wenn du wieder bei Kräften bist.« Er griff nach meiner Hand.

Ich erwiderte seinen Händedruck. Er ließ mich nicht los, als Hilke den Raum betrat. Sie tat, als würde sie die intime Geste nicht bemerken, stellte ein Tablett auf dem Tisch ab, reichte ihm einen Becher und mir einen Teller. Mein Magen reagierte auf den Anblick der Spiegeleier mit Speck auf Brot mit einem lauten Knurren.

»Hilke, danke, ich … ich sterbe vor Hunger.« Ich konnte mich nicht erinnern, wann ich das letzte Mal so hungrig gewesen war. Noch viel weniger, wann ich zuletzt eine relevante Mahlzeit zu mir genommen hatte.

»Das ist weder zu übersehen noch zu überhören.« Hilke grinste. »Kein Festmahl, aber was der hungrigen Schwester recht ist, ist Frau Doktor hoffentlich billig.«

Ich ließ mich nicht lange bitten.

Während ich die Eier verschlang, genoss ich das Gefühl. Es tat gut, hier mit Johannes und Hilke zu sitzen, die an ihren Bechern nippten und mir zufrieden zusahen. Ich war nicht allein. Da waren Menschen, die mich kannten, meine Schwächen wie meine Stärken, denen an mir lag, die sich um mich kümmerten, die auf meiner Seite waren. Es war nicht alles verloren. Ganz und gar nicht.

»Danke«, sagte ich wieder, als ich fertig war. »Ich … ich fahre dann jetzt nach Hause. Ich … danke.«

Es war nicht zu Ende. Es war noch lange nicht zu Ende.

Das Tor zur Einfahrt war mittlerweile geschlossen. Ein Rest der Pressemeute hatte sich offenbar entschieden, doch noch auf die mögliche Sensationsgeschichte zu warten, und lungerte am Rand der Straße herum. Einzelne Zurufe, eher lustlos und pflichtschuldig, als ich durch die im Tor eingelassene Tür trat.

Ich ging zu meinem Auto und wollte gerade den Motor starten, als mein Handy klingelte.

»Er ist hier!« Konstanzes Stimme war angstverzerrt. »Er ist hier, er ist in meinem Haus.«

»Frau Friedrichs? Konstanze? Bleiben Sie ruhig, bitte, ich … wo ist Mack?«

Ein gedämpftes Geräusch, ein Aufschluchzen? »Weg. Ich habe ihn weggeschickt. Ich wollte allein sein, ich …«

Verdammt! Ich hätte es wissen müssen. Ich verfluchte den egozentrischen Bastard.

»Bleiben Sie ruhig. Es ist alles in Ordnung.« So war es. So musste es sein. Niemand war im Haus, natürlich nicht.

Ich werde dafür sorgen, dass das ein Ende hat!

Wolferts Gesicht, hassverzerrt.

Er wird mich bestrafen. Er wird mich töten.

Sie war krank. Konstanze Friedrichs war krank und offensichtlich in Panik.

»Ich halte das nicht aus.« Ihre Stimme war kaum mehr als ein Stöhnen. »Ich kann nicht mehr, ich kann einfach nicht mehr! Ich habe die Polizei angerufen. Aber ich weiß nicht, ob sie wirklich kommen, ich … niemand glaubt mir. Ich halte das nicht aus!«

»Ich komme«, sagte ich. »Frau Friedrichs, ich bin gleich da.«

»Ich habe Angst. Ich will nicht sterben …«

»Sie werden nicht sterben …«

»Ich kann ihn hören«, sagte sie. »Er ist im Flur, er ist ganz nah, er wird mich töten …«

»Ich bin gleich da«, wiederholte ich und versuchte, mit der freien Hand den Motor zu starten. »Ich bin gleich da …«

Keine Antwort. Stattdessen das monotone Tuten, das anzeigte, dass das Gespräch beendet war.

39

Ich fuhr zu schnell, bremste zu oft und zu scharf, versuchte mich auf den glücklicherweise spärlichen Verkehr zu konzentrieren. Das war nicht leicht, denn auf dem Beifahrersitz hockte der Raptus, freudig, begierig. *Sie wird nicht sterben*, brüllte ich ihm schweigend zu. *Du wirst nicht gewinnen.* Alles andere war keine Option. Wenn er siegte, wenn der Raptus jetzt gewann, dann war es zu Ende. Dann wäre ich nie mehr in der Lage, als Psychiaterin zu arbeiten. Nie mehr imstande, in den Spiegel zu sehen.

Ich drückte das Gaspedal durch.

Stich zu. Los. Stich einfach zu.

Ich habe dir das Messer in die Hand gegeben. Jetzt ist es an dir. Du musst es einfach nur benutzen. Stich zu.

Es ist nicht so leicht, nicht wahr? Töten ist viel schwerer als sterben. Das zu begreifen macht vieles einfacher. Wenn man erst an dem Punkt ist, an dem alles egal ist, sogar, ob man lebt oder stirbt, dann ist alles ziemlich leicht. Nichts zu verlieren zu haben – darin besteht die wahre Macht.

Na los, stich zu. Es ist besser als dieses erbärmliche Heulen. Du hast die Wahl. Und du willst es doch. Du willst mir wehtun. Und du weißt, dass es die einzige Möglichkeit ist. Der einzige Weg, endgültig von mir loszukommen.

Du weißt genau, dass ich dich nie in Ruhe lassen werde. Nicht, solange ich lebe. Du hast keine Wahl. Stich zu.

Du musst dich damit abfinden, dass du nicht gewinnen kannst. Wenn du mich leben lässt, dann bleibe ich da, dann bin ich da, für immer auf deinen Fersen, für immer in der Nähe. Dann bestrafe ich dich, immer wieder, immer weiter.

Natürlich verlierst du auch, wenn du mich tötest. Dann sieht die Welt, was du wirklich bist. Ein brutaler Mörder. Ein Monster. Dann sehen alle, was ich sehe, wenn ich dich anschaue. Du kannst nicht gewinnen. Aber du hast die Wahl, auf welche Weise du verlierst.

Hör auf zu heulen. Es ist schwer, aber nicht zu schwer. Du brauchst ein bisschen Kraft. Die Haut ist dicker und zäher, als man glaubt. Darunter Knochen und Knorpel, die Rippen, du musst es oft tun und ordentlich zustechen. Entschlossen. Mit Wucht. Dann geht es, dann geht es schnell, es sind letztlich nur ein paar Sekunden, danach ist Ruhe.

Du hast keine Wahl. Du kannst deiner Strafe nicht entgehen. Dafür habe ich gesorgt.

Du hast keine Wahl. Du kannst nicht gewinnen.

Ihre Haustür stand ein Stück offen. Ein gutes Zeichen, dachte ich, hoffte ich. Sie war offenbar klar genug gewesen, um dafür zu sorgen, dass ich ins Haus kam. Ich betrat den Flur. Versuchte, mich zu orientieren, wollte nach ihr rufen, aber etwas hielt mich davon ab. Geräusche, gedämpft. Ich hörte eine heisere Stimme, sie rief ihren Namen.

Mir stockte der Atem. Jemand rief ihren Namen, jemand war da, er war da, er war wirklich da. Wolfert!

Ich werde dafür sorgen, dass das ein Ende hat!

Sein hassverzerrtes Gesicht vorhin im Park.

Er wird mich bestrafen. Er wird mich töten.

Das konnte nicht sein. Das war unmöglich.

Dieser Mann ist ein Psychopath. Ein Meister der Täuschung. Er macht der Welt etwas vor. Er würde auch Ihnen etwas vormachen. Sie müssen sich von ihm fernhalten!

Ich löste mich aus meiner Starre, folgte den Geräuschen und stieß die Tür auf. Dahinter lag das Wohnzimmer, ein großer Raum, die Fensterfront hinaus zum Garten, zur Terrasse, wo der Hund gelegen hatte.

Er kauerte über ihr, hatte ihre Schulter gepackt und schüttelte sie.

»Sag es mir!«, brüllte er. »Wach auf, wach auf, du Miststück!«

Da war Blut. Ich sah ihre Arme, die Hände, die schlaff auf dem Boden lagen, die Innenflächen nach oben. Da war Blut, Wunden. Abwehrverletzungen.

Alles in mir ballte sich zu einem Hass, der so elementar war, dass ich kaum Luft bekam. Ich war ihm auf den Leim gegangen. Dem netten, dem verzweifelten, dem charmanten Klaus Wolfert, der kein Wässerchen trüben konnte. Ich hatte ihn geküsst, verdammt, hatte mit ihm Whisky getrunken, über meine Lieblingsfilme geplaudert. Mit einem Mann, der besessen war, entschlossen, Konstanze für Dinge zu bestrafen, die sich in seinem kranken Kopf abspielten. Ich dachte an Heike. Ein Ersatz, der nicht genügen konnte. Heike, die gegangen war und damit vielleicht die Katastrophe ausgelöst hatte. Oder Heike, die vielleicht nicht gegangen war, noch eine Lüge? Es spielte keine Rolle. Vielleicht war auch sie in Gefahr, aber darum konnte ich mich jetzt nicht kümmern.

Es ging um Konstanze, Konstanze, die nicht sterben durfte. Ich würde das nicht zulassen. Ich musste ihn aufhalten.

Er bemerkte meine Anwesenheit gar nicht. Er schüttelte sie, schrie sie an. Er war außer sich. Das Messer lag neben ihm auf dem Boden. Ich konzentrierte mich. Ging geräuschlos näher, so nah wie möglich, um an das Messer zu gelangen. Da war Blut an der Schneide. Sobald ich meine Hand um den klebrigen Griff gelegt hatte, wich ich ein Stück zur Seite und entfernte mich und die Waffe aus seiner Reichweite.

»Lassen Sie sie los!« Ich brüllte. »Lassen Sie sie in Ruhe!«

Von der Seite konnte ich ihren Oberkörper sehen. Mehr Blut. Rote Male auf dem weißen T-Shirt, das sie trug. Einstiche. Viele Stiche in ihrem Oberkörper. Ich sah ihr Gesicht. Bleich und schlaff, die Augen geschlossen.

Er richtete sich auf. »Sie! «, sagte er. »Frau Dr. Schönberg, gut, dass Sie da sind, ich …«

»Gehen Sie weg von ihr!«

»Bitte, es ist nicht, wie es aussieht, ich …« Er ließ sie tatsächlich los. Kam auf die Beine, hob die Hände. »Sie müssen mir helfen, Frau

Dr. Schönberg, Sie müssen …« Blut. Da war Blut an seinen Händen. »Helfen Sie mir, bitte …«

Er kam näher. Sah mich an. Mit diesen Augen. Diesem Blick, den ich mittlerweile kannte, den ich hasste. Ich hasste ihn, hasste mich, weil ich es ihm so leicht gemacht hatte, obwohl ich es besser hätte wissen können. Das Gefühl, dass Konstanze nicht krank war, dass sie die Wahrheit sagte, war da gewesen, immer wieder, von Anfang an. Aber ich hatte mir nicht getraut, hatte mich willig manipulieren lassen. Und nun stand er da neben Konstanze, das Blut, die Einstiche. Ich zwang mich, nicht hinzusehen, ihr Gesicht auszublenden, zwang mich, das Undenkbare nicht an mich heranzulassen.

Es ist zu spät. Du hast sie nicht gerettet.

»Bitte«, sagte er. Seine Stimme heiser. »Bitte!«

In dieser Sekunde explodierte etwas in mir. Er wagte es, sogar jetzt wagte er es noch, mich zu bitten. Er kam näher, immer näher. Ich sah seinen Mund, sah, wie er die Worte formte, verlogene Worte.

Mein Arm schoss nach oben. Es war, als täte meine Hand ohne mein Zutun, was sie tun musste. Sie stach zu, schnell, gezielt, wieder, immer wieder. Ich hörte ihn schreien, stöhnen, röcheln – »bitte«, immer wieder: »bitte« – ich stach zu, bis er verstummte, hörte auch dann nicht auf, als ein Teil meines Bewusstseins realisierte, dass es genug war. Ich stach zu, bis der Hass sich beruhigte, weil er sein Ziel verloren hatte.

Er rührte sich nicht, lag ganz still.

Ich stürzte hinüber zu Konstanze. Ich ließ das Messer fallen und beugte mich über sie. Ich suchte nach Vitalzeichen und fand einen Puls, erstaunlich kräftig. Sie atmete flach. Die Wunden an ihrem Oberkörper waren nicht so tief, wie ich befürchtet hatte. Offenbar hatte Wolfert nicht mit voller Kraft zugestochen. Sie blutete. Aber sie lebte. Sie lebte, und sie würde überleben.

Ich schluchzte auf vor Erleichterung. Ich versuchte, mich auf die medizinische Erstversorgung zu konzentrieren. Konstanzes Körper zitterte leicht, vermutlich ein Schock. Ihre Hände waren eiskalt.

Aber sie atmete. Sie hatte einen Puls. Sie war nicht tot. Sie würde nicht sterben.

Ich beugte mich tiefer über sie. »Frau Friedrichs«, sagte ich. »Konstanze … können Sie mich hören?«

Sie schlug die Augen auf. Sah mich an. »Nadja«, sagte sie. »Nadja, da bist du ja endlich.«

Ich sah im Augenwinkel, wie sich ihre Hand bewegte. Konstanze lächelte und hob den Arm.

Dann war da ein Schmerz in meiner Seite, zwischen den Rippen, Schmerz, dann Dunkelheit.

40

Hab keine Angst. Ich bin ja da. Ich bin bei dir. Halte dich. Ich halte dich fest.

Es ist vorbei. Ich bin dir so dankbar. Du hast es besser gemacht, viel besser, als ich zu hoffen wagte. Ich habe gedacht, dass ich nachhelfen muss. Es wirklich zu Ende bringen. Aber du hast ganze Arbeit geleistet.

Es war so einfach. Es ging fast zu glatt. Dabei hatte ich damit gerechnet, zu scheitern. Ich war darauf vorbereitet. Es wäre nicht schlimm gewesen. Wenn man nichts zu verlieren hat, wenn man nur ein einziges Ziel hat, hat man viel Zeit. Kann Dinge versuchen, immer wieder, kann auf andere Gelegenheiten warten.

Es war den Versuch wert, ganz offensichtlich. Selbst wenn es nicht funktioniert hätte, ich hätte den Moment eben, diese Minuten, in denen wir allein waren, nicht missen wollen. Den Moment, in dem er begriffen hat, dass er nicht gewinnen kann. Keine Wahl hat. Entweder ein Mörder, einer, der das Messer, das ich ihm in die Hand gedrückt habe, benutzt hätte. Ein Monster, krank und skrupellos. Oder für immer ein Opfer, für immer auf der Flucht vor mir.

Ich wollte nicht sterben, nicht wirklich. Aber wenn es nötig gewesen wäre, dann hätte ich es in Kauf genommen. Ich habe nichts zu verlieren. Allerdings habe ich geahnt, dass es so weit nicht kommt. Er ist weich, er ist schwach, viel zu schwach, um zu töten. Es ist schwerer, als man denkt. Sogar bei Foxi, sogar bei dem lächerlichen kleinen Köter, war es nicht leicht.

Aber ich war nie ein Schwächling, nicht wie er. Leichtgläubig, naiv. Er hat keine Sekunde daran gezweifelt, dass sie hier ist, hier irgendwo, seine kostbare Heike und ihr Balg im Bauch. Er hat laut genug gebrüllt, vorhin in der Klinik, hat dich angebrüllt, hat meiner kleinen Nadja schlimme Vorwürfe gemacht. Er hätte wissen müssen, dass ich bluffe.

Aber er war in Panik. Es ist so leicht, ihn in Panik zu versetzen. Und so befriedigend.

Der Trick ist, zu begreifen, dass Menschen nur sehen, was sie sehen wollen. Das, was in ihr Bild passt, ein eingeschränktes, verzerrtes Bild. Sogar du, kleine Nadja, obwohl du dir einbildest, viel mehr zu begreifen als andere. Du bist wunderbar arrogant. Ich mag das an dir.

Ich konnte all diese Dinge tun. In Ruhe die nötigen Informationen sammeln, einen Plan entwickeln, vor euren Augen. Weil die das Falsche gesehen haben. Eine kranke, depressive Frau in einem Klinikzimmer, die sich in ihrem Unglück suhlt. Die schreckliche Angst hat um Dinge wie ihre Karriere. Zu schwach, um aktiv zu sein. Zu krank, um die einfachsten Dinge zu tun. Das Telefon in die Hand zu nehmen und ein paar Anrufe zu machen. Die Tür zu öffnen und nach draußen zu gehen, eine Spieluhr abzulegen oder ein Tagebuch. Ein Kinderspiel, weil alle nur sehen, was sie erwarten. Alle sind blind. Sogar du, kleine Nadja.

Die Worte drangen durch einen Nebel aus Schmerz an mein Ohr. Ich sah ihr Gesicht über mir, fühlte ihre Arme, die mich hielten. Wie eine Pieta kauerte sie auf dem Boden, ich ihr Jesus, ein Kind, das sie hielt. Ihre Stimme war liebevoll, so wie die Umarmung. Warme Haut, warme Worte, ein bizarrer Gegensatz zum Inhalt ihrer Worte. Ich wollte etwas sagen und öffnete den Mund. Aber es kam nur ein Röcheln. Unendlich anstrengend der Versuch, einen Satz zu formen. Fragen, eine Frage, tausend Fragen. Da war Blut. Überall war Blut. Mein Blut, es drang aus meinem Körper, mein Herz pumpte verzweifelt, so schwach, immer schwächer.

»Ksch«, sagte sie. »Nicht reden, kleine Nadja. Hör mir einfach zu.«

Es war phantastisch, als ich die Hand gehoben habe. Einfach aufs Messer schlagen. Schnell und hart. Es hat wehgetan, aber ich kann Schmerzen ertragen, wenn es nötig ist. Ich habe schon viel Schlimmeres ausgehalten.

Er war zu verblüfft, um zu reagieren. Hat nicht begriffen, was ich wollte, als ich seine Hand nahm, die Hand mit dem Messer, als ich zustach an seiner Stelle, bis genug Wunden an mir waren. Bis er endlich das Messer losließ. Ich musste mich nur noch fallen lassen. Auf den Boden. Ich musste nur daliegen, ihn schreien lassen und dabei auf dich warten. Ich wusste, dass ich mich auf dich verlassen kann.

Armer, dummer Klaus.

Er hat seine Rolle perfekt gespielt. Hat genau die Szene vorgeführt, die du sehen solltest.

Arme, dumme Nadja.

Auch du hast es großartig gemacht. Ich hatte befürchtet, dass du dich beherrschen kannst. Dann wärst du davongekommen, erst einmal. Wärst trotzdem nützlich gewesen, eine perfekte Zeugin, Teil seiner Strafe.

Natürlich hat etwas in mir gehofft, dass du es zu Ende bringst. Weil du stark bist, stärker als er.

Es war perfekt. Alles ist perfekt.

Bist du noch wach? Kleine, dumme Nadja, hörst du, was ich sage? Hör mir zu, nur ein bisschen noch. Es dauert nicht mehr lange. Gleich hört es auf, so wehzutun. Und darüber bin ich froh. Weil ich dich mag. Ist das nicht eine Ironie des Schicksals? Ich dachte, ich würde dich hassen. Während ich das Tagebuch schrieb, mir vorgestellt habe, wie du bist, habe ich dich so sehr gehasst. Aber dann ist etwas Merkwürdiges passiert. Ich saß dir gegenüber, und du hast mich an sie erinnert, Nadja. Du bist ihr ähnlich, meiner Marlies.

Es hat mich überrascht, es hat mich fast schockiert. Aber es hat natürlich nichts geändert. Mir war klar, dass ich dich trotzdem bestrafen muss. Du hast sie sterben lassen. Du bist dafür verantwortlich, dass meine Marlies nicht mehr da ist. Du bist schuld daran, dass ich nichts mehr zu verlieren habe. Wenn einem das Schönste und Wunderbarste genommen wird, das man sich je hätte wünschen können, dann bleibt nichts. Du weißt, wovon ich rede. Du verstehst, was ich meine, das weiß ich. Du hast sie ja gekannt.

Du bist ihr wirklich ähnlich. Schön und klug und so gierig. Nach Leben, nach Erfolg, nach Anerkennung, nach Liebe.

Entschlossen, dir zu nehmen, was du brauchst.

So wie Marlies. So wie ich, als ich jung war, sie hat mich wieder jung gemacht, meine Marlies, mit ihr war alles wieder möglich. Wir waren perfekt.

Sie war jung, zu jung vielleicht, darum dumm, manchmal. Sie wollte nicht begreifen, dass es nur so geht, wie ich es sage. Sie wollte sich nicht verstecken, uns nicht verstecken, ich soll mich zu ihr bekennen, hat sie gesagt. Sie hat nicht begriffen, wie wichtig es ist, der Welt zu zeigen, was sie sehen will. Und das, worum es wirklich geht, das, was schön und makellos ist, für sich zu behalten, zu schützen vor dem, was es profan macht.

Sie wollte mit mir sein, wie ich mit Klaus war. Hat nicht begriffen, dass das alles ruiniert hätte. Dass es uns die Freiheit nimmt, die wunderbare Freiheit, alles tun zu können, weil niemand es sieht.

Ich habe mich geärgert, immer wieder, ich war so schrecklich wütend auf sie, weil ich sie so sehr geliebt habe. Aber darum habe ich ihr auch verziehen, immer wieder, all ihre Dummheiten. Sogar die Sache mit dem Kind hätte ich ihr vergeben. Das verdammte Kind. Aber sie hat ja begriffen, dass es ein Fehler war. Sie hat mir versprochen, dass sie es loswird. Sie hat einmal versagt, sie hatte zu viel Angst. Aber zum nächsten Termin wäre sie gegangen, hätte sich befreit von dem lächerlichen Zellhaufen, der ihre Zukunft verbaut hätte, unsere Zukunft.

Das wollte sie mir beweisen, darum hat sie das Zeug an diesem Abend ja genommen. Freiwillig, von sich aus. Um mir zu beweisen, dass es ihr ernst ist. Dass es egal ist, weil es dieses Kind ohnehin nicht mehr lange gegeben hätte. Es waren nicht die Drogen, die sie wahnsinnig gemacht haben. Ich kannte sie doch, ich kenne meine Marlies. Sie hätte das überwunden. Du bist schuld, Nadja. Du hast sie eingesperrt, du hast sie davon abgehalten, das Richtige zu tun. Du hast sie daran gehindert, das zu tun, was nötig war. Das zu werden, was sie sein konnte und musste.

Du hast sie gequält und mich. Ich war außer mir. Vor Schmerz, vor Angst, vor Sehnsucht. Ich habe mich informiert. Über dich, kleine Nadja. Ich habe mich einlullen lassen. Dein Ruf, deine Erfolge. Du hast mich geblendet. Ich dachte, sie ist in guten Händen.

Aber ich habe mich getäuscht.

Vermutlich, weil ich nicht denken konnte, damals, weil ich selbst fast wahnsinnig war. Am Ende meiner Kräfte und kurz davor, aufzugeben. Und dann hat er mich geschwängert. Klaus hat mich geschwängert, und ich dachte, dass das vielleicht das Opfer ist, das das Schicksal von mir fordert. Ich dachte, es ist vielleicht gut. Denn mir war ja klar, dass ihr verhindern werdet, dass Marlies das Kind loswird. Ich dachte, alles wird gut, wenn sie zurückkommt und sieht, dass auch ich diesen Schritt gehe. Ich hätte ihr zeigen können, dass wir alles hinkriegen, wenn wir nur zusammen sind. Sogar das.

Ich hätte so einen Fehler nie gemacht, wäre ich imstande gewesen zu denken.

Es war grauenhaft. Von Anfang an. Das Gefühl, dass da dieses Ding in mir ist. Langsam wächst, mich aussaugt, von meinem Körper zehrt. Dazu Klaus, sabbernd vor debiler Begeisterung, so erbärmlich dankbar, so mittelmäßig, kaum zu ertragen. Ich hätte es trotzdem ertragen. Für sie. Ich hätte alles ertragen, damit sie zu mir zurückkommt.

Aber sie ist nicht zurückgekommen. Sie konnte nicht. Weil sie tot war. Weil du sie hast sterben lassen, weil du sie umgebracht hast, sie war tot, weg für immer. Und ich war allein, für immer, allein mit diesem Ding in meinem Bauch, dem sinnlos gewordenen Opfer. Allein mit Klaus, seiner widerwärtigen Freude. Es war nicht auszuhalten. All das war nicht auszuhalten.

Mir war klar, dass es Klaus nicht gefallen würde. Aber ich konnte nicht ahnen, wie verlogen er wirklich ist. Der Mann, der behauptet hat, mich zu lieben. Ich hätte nie gedacht, dass er imstande ist, einfach zu gehen. Dass er es wagt, mich zu verlassen. Mich zu demütigen mit dieser willigen kleinen Schlampe. Ich hätte nicht für möglich gehalten, dass er sich dann auch noch einbildet, dass ich das einfach hinnehme.

Er hat sich geirrt. Und jetzt hat er dafür bezahlt. Du hast ihn bezahlen lassen. Für mich, kleine Nadja, du hast viel für mich getan. Und dafür bin ich dir dankbar.

Ihre Worte, die sich zäh durch mein Gehirn bewegten. Worte, die Sinn ergaben, krank und verzerrt, aber dennoch Sinn. Obwohl ich es nicht wollte, ich wollte weder hören noch verstehen. Ich werde dich bestrafen, ich werde dich töten, Worte aus dem falschen Mund, trotzdem plötzlich richtig. Eine Frage des Blickwinkels.

Müde, ich war so müde. Ich schloss die Augen wieder. Sah sie vor mir, Marlies, die die toten Augen öffnete. Mich ansah und lächelte. Dann ihre Hand ausstreckte. Komm, sagte sie, komm mit mir, sagte sie, ohne Worte, denn die Worte kamen von woanders, von außen, weit weg, immer weiter weg.

Es tut gut, zu strafen, Nadja. Ich fühle mich so viel besser. Ich dachte, ich kann nicht leben ohne sie. Aber ich kann es versuchen, jetzt denke ich, dass ich es wirklich versuchen sollte. Ein Leben ohne Marlies, ein Leben ohne Glück. Ich kann es ausprobieren. Man hat alle Möglichkeiten, wenn man nichts mehr zu verlieren hat.

Es ist ganz einfach, genau das zu tun, was man tun will, wenn man nichts zu verlieren hat. Das verstehst du, nicht wahr? Kleine, dumme, kluge Nadja. Du spürst, wie es sich anfühlt, genau jetzt. Nichts mehr zu verlieren. Keine Angst mehr. Es ist gleich vorbei. Es muss sein, ich kann dir die Strafe nicht ersparen. Aber ich hasse dich nicht. Du hast deine Sache gut gemacht. Du hast fast immer genau so reagiert, wie ich erwartet habe. Ich wusste, dass du dich mit ihm treffen wirst. Ich konnte deine Ungeduld riechen, deine Frustration. Ich wusste, dass du ihm glauben wirst. Er hat ja schließlich tatsächlich die Wahrheit gesagt. Es hat ihm nichts genutzt, dem armen, dummen Klaus. Aber du hast das sehr gut gemacht.

Und darum werde ich mein Versprechen halten. Du bezahlst dafür, dass du Marlies auf dem Gewissen hast. Aber das bleibt etwas zwischen dir und mir. Niemand muss davon erfahren. Ich werde dafür sorgen, dass die Welt dich anders sieht. Auf die richtige Art. Klaus ist tot, schon wieder Tod um dich, aber diesmal werden die Schlagzeilen anders aussehen. Diesmal bist du die Heldin, Nadja. Die Ärztin, die sich irrte, die genau wie der Rest der Welt auf einen Psychopathen, ein Monster reingefallen ist. Aber du hast mich gerettet. Du hast den Wahnsinnigen aufgehalten, ihn getötet, um mein Leben zu retten. Die Welt wird dich lieben, Nadja, lieben und bewundern. Das ist mein Dank. Das schenke ich dir.

Beeil dich jetzt ein bisschen. Du blutest, du blutest sehr schön, so viel rotes, sattes Blut. Aber du musst schneller machen. Du solltest schon lange nicht mehr bei Bewusstsein sein. Wenn sie kommen, musst du tot sein. Wenn sie kommen, bist du in meinen Armen verblutet. Ich werde weinen, außer mir vor Schmerz sein, ich werde unter Schock stehen, weil ich nichts mehr für dich tun konnte. Niemand wird erfahren, wie sehr du diesen Tod verdient hast. Das verspreche ich dir.

Ein schönes Bild. Und so einfach. Es wäre nicht schlimm gewesen, wenn es nicht funktioniert hätte. Ich hätte gewartet. Auf die nächste Gelegenheit. Ich hatte alle Zeit der Welt. Aber so ist es schöner. So ist es vorbei, und ich kann weitermachen. Weiter ausprobieren, ob ein Leben ohne Marlies, ein so leeres und sinnloses Leben, doch besser ist als gar kein Leben.

Schlaf jetzt ein, Nadja. Geh jetzt. Es wird Zeit, es wird jetzt wirklich Zeit. Gleich sind sie da, dann solltest du tot sein. Du bist hartnäckig, kleine Nadja, aber es ist Zeit, aufzugeben. Es ist zu Ende. Es ist jetzt wirklich zu Ende. Es tut doch immer nur noch mehr weh. Gib auf, Nadja, gib auf. Geh, geh jetzt. Geh endlich. Schlaf jetzt ein.

41

Patientin: Nadja Schönberg, geb. 22.06.1983
Stationäre Aufnahme: 28.07.2016, 09:00 Uhr
Therapiegespräch (Dr. Urs Bürgler), 09.08.2016, 11:00 Uhr
Patientin allseits orientiert, wirkt ausgeruht und konzentriert, leichte Herabgestimmtheit im Rahmen des normalen Affekts, Sprache, äußere Erscheinung, Psychomotorik ohne Auffälligkeiten. Sprechverhalten ohne Auffälligkeiten.

Er beobachtete mich genau, während ich erzählte. Lauschte auf Unebenheiten in meiner Stimme. Auf Stocken, Zögern, das sich dann einstellt, wenn der Mensch sich zwingt, das Grauen zu benennen. Dinge in Worte zu fassen, die das Bewusstsein lieber verdrängen würde.

Ich machte meine Sache gut. Ich saß aufrecht im Sessel, hier in dem Raum, in dem nichts daran erinnerte, dass ich mich in einem Krankenhaus befand.

Zwei gemütliche Sessel, ein Sofa, Bücherregale. Dezente, beruhigende Sand- und Erdtöne, ein dicker Läufer auf dem Stäbchenparkett, der allzu laute Schritte dämpfte. An der Wand die Uhr, die geräuschlos Minuten zählte, ein kleiner Beistelltisch mit Wasserflasche und Gläsern, daneben die Box mit den Papiertaschentüchern, die signalisierte, dass Weinen eine Option war. Ein Raum, der einhüllte und beschützte, wenn man es zuließ.

Immer wieder glitt mein Blick zu dem großen Fenster, hinter dem sich Berge auftürmten, majestätisch, mächtig, erdrückend.

»Sie hat es mir gesagt! Sie war sicher, dass ich verblute. Es war ihr wichtig, dass ich alles begreife. Sie wollte meine Anerkennung für ihren Plan. Bitte, warum sollte ich das denn erfinden? Ich lüge nicht.«

Ich hatte eine Weile im Koma gelegen. Ich hatte viel Blut verloren.

Hatte es trotzdem geschafft. Als ich erwacht war, hatte ich alles erzählt. Die Wahrheit.

Sobald ich transportfähig war, hatte man mich hierher gebracht.

»Niemand behauptet, dass Sie lügen.« Bürgler klang geduldig. »Aber Sie waren nicht bei Bewusstsein, als Polizei und Sanitäter eingetroffen sind. Er hat sie übel erwischt.«

»Nicht er. Sie!«

Dr. Bürgler machte sich eine Notiz. Ich sah ihn an. Dachte an Eggers, sehnte mich nach Eggers, der es abgelehnt hatte, mich zu behandeln, sich mit dem, was man fälschlicherweise für eine wahnhafte Störung oder ein posttraumatisches Stresssyndrom hielt, zu befassen. Johannes hatte mir im Krankenhaus gesagt, dass er sich die Sache sehr zu Herzen genommen hatte. Dass er sich schuldig fühlte, weil er versagt hatte. Nicht erkannt hatte, dass mit mir etwas passierte, dass ich verrückt wurde. Verrückt *war*.

»Ich bin nicht verrückt«, sagte ich zu Bürgler. »Bitte, Sie müssen mir glauben. Es ging die ganze Zeit um Marlies. Sie hat sie geliebt, soweit sie das konnte. Sie leidet an einer narzisstischen Persönlichkeitsstörung. Ich hätte das sehen müssen, ich hätte das vielleicht begriffen, hätte ich von Marlies gewusst. Sie hat in ihr ihr jüngeres Ich gesehen. Und darum konnte sie ihren Tod nicht verkraften. Darum hat sie sich auf diese Schwangerschaft eingelassen. Aber als sie dann tot war, ist das alles zusammengebrochen. Sie war instabil. Und als Wolfert sie dann noch verlassen hat, ihr diese Kränkung zugefügt hat, hat sie diesen irrwitzigen Plan gefasst. Seitdem war sie besessen davon, mich zu bestrafen. Und Wolfert.« Ich atmete durch. Ich sprach viel zu schnell, hektisch, fast aggressiv. Irre. Ich musste mir mehr Mühe geben. Sachlich bleiben.

»Dieser …« Er zögerte provokant. »Dieser Plan, den sie Ihrer Ansicht nach hatte, bestand also darin, erst vorzutäuschen, dass ihr Ex sie stalkt, sie bedroht, sich dabei aber so zu verhalten, dass die Welt sie für verrückt hält, um sich dann in die Klinik einweisen zu lassen, in der Sie arbeiten. Sich von Ihnen behandeln zu lassen, um Sie zu manipulieren. Sie hat sich darauf verlassen, dass Wolfert Kontakt zu Ihnen aufnimmt. Sie hat das Risiko, ihrer Karriere massiv zu schaden, ihren Ruf zu ruinieren, in Kauf genommen, um Wolfert und Sie zu bestrafen.« Er hielt kurz inne und sah mich an. »Das klingt reichlich gewagt. Geradezu aberwitzig.«

Ich atmete tief durch und sah zu den Bergen, sah hinaus in diese Landschaft, die so fremd war, so weit weg. Genau wie ich.

»Ja. Ja, das ist genau der Punkt. Sie konnte das tun, weil sie nichts zu verlieren hat. Das hat sie doch gesagt. Und sie hatte ja recht. Wir haben alle gesehen, was wir sehen sollen. Eine kranke Frau, eine, die Angst um ihre Karriere hat. Aber das war der falsche Blickwinkel. Ihr war das völlig egal. Sie saß da wie eine Spinne im Netz und hat sich in Ruhe angeschaut, wie sich die Dinge entwickeln. Sie hat auf eine Gelegenheit gewartet. Und es hat funktioniert. Schauen Sie doch, schauen Sie, wie gut es ihr jetzt geht. Obwohl ich nicht gestorben bin. Sie hat trotzdem erreicht, was sie wollte. Sie ist glücklich. Sie ist zufrieden.«

Das jedenfalls hatte in dem Artikel gestanden, den ich im Internet gefunden hatte. Ein Interview mit Konstanze Friedrichs, in dem sie von dem Alptraum erzählte, den sie er- und überlebt hatte. Ein überzeugendes Bild einer starken Frau, der es gelang, das Grauenhafte zu verarbeiten, mit den traumatischen Erlebnissen umzugehen. Sie hatte ihren Abschied vom Bildschirm öffentlich zelebriert und zog ihre Fäden nun hinter den Kulissen.

Bürglers leises Räuspern unterbrach meine Gedanken. »Was, wenn ihr … Plan …« – er betonte das Wort auf unangenehme Weise – »wenn dieser Plan nicht funktioniert hätte? Es gibt eine Menge Eventualitäten, oder? Wenn Wolfert ihr nicht geglaubt hätte, dass sie Heike in ihrer Gewalt hat? Wenn er nicht zu ihr gekommen wäre? Wenn dieser Mack sich nicht hätte wegschicken lassen? Wenn Sie nicht gekommen wären, sondern gleich die Polizei geschickt hätten?« Erneut fixierten mich seine Augen. »Wenn auch nur eine einzige Kleinigkeit anders gelaufen wäre, wäre alles schiefgegangen. Das klingt ziemlich wacklig für einen derart diabolisch-genialen Plan.«

»Das war ihr egal. Darum geht es ja. Hätte es nicht funktioniert, wäre sie zurück in die Klinik gegangen. Sie hätte auf eine andere Gelegenheit gewartet. Darauf hingearbeitet. Sie hätte sich ein alternatives Szenario ausgedacht. Es war ihr egal. Diese Frau ist krank. Sie ist krank und gefährlich und zu allem entschlossen. Es war eine Möglichkeit, und die hat sie genutzt. Ich war ein Opfer und gleichzeitig das Werkzeug. Der maßgeschneiderte Zeuge. Ich sollte tot sein. Aber das bin ich nicht. Sie wird das nicht auf sich beruhen lassen. Ich kenne sie. Im Moment bin ich keine Gefahr. Niemand glaubt mir. Aber sie wird es zu Ende bringen. Sie wird mich bestrafen. Sie wird mich töten.«

»Sie sind in Sicherheit.« Bürgler ruckelte an seiner Brille. »Frau Dr. Schönberg, regen Sie sich nicht auf, Sie sind hier in Sicherheit.«

Ich sah ihn an. Ich hasste diesen Mann, der nichts verstand, der mir nicht glaubte, der mich für verrückt hielt, für wahnsinnig. So wie alle anderen.

»Ich bin müde«, sagte ich. »Ich bin so müde. Ich möchte mich hinlegen, bitte.«

Er warf einen schnellen Blick auf die Uhr an der Wand. Wir hatten noch Zeit. Er wollte weitermachen.

Ich wollte das nicht mehr.

Manchmal ist es sinnlos, einen Kampf zu kämpfen, wenn man ahnt, dass man nicht gewinnen kann.

Danksagung

Mein besonderer Dank geht an Dr. Marlene Trinkaus und Dr. Lars Dokter, die mich mit Fachkenntnis und -literatur versorgt haben und für alle möglichen und unmöglichen Fragen zur Verfügung standen. Dass der Klinikalltag in der Elbmarsch-Klinik von der Realität abweicht, ist, genau wie alle anderen fachlichen Fehler, allein mir und der dichterischen Freiheit anzulasten.

Ein großes Dankeschön an das Team vom Emons Verlag – vor allem an Dr. Christel Steinmetz und Stefanie Rahnfeld für ihren Input und mehr als eine sehr gute Idee. Bedanken möchte ich mich auch bei Dr. Marion Heister für ihr wunderbares Lektorat.

Last, but not least bedanke ich mich bei meiner großartigen Kollegin Judith Merchant – für all die Arbeitstreffen im verhexten Schreibcafé und noch viel mehr.

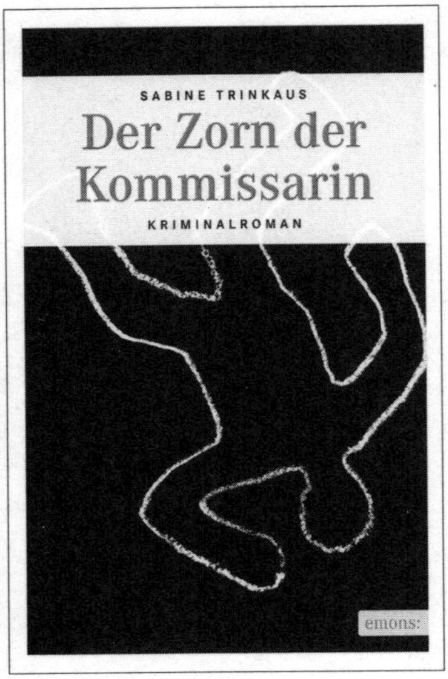

Sabine Trinkaus

DER ZORN DER KOMMISSARIN

Broschur, 368 Seiten

ISBN 978-3-95451-308-6

»Es gelingt der Autorin, die Handlungsstränge zu verweben, und sie entwickelt den absolut logischen, stimmigen Plot zu einem superspannenden Krimi mit eigenwilligen, doch sympathischen Protagonisten.« ekz